林巨正

火賊編 二

林巨正 火賊篇 (一)

송악산 (一)

송악산은 송도의진산(鎭山)이요 국내의서악(西岳)이니 산신 송악대왕이 녕검하기로 유명하엿다 태조개국후 이년 도읍을 한양으로 옴기기전에 팔도성황(城隍)은 벼슬을 봉하는데 송악산성황은 진국공(鎭國公)을 봉하고 화녕(和寧지금함흥) 안변(安邊) 완산(完山지금전주) 성황은 계국백(啓國伯)을 봉하고 금성산(錦城山羅州) 계룡산(雞龍山公州) 감악(紺岳積城) 백악(白岳漢陽) 삼각산(三角山漢陽) 성황과 진주(晋州)성황은 호국백(護國伯)을 봉하고 그외의 성황들은 몰밀어 호국지신(護國之神)이란 칭호를 주엇다 이로써 송악산성황은 팔도 성황중에 지위가 가장 노팟다 성황과 산신이 이름은 다르되 나라에서봉한 진국공과 민간에서 일컷는 송악대왕이 실상 한 귀신이건만 진국공위패를 밧드는 성황당과 송악대왕 목상(木像)을 뫼신 대왕당이 각각따로잇고 그외에 출처모를 귀신들을 위하는 국사당(國師堂) 고녀당(姑女堂) 부녀당(府女堂)이 잇서서 송악산 우에는 신당이 자그마치 다섯이나 되엿다 다섯신당에 매달려사는 무당과 박수들은 서울반연이 만허서 재상가(宰相家)와 궁가(宮家)는 고사하고 대궐안에까지 세

ㅅ줄이 닷는까닭게 류수부(留守府)관속들이 함부루 침책할 마음을 먹지못하엿다 대왕대비나 왕대비의 몸을바든 내인들이 치성이나 긔도하러 나려와 잇슬때는 류수사또도 꿈쩍은 하지못하니 그아래 관속들은 더말할것이 업섯니

궁중으로부터 여염간(閭閻間)에까지 송악산은 위하는것이 성풍하든 시절이라 다섯신당의 굿장구소리가 사시사철 끈치지 아니하는중에 봄가을보다 여름겨울이 심하고 겨울보다 여름이더심하고 여름에는 오월굿이 가장만코 오월에는 단오날굿이 제일 굉장하엿다 단오날은 다섯신당에서 한께모여 큰굿관을 차릴뿐아니라 대왕부인이 그네를 뛴답시고 대왕당의 목상을 들어내다가 그네뛰는 시늉을내게하엿다 대왕부인이란 대체무엇인가 어느때 어떤무당이 대왕의신이 나렷다하고 홀아비로 지내기가 적적하니 부인하나를 만들어달라고 말하야 대왕목상여페 기집의 목상은 해안치게 되엇는데 이것을 대왕부인이라고 일커럿다 그네뛰는것은 사내 여편네가 다가치하는 노름이라 대왕부인이 그네를뛴다고 말하지마는 대왕부인의 목상만 그네를 뛰게한뿐아니라 대왕의목상도 그네를뛰게하고 더구나 대왕과 대왕부인의 두목상을한께 쌍그네도 뛰게하엿다 목장이란 나무토막이니 나무토막이 그네를 어찌뛰랴 목상은 그네밋씻개우에 올려세우고 떨어지지 안토록 잡아매고 무당과 박수가 뒤에서 물을먹이는 것이니 송악대왕이 녕검한귀신이라면 무당과 박수에게 벌역을 나릴듯한 설만한작난이다 대왕부인과 대왕이 쌍그네뛰고 난뒤

에 그그네우에 한번옴라만서도 불화한내외 화합하고 무자한사람 생자(生子)하고또 다병한사람 무병장수한다고 무당박수의 말을 고디곳대로 밋는 어리석은 남녀들은 그네맨 동구나무아래 백채일치뭇 모이어서 그네참네하려고 서로떠밀다가 다처서 병신되는 사람까지 생길때가 잇섯다 단오날 부중에 편쌈이잇고 씨름판이 잇서서 구경ㅅ군이 더러갈리지마는 대왕당그네뛰고 큰굿 구경하고 또 사람구경하려고 부중에서 쏘다저나오고 촌에서 밥 싸가지고 들어오고 원처에서 노자써가며 전위해와서 송악산이 사람산으로 변하도록 사람이 들끌엇다 남녀가 뒤석겨서 부비대기치는판에 난잡한일이 생기는걸 네 이제가 업겟지만 그래도 일년전이 녯날로 해마다 점점 더 심하야 서로눈이마진 철문것들이 으슥한곳을 차자다니는것도 흴씩만하지고 삼삼오오 떼를 지어 돌아다니는 왈짜패가 처녀와 유부녀를 우격다짐으로 욕보이는일도 종종생기어서 례법을 아는 선비님네는 눈쌀을 찌프리고 말세가다된것을 탄식들 하엿다

이해에 나이열살된 왕세자(王世子)를 관례시키고 장차 세자빈(世子嬪)을 간택하게 되엇는데 대왕대비는 귀중한 손주님을 위하야 오월오일 천중절(天中節)에 송악산에 큰치성을 드리기로 작정하고 미리부터 분부를 나리엇섯다 사월보름께 내인두엇이 먼저나려와서 송악산 신당들을 봉심하고 사월그믐께 대왕대비의 신임을받는 늘근상궁(尙宮)이 무수리 각셈 교군ㅅ군 여러사람을 기느리고 미곡 과물 포목 어더바리 복물을 탁거하고 단골무녀에게 나려와 안저서 모든

준비를 정성껏 차리엿다

송악산에서 나라혼인의 여탐굿을 한다고 소문이 굉장히 노피나서 경향각처에서 전에 구경안오든사람까지 구경을오려고 별르게 되엇는데 부근사람들은 단오날이 되기를 손곱아기다리고 원처사람들은 오일을 잡아들며 벌서 송도로 모여들기 시작하엿다

청석골 꺽정이패 도중에도 송악산 굿구경을 가고시퍼하는 사람이 한둘이아니엇지만 그중에 배돌석이의 안해는 구경을가면 반드시 오래그린동생도 마나보게되고 아비의 데리고사는 무당도 상면하게 될터이라 기어코가려고 몸을달리엇다 대장의 허락을 마터내라고 남편을 오복전가티 졸르는중에 그동생아이가 아비와 게모를 따라서 송도를온길에 누의를 차저보러 왓는데 그아비가 긔별하기를 점은학골 왕당 큰무당의 집근처에 사처방까지 말하여노핫스니 내데 외가치 구경을 나오라고하고 또 여러두령댁내권과 한께작반하야 나온다면 널직한방하나를 더 변통해보마고하야 배돌석이의 안해는 동생의 얼굴보니 반갑고 아비의 긔별들으니 조하서 깡충깡충 뛰다시피 하엿다

꺽정이집사랑에 여러두령이 모여안즌 자리에서 배돌석이가 김억석이의 긔변한 사연을 말하고 자긔의 의견으로 여러두령집 안팍식구가 다가치 구경을 갓스면 조켓다고 말한즉 맨먼저 황천왕동이가 재치잇게

「긋구경하구 떡이나 어더먹으러갈까」
하고 코쌀을 질머지고 그다음에 곽오주가 심술긋게
「나라여탐긋은 무슨별놈의 긋인가」
하고 입귀를 실쭉하엿다 그뒤를 달어서 다른두령들이 구경가는것을 조흐니 그르니 말하는데
꺽정이는 잠자코 듯기만 하더니 남나종에
「여러집 식구가 간다면 사람이 여간만흔가」
불쾌스럽게 말한마듸 하엿다 불쾌할것도 업는데 불쾌스럽게 말하는것은 꺽정이의 버릇이고 그어운으로보면 꺽정이도 가고시픈마음은 업지안흐나 동행이 만흔건 조치안하서 주저하는 모양이엇다 눈치잘체고 비위잘마치는 서림이가 꺽정이를 보고
「그러치요 여러집 안팍 식구가 죄다가면 사람이 좀만씁니까 그러치만 안갈사람두잇구 못갈 사람두 잇슬테니까 먼저 안식구들중에 갈사람이 며치나되나 물어보구 그담에 대장께서 몃 분 두령을 지정하서서 데리구 가게하시면 조치안흘까요」
하고 말하니 꺽정이는 고개를 끄덕이엇다
황천왕동이가 안에 들어가서 대정의 명령이라고 뒤설네를 떨어서 각집 안식구를 한자리에 모아노코 긋구경갈 생각이 잇나업나 각기 말하라고 하엿더니 공연히 잔사설들만 늘어노하시 한

사람씩 차례로 가느냐 안가느냐 다저보앗다
꺽정이의누님 애기어머니는 구경가고 시픈마음이 업지 안엇스나 나이보다 숙성하야 제법 기집아이꼴이 박힌애기를 난삽한데 데리고 가기도실코 구경조타는 소문을듯고 지각업시 가고자하는 애기를 떼어노코 가기도 어려워서 지금까지 고만두고 안간다고하고
꺽정이의 안해 백손어머니는 태긔인지 병인지 잘먹지못하고 신옴신옴 알른중인데 가겟다고말하야 가는것이 부지럽다고 애기어머니가 타일르고 집에서 조섭하는것이 조타고 오가마누라가 권하여도 그예 간다고 고집을 세우고
오가의 마누라는 한편 다리가 불인하야 행보가 어려운까닭에 안간다고하고
리봉학이의 소실은 아들아이가 성치안허서 못가겟다고 하고
박유복이의 안해는 굿에 혼이난사람이라 굿이란건 꿈에도 보고십지 안타고 안간다고하고
배돌석이의 안해는 혹시가지 못하게될까 겁을내는 사람이니 더 말할것이업고
황천왕동이 저의안해는 시누님이 가게되면 따라간다고하고
길막봉이의 안해도 간다고하고
서림이의 안해도 간다고하고
이외에 또 곽능통이의안해가 간다고하야 안식구의 구경갈사람이 모두여섯이엇다

황천왕동이가 사랑에 나와서 안식구들의 가고안가는것을 자세히 말한즉 꺽정이는 백손어머니의간다는것을 조케여기지 아니하야

「너의 누님은 가지말라구 일러라」

하고 말하엿다 황천왕동이가

「네」

하고 대답하면 고만일것을

「왜 누님은 가지말라세요」

하고 물어서 꺽정이의비위가 거슬리엇다

「가서일르라면 일르지 무슨 잔소리냐」

「애기어머니하구 오두령부인이 조만이 말해두 자꾸간다구 고집을 세우든데 내가말해서 고만둘라구요」

「내말루 일르란말이야」

「그럼 형님이친히 말슴하시요」

「내심부름을 못하겟단 말이냐」

꺽정이의 언성이 노파젓다 황천왕동이가 다시 안으로 들어간뒤에 서림이가 꺽정이의 역증을

눅이며고

「태긔시라구 말들하니 정말 태긔시라면 근이십년 단산하신끄테 히한한일입니다」

하고 말하니 꺽정이는 서림이를 돌아보며

「태긘지 무언지 누가아우 그러치만 잘먹지두안쿠 알흐니까 알는사람이 구경이 다무어란 말이요」

하고 대답하엿다

「태긔시든 병환이시든 좀 햇긔하시는건 해롭지 안흘껄이요」

서림이의 두번째말은 꺽정이가 대답안코 한참잇다가 벌떡일어나서 안으로 들어갓다

「왜 가지말라느냐」

「내가 가시지말라우 청님이 가자말라지」

「형님이구 누구구 왜 가지말란 말이야」

「그야 낸들아우 형님더러 물어보시구려」

「너좀 가서 물어보렴」

「난 실쏘」

「누의 말은 하치안흐냐」

백손어머니가 황천왕동이와 아귀다툼하듯 말하는것을 애기어머니가 딱하게 녀겨서 가로 막고 나섯다

「자네가 몸이 성치안흐니까 조심이되어서 가지말라는게지」

「조심이요? 그런 성가신 조심 고만두라시요」

「어꾸제 내가 대장더러 자내가 태권가부다고 말하니까 대장이 조와하면서」

「고만두어요 다알엇세요」

「무얼 다알엇서 남의말을 다듯고나서 말하게」

「태기가 무어요 죽을병이지」

「글세 내말을 들어봐」

「듯고십지안혀요」

「듯고십지안타면 고만두겟네」

방문박게섯든 졸개기집들이

「대장께서 듭십니다」

외치는 바람에 방안의 여러사람이 일시에 모두 일어낫다 혹은 웃간에서 대청으로 나가고 혹은 아래ㅅ간에서 웃간으로 나려갓다

꺽정이가 아래ㅅ간에 들어가 안저서 고개만 끄덕끄덕하며 각집 안식구들의 인사를 바든뒤에 아래ㅅ간 한구석에 비켜섯는 백손어머니를보고 말을내엇다

「자네는 구경못가네」

「왜못가오」

백손어머니는 한바탕 시비를 차리려는것가티 안저서 몸을 도사리엇다

「아푸다구 밥두잘안먹는다며 구경이 무슨구경이여」

「구경은 고만두고 쌈을하러 나가래도 나갈테니 념려마시요」

「쓸데업는 소리 짓거리지 말어」

「글세 내몸은 념려말어요 그러고 그런 고마운념려는 두엇다가 서울기집년들이나 념려해주시구려」

백손어머니말에 강짜가 석겨나오기 시작하엿다 꺽정이가 대번불호령으로 욕박질를듯하데 도리어 껄껄웃고

「기집년의 소견이란 할수가업다」

말하며 보기조흔 채수염을 쓱쓱 씨다듬엇다

「소견널븐사내 다 보앗소」

「허 그거참」

「나를 정이못가게 한다면 도망이라도 해서갈테니 그리아시요」

「어듸 도망해보게」

「엇잿든지 가고야 말테요」

「못간다거든 못갈줄 알어」

「내가 따라가면 구경터에서 잡년들의 궁둥이를 쪼차다니기가 거북할테니까 그래 나를 못가게하지요 나도 속을 다알어요」

「무엇이여 별 우수운년의 소리를 다듯겟네 자네만 가지말라는게 아니야 나두 안갈텔세 인제 더할 소리업지」

「나는 꼭 한번 가야겟소」

「꼭 갈일이 무언가 말하게」

「꼭 갈일이 잇소」

「공연이 악지를 부리느라구 자네가 그러케 내말을 어기면 다른사람까지두 다 못가게 할텔세」

걱정이의 말한마듸에 구경을 간다든 여러녀편네가 모두 낙심이되엇다

꺽정이가 사랑으로 나간뒤에 배돌석이의안해가 곳 울상을하고 백손어머니 여페와서 붓들고 매어달리다 시피하며

「우리든 구경가고 못가는것이 형님손에 달렷스니 형님 좀 생각해주세요」

사정을하고 평소에 말수적은 박유복이 안해까지

「대장께서 형님을 위해서 가지만라고 말슴하시는걸 그말슴을 어기시면 됩니까 형님이 고만두서야지요」

사리로권하엿다 여러녀편네든이 입을모은것가치 다가티 백손어머니더러 구경갈생각은 고만두라고 권하고 달래는중에 오직 황천왕동이 안해만 말이 업섯다 여러입이 백손어머니의 고집덩이를 녹이어서 시원치안케나마 아니갈의사를 말하게되엇다 백손어머니가 안간다고하니 시누님을 따라간다는 황천왕동이의안해도 체면을 차리느라고 자기역시 안가겟다고 말하는데 가라고 권하는사람도업고 가자고 끄는사람도 업서서 마침내 안식구의 구경갈사람이 여섯이 넷으로 줄엇다 배돌석이의안해가 백손어머니에게 치사하는 뜻으로

「저이들 이번구경은 형님께서 시켜주시는셈입니다」

하고 말하니 백손어머니는 골을 내면서

「그런소리 난 듯기실혀」

몰풍스럽게 핀잔을 주고 마음에 안되엇든지 뒤를풀어서

『대왕당 그네를 꼭한번 뛰어보려고 맘을먹엇는데 그만것도 맘대로 되지안흐니 사람이 속이 상하지안켓나』

하고 말하엿다

『내년에 가서 뛰시지요』

『신병잇는 사람이 효험을 본다니까 올에 가려고하지』

『형님병환은 아는병이라는데 무얼 그러세요』

『그런 당치안흔소리 고지듯지말게 이십년동안 단산한사람이 불경스럽게 아이가 다무어란말인가』

백손어머니 말끄테 애기어머니는 영낙업는 아이니 두고보라고 우기엇다

이때 사랑에서는 안식구데리고 구경갈두령을 작정하게 되엇는데 꺽정이가 누구누구 지정하기안코 각각 의향을 물어보앗다

처음에 리봉학이를 보고

『자네 갈라나』

하고 물으니

「가구십지 안씁니다」

대답하고 그다음에 박유복이를보고

「너는 갈라느냐」

하고 물으니

「저두 안가겟습니다」

대답하고 또 그다음에 서림이더러

「서종사는 어떠케하겟소」

하고 묻어서

「대장께서 가라시면 가겟습니다」

대답하니 곽오주가 무릅을 치면서

「그러면 그러치」

하고 말하엿다

「너 그게 무슨소리냐」

「서종사는 가겟습니다 안가겟습니다 그런 싱거운 대답은 안하더니 생각햇더니 내생각이 꼭 들어마젓지요」

「누가 너더러 남의대답할말 생각하라드냐」

「누가 생각하래요 내가 생각햇지」

「주둥이 닥치구 가만잇거라」

꺽정이가 곽오주를 욱박질른뒤에 의향뭇든것을 다시 계속하엿다

「돌석이는 갈테지」

「네」

「천왕동이두 갈테냐」

「네」

「막봉이는」

「갈랍니다」

「산이는」

「고만두겟습니다」

「그럼 자원하는 사람셋하구 서종사하구 가면 사람쓰가 꼭 안식구 마찬가지 넷이되는군 그러케 넷이가지」

「꼭 넷이맛입니까 한두사람 더가두 조치안씁니까」

서림이가 물엇다

「누구 더갈사람잇소」

「우선 오두령께서두 저더러 구경가게 되거든 가치가자구 말슴하든걸이요」

「오두령은 늘근이가 무슨 구경이여 내가 고만두랄테니 념려마우」

「나는 사람갑세 못가우」

곽오주가 꺽정이를 보고 드리대듯 말하엿다

「구경터에 어린자식 색기를 뒤처업구 오는 녀펀네가 만홀텐데 그어린것들이 모두울어드 세가미처날뛰지 안홀테냐」

「그까진놈의구경 갈생각은 업지만 나하나만 쑥빼노쿠 수에두 처주지안호니 내가 서운하지 안호면 사람이아니요 나는 고만두구 형님두 다시생각해보면 서운하리다」

곽오주의 두덜거리는말을 꺽정이는 웃고 늘엇다 서림이가 먼저말을 다시 이어내어서 하고 말하니 꺽정이가 고개를 가로혼들엇다

「그러면 오두령은 고만두드래두 대장께서는 가시겟지요」

「아무일업는때니 소풍삼아서 가시지요」

「안가겟소」

꺽정이의말이 요개할나위가 업서보이어서 서림이는 다시 더 권하지못하였다 두령들외에 대장시위(侍衛)란 소임을가진 신불출이와 곽능통이는 대장이가지도안코 또 보내지도 아니하야 가지못하게들되엇다

두령넷이안식구넷을 데리고 단오전날 송도에가서 하루ㅅ밤자고 단오ㅅ날종일 굿구경하고 저녁때돌아오기로 작정한것이 단오전전날 일인데 이튼날인 단오전날 아침에 꺽정이가 안에들어와서 조반을 먹을때 애기어머니만 상머리에 와서안고 백손어머니는 눈에보이지 아니하엿다

「어듸갓소」

「생병이나서 누엇서」

「생병이라니?」

「구경을 못가서 병이낫대 구경을 보내주엇스면 조켓서」

「글세 무슨병이란 말이요」

「구경은 가려고 골독하다가 못게되는데 애성이나서 어제점심저녁 두끼니 꿀한모금 안먹고 오늘도 머리싸고 누엇스니 보는사람이 답답해죽겟서 제발 구경은 보내주어요」

「구경을 못가서 굴머죽을 작정하는 그런못생긴년은 굴머죽어두 좃소 가만 내버려두우」

「사내들은 잘모르는 일이지만 녀편네가 아이설때는 공연이 성정이 까다러워저요」

「정그러케 굿구경이 하구십다면 송악산단오굿이 갓난뒤에 무당년들을 붓잡어다가 여기서 큰굿을 한번시킬테니 그때 실컨 구경하라구 일르시우」

「굿구경은 여차고 대왕당 그네를 뛰러갈라고 그애야」

「그그네는 무슨 별난 그네요」

「단오ㅅ날 대왕당그네를 뛰면 내외간의ㅅ 정도 조하지고 귀한아들도 나코 신병도 업서진대」

「난모르우 누님에게 맛길테니 구경보내든 마든 맘대루 하우」

꺽정이의 반허락과 애기어머니의 온허락으로 백손어머니와 황천왕동이의안해가 다시 가게되어서 안식구의 구경갈사람이 넷이 도루 여섯으로 늘엇다

청석골도중의 사내녀편네 열사람 일행이 단오전날 저녁때 송도로 나왓다 송도부중에는 도중과 긔맥을통하는 관속도잇고 도중에거래까지하는 상민(商民)도 잇서서 하루ㅅ밤쯤 어듸가서든지 류숙할수잇고 또 보은리(報恩里)사는 김천만이는 도중의장물을 팔아드리는 사람이라 이사람의집에 가면 하루ㅅ밤은 고만두고 며칠이라도 편히묵을수 잇지마는 김억석이가 전위해청좌를 보냇슬뿐아니라 굿구경을 하는데는 무당집 반연을 차저가는것이 조흘듯하야 검은학골로오게들되엇다 길아는 황천왕동이가 압서서 인도하야 일행이 대왕당 큰무당의집아페 와서보니 삽작안에 사람이 둘씩둘씩하는데 그중에 눈설은 복색이 더러 석겨잇섯다 개떡쪽가튼 큰머

리를언고 푸르둥둥한 큰띄를 띈 녀편네도잇고 털벙거지를 쓰고 송긔떡군복을입은 사나희도 잇섯다 개떡쪽큰머리가 무수리요 송긔떡군복이 무예별감이것은 서림이가 잘알어서 안식구들에게 자상하게 일러주엇다 김억석이를 차저도 대답이업서서 일행이 삽작박게서 서성거릴때 하무먼저 내보낸 억석이의 아들이 옆집에서 뛰어나와서

「이리들오세요」

하고 그옆집으로 인도하엿다 방은 그집의 건넌방아래ㅅ방들은 어더노핫는데 건넌방은 간반이좁고 아래ㅅ방은 한간이 좀 널버서 비슷비슷한것은 간반이 명색만이라도 한간보다는 널다고 억석이가 널직한 방이라고 귀별한 모양이엇다 널직하다는 건넌방은 안식구들을 주고 아래ㅅ방에 사내넷이 들어안젓다 억석이의 아들만 공연히 왓다갓다할뿐이요 억석이는 꼴도볼수업섯다 아들놈의 말이 아바가 산우굿당에 가서잇는데 곳 나려오리라고하더니 해가 다지도록 오지아니하엿다 다담대접은 바라다가 턱이떨어질뻔한것은 고사하고 저녁밥공궤를 기다리느라고 창자에서 쪼르륵 소리들이 낫다 저녁밥을 무당집에서 가저올터이라는데 소식이 감감하야 몸가벼운 황천왕동이가 동정을 보러갓다 삽작안 마당에 멍석을 편폭하야깔고 여러사람이 둘러안저서 밥들을먹고 송긔떡군복은 마루우에 따로 외상을받고 안젓는데 이녀편네가 술을 딸허 올리고 저녀편네가 갈비를 구어바치고 안ㅅ방이도 또 어떤귀빈이 잇는지 여러녀편네가 들락날락

시중들하엿다 황천왕동이가 곳 쪼처들어가서 송긔떡군복을 지러치우고 그술 그고기 빼서먹고 시픈것을 꿈꺽참고 돌아왓다

「모두 저녁들을 먹든데 우리만 안주니 그것들이 먹든 대궁은 우리줄다는거야」

황천왕동이 말한마듸에 여러사람의 속에잇든 불만이 쏘다저 나왓다

「사람을 푸대접해두 분수가잇지」

「우리가 이게 무슨꼴이람」

「망신이요 칙실한망신이요」

「대관절 역석이놈은 낫바대기나 좀봐야지」

「제가 일직못올것 가트면 말이라두 일러두구 갈께지」

「긴말할것업지 우리 다른데루 갑시다」

「어듸루 갈까」

「어듸루 가 제일친숙한 김천만이게루 가지」

「처음부터 천만이집으루 갈걸 공연이 이리왓서」

다른 세사람은 말할것업고 배돌석이까지 보은리로 가자고 말하야 네사람이 한께 아래ㅅ방에서 나왓다 건넌방에 가로세로 들어누엇는 안식구들더러 일어나서 나오라고 말하고 기다리고

섯는중에 억석이의 아들이
「아버지 저기옵니다」
하고 소리치며 곳 억석이가 급한거름으로 쪼처들어와서
「지가 이런 미안한데가 업습니다」
「지가 이런 황송할데가 업습니다」
하고 이사람에게 굽신하고 저사람에게 굽신하엿다 대답한마듸 아니하는 네사람중에 황천왕동이는 눈을 똑바로뜨고 억석이를 노려보더니
「이놈아 이게 사람대접이냐」
하고 눈ㅅ결에 대들어서 보기조케 빰을치는데 섯달그믐께 흰떡치는 소리가 낫다
「그저 소인이 잘못햇습니다 용서합시요」
김억석이가 전에는 두령들을 보고 제말할때 반드시 소인이라고 하엿지만 배돌석이의 가시아비된뒤로 소인보다 저라고 만히하고 도중에서 나와살게된뒤로 소인은 아주업새고 한것하야 저라고하더니 지금 다급하야 소인은 개어올린것이다
「내가 소인소리에 허기들린줄 아느냐 골백번 소인을 개올려두 너는 용서할수업다」
황천왕동이가 팔을 거더부치며 뒤로회해 나가섯는 억석이게로 다거설때 버선발로 뛰어나려온

배돌석이 안해가 팔을잡고 매어달리면서

「이게 무슨일입니까 제낫을좀 보아주세요」

하고 우는소리를하엿다 배돌석이가 그안해를 잡아제치고 황천왕동이의손을 잡고

「여게 요란스럽게 손찌검말구 조용조용이 말을 들어봐서 고의무 우리를 망신시켯거든 잡아가지구 가서 톡톡이 치죄하세」

하고 은근히 말리니

「그럽 보은리루 끌구가서 말을 들어볼테요」

황천왕동이가 배돌석이를 돌아보며 물엇다

「글세 여기서 잡ㅅ간물어보구 가는게 조치안흘까」

「보은리가 여기서 초간한데 안식구들은 다리구가자면 캄캄하게 어둡소 지체하지말구 곳 가야하우」

「남의 집에까지 끌구가는건 재미업슬듯해서 말일세」

「그러면 물어보구말구 할것업시 고만두구 갑시다」

황천왕동이가 다시 김억석이를 향하야

「우리 속상한걸루 말하면 너를 곳 박살해두 시원치 안치만 안면을보는데가 잇서서 고만둔

다」

말하고 거더부첫던 소매를 도루 나리엇다 김억석이가 허리를 굽신하면서

「황송합니다」

하고 말한다음에 배돌석이 여프로 가까이와서

「지금 보은리루 가신다니 그게 될말슴이요 여러분 방으루들 들어가시게하우 곳 저녁진지를 내오두룩 하리다」

넌짓이 청하듯 말하는것을

「우리가 빌어먹는 거진가 대궁밥술은 어더먹구잇게」

배돌석이가 매몰차게 핀퉁이 주엇다

「대궁밥이라니 웬말슴이요」

「다른 밥을처먹구 우리만 안주니 우리를 대궁밥먹이려는게지 무어야」

「설마 남먹든대궁이야 드리겟소 그런말슴은 공연한 말슴이요 그저 내가 조금만 일직 나려왓드면 조흘것을」

김억석이의말이 채다 끗나기전에 배돌석이가 말끄를 채엇다

「누가 일직나려오지 말라든가」

「일직 나려올쑤가 잇스면 왜이때까지 잇겟소 인정으루 생각하든 도리루 생각하든 벌서 뛰어나려왓지 여기 대왕당성관이 중병을 알쿠난뒤에 소성이 아직다못돼서 내처되는 사람이 저의 고모매신으로 굿당일을 전부 주간해보는데 그뒤를 거들어 주느라구 요새는 노박 산우에가서살엇소 내일준비가 미진한것이 만어서 오늘두 어떠케 바뿐지 점심때부터 나려 온다는것이 막 나려올라구하면 이것좀해다구 저것좀 해다구 일이 끄티나야지요 그래 서 이러케 느젓소 일부러 한만하게 늣게나려올리야 잇소」

「바뿐데 미안해서두 우리는 다른데루 가야겟서」

「이눔을 죽일눔이라구 치도곤을 먹이시는게 낫지 다른데루 가시다니 말이되우 그런말슴 말구 여러분을 방으로 들어가시게 좀 하시우」

배돌석이가 어떠케 하려느냐 뭇는눈치로 다른 세사람의 얼굴을 돌라보앗다

「알구보니 저사람이 괴의루 푸대접하건 아니구려 단지 주선이 좀부족햇지」

서림이는 주저물러안자는 의사로 말하고

「점점더 어둬가는데 어떠케 할셈들이요」

황천왕동이는 보온리로 가자고 재촉하는 의사로 말하고 길막봉이는 주저물러안저도 조코 보온리로가도 조타는 의사인지 검다쓰다 말이업섯다

건넌방아페 나와섯든 안식구들이 어느름에 다 도루 방으로 들어가서 무슨공론을 하더니 백손어머니가 머리를 방박그로 내밀고서

「동생 이리와」

하고 천왕동이를 불럿다

「왜 불르섯소」

「마전댁이 분해서 자꾸 울길래 내가 네대신 빌엇다」

마전댁이란 배돌석이의 안해말이다 아무두령이니 아무 두령댁이니 하는칭호는 도중박게 나와서 쓰기어려운 까닭게 이번에 청석골서 나올때 사내들은 모두 성(姓)미테 서방을부처서 아무서방이라 불르기로하고 녀편네들은 본집의 골이름을 따라서 아무댁이라 불르기로하야 황천왕동이의 안해는 봉산댁이되고 길막봉이의 안해는 안성댁이고 서림이의 안해는 양지댁이되고 곽능통이의 안해는 죽산댁이 되엇는데 백손어머니는 본집이업는 사람이라 전에살든 양주로양주댁이라고하고 배돌석이의안해는 마전 무당의집을 본집이라고 말할수업지만 그래도 그대로마전댁이라고 불르게되엇든것이다

아버지대신 따님이 울구 동생대신 누님이 빌엇스면 고만 쑥삭다됏구려 그래 그말할라고 불르섯소」

「마전댁 낫을보아서 내가 나른데로 안가고 여기서 자겟다고 빌엇스니까 그리알란 말이야」

「대체 빌긴 무얼잘못햇다구 빌엇소 난 잘못한것업소」

「무슨 사정이 잇서서 늣게왓나 말이나 들어보고 시비를해야지 말도 안들어보고 대번 손찌검한것이 잘못아니냐」

「그래 그건 누님말대루 잘못이라구 칩시다 그러니 우리가 여기서 푸대접 밧구잘것이 무어잇소」

「나하나뿐아니라 우리 안식구들은 다 여기서 자기로 공론햇다」

「그럼 우리사내들두 다른데루 못가는게지」

황천왕동이 마저 추저물러안께 되어서 사내네사람은 다시 아래ㅅ방에 들어안젓다

김억석이는 네사람이 아래ㅅ방에 들어안는것을 보고 그제야 비로소 건넌방아페 가서 면면이 인사를 하고 무당의집으로 가더니 얼마아니잇다가 광솔불을 가지고와서 두방으로 다니며 등잔불을 달려노코

「밥을 새루 또 짓는데 곳 뜸이 들겟답니다 시장들하실테지만 조금만 더 참어줍시요」

말하고 다시가뒤 한동안지나서 저녁상들이 나왓다 건넌방에는 셋겸상이 둘이요 아래ㅅ방에는 겸상이 둘이엇다 밥은 갓지은것이라 기름이 흘르고 찬은 상이어둡도록 가지ㅅ수가 만헛다

김억석이가 술양푼을 들고 아래ㅅ방에와서 반주를 권하는데 술맛이 조치안허서 서림이와 황천왕동이는 갱기미로 두엇씩 바더먹고 고만두고 청탁을 안가리는 배돌석이와 길막봉이는 갱미를 여남은번 둘이 서로 주고바덧다 네사람이 밥을 먹기시작한뒤 김억석이는 한여폐 인저서 아까 다못한발명을하엿다

「지금 저의 처고모의집은 서울서오신 노상궁마마 일행이 통차지 하다시피 햇습니다 원채아래ㅅ채에 방이 넷인데 안방에는 상궁마마가 기시구 건넌방은 상궁마마 모시구온 녀인네들이 쓰구 아래ㅅ채에잇는 방하나두 역시 상궁마마 뫼시구온 사내하인들이 쓰구 아래ㅅ방 하나남은것을 주인성관이 어끄제까지 쓰다가 의외에 또 서울서 무예별감 한분이 나려와서 그방마저 뺏기구 지금은 안방에가서 상궁마마를 뫼시구잇습니다 몸이 부실한 주인성관두 방한간을 따루못쓰니까 다른식구야 더말할것이 잇습니까 굿당에가서 일보는 사람은 게서 자구 여기서 일하는 사람은 잘때가되면 모두 이웃집에가서 부처잡니다 원집안사람은 몃안되지요만 난데서 일봐주러온사람이 만습니다 저집에 사람들끌른것 보섯지요 굿당은 더합니다 먼데사람 이웃사람 모두와서 일하답시구 먹습니다 그래서 종일 먹는비칩니다 우선 이집의 여섯식구두 넷은 굿당에가잇구 둘은 저집에 가잇습니다 일하려온사람보다 먹으려온사람이 더 만호니까 일은뒤죽박죽이에요 여러분이 오시거든 서울손님마 충하말구 대접하라구 저는 말

할것업구 주인이나 다름업는 제처가 집안사람에게 미리 일러두엇는데 일러둔보람이 뒷쪽으두 낫습니다 아까가서 말을 들어보니까 서울손님 대접하느라구 정신들두 업섯지만 첫째 제자식눔이 똑똑지안허서 어떤손님이 오신것을 알두록 잘일러주지못한 모양이에요 그러구 그자식은 저녁재축한번 안허구 아비오기만 기다리구 잇섯답니다 그런 태ㅅ덩이가 어듸잇겟습니까」

김억석이의 긴발명이 아들 사살로 변할때 서림이가

「참 자네 저녁은 어떠케햇나」

하고 물엇다

「아직 안먹엇습니다」

「그럼 우리하구 가치먹을걸 그랫네그려 지금이라두 밥한그릇 더내오래서 여기서 가치먹세」

「아니올시다 나중먹겟습니다」

「그럴것 무어잇나」

「저는 잇다가 굿당에가서 먹을랍니다」

「여기서 자지안쿠 또 산우에를 갈텐가」

「오늘밤에는 밤눈을 재울른지 모르는데 가봐야지요」

「어둔데 산에를 어떠케올라가나」

「발씨가 익어서 불업시두 다닙니다」

서림이가 일변 밥을 먹으며 일변 김억석이와 수작하는동안에 다른세사람은 거의 밥들을 다먹어서 서림이도 수작을 그치고 수저를 부지런히 놀리엇다

아래ㅅ방과 건넌방의 저녁상을 다 물려내고 김억석이가 무당의집에 간동안에 서림이가 다른세사람을 보고

「우리가 여기와잇는것은 김천만이에게 귀별만하면 오늘밤에 술을먹게될테니 억석이 가기전에 귀별좀해달라구 부탁합시다」

하고공론을 내어서 세사람은 다 조타고 찬동하엿다 김억석이가 굿당으로 올라간다고 인사하러왓슬때 서림이가 보은리에 사람하나를 보내달라고 말하니 김억석이는 자긔가 분봉상사(分奉常寺)여페사는 김천만이의집을 짐작한다고 그리다녀서 굿당으로 가겟다고하엿다

밤이 이슥하엿슬때 서림이의요량과 틀림업시 과연 김천만이가 술방구리와 도야지다리와 그외의다른음식을 큰목판에 담어서 사람을 지켜가지고 왓다 건넌방의 안식구들은 밤참도실코 잠자는것이 달다고 일어나지들 아니하야 아래ㅅ방에서 김천만이까지 다섯사람이 달기 두서너홰를치도록 술ㅅ장을 보앗다

밤지나니 단오날이다 지난밤에 김억석이가굿당으로 올라갈때 딸보고 말하기를 구경할자리는 미리 잡아두지마는 느지면 남에게 뺏기기쉬우니 일직들 나서시게하라고 한까달게 건넌방의 안식구들은 첫재벽부터 일어나서 밥동하고 아래ㅅ방의 늦잠든사내들은 안식구의 성화가튼 재촉을 밧고 할수업시 일어낫다 술취하고 밤기퍼서 가지못하고 한구석에 쓰러저잔 김천만이는 저의집에 가서보고 나종굿당으로 차저온다하고 일어나는길로 바로갓다 외인이 가뒤에 안식구들이 잔소리를 퍼부어서 네사람이 바쁘게 소세를 마치고나니 조반상이 알맛게 나왓다 안ㅅ방에서 자고 나간 사람들이 건넌방의 일직서드는것을 보고가서 말한모양이엇다 조반이 일러서 조권마는 사내들은 입이 습시하고 안식구들은 구경에 들뜨어서 모두 조반을 먹는지만지하고 상들을 내노핫다 안식구들이 청석골서 나올때는 행세하느라고 일제히 삿갓을 썻지마는 구경을 가는데는 삿갓이 말썽되어서 쓰자거니 마자거니 두패로갈리엇다 사람분빈 구경터에 삿갓을 쥐고다니기 주체굿다는건 쓰지마자는패의말이고 난잡한 구경터에 얼게을내노코다니기 창피하다는건 쓰자는패의말이엇다 마음이 사내와가튼 백손어머니는 쓰지마자는패의 피수가되고 얼굴이 꼿과가튼 황천왕동이안해는 쓰자는패의 피수가되어서 나이절믄올케가 어머니 비슷한 시누님을 겨우 항거하는데 황천왕동이가 안해를 버리고 누님에게 가담하고 다른세사내마저 황천왕동이를 조력하야 원래 힘이기운 쓰자는패가 다시더 힘은 쓰지못하게되어서 안식구

는 모두 삿갓을 두고 맨얼굴로 나섯다

헤ㅅ살이 아직 퍼지기전이라 풀섭의이슬은 념려하며 검은학골서 나섯스니 무던이 일직나섯폭이건만 진언문(進言門)안을 들어오기전부터 동행이 띄엄띄엄생기고 구융바위 동네여풀지날때는 구경군이 압뒤에 끈치지 아니하엿다 송악산 산ㅅ길은 잡아들엇다 사내들과 안식구중에 백손어머니는 평지나 다름업시 힘안드리고 수월하게 것지마는 안식구 다섯사람은 그러치못하야 발을 메어놋는것이 차차로 더듸어젓다 황천왕동이의안해가 맨뒤에 떨어지기를 잘하므로 황천왕동이는 올라갓길을 되나려와서 안해의 거름을 재촉할때가만핫다 산중턱은 채오기전에 황천왕동이의안해가 다리가 아퍼서 한거름 띄어노키가 약약하데 산곡대기는 눈에 보이지도 아니하야 남편에게

『인제 얼마나 남엇소』

남은길을 물어보다가

『아직 멀엇서』

대답을 듯고는 다리가 갑자기 더 아퍼저서

『난 다리아퍼 못가겟소 좀 쉬여나 갑시다』

하고 길ㅅ가에 주저안젓다 황천왕동이가 우스면서

「내게 업혀가보시」

안해를 조롱한뒤 압서가는 일행에게 쉬어가자고 소리를첫다

한구비우에 안저쉬기조흔 널으석바위가 잇서서 황천왕동이가 안해를끌고 더올라와서 길서페잇는 반석우에 일행과가치 안저쉬엇다 일행중에 녀편네가 만코 녀편네중에 나이절문 새댁네가 만코 새댁네중에 얼굴고운 황천왕동이의안해가잇스니 여러사람의눈이 반석우로 끌리지안흘수 업섯다 여프로 보며가다가 다시 뒤로 돌아보는사람은 여간만치안코 일부러거름을 멈치고서서 바라보는사람까지 더러잇섯다 황천왕동이의안해가 길을 걸어올때는 길만보고 걸은까닭에 남들이 자긔를 보는지안보는지 잘몰랏다가 안저쉬는동안에 비로소 아니 여러사람의 눈이만히 자긔몸에와서 실리는듯 몸이근지러워서 여페안즌 남편을보고

「삿갓을 쓰고왓스면 조흘것을 공연히 쓰지말라고해서 남들이보는것 창피해 못견듸겟소」

하고 매원하엿다 황천왕동이는 속으로 은근히 자랑할일가티 생각되어서 싱글벙글 웃기만하는데 백손어머니가 올케를 돌아보며

「어떤놈이 보든지 자네만 본체만체하면 고만아닌가」

하고 타박을 주엇다

쉬고 일어난뒤 한동안은

「아이구 길도 험해라」

「이런데를 어떠케 밤에 올라다닐까」

「무서워못가겟소 나좀 붓들어주우」

「먼저들 가지말고 가치가요」

이런말들을 짓거리든 안식구다섯사람이 한참동안 가파른길을 도드밥고나서는 숨이 턱에다어서 말한마듸 짓거리지못하고 땀은 철철 흘리고 거름은 통히 것지못하엿다 사내네사람이 거름못것는 안식구다섯사람을 압세우고 올라오면서 떠밀어주기도하고 붓들어주기도하게되엇다 그러자니 자연 내외끼리 손을맛잡은때가 만허서 곽능통이의안해하나만 외톨로 비어지는것을 백손어머니가 보고

「여게 마누라 이리오게 우리두 손붓잡구가세」

사내의목소리를 흉내내서 말하야 일행이 다 우슬뿐아니라 가치가든 다른구경군까지우섯다 참내외네쌍 거짓내외한쌍 각각 쌍을지어서 붓들고올라왓다 서림이의안해는 부끄렴이업슬나이라 말할것이업고 배돌석이의안해는 사람이 당돌하고 길막봉이의안해는 사람이 어리무던하야 모두 부끄런줄을 모르나 오직 황천왕동이의안해만은 외모와가튼 고은마음에 여러사람보는데 사내에게 손목잡힌것이 부끄러워서 걸어가는지 끌려가는지 발이 건공중에 노히는것 가텃다 올라

가고 또올라가고 올라가는길이 끄티업는듯 지리하야 이러케 고생할줄 알엇더면 오지아니할것을 공연히왓다고 구경온것을 속으로 후회까지하엿다 압서가든 사람중에서 누가

「인제 다왓다」

하고 외치는소리에 황천왕동이의안해는 귀가 번쩍뜨이어서 줄곳들지못하든 얼굴을 비로소 치어드니 집채가튼 큰바위가 머리우에 솟어잇섯다 바위아래 구비진길을 돌아서 올라가니 건넌편 산등갱우에 당집이 여러채잇고 또이편 큰바위비슷뒤에 큰당집이 하채잇고 큰당집압 비탈우에 둥그나무가섯고 그둥그나무에 그네ㅅ줄이 매어잇섯다 아래서 우로올라가는길은 그네터여페층층대요 건넌편에서 이편으로 다니는 길은 장등우에잇섯다 장등은 좌우쪽으로 휘어서활ㅅ등갓고 장등아래는 비탈이고 비탈아래는 평바닥인데 평바닥도 물매되지안흔 지붕만큼 기울러젓다 기울어진 평바닥에 멍석을 죽늘어깔고 차일을 노피친것이 굿할자리를 만들어노흔모양이엇다 여러당집에 사람들이 들락날락하고 장등ㅅ길에 사람들이 왓다갓다하고 길우의잔듸바테 사람들이 웅긋중긋 섯기도하고 또 퍼더버리고 안젓기도하고 굿은 아직 시작이안되엇는데 굿할자리에도 사람들이 만히잇섯다 쌍을지엇던 내외들이 각각떨어저서 서로 뒤석길때 황천왕동이는 먼저 층층대를 뛰어올라가서 큰당집안으로 들어가더니 얼마아니잇다가 김억석이와 가치 나오면서 층층대아래에 모여섯는 일행을 올라오라고 손짓하엿다

김억석이가 일행을 인도하야 여러굿당을 잠간잠간 구경시켜주엇다 이편의큰당집이 곳 대왕당인데 대왕당아픈 한편에 매로바위가잇고 한편에 그네터가잇고 매로바위로부터 그네터까지 아래가 모두 낭떨어지기아니면 비탈이라 압마당이 좁되 좁아서 큰당집에 어울리지 아니하엿다 건넌편에잇는 네당집은 성황당 국사당 부녀당인데 바로 북성문(北城門)안이오 북성문 박그로 달리골이 나려다보이엇다 김억석이가 대왕당에서 가까운 비스듬한 잔듸바테 미리자리를 잡고 멍석한닙을 깔어두엇는데 멍석은적고 사람은 만허서 사내들이 안식구를 편하게안치려고 멍석박게 나가안즈니 김억석이가 이것을보고 멍석한닙을 더갓다 깔어주어서 사내와 안식구가 모두 멍석우에 다리들를 뻣고안젓다 조반들 설치고왓단말을 김억석이가 딸에게서듯고 요긔할 떡도가저오고 군입다실과실도 가저왓다 김억식이가 뻔질자주올뿐아니라 억석이의 처되는 무당어 그바뿐중에 일부러 와서보고 또 억식이의 아들이 심부름하려고 아주 여페와서잇섯다 해가 차차 느저갈쑤록 구경ㅅ군이 더욱 올려밀려서 굿당근처에 사람이 와글와글하게 되엇다 구경ㅅ군에녀편네가 사내보다 더만흔듯 푸른나무사이에 울긋불긋한 무색옷이 꼿바틀이루엇다 서울서나려온 상궁일행이늣게야 비로소 올라오는데 상궁탄 보교가 사람을 헤치고 오는폼이 괴구잇서 보이어서 누가보든지 부러울만하엿다 황천왕동이의안해가 올라올때 고생한것을 도리켜생각하고 여페안즌 배돌석이의안해더러

「우리는 언제나 저러케 긔구잇게 다녀볼까」

하고 한탄하야 말하는것은 황천왕동이가 어느견에 듯고서

「나인이 되구십단 말이야」

하고 빈정대어 책망하엿다

각굿당의 무당과박수들이 층층대아래로 몰려나려가서 상궁이 보교박게 나설때 일제히 문안들을드리엇다 상궁은 좌우의 부축을 밧고 층층대를 올라와서 대왕당으로 들어가고 상궁일행과 가치온 대왕당 큰무당은 바로 굿할자리에 가서서 여러 무당박수를 지휘하야 차일친 안에 가외ㅅ사람은 들어서지못하게 금하고 전물ㅅ상들은 날러내다가 자리잡어서 벌려노케하엿다 이때 해가 벌서 아침때가 지나서 굿시작이 느진까닭에 전악들이 빨리 악긔를 잡고안고 무당들이 지체안코 복색을 차리고나섯다 장고소리가 땅하고나고 징소리가 광하고낫다 큰굿이시작되엇다

단오날굿은 녜전에는 다섯굿당에서 각각하든것인데 대왕대비가 왕비쩍에 몸바더 나려온 나인이 별비를 쓰는데 공평치못하야 굿당사이에 말썽이 난것을 왕비가알고 이후는 굿을 한데가치하라고 분부를 나려서 큰굿판하나를 벌리게되엇고 대왕부인의 그네노름은 녜에전는 점심쉬는 동안에 하든것인데 그네ㅅ덕을 입으려고 헛애쓰는사람이 년년이 엄청만허지는까닭게 큰굿판

을 벌리든 첫해부터 그네노름을 점심전에 일직하기위해서 굿을 두세거리 마친뒤에 한차례 걸게쉬는동안을 너케되엿섯다 굿을 처음에 늣게시작하면 오류월긴긴해에도 해동갑하야 겨우 열두거리를 다하게됨으로 뒤를몰아칠매가 만흔데 대왕대비의치성굿은 겸친 특별한 큰굿은 함부루 몰아칠수도 업는데다가 시작이 늣게되엿스니 굿판이 밤까지 걸리기가 쉬웟다

굿판근처에 사람이 겹겹이둘러서서 평바닥에 선사람들은 말할것업고 장등우에 선사람들도 굿구경을 잘하기가 어려웟다 청석골일행 안즌자리에서는 무당의노는꼴이 잘안보이건만 그래도 보려고 아페와서 서는사람을 비키라고 야단 치고 무당의 짓거리는소리가 통 안들리건만 그래도 들으려고 여페서 떠드는사람을 조용하라고 책망하엿다 무당이 박아지를 들고돌아다니며 무엇을 뿌리는것가트니 부정풀이가 끗나가는줄 생각하고 무당이 너푼너푼절을하는모양이니 가망청배가 시작된줄짐작하엿다 가망 노래를하는지 만수바지를하는지 모르면서도 그래도 바라보고들잇는중에 굿자리에 안젓든사람들이 일어나더니 대왕당큰무당이 여러무당과박수들을 데리고 구경ㅅ군을 헤치고 층층대를 올라와서 대왕당안으로 들어가고 그뒤에 기대는 장고를메고 전악들은 제각기 악긔를들고 올라와서 대왕당 압마당에 모여섯다

『대왕부인 그네뛰신다』

소리가 여기저기서 들리며 굿구경ㅅ군들이 그네터로 몰려들어서 등그나무아래는 사람이 빽빽

하고 올라다니는 층층대도 사람에 무치엇다 청석골일행도 그네터 가까이가려고 잔듸바테서 길로 나려오는데 김억석이가 대왕당에서 올라오다가 보고도 사람에취하야 정신이업는지 아무 말도안코 그대로 지나가려고하야 일행의 아플섯던 황천왕동이가 그억개를 툭 첫다

「어듸루들 가실라구 나려오십니까」

「자네는 어듸가나」

「저건너 무엇좀 가질러갑니다」

「자네 바쁘가」

「바쁘구 말구요」

「바쁘드래두 내말좀 듯구가게」

「무슨 말슴입니까」

「그네를 대왕부인이 뛰구난다음엔 곳 우리누님을 뛰게해드리게」

「그건 제수로 할수업습니다」

「할수업스면 고만두게 우리가 해보지」

「상궁마마가 그네를 뛰신다니까 그냥반이 뛰신다음에야 다른사람이 뛰게될걸이요」

「마마구 별성이구 다 고만두라게 순리로말해서 안들으면 집어치우구 우리누님은 뛰게할텔

세」

「그러면 큰일납니다 대왕대비전 몸바더가지구온 상궁마며를 조금이라두 건드리시기만하면 뒤가 무사할리 만무합니다」

「뒤가 무사하지못하드래두 겁안나니 념려말게」

「굿당은 결단나구 저는 죽습니다 제발덕분에 고만둬줍시요」

「바쁜데 고만 볼일이나 보러가게」

「아니올시다 고만두시겟단 말슴을 듯지안쿠선 갈수가업습니다」

「내가 고만두구십지안흔결 자네말루 고만두어」

「나중뒤시면 어때서 그러십니까 그네뛰는보람은 대왕께서 구버살피시기에 달렷지 처음나중에 달린것이 아닙니다」

「인제 잘 알엇네 고만가게」

황천왕동이는 그예 자긔누님은 상궁보다 먼저 그네뛰게할 생각이잇서서 김억석이의말은 귀담어둣지도 아니하엿다

황천왕동이가 김억석이와 수작하는동안이 비록 잠시ㅅ동안이지만 적지안흔일행이 널지못한 길을 차지하다시피하야 다른구경ㅅ군들에게 이앗치고 부대껴서 가만이 섯슬수가업스므로 길

을틔워노코 대왕당 담여프로들 들어섯다

「이야기가 길거든 이리와서 이야기를하게」

배돌석이가 소리처 불러서 김억석이는 먼서오고 또 백손어머니가 손짓하야 불러서 황천왕동이는 뒤에왓다 백손어머니가 김억석이더러

「그네를 맨첫번에 뛰면 보람이 더날것가튼데 참말 먼저뛰나 나종뛰나 매한가지요」

하고 붓어서

「아까두 말슴을 여쭷지만 보람은 대왕의 녕검이 나리시기에 달렷스니까 맨처음에 뛴다구 보람잇스란법두 업구요 맨나종에 뛴다구 보람업스란 법두업습니다」

김억석이가 대답하는것을 황천왕동이가 여페서

「그건 자네가 공연한말일세 먼첨뛰는것이 조키에 상궁이 맨첫번에뛴다는것아닌가」

하고 타박을주니

「제가 공연한말을 할리가잇습니까 작년에 국사당 성관의 사촌되는 속병잇는 안악네가 맨첫번에 그네를 뛰엇다는데 그속병은 지금두 전이나 마찬가지랍니다 그러구 그안악네의시누이는 십년소박뜩인데 나중에 뛰엇건만 대왕의 녕검이 나리서서 내외가 곳잘 살게 되엇답니다 지금두 안악네가 다국사당에 와잇습니다 만일제 말이 미심하거든 그안악네를 대어드릴께 친

히 붙어보십시요」

김억석이는 저의말의 증거될만한 사실을 들어서 주작부언아닌것을 구구히 발명하엿다

백손어머니가 대왕당그네를 뛰려고 오기는 실상 신병매문이 아니다 남더러 말하는데는 신병을 내세웟지만 자긔의 속생각은 따로잇섯다 남편이 원체 기집을 조하하야 딴기집보는일은 자긔알기에도 종종 잇섯지만 아주 드려안처서 데리고 산일은 한번도업섯는데 늣게바람이 일엇는지 서울가서 기집을 드려안친것이 첩도아니고 안해라고하고 하나도아니고 셋이나 된다고하니 남에업시 된시앗은 본셈이다 그뒤로 남편이 자긔에게 하는것도 전갓지안커니와 자긔 역시 남편에게대한 향념이 전만 바이못하여저서 어떠케하면 내외사이가 전과가티 탐탁하야질까 살풀이도 하고십고 예방도 하고십든차에 대왕당그네가 보람잇단말을 듯고 머리악을 쓰고 온것이다 일심정념(一心正念)으로 그네를 뛰러왓스나 보람을 남에게 앗기지안토록 남들뛰기전에 먼저 뛰고시펏스나 김억석이의 말을 듯고본즉 그네를 나종뛰고도 신통한 보람이잇다는바엔 구태어 말썽을 내가며 첫번 뛰려고할것이 업섯다

「먼저뛰려고 애쓸것이 업스니까 말썽은 부리지말아」

백손어머니가 동생더러 말을일럿다 황천왕동이가 누님의 말은 대답안코 김억석이더러

「그럼 상궁이 뛴담에는 아무가 뛰어도 조흔가」

하고 물으니

「상궁일행의 뛸사람이 다뛰담에 인제 그네들 뛰시요 하구 외친다니까 외친뒤에 뛰시두룩합시요」

하고 김억석이가 대답하엿다

「한년이 뛰나 두눔이뛰나 남이 먼저 뛰기는 매일반이니까 아무래두 조치」

「저는 여러분이 말씀을 내시까봐 겁이 더럭 낫섯습니다」

김억석이는 비로소 안심이되는것가티 길게 숨을 내쉬엇다 배돌석이의안해가 아프로 나서서

「아버지 너무 지체되어서 지천구나 뭇지안흐시겟소」

하고 말하니 김억석이가 한번 웃고

「너두 그네를 뛸테냐」

하고 뭇엇다

「뛰게되면 뛰지요」

「참말루 여러분들이 그네뛰는법이나 다아시나」

김억석이가 딸에게 말하면서 여러사람의 얼굴을 둘러보앗다

「뛰는법이 무어에요」

「이그네는 남이뛰는 그네ㅅ줄이 몸에와서 다면 지켤울 입는다구 대긔다 굿당식구들만 긔하지안는데 그대신 굿당식구들은 그네를 뛰어도 보람이업단다 그래서 처음에 그네를 차지하려구 우들 달려들다가두 한사람이 그네에 올라서면 다른사람은 그네ㅅ줄이 몸에닷지안흘만큼 피해서서 그사람이 다뛰구 나려오기를 기다리구 오래뛰면 고만뛰라구 소리를 질러두 가서 붓잡지는 못한단다 만일 질감스럽게 오래 그네를 내노치안흐면 굿당식구가 가서 말한다더라」

「그네를 서로 뺏지못한단말은 우리도 듯고왓세요」

「옹 듯구왓서」

김억석이는 딸과 말을다한뒤에 여러사람을 보고

「인제 고만 갑니다」

하고 곳 건넌편굿당으로 건너가고 여러사람들은

「그네를 맨첫번에 뛰지안흘바엔 일직가서 사람들틈에 부비대기 치느니 도루 자리에 가안서 젓다가 나종갑시다」

황천왕동이의 발론을 조차서 다시 멍석자리로 돌아왓다

무당과 박수들이 그네ㅅ터가까이 둘어섯는사람들을 훨썬 뒤로물리고 그네ㅅ티여패 재멍석을 깔고 명석우에 등메를 덧깔고 그리하고 풍악을 잡히면서 대왕과 대왕부인의 무상을 조심조심 밧들이내다가 등메우에 세워노핫다 장고멘 무당과 징든무당이 서 피리 해금등속은 가진 악수(樂手)들은 데리고 그네뒤에 멀지기 물러섯다 장고소리로 풍악이 시작되며 대왕은 그네우에 올려세웟다 함진아비의짐빼와갓고 내행보교의얼기외가튼 무명끄트로 아래우를 동여매는데 아래ㅅ도리는 좌우쪽 그네ㅅ줄과 함께이울려서 치친감고 웃도리는 좌우쪽그네ㅅ줄에 각각따로 잡아매엇다 점고끼끗한 무당들이 그네뒤에서 술잭술잭 붙은먹이면서 바로 세게먹이는것처럼 이잇ㄴ소리들은 질렷다 얼마동안 그네가 나갓다 들어왓나 한뒤에 징소리로 풍악이 끈지며 대왕은 그네에서 끌러나렷다 대왕다음에는 대왕부인의 자례인데 장고소리나며 올려세우고 풍악소리중에동여매고 물먹이고 징소리나며 끌러나리는것이 다똑갓고 동안만 좀 더길엇다 건넌편굿당으로가든 검억석이는 어느름에 돌아왓는지 무명여러끄를 불어주고 사려놋는것으로 일한목을보고잇섯다 대왕과 대왕부인의 어우렁 그네는 그네널비에 두목상을 어울려세울수가업스므로 몸뿔작난꾼들이 부끄럼타는 신랑신부를 마주안치고 한데동이듯 두목상을 배마치서 잔뜩 동인뒤에 따로 유난이 크게 만든밋씨개우에 반을타서 올려세우고 우니 아래니 중간이니 할것업시 모두좌우쪽줄에 단단히 잡아매엇다 어우렁 그네를 사내끼리 뛰는것도조코 여편네끼리 뛰는것도조코나 사내외 여편네가 석겨서 뛰는것은 난잡한짓이라 대왕과대왕부인이 난잡한짓을하는까닭긴지 풍악소리도 먼저와 달러서 간드러지고 자즈러질때가만코 굿먹이는 무당들도『이 잇』
소리대신에
『잘뛰신다 어허잘뛰신다』
말하는것을 노래가락하듯하엿다 한동안 지난뒤에 대왕과 대왕부인의 어우렁그네 끄티낫다 두
복상을 그네에서 끌러나려서 둥메우에 세웟다가 당집안으로 밧들고 들어갓다 무명고를거두고
멍석과둥메를말고 그네밋씨개를 바꾸어끼우느라고 분주할때 벌서 한편에서 그네뛰려는 사람
들이 밀려들어서 무당과 박수들이 결진(結陣)하듯 느러서서 그네아플 막으며 그중의 한박수
가 큰소리로
『대왕대비전 몸을바더오신 상궁마마께서 뛰시구 상궁마마를 뫼시구온 여러분이 뛰신다음에
그네가 날테니 좀 참읍시요』
하고 외치엇다 대왕대비전 몸바든 상궁마마란 말한마듸에 밀려들어오든 사람들이 겁이낫는지
모두 슬금슬금 뒤로 물러나섯다 그뒤에 상궁이 여러녀편네의 옷위를 밧고 그네아프로 나오는
데 사람은 늘것건만 복색은 젊머서 아래에는 남치마요 우에는 옥색 삼회장 겹저구리다 그러
나 시골서 다들 홋적삼을 입을때에 겹저구리를 입은것은 서울풍속이 아니면 나이 늘근탓일것
이다 늘근이가 복색을 젊게 차린것도 궁중의 항습을 모르는 시골사람들 눈에 설거니와 그보

다도 더 눈에 익지못하야 기이하게 보이기는 머리에 쓴것이잇스니 그것은 곳 개구리달린첩지다 절믄무당 너덧이 상궁을 떠밧들어서 그네우에 올라서게하고 한번 물을먹이니 나간 그네가 다시들어오기전에 주저안즈면서

「아이구 어지럽다 나려다구」

하고 소리를 질럿다 무당하나가 그네ㅅ줄을 붓잡고 또 무당서넛이 상궁을 밧들어 나린뒤에 곳 좌우에서 부축하고 전후에서 호위하고 대왕당으로 들어갓다 상궁이 나올때 옹위하고 나오든무당외의 녀편네너덧은 상궁의 뛰는 그네를 피하야 한여페 붙어섯다가 상궁이 나려온뒤에 한사람씩 차례로 나와서 그네를 뛰는데 제법 줄을 벌려가며 잘뛰는 사람도 잇고 그네ㅅ터 아래가비탈진데 겁이나서 어린아이들가티 안즌그네를 뛰는사람도 잇섯다 녀편네들이 다뛰어갈때 또 복색다른 사내서넛이 당집에서 나와서 녀편네의 뒤를 대엇다 그네나기를 고대하는 사람들중에 여편네들만 뛰고말기를 바라다가 사내들마자 뛰는데 속이상하든지

「잠ㅅ간 잠ㅅ간 뛰구 그네 내노시우」

「다른 사람두 좀뜁시다」

하고 소리들을 질르니 그네우에 올라섯는 총긔떡빗군복을 입은 사람이 소리나는곳을 다려다보며

「소리들을 질르면 일부러 더오래 뛸테니 아무 소리말구 가만이 잇거라」

하고 맛소리를 질렀다 그사람외의 두사람이 그네를 마저다뛰고나자 곳 박수하나가 여러사람들을 향하고

「자 인제 그네낫습니다」

하고 소리질러 외첫다

대왕당 대왕부인의 그네노름을 청석골일행은 멍석자리에 편히안저서 구경들하엿다 그 야단스러운 어우렁그네가 끗나고 상궁이 그네아프로 나올때 백손어머니가

「우리도 인제고만 그네터로나려가지」

들메어노코 말하고 곳 먼저 일어섯다 다른사람들이 백손어머니를 따라서 부산하게 일이서는데 황천왕동이는 안즌채 누님을 치어다보며

「나인일행이 한둘이 아닐테니 좀더잇다가 가두 좃소」

하고 말하엿다

「잠ㅅ간잠ㅅ간 뛰면 얼마나걸릴라구 그래 미리가서 기달려야지 남에게 뺏기지안치」

「첫번은 벌서 뺏겻는데 더뺏길거잇소」

「잔소리말구 어서 일어나」

「일어나라면 일어나리다」

황천왕동이가 버서노흔 미투리를 발에 꼬이면서

「그런데 여보 누님 잇다가 내가 어떠케든지 먼저 들어가서 그네를 차지할테니 누님은 내뒤만 따라 오두룩하시우」

말하야 백손어머니는 미처 대답을 하기전에 길막봉이가 불쑥 중간에 나서서

「그런 구차한짓 할께무엇잇소 우리넷이 여러사람아페 나가섯다가 저기 저사람들하드시 팔을벌려서 그네에 못덤비두룩 막읍시다」

말하니 여러안식구들이 모두 길막봉이의말을 조타고하엿다

일행이 그네ㅅ터에 가까이와서 사람에 막히어 들어가지못하게되엇슴때 사내들은 억지로 틈을 뚤코 아프로나가서 사람이만흔 층층대쪽에 힘이센 길막봉이가 서고 사람이적은 대왕당 압마당쪽에 힘이약한 서림이가 서고 황천왕동이와 배돌석이가 그중간에 띄엄띄엄 서고 안식구들은 사람틈에 끼어서 꼼짝을못하다가 조금씩 틈을 베집고 들어가서 대왕당 담모퉁이에 여섯이 한께뭉처섯다 안식구중의 백손어머니는 성미가 겁겁한사람이라 상궁일행의 그네뛰는 사람이 너무만흔데 화증이 나서 곳 대왕당담은 상궁으로보고 주먹질이라도하고시픈 미친생각이 나기까지하엿다 그네낫다고 외치는 소리가 나자마자 여러사람이 와하고 그네ㅅ터로 달려드는

데 사내 네사람이 그네를 붓지고 팔을벌리고 서서 들어오는 사람들을 못들어오게 막앗다 사내네사람은 곳 청석골사람들이니 길막봉이는 힘으로 내밀고 배돌석이는 악지로 막고 서림이는 뒤로 차차 밀리는데 황천왕동이가 의사스럽게 박수의 의치던것을 본떠서

「먼저일행들외에 또 그네뒤실행차가 기시니 잠ㅅ간만 더참으시우」

하고 소리를 질럿다 여러사람이 다 뭇춤하엿다 그동안에 청석골 안식구들은 압마당쪽으로 들어왓다 그중의 백손어머니가 제일 압서서 거의 그네ㅅ줄아페 다왓슬때 거악스럽게 아래ㅅ비탈로 기어올라 오는 여러녀편네중의 한사람이 손을 내밀어서 그네ㅅ줄을 먼저 잡엇다 김억석이가 청석골일행까달게 일부러 나와서 그네아페서돌다가 이것을보고 얼른 그네ㅅ줄을 채처빼서서 백손어머니를 주엇다 백손어머니가 그네우에 올라서니 그네아래로 올라오든 녀편네들은 굴러떨어지듯 나려가고 그네뒤로 들어오든 여러사람은 등겁들하야 비켜나섯다 그러나 억지를 쓰고 속임ㅅ수를써서 그네를 차지하엿스니 다른사람의 마음이 조흘까닭기업섯다

「행차가 무슨 기급할놈의 행차야」

「대체 그놈들이 웬놈들인가」

「그래 저놈들을 가만두어」

「다리ㅅ때들을 붓겨놧스면 조켓다」

이런 욕설이 여기저기서 나든고테 층층대쪽에서 수건으로 머리를동인 막된 사내하나가 사람을 헤치고 아프로 나오더니 다짜고짜로 발ㅅ길을 날려서 길막봉이의 등팔을 내찻다 길막봉이가 백손이머니의 그네뛰는것을 바라보고잇다가 무심ㅅ결에 이것을 당하엿스니 여느사람가트면 반드시 아프로 고꾸러젓슬것인데 막봉이는 아무일업는것가티 예사로 돌아서서 그사내를 보앗다 그사내가 주먹을 부르쥐고 달겨드는것을 막봉이가 한손으로 그주먹쥐인 손목을 붓잡으니 그사내입에서 대번 아이구소리가 나왓다

「쌈낫다」

다른사람들은 외치는소리에 막봉이는 창피한생각이 나서 손목을 노코 그대로 용서하기는 실혀서 괴춤과허리끈을 겹처서 움켜잡으며 곳 팔이 머리우로 쭉빼치도록 치켜들고 거더차려고 놀디는 두발을 다른한손으로 제어하엿다 황천왕동이가 쪼차와서

「그깐놈을 왜 하늘구경을 시켜주나 땅구경을 시키주지」

하고 부추겻다

「땅구경이라니」

「꺼꾸루 들면 땅구경을하지」

「어듸 하늘구경 땅구경 다 시켜줄까」

막봉이가 그사내를 나려세우며 곳 허리춤을 비틀어 뒤잡고서 꺼꾸로 치켜들고 다른한손으로 그두손을 놀리지못하게하엿다

「아이구 죽겟다」

다죽어가는소리가 그사내입에서 나자 곳여페구경군들 사이에서

「살인이야」

아우성소리가 낫다

작난군 한두사람이 거짓말로 아이낫다고 떠들어도 사람들이 이리몰리고 저리몰리고하는 구경터의일이라 자람이 죽지도 안헛는데 살인낫다고 헛소동이 생겨서 여러사람들이 한참 술렁거리엿다 서림이와 배돌석이가 급히와서 공연한 소동을 내지말라고 말들하고 그네뛸차례를 기다리던 막봉이 자긔안해와 그네를 다뛰고나린 백손어머니까지 쪼차와서 말씽을부리는것이 부지럽다고 말들하야 길막봉이는 그사내를 나려안처 노코 소위로 말하면 단단이속일것이지만 그만하고 용서하니 다시는 그런버릇을 하지말라고 바로 점잔케 일러서 노하주엇다 허우대큰 장정을 어린아이처럼 다르는것을 목도한 여러사람들은 무서운 장사니 천하장사니하고 떠드는데 그중에

「저게 임꺽정이 아니까」

「임꺽정이는 수염이 조타는데」

「수염은 몽탁 잘르고 온게지」

「구경을 오자구 수염을 잘러」

이러케 숙덕거리는 사람들도 잇섯다

헛살인소동이 낫다가 가러안는 동안에 그네는 처음에 백손어머니가 실컨뛰고 그뒤에 서림이의안해와 곽능통이의안해와 배돌석이의안해가 이때어서 뛰고 황천왕동이의안해가 배돌석이의안해의 뒤를바더서 뛰는중인데 여러사람들의 눈이 모두 그네판으로 쏠리게되엇다

「선녀가 하강하지 안헛나」

「그네ㅅ터가 훌쩨 환한것 가테」

「고아주먹네 한입에 팔딱 집어삼켓스면 조켓다」

「나하구 어부렁그네 좀 뛰지안나」

사내들입에서 된소리 안된소리 칭찬하는말이 나오는것은 말할것업고 가튼 녀편네끼리도

「저러케 이쁜사람 처음보앗서」

「참말 얌전한데」

이와가튼말로 칭찬들하엿다 황천왕동이의안해가 뛰고난뒤 고트로 길막봉이의 안해가 뛰어서

안식구여섯은 모주리 다뛰고 사내넷은 그네를 다른 녀편네에게 내주라고 하나도 뛰지아니하엿다

청석골 일행이 그네ㅅ터에서 멍석자리로 몰아왓슬때 자리를 보라고한 김억석이의아들은 어듸가고 업고 다른사람들이 자리를 차지하고 안저서 일어나지 아니하야 황천왕동이가

「이것이 임자네들 자리요」

하고 시비쪼로 말을 부치니 그중의 한사람이

「빈자리에 누구는 못안겟소」

말댓구를 하엿다

「빈자리엔 안저두 조켓지만 주인이 왓스면 내놔야지」

「안젓는 사람이 주인이지 또 따루 주인이 어듸잇단 말이요」

말하는꼴이 문문히 자리를 내노흘것가지 안터니

「임자들두 한번씩 꺼꾸루 치어들려보구십소」

황천왕동이의 얼름ㅅ장 한번에 말대답하든 사람과 안저보든 사람이 모두 홀깃홀깃 눈치를 보며 슬금슬금 일어나서 다른데로 가버리엇다 한동안 지난뒤에 김억석이의 아들이 와서

「자리안보고 너 어듸 갓섯느냐」

그누의 배돌석이의 안해가 나붙하니

「혼자 안젓기가 심심해서 굿자리에 갓섯소」

하고 발명하엿다

「아비지 거기 기시드냐」

「아비지는 점심밥짓는데서 일보시우」

「어듸 대왕당 안에?」

「아니요 대왕당박게 한데 솟걸어논데가 잇소」

「굿은 지금 몃거리째냐」

「굿은 다시 시작한뒤 한거리하구 지금 두거리째 하우 그런데 이번꺼리 끗나면 점심들 먹읍

라구 또 쉰답듸다」

「벌시 점심때가 다됏나」

배돌석이의 안해가 해를 치어다 보앗다

「참말 해가 한나절이 다되엇구나 열두거리 굿에 겨우 네거리하고 점심먹으면 여덜거리를 해

지기전에 다할까」

「다하는게 무어요 밤까지 걸리겟답듸다 그래서 서울서온 상궁마마란이가 유수사또께 대초

를 보내라구 귀별하구 대왕당성관이 쾌하구 꽝술을 만히 준비시키라구 이릅듸다」

「상궁이 어느름에 굿자리에를 나려갓든가」

「아까 살인낫다구 떠들때 나려갓소」

「너는 그전에 먼저 갓드냐」

「그래서 사람공긔 놀리는 구경을 못햇소」

「누가 사람공긔를 놀려」

「사람을 손바닥우에 올려 노쿠 공긔를 놀렷다며 저기선 모두 그러케들 이야기합듸다」

여러사람이 일시에 길막봉이 얼굴을 바라보며 우섯다

「이애 우리점심은 어떠케 하실라나 아버지께 가서 좀 여쭤보구 오너라」

「그러리다」

김억석이의 아들은 안지도못하고 바로 대왕당으로 나려갓다

「그네를 뛰어 그런가 나는 벌서 배가 고파」

「그네안뒨 우리두 속이 출출하우」

「우리가 조반을 설처서 그런거야」

「그대신 여기와서 떡먹지 안헛소」

「그까진 군음식 잠간요긔박게 더되나」

이와가티 시장하단 말들이 나온끄헤

「이애가 가더니 오지안네」

「이놈이 해망적게 또 어듸 구경을 가지안헛나」

「점심온때 가치오려고 기다리고 잇는게요」

「점심이 미처 안됏스면 먼저와서 말이라두 해야지」

김억석이의 아들이 오래 오지안는것을 말들할때 아이놈이 아니꼽게 뒤짐은 지고 아실랑거리며 올라오더니 뒤짐진채 자리아페 와서서

「엿들 좁 잡수실랍니까」

하고 뒤ㅅ손에 들엇든 큰엿쪼각을 자리에 내노핫다 황천왕동이가 자삼굿게

「이걸루 점심요기하라드냐」

하고 붙으니 김억석이의 아들은 싯둥하면서

「아버지가 보낸줄아시베 내가 사온겐데」

하고 대답하엿다

「네가 무얼루 삿서」

「공꺼예요」

「공꺼라니 엿장사한테 공이 어덧단말이냐」

「아니요」

「그럼 훔첫구나」

「별소리 다하시네 저기 굿당압마당에서 땅에떨어진 장두하나를 주섯세요 임자는 차저줄수 업구 나는 가지기실쿠 그래서 엿을 삿지요」

여러사람이 저구리 옷고롬에 찬 장도가 잇나업나 보는중에 서림이가 것옷우로 바른편 것가슴께를 만지더니 부지런히 것옷자락을 헤치고보며

「이애 내장두가 업서젓다」

「너주슨것이 칼집이 어떠트냐」

하고 말하야 김억석이의 아들은 저더러 훔첫다는 것처럼 눈이 휘둥그래젓다

「새깜안 나뭅듸다」

「끈은 무어시드냐」

「다해진 명지끈입듸다」

「그게 틀림업시 내것이다 그엿장수 어듸잇느냐」

「엿은 다팔구 빈목판 가지구 나려갓는걸이요」

「나려간지가 오래지 안커든 엿가지구 쏘차가서 상두를 불러오너라」

「금세 벌서 갓는데 지금 쏘처가서 될까요」

김억석이의 아들이 머리ㅅ뒤를 국적국적하엿다 황천왕동이가 어느틈에 엿을 떼어서 먹어보고

「그엿 맛나다」

하고 깔깔 우섯다

「지금 불르긴 어듸가 불르우 내가 벌서 호닥햇스니 고만 그대루 먹읍시다」

「자 엿은 이리 내시우 엿임자는 내니까 내가 논으리다」

서림이가 엿을갓다가 사람수대로 목을지어 논호는데 김억석이의 아들을 한목 주면서

「엣다 이놈아 이담엔 너의아버지 상두 훔처다가 엿사먹어라」

하고 우스개소리하엿다 엿분을 다먹고 난뒤에 김억석이가 일ㅅ군 한사람과가치 짐심국밥 열 그릇을 두목판에 갈러 담어가지고 올라왓다 서림이가 김억석이를 보고 바로 정색을하고서

「자네아들이 내장두를 갓다가 엿을 사먹엇스니 자네가 물어내게」

하고 말하는데 다른사람들도 웃거니와 아들까지 픽픽 우서서 김억석이는 어리둥절 하다가 장도로 엿사먹게된 이야기를 듯고 우스면서

「저는 장두가 업스니까 환두루 대신드릴까요」

하고 서림이의 말대꾸을 하엿다

「그러면 내가 대리를보게 그러치만 장두대신 선선이 내놋는달젠 환두는 다봣베 내던저두 주서갈사람이 업는게지」

「참말 제가 이번에 여기와서 환두한자루를 삿는데 물건이 제법 좃습니다」

「자네두 또 땅에떨어진걸 줏지안헛나」

「실업슨말슴이 아닙니다 가을에 벼닷말 주기로하구 삿습니다」

「자네가 지금 환두는 무어세 쓸라구 삿나」

「전에 몸에 지녀보든 물건이라 공연히 탐이나서 삿습지요 여러분 숙소하신집 주인이 뭇구 나는것이 잇다구 살라느냐구 뭇기에 실업시 가서오라구 말햇드니 가저왓는데 물건이 탐나길레 그대루 차지햇습니다」

「그럼 그환두는 내겔세」

「벼열말 주신다면 드립지요」

「저런 욕심쟁이 보게 안서서 곱장사할셈이야」

서림이 말끄테 황천왕동이가 손을 내저으며

「환두홍정은 나중하구 점심이나 먹읍시다」

말하고 국밥은 먼저 먹기시작하엿다

점심이 긋난뒤에 배돌석이가 사내들끼리만 편쌈을 구경하러가자고 발론하엿더니 황천왕동이는 편쌈구경 재미업다고 실타고하고 서림이는 김천만이가 차저온다고 하엿스니 다른데 가지말고 기다리자고하고 길막봉이는 처음에 갈듯키하다가 안식구들이 편쌈구경은 무엇하러가느냐고 말리는데 쏠리어서 마침내 고만둔다고 잣바셧다 배돌석이는 동무 업스면 혼자간다고 분분히 옷을 떨드리고 산아래로 나려갓다 배돌석이 간뒤 남은사내 세사람이 근처에서 놀아다니자고 말들하고 한꺼나서서 이리서리 다니는중에 매모바위뒤 한데솟 걸린곳을 와서보니 김억석이 부자가 그제사 점심들을 먹는중이엇다 마침 다른사람보다 한거름 아플섯던 서림이가 먼저

「자네부자는 인제 점심먹나」

하고 소리치니 김억석이가 한번 치어다보며 곳 밥그릇을 손에든채 일어섯다

「어서 먹게」

「엇재들 오십니까」

「왜 못올데를 왓나 자네보러왓네」

「무슨 시키실일이 잇습니까」

「자네가 자랑하든 환두좀 구경할라구」

「그건 못하겟습니다」

「엇재? 여기업나?」

「여기잇는 재보통이 속에 들엇지만 안보여 드렬랍니다」

「장두대신 빼쏠까봐 겁이나나」

「구경하신다구 아주 차지하시면 저만 낭패아닙니까」

「안먹을 외심은 먹지말구 먹울밥이나 먹게」

서림이가 김억석이와 실업슨 수작을 하는동안에 황천왕동이와 길막봉이는 매로바위미테와서 바위를 치어다보며 서너길되느니 못되느니 눈어림을 다투고잇섯다 서림이가와서 치어다보고

「이바위 노피쯤은 긴바지랭때루두 잴수가잇슬지 모르지만 잴수가 업다구 치드래두 망해도(望海圖)법만 알면 대번 바위노피를 알수가잇소 그아는 법은 조그만 나무때기를 바위와 가튼 방향으루 세우구 그림자기리를 재어보구 그다음에 바위의 그림자기리만 재어보면 바위노피는 자연알게되우 지금 가령 한자되는 나무때기의 그림자가 두자가되엇는데 바위그림자는 스무자라구하면 바위노피가 열ㅅ자가 아니겟소」

수리(數理)를 알거냥하고 한바탕 잘짓거리엇다 김억석이 부자가 먹든밥을 다먹고 여페와서섯는데 서림이의 수리자랑이 끗난뒤에 김억석이가 새삼스럽게

「참말 환두구경들하러 오셧습니까 지금이리 갓다드리리까」

하고 물어서 서림이는 미처 대답하기전에 황천왕동이가 우스면서

「누가 환두구경하러 왓단말인가 자네두 꽤 어리숙한사람일세 그런말을 다 고지듯나」

하고 말하엿다

「실업슨 말슴인줄 알면서두 혹시를 몰라서 여쭤밧습니다」

「사람은 한번들엇다놔두 산인낫다구 야단치는판에 환두를 번쩍번쩍 내둘러보게 송도부 군관들이 줄달음박질하네」

「그럴념려두 업지안치요」

「환두이야기는 고만두구 여보게 이바위우가 펀펀한가 어떤가」

「올라가보지를 못햇스니까 모르겟습니다」

「여기 올라가본 사람이 업나」

「아마 올라가본사람이 업슬껄이요 연전에 초군하나가 동무들과 술내기하구 올라가다가 멀어지죽엇답니다」

「내가 올라가깨 자네 술한턱을 낼라나」

「술은 달라시면 드릴테니 위태한일 마십시요」

「이까지메가 무에 위태하단 말인가」

황천왕동이가 바위우를 올라가본다고 갓과 옷을 버서서 김억식이 아들에게 맛기엇다 황천왕동이는 백손어머니와 두남매가 백두산속에서 자랄때에 충암전벽에도 다람쥐가티 다니든 사람이라 매로바위쯤 여반장 올라가려니 생각하엿더니 수십년ㅅ동안 팔다리를 편히 놀린까닭게 생각과달러서 바위우를 올라오는데 힘이들엇다 그러나 올라올때 힘이든만큼 올라온뒤 마음이 더 상쾌하엿다 이세상에 혼자우뚝 노픈듯도하고 또 이세상에 홀로외로히 남은듯도하엿다 편편치못한 바위우에 꼿꼿이 서서 휘파람을 획획 불엇다 이것이 남매가치 산속에서 돌아다닐때 서로일허버리고 서로 찻는 군호로불든 휘파람이다 휘파람소리 크기가 여간 피리소리만 못지 아니하엿다

매로바위에 사람이 올라간다고 여기저기서 바위를 바라볼때 청석골 안식구들도 죽 일어나서 바라보앗스나 바위가 대왕당에 가려서 보이지 아니하야 다들 다시 안젓는데 휘파람소리가 풍편에 들려왓다 백손어머니가 홀제 깜짝놀라면서

「그게 내동생이야」

소리를 질르고 벌떡 일어나서 마주 휘파람을 불엇다 휘파람소리가 오고가는동안에 백손어머니는 아득한 아이적일이 생각에 떠올랏다 아렴풋한 꿈자취와 또렷한 환쪼각이 한데 뒤석거서 나타나는듯 사러지고 사러지는듯 나타나서 정신노코 멍하니 서잇는데 다시 들리는 휘파람소리 동생이 자긔를 오라고 부르는것만 가터서 허둥허둥 신발을 신엇다

「어듸를 가실라고 그리세요」

「아이 고만두시지 거긴 가 무어 하세요」

다른 안식구들의 말하는것은 백손어머니는 듯는지 만지 대답한마듸 아니하엿다 백손어머니가 멍석자리에서 길로 나려설때

「우리 넝감을 혼자 가시랄수잇나 내가 따라가야지」

하고 팍능통이의안해가 뒤쪼차 나려왓다

「갈테면 사람업는데로 해갑시다」

「아무리나」

백손어머니가 팍능통이의안해와가치 대왕당뒤를 돌아서 매로바위께로 오면서 바라보니 천왕동이는 바위에서 나려오는중이엇다

「저애가 벌서 나려오네」

「황서방께서 의관을 벗고 올라가섯구먼 보지도안코 용하게 아섯네」

「진작 올껄」

백손어머니가 공연이 맥이풀리는둣 바삐것든 거름까저 제절로 느치어저서 천천히 걸어오는 동안에 천왕동이는 땅에 나려서서 손과몸에 무든 이끼를 털고 의관을 다시 차리엇다

「누님 엇재 오시우」

「나도 바위에 올라갈라고」

「누님은 못올라가시우 보기엔 우수어두 꽤 힘듭듸다」

「너 올라가는데 내가못올라가」

「옛날말슴이요」

「지금나이 좀 만키로서니 설마 아주 그럴라고」

「나두 전과 다른데 누님이야 더말할것잇소」

「어듸 내좀 올라가보마」

「당치안흔 말슴말구 고만두시우」

천왕동이 말끄테 곽능통이의안해가

「망녕이지 어듸를 올라간다고 그러시요」

말하며 손목을 잡아끌고 서팀이와 길막봉이와 또 김억석이까지 모두나서 말리어서 백손이머니는 바위를올라가지 못하엿다 백손어머니가 눈 뜨고 꿈을꾸며 동생을 쪼차왓스나 꿈도이미 오는길에 깨젓고 동생도 벌서바위에서 나려온때 혼자따로 올라가기는 점적한 생각이나서 여러사람이말리는데 못이기는체하고 고만두엇다

「고만 자리루들 가십시다」

서림이가말하고 여러사람의 아플서서 그네터 뒤를 지나 자리로 올라오는데 의관한사내하나가 자리아페 서서 남어잇는 안식구들에게 무슨말을 뭇는모양이라 서림이는 김천만이가와서 자긔네 갓곳을 뭇는줄로 생각하고

「인제 왓나」

하고 소리를치니 그사내가 한번 돌아보며 곳 빠른거름으로 건넌편길로 가다가 비탈아래로 나려가며 뭇사람들틈으로 들어갓다 서림이뿐아니라 다른사람들까지 괴상하다 생각하며 자리에 왓슬때 백손어머니가 먼저

「지금여기와 섯든놈이 웬놈인가」

하고 물으니 자리에 일어섯는 안식구중에 배돌식이의안해가 아프로 나서서 대답하엿다

「글세 모르겟세요 나이 한이십난짓한 절믄사람인데요 처음에 와서 청석골 임장사가 여기왓

다더니 어듸갓느냐고 뭇습듸다 그런사람 업다고대답하니까 우리들의 얼굴을 뚤어지도록 드려다 보면서 잼차 청석골서 오지안햇느냐고 뭇습듸다 그래 마전서 왓다고 대답햇지요 또 무슨말을 물으려고 하다가 여러분이 오시는걸 보더니 온다간다 말도업시 저건너로 가버렷세요」

배돌석이의안해가 말을다한뒤에 황천왕동이의안해는 자긔남편에게로 가까이와서 나직한말로

「념려스러운 사람은 아니까요」

하고 물엇다

「글세 좀 수상스러우나 별념려 업겟지」

황천왕동이가 안해의말을 대답하며의견을 뭇는눈지로 서림이를 바라보니 서림이는 남들이 듯어도 조호라고

「청석골에 임가성가진 유명한 장사가 잇는것은 세상에서 다아니까 길서방을 그장사루 잘못알구 그것을 말꺼리 삼어서 안식구들에게 말을 좀해보려구한것갓소 말하자면 왈짜겟지 그러키에 우리가 오니까 내뺏지요」

하고 모호하게 말하엿다

검천만이가 늦게야차저왓는데 올케차린 음식 한목관을 일ㅅ군에게 지워가지고 와서 안식구

물을 대접하고 사내들은 따로 술먹을데가잇스니 가치가자고 청하엿다 서림이는 김천만이가오면 술대접은 바드려니 장대고 기다리든터이요 황천왕동이와 길막봉이도 술먹으러가자고 청하는것을 배각할사람들이 아니라 세사람이 다가치 김천만이를 따라가려고 일어설때 황천왕동이의안해가

「나좀 보시요」

남편을 불러가지고

「아까 그런사람이 또혹시 오더래도 우리녀편네끼리만 잇스면 말댓구하기가 거북하니 당신은 가시지안는게 조켓소」

말하는것은 황천왕동이는 갈욕심이 잇서서

「엇재 그러케 념려가만허 그러다가는 머리시겟네」

씨까슬르고 백손어머니는 녀편네의 긔세를 올리려고」

「우리녀편네는 사람아닌가 못생긴소리 하지말게」

핀잔을 주엇다 황천왕동이의안해가 말은 다시 더하지 아니하나 눈치는 더할말이 잇는듯하엿다

사내 세사람이 김천만이를 따라서 송악산 중턱을 더지나 나려왓다 술먹을자리를 시내ㅅ가에

잡아노핫는데 뒤애 수목이 울창해서 산에 올라나리는 사람이 보이지 아니하엿다 술만코 안주조코 술권할기집까지 둘아잇섯다 김천만이가 기집들은 가르치며

「다른봄일두 잇섯지만 저런미인들은 청해 오느라구 더느젓습니다 여기는 지금 기생이 씨가젓스니까 더말할것두 업지만 설혹이 잇드래두 저런 미인이 어듸잇습니까 저기생들은 서울서 굿구경온것을 반계곡경으루 길은 뚤러서 청해왓습니다 저미인들이 큰대접입니다 그런줄이나 아십시요」

하고 말한뒤 곳 다시 이어서

「배서방이 마저 오섯드면 조흔걸 빠저서 섭섭하지만 언제 오실지두 모르구 기다릴쑤 업스니까 나중에 사람이나 한번 올려보내볼 작정하구 우선 우리넷이 어제밤 승부든 갓내봅시다」

하고 말하엿다 말근물 푸른숩 사이에서 기생들의 권주가를 들으면서 한잔 한잔 또한잔 잔들은 기우렷다

사내세사람이 산아래로 나려가고 안식구들만 남은뒤 한동안 지낫슬때 갓은 빼딱하게 모로쓰고 웃옷소매를 거드처서 억개에부친 어뚝비뚝한 절믄사람 대여섯이 패를 지어가지고 멍석자리아풀 지나서 건넌편으로 가더니 얼마아니잇다가 그패가 되돌아오는데 사람수가 늘어서 여나믄이나 되엇다 먼저와서 말물이보든 절믄사람도 그중에 끼어잇는것은 말대답할 배돌석이외

안해가 선듯알아보앗다 그패가 멍석자리아패 와서 우뚝우뚝 서더니 말한마듸안코 바로 신발들 신은채 멍석우에 올라와 안젓다 백손어머니가 두눈섭을 거슬리고

「나무자리에 왜들 와안쏘」

하고 나붓하니 그패의 한사람이

「이게 멍석자리지 나무자리야」

엇조로 게다가 반말지거리로 대답하엿다 백손어머니가 자리를 거더차고 일어서서

「되지안흔것들 다보겟다 빨리들 일어나 가거라」

통통이 꾸짓자 그패가 일시에 짝 일어나서

「이년 뉘게다 놈을 부치느냐」

「네년은 눈깔두 업느냐」

「이년 냥반을 몰라보구 패썹한년」

「이년 죽일년 가트니」

이런 욕실을 중구난방으로 짓거리며 백손어머니게로 대들엇다 백손어머니가 이놈치고 저놈치고 죽을힘을 다드려서 여러놈과 싸웟다 백손어머니의마음은 열사내 백사내를 우숩게 여기지만 힘은 한두사내도 당하기 어려운데 그래도 바락바락 덤비다가 어떤자의 밝ㅅ길에 배를 거

더채여서 자리에 고꼬라젓다 다른안식구들도 다 가만이잇지안코 혹 돌맹이로 따리고 혹 집신짝으로 두들기고 혹 물고 뜨집어뜨덧스나 하것해야 백손어머니의 조력ㅅ군들이라 백손어머니가 한번 고꼬라지고 다시 꼼짝 갱긔를못하니 모두 백손어머니 여페와서 매어달렷다 그자들이 다른 녀편네들은 다 노하두고 황천왕동이 안해만 잡아일으켜 세우며 곳 힘꼴 든든한 자들이 냥쪽겨드랑미를 바짝 치켜들어서 오둠지진상을하고 다른자들이 전후에 옹위하고 산아래로 몰려나려갓다 이것을 본 여러구경ㅅ군들중에는 눈쌀을 찌프리고 혀를 쩟쩟 차는사람도 만코

「저런 죽일놈들 봣나」

「저놈들이 벼락마저 죽지안나」

이러케 욕하는사람도 적지안하엿스나 붓들려가는 녀편네를 구해주는사람은 하나도 업섯다

그왈짜패가 청석골 안식구를 칠때에 녀편네들이라고 사렴도 두엇겟지만 그보다 치고달코 하는 것이 엄포에 불과한 까닭그로 손찌검들을 몹시 하지아니하야 다친사람은 백손어머니와 서림이의안해 둘뿐인데 백손어머니는 어더마저서 빰이부어 오를뿐아니라 거더채여서 배쌀이 꽃꽃하야 한동안 쩔쩔매엇고 서림이의 안해는 신짝을들고 얼쩡대다가 어떤자에게 떠다박질려서 나잣바지는 바람에 허리를 삐엇섯다 그외의 다른사람은 혹 머리가 허트러지고 혹 옷이찟기어서 골들이 사나울뿐이지 별로 다친데는 업섯다 백손어머니가 올케의 잡혀가는것을 보고 쪼

차가려고 일어서다가 못일어서고 배를 움켜쥐고 안저서 김억석이를 불러오란말인지 쪼차보내란말인지

「억석이 억석이」

하고 이름만 불럿다 배돌석이의 안해가 대왕당에를 뛰어가서 그아버지를 보고 대강 이야기한뒤 곳 쪼차가보라고 말하니

「나는 바빠서 갈수두업지만 가드래두 나혼자가서 아무소용업다 그자들 가는데나 알구 오라구 네동생이나 보내보자」

김억석이가 아들아이를 불러다가 말을 일러서 왈짜패를 뒤쪼차보내고 백손이머니를 와서보려고 딸과가치 오면서

「네동생녀석이 너를 굿구경 시키려구 애를 부등부등쓰기에 동긔간우애가 긔뚝해서 너더러 오라구하구 이왕이면 네낫을 좀내주려구 가치들 오라구 햇드니 내가 생각이 부족해서 당초에안한일을 공연이햇다 처음부터 이것저것 속상한것두 긔가막힌데 종말엔 이런 외외ㅅ일까지 생겨서 뒤가 조용치못할 모양이니 어쩐단 말이나 후회막급이다」

하고 년해 쓴입맛을 다시엇다 김억석이가 백손어머니아페 와서 미처 위로인사도 하기전에

「빨리 쪼차가지 왜 이리왓소」

백손어머니가 책망하야

「제 자식놈을 쪼처 보냇습니다」

하고 발명하엿다

「그까지 아이들 보내서 무어해」

「저는가면 무어합니까 그놈들 십여명을 저혼자 당할수잇습니까」

「내동생을 얼른 차저가서 말좀하오」

「이 여러인총중에 어듸가 찻습니까 만일 장안으루들 나려가섯스면 더구나 차질수업습니다」

「그럼 어떠케해야 좃소」

「제생각엔 아무 별도리 업는걸요」

「그럼 그사람은 죽는사람이야」

「잡놈들이 욕만 보이지 죽이진 안씁니다」

「욕보면 죽는게지」

「보입기에 대단 괴로우신 모양이니 당집아랫체 마루방을 치어드릴께 가서좀 누어기시지요 그러구 여러분두 다 그리 가십시다」

백손어머니가 실타고 고개외치는것을 다른식구들이 우겨서 마침내 백손어머니는 배돌석이 안해와 곽능통이 안해의 좌우부축을 밧고 서림이안해는 길막봉이 안해의 억개를 의지하고 다가치 김억석이를 따라서 대왕당으로 나려갓다

그왈짜패가 험한산ㅅ길에 발버둥이치는 녀자를 억지로 끌고 가느라고 빨리가지못하야 김억석이아들이 곳 뒤를 쪼처오게 되엇다 그자들이 송악산의 수풀속 시내ㅅ가 으슥한곳을 다 버리고 멀지기 부산동(扶山洞)까지 와서 어느 산모퉁 구석진곳으로 들어갓다 산모퉁이를 돌아 얼마아니 들어가서 나즈막한 언덕아래 편편한 잔듸바티 잇는데 안옥하기가 방안과 가텃다 미리 자리를 잡아노흔듯 잔듸바테 기직이 서너닙 깔려잇섯다 김억석이아들이 아이들마음에 그자들하는짓을 보고 가려고 산모퉁이에선 큰소나무 뒤에와서 은신하고바라보앗다 아무리 약한녀편네라도 죽기한정 날뛰는것이란 무서워서 어려사내의 힘으로 좀처럼 주저안치지 못하엿다 죽이라고 악쓰며 날뛰는 황천왕동이의 안해를 중간에 너코 왈짜들이 둘러서서

「아무리 악을써두 소용업다」

「목청 떨어질라」

「납뛰지말구 가만잇거라」

「질알발광 네굽질 다해봐라」

이런말을 제가끔 짓거리는중에 어떤자가 저와마주선 얼굴 곱살스러운자를 가리치며

「저냥반이 이아(貳衙)의 아ㅅ자제시다 이아아ㅅ자제께 수청을들면 네게는 큰호광이다」

말하고 나서

「이아아ㅅ자제란 말을 너알겟늬 지금 송도도사(都事)나리 자제란 말이야」

말하는데 황천왕동이의 안해가 긔진맥진하야 악도못쓰고 가만이잇는것을 도사나리 자제의위풍이 떨 치줄로 알엇든지 얼굴곱산스러운자가아프로 나와서 허리를 끼어안으려고 하엿다 황천왕동이의 안해가 그자의 빰을 찰싹 치면서

「이놈아 나죽여라」

전보다도 더모질게 악을썻다

「죽일년가트니 냥반의 빰을치구」

「죽여달라구 지다위하는년 죽여버리지」

그자들이 곳 죽일것가티 서두르는것을 보고 김억석이아들이 비로소 가서일을 생각하고 쏠달음질을 처서오는데

「너어듸 갓다오느냐」

하고 붓드는 사람이 잇섯다

배돌석이가 편쌈터를 차자갓더니 편쌈판이 한참 어울려드는 모양이나 큰편쌈판에서 전고에업는 편쌈군으로 유명하든 배돌석이 눈에는 편쌈이나고 아이들 작난혐직하야 구경할흥치가 업섯다 그리하야 도루 산우로 올라가려고 오는길에 처남아이가 정신업시 달음박질하야 오는것을보고 어듸갓다 오느냐고 붓들고물엇다
김억석이아들이 가쁜숨을 돌린뒤에 전후사단을 얼추다 이야기하엿다 배돌석이가 듯고나서
『산우에 갈것업시 나하구가치 부산동으루 가자』
말하야 처남아이를 압세우고 오는길에 풀매질하기에 알마진 조약돌을주서서 소매에도 너코 손에도 쥐엇다 김억석이아들이 소나무선 산모퉁이를 가까이왓슬때 뒤에 오는 자형을 돌아보며
『인제 다왓세요 요기만 돌아서면 고만인데 어떠케하실텝니까 저소나무에 가 부터서서 엿보실랍니까 그동안에 그놈들이 사람을 죽여노쿠 내빼지나 안엇는지 모르겟습니다』
하고 말하니 배돌석이는
『가만이 잇거라』
대답하고나서 소매속에든 조약돌을 따로 끄내노코 소매달린 거추장스러운 웃옷은 버서서
『이웃은 저긔어듸 풀섭에 갓다놔두구 돌맹이는 내가 적삼아페 싸들구 내뒤를 따러오너라』

하고 처남아이에게 맛기엇다

배돌석이가 조약돌을 바른손에 한개 왼손에 댓개 골라서쥐고 소나무선곳에와서 구석진안침을 드려다보니 한놈이 방장 황천왕동이안해를 겁탈하려고 서드는데 네놈은 조력을들고 대여섯놈은 대가리들을 한데모으고 낄낄거리고잇섯다 배돌석이의 바른손이 번쩍들리며 겁탈하려는 놈의 뒷통수에 돌이 들어가마젓다 그놈이 한손으로 뒷통수를 만지며 뒤를돌아보자 잼차 쏜살가치들어가는 돌이 낭미간을 따려서 그놈은 그자리에 고꾸라젓다 황천왕동이안해의 사지를 각각 잡고잇든 네놈이 일시에 우 일어서는데 여기서 딱 저기서 딱 두놈은 압이마들이 깨지고 한놈은 망건뒤가 끈허젓다 배돌석이가 처남아이에게 손을 내미러서 적삼아페싸든 돌을 집을때에 여닐곱놈이 소리들을 지르며 쪼처나왓다 김억석이아들은 겁이나서 돌고뛰고 배돌석이는 일변 뒤로 피해나오며 일변 돌풀매믈첫다 풀매질 댓번에 번번이 한놈씩 마젓건만 그중에 설마진놈이 잇서서 쪼처오는놈은 너덧이나 남고 손에 돌은 하나도 업서서 배돌석이가 정달음을 노하처남아이를 쪼차왓다 돌을 달라고 손을 내미니 처남아이가 적삼아플 나려다보며 고개를 가로 흔들엇다 적삼압섭을 붓잡앗든 손이 뛰어오는중에 제풀로 노혀서 돌을 떨어트려도 몰랏든것이다 길에 돌이만터라도 박힌것은 빼내거나 더욱이 손에 알마진것을 고르자면 동안이 걸려서 쪼처오는놈에게 잡히기가 쉬운데 우거진풀속 외자욱길에 돌이 눈에띄이지 아니하야 쫓처오는 놈들과 맨주먹으로 싸우는수박게업섯다 돌이 열개잇스면 열사람을대적할수잇고 돌이 백개잇스면 백사람 대적할수잇지만 돌업시 맨주먹으로 대적하기는 너덧사람도 힘에 벅차서 배돌석이가 도망질을 치버들엇다 그동안쫓처 오는놈들이 벌서 가까이 다가와서

『이놈 어듸루 내빼느냐』

『이놈 게잇거라』

소리들이 곳둥뒤에서 들릴즈음에 배돌석이는 별안간에 돌처서서

『이놈들 돌 바더라』

소리를 크게 질르며 빈손으로 돌매질치는시늉을 내엇다 그놈들이 벌서 돌팔매의 무서운줄을 알아서 납작납작 풀속에 업드렷다 배돌석이와 김억석이의아들이 이틈을 타서 도망질를 하야 부산동서 총악산으로 올라가는 원길까지 나왓다 배돌석이가 길ㅅ바닥에서 조약돌을 여러개주서쥐고 한참을 기다려보앗스나 뒤쫓든놈들이 그림자도 보이지 아니하야 되집어 쫓처오려고생각하고 처남아이더러

『너는 빨리 산우에 올라가서 너의아버지더러 안식구하나를 데리구 나려오라구 말해라』

하고 일러서 산우로 올려보내고 배돌석이 혼자 차점차점 다시오면서 아플 바라보니 너덧놈이 헛풀매에 속은자리에서 머지아니한곳에 모여서서 무슨공론들을 하는모양이엇다

「엇다 인제 돌 바더라」

배돌석이가 소리질르고 쫓처들어가며 풀매질을 다시 시작하엿다 한놈은 그자리에 엎드러지고 한놈은 몃거름은 달아나다가 쓰러지고 두놈은 꿩의병아리가티 기어서 풀속으로들어갓다 황천왕이 안해가 어찌된지 궁금하야 배돌석이가 아프로 더들어오는중에 풀속에 가뭇업시 숨엇던 두놈이 눈ㅅ결에 뛰여나와서 바짝가까이 대들엇다 배돌석이는 손에 남은돌을 내던지고 주먹다짐과 발ㅅ길질로 두놈과 마주싸웟다

검천만이가 배돌석이의오고 안온것은 알어보려고 먼저 유식목관 지켜가지고 갓든 일ㅅ군을 산우에 올려보냇더니 그일ㅅ군이 나려와서

「자리에는 아무두업구 여페사람들에게 물어보니까 안악네한분이 적탈패에게 붓들려 갓다구 합듸다」

하고 말하야 청석골사내 세사람이 모두 술ㅅ자리를 마치지못하고 급히 산우로 올라오는데 세사람중의 황천왕동이는 원래 빨은거름을 더욱 빨리걸어서 한달음에 올라왓다 대왕당에 와서 김억석이를 불르니 마루방에서 배돌석이 안해가 뛰어나왓다 사긔안해가 적탈놈들에게 붓들려가지안헛나 의심먹고 온것이 틀림업는 사실임을 알고는 가슴이 나려안즈며 눈아피 캄캄하엿다 자긔누님이 어린아이처럼 엉엉우는것을 보고도 우지말란 말한마듸 못하고 그대로 돌아설

때 배돌석이안해가

「제동생이 그눔들 간곳은 알고올테니 여기서 좀 기다리시지요」

말하는것은 고개외치는것으로 대답하고 바로나와서 층층대를 몃층 나려오다 말고 되올라가서

김억석이를 차젓다

「환두 좀 주게」

「환두는 드리기 어렵지안치만 환두를 가지구가시는게」

「못주겟단말인가」

「드리긴 드리겟습니다」

김억석이가 집안에 들어가서 환도를 가지고나왓다

「혼뜨검들만 시키지 아에 인명은 상하지맙시요」

「잘알엇네 이리내게」

김억석이 손에서 환도를뺏듯이 바더서 손에든채 돌처서는데 김억석이가 소매를 붓들엇다

「왜 붓드나」

「여러사람들 보는데 손에들구가시는게 부지럽습니다 철릭속으루 허리끈에 질르십시요」

하고 철릭자락을 처들어주기까지하엿다 환도를몸에지닌뒤에 조금도 지체안코 나는듯이 나려

오다가 길막봉이와 서림이를 오며가며 만낫다 길막봉이가 먼저

「어델 가우」

하고 물엇다

「녀편네 차지러가」

「녀편네를 차지러가다니」

「내가 녀편네를 일엇서」

서림이가 그다음에

「어듸루 간것을 아섯소」

하고 물엇다

「모루」

「간곳을 모르구 어떠케 차질작정이요」

「억석이자식이 뒤를 밟버갓다니까 가다가 만나면 데리구 가겟소」

「그럼 우리셋이 가치갑시다」

「뒤에 천천이들 오우 난 먼저 가우」

두사람이 가치가자고 붓들어서 더 지체시킬까 저어하야 일변말을하며 일변거름을 떼어노핫다

빨리 걸으면서도 김억석이아들이 어듸서 나올까 년방살펴보앗스나 만나보지못하고 산미테까지 다나려왓다 어듸로갈까 잠간 망서리다가 입속의침을 돌려서 왼손바닥에 배터노코 바른손 지까락으로 한번 톡처서 침이 만히튀는 방향을잡앗다 으슥한곳과 후미진곳을 유심히 보살피면서 구왕바위 동네근처까지 나려갓다가 송악산속에 숨어잇는것을 못찻고 지나나려온듯 생각이나서 다시 되처 산을 향하고 올라오는중에 길막봉이와 서림이가 김억석이아들을 만나서 데리고 산미트로 나려오는것을 멀리서 바라보고 달음질로 쪼차왓다 서림이가 아프로 나서서

「어듸루 가신지 몰라서 한시름이 되드니 잘 만낫소」

말한뒤에 와서 귀에 입을 대이고

「저애가 그눔들 가는데 까지 가보구 오다가 천우신조루 배두령을 만나서 가치갓다는구려 배두령 돌풀매에 여러눔이 다 꺼꾸러지구 너덧눔 남엇는데 돌이 업서저서 쪼겨나오다가 배두령은 돌을 주서가지구 돌우가시구 저애는 산우에 말하러 가는것을 우리가 바루 요우에서 만나서 길나재비루 데리구 오는길이요 배두령이 일직 가신까닭게 아주머니가 욕은 당하지 안혓다니 불행중다행이요」

김억석이아들의 소전을 대강이야기하엿다 황천왕동이는 비로소 적이 안심이되어서 숨을 한번 길게 내쉬엇다

「내가 저애를 데리구 한거름 압서 가보겟소」

서림이더러 말하는것을 김억석이아들이 듯고

「달음박질을 어떠케햇든지 인제는 다리가 아퍼서 달음박질 할수업세요」

하고 말하야 황천왕동이도 먼저갈생각을 고만두고 두사람과가치 김억석이아들을 압세우고 부산동으로 넘어왓다

배돌석이의 돌팔매를 마진 왈짜들이 모조리 죄다 면상을 마저서 혹은 이마가 깨지고 혹은 볼이 터지고 혹은 입살이 짜개진우에 압니까지 부러지고 처음에 뒤로 설마저서 망건뒤만 끈허진자도 나종에 아프로 쪼처나가다가 삭은코를 마저서 코피로 옷을 물드리엇다 그러나 얼마동안 지난뒤에는 끄끄라지고 업드러진자들이 거진다 정신을 수습하고 일어나서 상처들을 서로 보아주고 만저주고하엿다 그중의 령수격인 도사의아들만은 뒷통수에 한번 냥미간에 두번 되게 맛고 끄끄라질때 깨물친채 이내 피여나지 아니하야 모두와서 구원들 하엿다 반드시 눕혀 노코 띄 옷끈 다풀르고 버선행전 다벗기고 중간에서 가슴을 문질른다 갈비때를 문질른다 여페서 손바닥을 부빈다 발바닥을 부빈다 한동안 조이 애들을 쓴뒤에 도사의아들이 겨우 사람을 알어보게되엇다 인제는 빨리 부중으로 나려가자고 공론들하엿스나 이아아ㅅ자제가 걸어갈 가망이 도저이 업스므로 준비를 차리며 한사람이 먼저 부중에 나려가기로 작정하엿다

황천왕동이의안해는 여러왈짜가 억지로 잣바트리고 사지를지지눌를때 거진혼이 다나가서 수족을 마음대로 놀리게된뒤에도 한동안 잣바진채 꼼짝아니하다가 어떠케 정신이 돌아서 일어나려고 옴족이는것을 먼저 기신을차린 왈짜하나가 밝ㅅ길로 몃번차서 못일어나게하고 그뒤에는 여럿이 이놈와서 거더차고 저놈와서 거더차서 이리저리 굴리고 그리고 또 우아래ㅅ도리를 함부루 짓밟벗다 그자들 하는짓이 보기조흔꼿을 꺽거서 내던지고 그것도 부족하야 짓밟버망가질르는것과 가텃다 이런 몹쓸짓을 돌풀매마즌 분풀이로 한자도 잇섯슬것이고 또남이하니덩달어 한자도 잇섯슬것이나 대개 속에 불가튼 욕심이잇는데 경황업서 욕심을 풀지못하고 배ㅅ장업서 욕심을 채우지못하야 못머는감 찔러보는심사로 한자들이 만헛슬것이다

먼저 부중으로 나려가려고 나가든자가 즉시 도루 뛰어들어오며

「풀매질하든놈 저기 잡혓스니 어서들 나오게」

하고 소리를 처서 운신을못하는 도사의아들의에는 모두다 뛰어나갓다

배돌석이가 왈짜두놈과 싸워서 한놈은 다시 대들지못하도록 꺼꾸러트리고 한놈을 마저 해내려고 힘은 가짓것 다 쓰는중에 여닐곱이 전후좌우로 에워싸고 달려드는데 돌풀매 원수에 눈들이 밝가케 뒤지펴서 적은환도만한 큰징도로 찔러죽이려고 덤비는놈 까지잇섯다 배돌석이는 당차고 다부진사람이지만 형세가 도망못하면 죽을판이라 그중 만만하야보이는 놈을 밝ㅅ길로

동가슴을내질러 잣바트리고 에워싼속에서 뛰어나올즈음에 어떤놈이 눈ㅅ결에 발을걸고 덜미를 지펴서 잣바트린놈 여페와서 업드러젓다 배돌석이가 목숨이 위태하게되엇슬때

「이놈들」

난데업는 큰소리가 들리더니 황천왕동이가 큰환도를 빼어들고 비호가티 달려와서 닥치는대로 나려찍엇다 서너놈은 칼맛고 꺼꾸러지고 네댓놈은 칼무서워 들고뛰엇다 배돌석이가일어나는 것을 황천왕동이가 와서 거드러주엇다

「다친데 업소」

「나는 괜차느니 아주머니나 어서 가보게」

「어듸잇소」

「저안에」

배돌석이가 산모통이 안을 가리쳣다

황천왕동이가 안해를 와서보니 참혹한꼴이 차마 눈으로 볼수가업섯다 다죽은사람인데 이따금 코로나오는 안까님쓰는소리가 숙지안코 살어잇는 표이엇다

「나 여기왓서」

「눈좀 떠보오」

황천왕동이가 안해의몸을 만지기도하고 흔들기도하다가 나중에는 흘르는 눈물을 씨서가며 드려다보고만 잇는중에 김억석이아들이 압서 들어오고 그뒤에 서림이와 길막봉이와 배돌석이가 다가치 들어왓다 서림이가 약낭에서 사향소합원을 끄내서 황천왕동이를 주며 씹어서 입속에 흘려 너호라고하고 또 무엇을 한참생각하다가 안옷고름에찬 갓모를끌러서 김억석이아들을주며 갓모로 물을 떠오라고하야 찬물을 얼굴에 끼언께하엿다 얼마만에 황천왕동이와 안해가 감앗든 눈을 떠서 남편을 한참보더니 웃는듯 마는듯 웃고 다시 얼마만에 손으로 입을 가르처서 찬물을 한모금 바더마시고 남편의 손을 더듬어만지면서 모기소리만한 목소리로

「이게 저승이요」

뭇고 눈에 눈물이 핑 돌앗다

안해가 완구히 정신을 돌린뒤에 황천왕동이가 비로소 안해여플 떠나서 배돌석이를 와보고 다시 재삼스럽게

「것이구 속이구 다친데 업소」

하고 붓으니

「더러 살터진데두 잇구 멍든데두 잇지만 아무터치두안에」

배돌석이가 대답하고나서 한여페 죽은듯이 누어잇는 도사의 아들을 가르치며

『저놈이 아주머니를 겁탈하러 덤비든놈일세』

하고 말하자 김억석이아들이 말고를 달어서

『저사람이 송두도사나리의 아들이랍듸다』

하고 말하엿다 황천왕동이가 칼집에 꼬저 노핫던 환도를 다시빼서 손에들고 도사의 아들 여페 와서 발끄트로 찍신찍신 건드렷다 도사의아들이 감고잇든 눈을 슬몃이 뜨고보더니 힘업시 두 손을 마주부처서 비는뜻을 보이엇다

『봐하니 버릇은 똑똑이 배운 모양인즉 만일 네가 부충장사치의 자식이라면 그대루 용서해 주겟다 그러치만 도사의 자식은 용서할수업다 너가티 못된놈이 이다음에 네아비처럼 도사가 되거나 어듸원이 되거나하면 백성에게 가진못된짓을 다할테니 너가튼놈은 진작 업새는게 조타』

황천왕동이의 불호령이 끗난뒤 그사람이

『나는 도사아들 아니요』

하고 말하는데 말소리는 똑똑지못하나마 알어들을만하엿다 그거짓말에 의심이생긴 황천왕동이가 멀리섯는 김억석이아들을 가까이오라고 불럿다

『이놈이 분명이 도사의자식인줄 너 아느냐』

「다른사람이 이사람을 도사나리자제라구 말하구 아주머니더러 수청을들면 호광이라구 까지 말합듸다 이사람이 아주머니를 끼어안으려구 하다가 보기조케 뺨을 어더마.젓습니다 아주머니께 물어보십시요 내말이 거짓말인가」

황천왕동이가 다시 그사람을 나려다 보며

「인제두 도사의자식이 아니라구 할테냐 어듸 또 말좀해 봐라」

하고 꾸지즈니 도사의아들이 눈을감고 부들부들 떨기만하엿다 황천왕동이 손에든 환도가한번 번쩍하며 도사의아들은 머리가 몸에서 떨어젓다 이동안에 서림이는 배돌석이 길막봉이 두사람과가치 청석골로 나갈일을 공론하엿는데 배돌석이는 사내네사람은 둘씩두패로나누어서 한패는 황두령의안해를 번갈어 업어가며 먼저나가고 또한패는 산우에 올라가서 안식구들을 데리고 뒤쪼처나가자고 말하엿스나 서림이가 말하기를 두패로 나누는것보다 한데 모여가는것이 조흘뿐아니라 산우에서 북성문박그로 나가 갈리골로 나려가면 길에서 군관을만날 념려가업서서 조타고 다가치 산우로 올라가자고하고 산우로 올라가는데는 길두령이 황두령의안해를업고 가는게 조켓다고하야 길막봉이는 말할것업고 배돌석이도 자긔말을 고집하지안코 서림이의 말대로 작정들하엿다 황천왕동이는 나중에 세사람의 작정한것을 서림이가 말하야듯고 바로조타고 찬동하엿스나 황천왕동이안해가 남의사내에게 업히려고하지아니하야 할일업시 황천왕동이가 안해를업고 길막봉이가 뒤에부터가며 거들어주기로하엿다 안해업은 황천왕동이와 길막봉이가 압서간뒤 또 배돌석이는 잔듸바테 버서노흔 왈짜들갓을 하나 골라서 자긔의부서진 갓과 바꾸어쓰고 나오다가 풀섭에 노하둔옷옷을 차저입어서 찌저진 적삼을 엄적하엿다 배돌석이가 의관을 차리는동안 서림이와 김억석이아들이 기다리어서 어른아이 세사람이 가치오는데 압서간 사내 녀편네 세사람은 벌서 어듸만큼 갓는지 송악산을 한참 올라오도록 눈에 보이지도 안터니 산중턱을 다못와서 우에올라가는것이 멀리 바라보이고 중턱을 지나온뒤 얼마만에는 뒤를 바짝따라 오게되엇다 거름잘것기로 유명한 황천왕동이가 거름을 못것고 허덕허덕하엿다 뒤떨어젓든 어른아이 세사람이 압서올라와서 대왕당마루방에서 안식구들과 이야기를 일장 느러지게 하는중에 사내 녀편네 세사람이 겨우 올라오는데 황천왕동이는 땀은 어떠케 흘렷든지 고의적삼이 물에잠거내것가텃다

백손어머니와 기외의 다른안식구들이 황천왕동이안해를 보고 눈물을 흘리며 반기는동안에 사내들은 마루방박게 모여안저서 걸어가지못한 안식구 세사람을 어떠케 데리고가면조흘까 공론들을 시작하엿는데 김억석이더러 사람을 몃만 어더달래서 번갈어 업고 가는수박게업다고 의론이될때에 안해를 업고오는데 진력이난 황천왕동이가 승교바탕과 교군ㅅ군을 어더달래서 태워가지고가자고 극력주장하엿다

무당과 박수들은 거지반 굿판에 나려가잇고 일보는사람들은 저녁밥들을 준비하느라고 한데솟걸린곳에 나가잇고 혹간들어오는사람이 잇서도 볼일보고 곳 도루나가고 가외의 다른사람은당집문안에 발을 드려노치아니하야 청석골 안팍식구가 대왕당을 차지하다시피한까닭게 공론들을 마음노코할수가 잇섯든것이다

황천왕동이의 숭교바탕주장을 길막봉이는 대번에 조타고 찬동하고 배돌석이는 숭교바탕을 한채도아니요 셋채쌕이나 검억석이 수로 엇지못할테니 부탁해야 쓸데업다고 우기다가 검천만이더러 부탁하거나 그러치 안흐면 황천왕동이 자긔가 청석골 나가서 가저온다고 말하는데 그버면 될수잇다고 구피엇스나 유독 서림이가 내처 고개를 외치면서

「지금 천만이를 차저서 부탁해서 천만이가 여기저기서 어더서 장안에서 이산우루 올려보내자면 동안이 얼마나오래걸리며 또 청석골을 나가신다니 나가시는 동안은 얼마안되겟지만 교군ㅅ군들 들어오는동안이 잇지안소 그동안에 금도군관이 우리 뒤를 발버서 여기를 드리치면 낭패가아니요 늣잡드리다가는 낭패볼테니 한시각이라두 바삐나갈도리를 차립시다」하고 리숭하게 말하야 황천왕동이도 자긔주장을 더고집하지못하게 되엇다 이때마침 검억석이 아들이 박게서 들어와서 보은리사는사람이 박게왓다고 변통하야 황천왕동이가 반색하고 쪼처나가서 검천만이를 마저드리엇다

『자네 지금 어듸서 오나』

하고 서림이가 먼저 말을물엇다

『여러분 올러오신뒤에 보낼사람 보내구 치올것 대강치우구 여기를 쪼처올러 왓드니 한분두 안기십듸다 그래서 공연이 이리저리 바장이다가 집으루 나려가는중에 부산동서 살인이 낫단 말을 듯구 여러분일이 궁금해서 집에두 못가구 도루 올러온길이요』

김천만이 말이 굿나자 곳 황천왕동이가 부산동서 일저질른것을 대총 이야기한다음에 걸어가지못할 안식구가 세사람인것을 말하고 송교바탕 셋채를 교군ㅅ군껴서 어더달라고 부탁하엿다

『교군바탕은 셋채아니라 여섯채라두 어더드릴쑤가 잇지만 나중에 발설이 나면 나는 송두서 못살게되지안쏘』

『송두서 못살게되거든 청석골루 들어오지』

『가만이 기시우 내가 집에 나려가서 어떠케 잘 해보리다 그러구 나는 다시 안올테니 그리 아시우』

『교군ㅅ군 보내면 우리를 차저올수가잇슬까』

『이대왕당 압마당에 교군바탕 세채가 와노히거든 어듸서 왓느냐 누가 보냇느냐 뭇지두말구 그대루 태워가지구 가시구려』

김천만이가 총총이 돌아서 나갈때 서림이가 뒤를 따라나오며 느저서는 소용업스니 그저 아모쪽록 속히 보내달라고 신신 당부하엿다

이때 해가 거의 다저서 매로바위에는 아직 해ㅅ발이 남아잇스나 총총대아래 굿판에는 벌서 땅검이 다되엿다 그네뛸사람도 훨씬 줄고 굿구경하든사람도 만히 빠젓다 굿은 점심전 세거리 점심후 일곱거리 모두열꺼리를 마치고 아프로 두거리가 남은것을 저녁들먹고 마저하기로 되어서 상궁이 굿판에서 대왕당으로 올라오는데 당집안에 잡인을금하엿다 청석골 사내들은 김억석이의말을 조차서 안식구들만 마루방에남겨두고 박그로 나와서 매로바위미테 와 모여안젓다 길막봉이는 여느매와 다름업시 대평이고 천왕황동이와 배돌석이도 별로 념려하는 비치 업는데 서림이만 혼자 조바슴을 하엿다

「천만이가 산미테 다나려갓겟지」

조금잇다가

「천만이가 제집에 갓슬가」

또 조금잇다가

「교군ㅅ군이 지금쯤 여기 올라왓스면 조켓다」

하고 년해 혼자말을 짓거리엿다

배돌석이와 왕천왕동이 두사람에게 봉패안 왈짜들은 관덕정(觀德亭)한량패인데 총수효 열두
사람중에서 칼에 죽은사람이 하나요 칼에 중상을 바든사람이 셋이요 돌풀매에 면상만 상안사
람이 여섯이요 칼도안맛고 돌풀매도 안마진사람은둘이나 하나는 아래ㅅ배를 발ㅅ길에 거더차
여서거의다 죽게되고 오직하나만 별로 상한데업시 성하엿다 죽은사람은 도사의아들이요 성한
사람은 도사의문객이요 그나머지 한량들은 도사에게 활을배운 사람이니 말하자면 도사의제자
들이엇다

림꺽정이가 청석골을 웅거하고 잇는까달게 지난해 삼월에 나라에서 송도도사를 특별히 호반
으로 보내게 되엇섯는데 호반도사가 송도에 나려온뒤 사정(射亭)에 드는 부비를 자긔녹미(祿
米)로 쓰고 활쏠줄 모르는 사람을 자긔손으로 가르처서 관덕정 한량들을 길러노핫다 이날도
사의 아들이 자긔집문객한사람과 동무한량중의 나이젊은 작난ㅅ군 열사람을 데리고 긋구경을
나왓섯는데 긋구경보다 기집구경에 반하야 이쁜기집만 돗보고다니다가 큰 벌집을 모르고 건드
려서 아까운 목숨을 맹냥하게 버리게된것이엇다

상한데업는 문객과 상처중하지안흔 한량들은 도사의아들이 죽어잣바진곳을 다시 가서보고 측
시 육가각리(六架閣里)이아(貳衙)에 뛰어와서 도사를보고 참혹한변이 생긴것을 고하는데 변
이생기게된 시초만은 절믄기집하나를 두패가 서로 빼스려고하엿다고 모호하게 말한뒤에 변을

당한것은 대강 다 사실대로 말하고 끄트로그패가 흉긔(凶器)들은 몸에지니고 다니는것이 필시 적당이라고 부치어 말하엿다 도사가 눈물도 안내고 말도 안하고 한참ㅅ동안 넘일후 사람가티 안젓더니 별안간에

「원수를 갑허줘야지」

듯는사람이 走풍할만큼 큰소리를 질르고 벌떡 일어낫다 도사가 통인하나만 데리고 걸어서 류수아문으로 간뒤 얼마만에 원문(轅門)안에서 불시에 긴대답 청령소리가 야단스럽게나며 곳군관청(軍官廳)의 군속(軍屬)들이 군두박질 뛰어들어가고 서리청(書吏廳)의 리속(吏屬)들이 썰썰 기어들어갓다 한동안지난뒤에 금도군관(禁盜軍官)시넛이 십여명 군졸(軍卒)을 거느리고 송악산으로 살인범인(犯人)을 잡으러나가는데 그뒤에는 관덕정한량과 이아사령(貳衙使令)이 집여명 따라나갓고 다시 한동안 지난뒤에 류수가 도사와 비장과 검률(檢律) 형리 사령 기타 검시장(檢屍場)에 청령할 관속과 도사의문객 부상(負傷)한 한량 기타 검시장에 등대할 사람들을 거느리고 부산동으로 친히 검시(檢屍)하러 나갓다

부산동에 살인이 난것을 부중안에서는 빨리 안사람이 금도군관 일행이 나갈때 알엇고 대개는 류수행차가 나갈때 비로소 알엇지만 산우의 구경ㅅ군들사이에는 군관일행도 나가기 훨씬전에 소문이 낫섯다 이것은 구경ㅅ군중에 부산동살인난것을 짐작한사람이 더러잇섯든까닭이엿다

「부산동서 살인이 낫다네」

「기집일쿠 차지러갓든사람이 쌈끄테 살인햇다네」

「백주에 남의기집을 훔처가는눔들 죽어두 싸지」

「그 아주먹네 자네 똑똑이 봣나 누구든지 훔칠생각 나겟네」

「아까 업구오는사람이 그녀편네의 사낼테지 그사람은 선비갓데 그사람이 사람을 죽엿슬까」

「뒤에 따러오는 우악스럽게 생긴 사람이 사람을 죽인게지」

「울치 그사람이 손에 환두를 들구오든구먼 환두들구오는걸보구 나는벌서 일난줄알엇네」

「그게 사람을 공긔가티 놀리든 장사야」

「살인할뻔한사람이 그예 살인을햇네그려」

「생김생김이 사람죽이게 생겻데」

「그사람일행이 지금 저 매로바위미테 안젓데 도망을 하든지 자수를 하든지 양단간에 하지안쿠 태평안젓스니 무슨 밋는구석이 잇는모양이야」

「무얼 미더 잡으러오길 기다리구 잇는게지」

산우의구경ㅅ군들은 대개 길막봉이를 살인원범(元犯)으로알어서 이와가튼 말이 이사람 저사람의 입에서 나왓섯다 서림이가 숭교바탕이 오기를 기다리고 조바심을 하는중에 비탈 아래ㅅ길로 나려가는 사람들의 짓거리는 말이 들리는데 길막봉이를 부산동 살인범인(犯人)으로 지적하는말들이라 가슴이 선뜻하야 세사람을 돌아보니 배돌석이 황천왕동이 두사람은 다가치 빙글빙글 웃고 길막봉이 당자는 코방구를뀌고 잇섯다 서림이가 손까락으로 황천왕동이의 몸을 직신직신하고

「이 산우에까지 소문이 퍼첫슬젠 부중안은 지금 발끈 뒤집혓슬는지두 모르겟소 아무래두 우리가 이러케 한눈만 처다보구 잇다가는 큰코 다치겟소 잠ㅅ간나려가서 유수아문 동정을 좀살펴보구 오시우 나려가는 길에 교군ㅅ군들을 만나거든 륙가각리까지 갈것업시 도루 올려오시구 륙가각리를 가서 별반 동정이 업서보이거든 보은리까지 가서 교군바탕을 재촉하구 오시우」

하고 말하니 황천왕동이는 선선이

「그래봅시다」

대답하고 곳 일어섯다 황천왕동이가 부산동 뒤ㅅ일이 궁금하야 한번 가보고시픈 생각이 잇든 차이라 대답이 선선하게 나갓든것이다

황천왕동이가 산아래로 나려간지 얼마 아니되어서 급한 거름으로 도루 올라왓다 서림이는 교군ㅅ군을 만나서 도루 오는줄만 녀기고 오는 황천왕동이게로 몃거름 나가면서

「어듸 옵듸까」

하고 물으니 황천왕동이가 고개를 절레절레 흔들며

「큰일 낫소」

하고 대답안되는 대답을 하엿다

「큰일 나다니 군관이 옵듸까」

「언뜻 보기에 한삼십명 올러옵듸다 안식구들은 업든지 끌든지 하구 도망합시다」

배돌석이와 길막봉이가 모두 일어섯다 서림이가 손을 내저으며

「지금 안식구들을 꿀구 업구 도망하다가는 창피만 더볼께니까 여기 안저서 당할도리를 쟁각 합시다」

하고 잠ㅅ간동안 낭미간을 찌프리고 고개를 기우리고 잇다가

「자 인제는 칼물구 뛰엄뛰기니 세분은 아무소리 말구 나 하자는대루 하시오」

하고 말하는데 세사람은 모두 잠자코잇섯다

「우리 상궁을 가보구 말좀 해봅시다」

서림이의 말끄테

「상궁더러 무슨 청을 하실라오」

황천왕동이가 물으니

「나중 보면 아실테니 다들 나만 따러오시우」

서림이가 압서 휘적휘적하고 대왕당으로 오는데 세사람도 할일업시 그뒤를 따라왓다 대왕당 문ㅅ간에 안젓든 상궁이 교군ㅅ군들과 박수들이 우 일어나서 못들어오게 막는것을 서림이가 잡아 제치면서

「우리가 상궁마마께 뵈일 일이 잇서 왓는데 왜 못들어간단말이요」

하고 언성을 노피엇다 들어간다거니 못들어온다거니 떠들석할때 무수리 한사람이 문ㅅ간방의 외쪽지게문을 열고 내다보며 왜 그러케 떠드느냐 마마께서떠들지 말라신다 말하야 구중별배 박수들이 무춤하는 틈에 네사람은 모두 대왕당 안으로 들어왓다 대체 대왕당집이 어떠케 된 집이냐 하면 웃채 삼간 아래ㅅ채 삼간 도합 여섯간집으로 웃채는 대왕과 대왕부인의 목상을 뫼신 이간 전각이 잇고 전각 한쪽머리에 단간 고ㅅ간이잇고 아래ㅅ채는 문ㅅ간이 한간이요 서편으로 마루방이반간이요 동편으로 방이 간반인데 마루방에는 북향으로 외쪽지게문이 잇슬뿐이고 방에는 북향으로 쌍바라지가 잇는외에 문ㅅ간으로난 외쪽 지게문과 동쪽으로난 들창이 잇섯다 지금 청석골 인식구 여섯이 모로 세로 누어잇는 곳은 어둠침침한 반간 마루방이요 상궁이 무수리 각씸들을데리고 사처한곳은 좀명낭하고 통창한 간반 방이다 서림이가 지처노

혼 쌍바라지아페 와 서며 세사람에게 오라고 손짓하야 줄느런히 늘어세우고

「상궁마마께 문안드립니다」

하고 소리치니 먼저 외쪽 지게문으로 내다보고 떠들지말라고 말하든 무수리가 쌍바라지를 열어 저친뒤에 다른 무수리에게 다리를 치이고 누엇든 상궁이 무당들의 부축으로 일어안저서 박글내다보며

「너이들이 누구냐」

하고 물엇다

배돌석이는 한편 다리를 아프로 내세우고 얼굴을 되들고잇고 황천왕동이는 반몸을 비틀고 딴데를 보고잇고 길막봉이는 어줍은 모양으로 몸을 가지고 두리번거리고 잇는데 서림이 혼자 두손ㅅ길을 맛잡고 공손히 허리를 굽히엇다

「상궁마마께서 해서대적(海西大賊) 림꺽정이의 명짜를 들어기신지 모르겟습니다만 저이는 림꺽정이 수하에 잇는 두령들이올시다」

서림이의 말 한마디에 방안에 잇는 상궁이하 녀편네들은 고사하고 당집안마당에 들어섯는 교군ㅅ군들까지도 모두 다 놀라는 모양이 현저하엿다

「이번에 림대장의 부인이 두령의 안식구 다섯을 데리구 굿구경을 오는데 저이는 보호하며

떠러왓습니다 보호할 직책을가진 저이가 한만히 다른데 놀러간틈에 잡눔들 십여명이 떼를 지어가지구 와서 대장부인과 다른안식구들운 매려눕히구 안식구하나를 붓들어 갓습니다 일 다난뒤에 저이가 비로소 알구 그눔들 뒤를발버서 부산동을 쫏처가서 다 죽게된 안식구를 차저왓습니다 그눔들 십여명이 수만흔것을 밋구 저이에게 대든다가 몃눔은 중상하구 한눔은 죽엇는데 말눔으니 죽은눔이 지금 송도도사의 아둘이랍니다 도사가 제아둘이 죽어 마땅한짓한건 생각안쿠 아둘 원수를가프려구 송도부 금도군관을 잇는대루 다 풀어 내노흘는지두 모릅니다 그런줄을 알면서두 저이는 대장부인과 다른 안식구들이 꼼짝 운신을 못하는 까달게 얼른 피신을 못하구 이러구 잇습니다 저이가 올때 저이대장 분부내에 대왕대비 치성긋관에서 야료를 내지안루록 조심하라구 하섯는데 지금 사세가 큰 풍파를 내지 안흘수업게되엇습니다 저의만이면 대장 분부두 잇구하니 뒤는 어찌 되든지 순순히 잡혀가기라두 하겟는데 대장부인과 다른 안식구들을 군관의 손에 너흘수가 업습니다 저이가 죽거나 군관들이 죽거나 갓장나두룩 싸울박게 수업습니다 저이 네사람에 저하나만 오죽지안치 하나는 고금에 드문 석전ㅅ군이요 하나는 비호가튼 사람이요 또 하나는 아까 그네ㅅ터에서 사람공귀 놀렷다고 떠든든 천하장사니까 적어두 열곱절사십명 사람쯤 죽이기전에는 문문히 죽지안흘 겜니다 대왕대비 치성긋이 아직 긋두나기전에 대왕당안에 뭇사람의 피를 홀미는것은 저이의 본의두 아니요 더구나 저이 대장의 분부두 아닙니다 대왕대비 몸바더오신 상궁마마를 놀라시게 할일이 황송해서 미리 말슴을 여쭙는것이올시다」

서림이의말이 거침업시 흘르는 물과 가텃다 서림이가 말을 끈친뒤 한참만에 상궁이 외면하고

「쌈을 하더라도 당집 테박게 나가서하면 어떳소」

하고 말하엿다

「대장부인이하 여러 안식구들이 저편 마루방에 와잇는 까닭에 여기를 떠날쑤가 업구요 또 당집은 성(城)삼아서 의지하구 싸우는것이 저이에게 유리한까닭에 다른데루 갈쑤가 업습니다」

「그럼 안식구들은 내가 담당하고 잡혀보내지 안흘테니 항거들안코 잡혀가겟소」

「말슴하긴 황송하오나 마마께서 담당하시는걸 저이가 미들수가 잇습니까 피차간에 조흘도리는 꼭 한가지가 잇습니다」

「무슨 도리요」

「마마께서 군관들을 이당집안에 들어서지 못하게 하실수가 잇지안씁니까」

「공사를 내가 어찌 막겟소」

「대왕대비의 몸을 바더오신 마마께서 대왕대비의 치정굿을 하시는날이니 마마께서 당집에

못들어온다구 말씀만하시면 군관은 말할것두 업구 송도유수라두 문안에 발을드려노치 못할줄압니다」

「그러면 어떠케 하단말이요」

「저이가 오늘 밤안으루 안식구들 모면하두룩 조처해 노쿠 박는날 식전에 잡혀가겟슴니다 그러면 치성굿은 무사이 끗나구 마마께서는 목전에 사람들 죽는걸 보시지안쿠 또 저이는 저이의 직책을 다하게될테니 이리저리 다 조치안씁니까」

「나는 굿이 끗나면 곳산아래로 나려갈 사람이요」

「오늘 밤 삼경까지만 여기 기서 주시면 저이 조처두 그안에 다 될듯합니다 그러구 굿은 아프루 뒤ㅅ전이 남엇다니까 마마께서 친히 굿자리에 나려가 보시지 안허두 조켓습지요 하여튼지 삼경까지는 마마께서 잠시라두 이방을 떠나시면 안됩니다 저이가 이방박게서 뫼시구 잇겟습니다」

상궁은 하다 못하다 말이업섯다 대왕당성과이란 검은학골 늘근무당이 상궁여페 가까이가서 귀ㅅ속말을 하듯 소군소군 여러말을 짓거리고 상궁이 무수리하나를 보고 나직나직 몃마듸말을 일르더니 그 무수리가 곳 외쪽 지게문을 열고 교군ㅅ군과 박수들을 내다보며

「마마말슴이 업시는 누구든지 당집안에 들어오지 못하게 하라시니 그리들 아우」

하고 말을일렷다
이때 땅검이 지나 어두어서 무당이 상궁방에 초ㅅ불을 켜고 일ㅅ군들이 당집 박갓마당에 큰 홰ㅅ불을 노코 또 안마당에 화토ㅅ불을 노핫다 안마당의 토ㅅ불은 문ㅅ간과 전각 중간에 놋는것을 서림이가 상궁의 한다 못한다 대답을 기다리는중에 겻눈으로 보고 일ㅅ군을 불러 말을 일러서 마루방과 문ㅅ간 어름에 옴겨 노케하야 상궁방 마즌펀 고ㅅ간아픈 불이 멀어서 어스무레하고 문ㅅ간에서 바로 보이는 전각안은 불이 미치지 못하야 어둠침침하엿다
무수리가 사내하인들에게 말하는 상궁의 분부를 서림이는 듯고 고개를 갓덕하며 씽긋웃고 먼저 고ㅅ간아프로 가면서 세사람을 손짓하야 불럿다 네사람이 머리들을 맛대다 시피하고 쭈구리고 안즌뒤에 서림이가 여페사람 겨우들을만한 입속말로
「황두령 인제 청석골 나가서 교군을 가지구 오시우」
하고 말하니
「숭교바탕을 천만이가 보낼텐데」
황천왕동이가 말을 반동강하고 서림이의 얼굴을 드려다보앗다
「천만이게 부탁한 숭교바탕은 다 틀렷소 군관들이 여기 온뒤에는 보내드래두 소용 업구 그러구 군관들 나온 소문을 들으면 천만이가튼 약은사람이 애초에 보내지두 안홀께요 여기

승교바탕을 보내주지 안는대신 청석골루 보발ㅅ군 하나는 띄워줄듯하지만 우리가 그걸 밋구 잇슬수잇소 황두령이 업른 가시우」

「날더러 가서 구원병을 끌구 오란말슴이구려」

「그럿소 지금 우리 형편이 대장의 구원박게 바랄것이 업소」

「잠ㅅ간 마루방에 가보구 곳 가리다」

「군판들 오기전에 얼른 빠저나가시우」

「산중턱쯤 올러오는걸 내가 보구 왓스니까 아직은 여기 못올것이요」

황천왕동이가 마루방에 가서 박게서 드려다보며 누님과 안해의 아픈것을 물어보는중에 문ㅅ간이 흘째 떠듬석하여젓다 황천왕동이가 아무ㅅ소리 말고 가만이 잇스라고 부탁하고 마루방지게문을 고이 닷고 전각아플 획 지나서 고ㅅ간 아프로 도루 왓다

「저것들이 이러케 빨리 올줄은 몰랏소 인제 문ㅅ간이 막혓스니 어떠케 나가면 좃소」

「의관을 버서 버리구 굿당 일보는 사람인체하구 나가보지」

배돌석이가 말하고

「담을 넘어가우」

길막봉이가 말하는데 서림이가 손을 가로 젓고서

「일보는사람인체 해선 안되구 담을 넘어가는게 조흔데 담박글 벌서 둘러쌋는지 누가 아우역석이 부자중의 하나가 들어오거든 박갓 형편을 알어보구 합시다 그러구 당장 념려는 업슬듯하지만 그래두 혹시를 모르니까 우리가 죽게되면 고기갑시라두 하구 죽을 준비를 차리구 저쌍바라지아페 가서 잇다가 군관들이 드리닥치거든 우리는방안으루 뛰어들어가서 상궁과 무수리들을 붓잡어서 방패루 씁시다」

하고 말하엿다 병장긔는 네사람틈에 환도가 한자루뿐이나 배돌석이가 매로 바위미테 나가 안젓슬때 돌을 집어서 소매속에 너흔것이 여나문게 되어서 설혹 군관들이 몰려들어오더라도 첫번 긔세는 능준히 꺽글수가 잇섯다 네사람이 다가치 의관을 버서서 고ㅅ간 지대ㅅ돌 우에 노하두고 상궁방아페들 와서 섯는데 그동안에 사내하인 한사람과 금도군관 한사람 사이에는 언왕설래에 시비가 톡톡이 되엇섯다

「우리는 그예 들어가야겟는걸」

군관의 말은 반말이요

「드리지 안는다거든 못들어올줄 아우」

하인의 말은 하우엿다

「빨리 비켜나지 안홀테냐」

군관의말이 해라로 나오니
「얼르면 누구를 어쩔테야 우리가 도독놈인줄 아나」
하인의 말도 반말로 나갓다
「산인한 적당이 분명이 이안에 잇는줄 아는데 우리를 못들어가게하는것은 적당을 감춰주는 것이니까 도독놈이 아니라두 도독놈의 와주루 볼수잇다」
상궁은 당집 안에 군관들 못들어오게 하는것을 하인들에게 맛겨두고 자긔가 알은체 아니하려는것가티 방안에 가만이 안저서 문ㅅ 간의 시비를 듯기만 하더니 도독놈의 와주란말이 마음에 찔리든지 별안간 외쪽지게문을 열어 저치고 문ㅅ 간을 내다보며
「대체 무엇들이 여기와서 그러케 떠드느냐」
하고 큰소리를 내엿다
문ㅅ 간아페 섯는 군관 세사람이 상궁의 첩지쓴 머리를 바라보고 허리들을 굽신 한뒤에 세사람중의 한사람이
「저이는 총도부 금도군관들이올시다 오늘 부산동서 살인한 적당이 이 당집에 와서 숨어 잇는줄을 알구 잡으려 왓솝는데 상궁마나님의 분부라구 못들어가게 막으오니 적당은 드리구 저이군관은 드리지 말라구 분부하섯슬리가 마무할줄루 생각하와 그럴법이 업다구 나물하느

라구 좀 며들게 되엇나봅니다」

하고 언죽번죽 말하엿다

「법을 잘 아는사람이라 나더러 도독놈의 와주라고 말햇나」

「천만의말슴이지 상궁마나님께 그런 무엄한말을 할리가 잇소리까」

「내사람더러 도독놈의 와주라니 그게 곳 나더러하는 말이지 무어야 도독놈의 와주 륙십평생에 더 들어볼소리가 업다 패셈한지고」

「저이가 생각이 부족한 탓으루 상궁마나님께 촉노될줄은 미처 생각지 못하구 말은 지망 지망이 햇소이다 용서합시요」

「송도유수가튼 재상의 눈에는 내가 하치안케 보이겟지만 나도 정오품(正五品) 내명부(內命婦)야 더구나 이번에 나는 대왕대비마마의 몸을 이어온 사람이야 내가사처한데서 죄인을 잡아가라면 유수가 내게 전갈한마듸쯤은 잇서야 올치 중대한 죄인이 지금 이 당집안에 와서 잠복해 잇더라도 내가 대왕대비마마의 치성굿을 다 마치고 산아래로 나려가기전까지는 당집 안에서 야료를 내게 할쑤 업스니까 그리들 알고 그대네 유수사또께가서 내말슴으로 말하라고」

상궁이 할말 다하고 지게문을 다친 뒤에 쌍바라지아페 섯든 내사람은 고ㅅ간 아프로 다시왓다 황천왕동이가 혹시 빠저나갈틈이 잇슬까하고 침침한 전각안에 들어가서 문ㅅ간 박굴 내다보앗다 군관 세사람이 한데부터 서서 숙덕공론을하는 모양이더니 군관 한사람은 먼저 다른데로가고 군관 두사람은 나중에 군사와 한량 수십명을 세패에 나누어서 군사한패는 아페 남기고 군사한패와 한량한패는 뒤우여프로 갈러보내엇다 어림에 군관한사람은 유수께 사연을 고하러간상 시프고 군사한패와 한량한패는 당집 담박굴 지키러 보내는것 가텃다 그뒤에 남아페는 군관 두사람이 대ㅅ돌우에 쭈구리고 안저잇고 군사 칠팔명이 대ㅅ돌아래 둔취하야 서잇섯다 상궁방에서 저녁밥을 재촉하라고 무당하나를 박그로 내보내더니 곳 외상 겸상 두무거리상을일ㅅ군들이 들고 들어오는데 김억석이가 일ㅅ군 틈에 끼어 들어왓다가 고ㅅ간아페 안젓는 네사람에게로 쪼처와서

「여러분 저녁진지는 어떠케하면 좃습니까 군관들이 당집안에 드릴 상수효를 뭇는데 까부새박수하나가 방정맛게 방에 외상하나 겸상셋 문ㅅ간에 두루거리상 하나 모두 다섯이라구 대답해놔서 인제 상을 더 드려올쑤가 업게되엇스니 어떠케하면 좃습니까」

하고 말하는데 황천왕동이가

「저녁한끼 굴머서 죽겟나 그건 념려말구 잇다가 상내갈때 나하나 일ㅅ군틈에 무더나가두룩해주게」

하고 부탁하니 김억석이는 고개를 가로 흔들엇다

「사람 수효가 맛지 안허서 탈이거든 일ㅅ군 하나를 이안에 남겨두구 내가 그일ㅅ군 대신 상을 들구 나가면 되지안켓나」

「여기 들어오는 사람을 수효만 셀뿐아니라 일일이 얼굴을 살펴보구나서 드려보내는걸이요」

김억석이 말끄테 서림이가

「담박글 다 눌러 쌋겟지」

하고 물으니 김억석이는 고개를 끄덕이엇다

「무예별감은 어듸갓나」

「그건 왜 물으십니까」

「눈에 보이지안흐니 말이야」

「고녀당 절믄무당에게 반해서 굿자리에서 고녀당으루 갓답듸다」

「그러면 자네가 가서 상궁마마께서 얼른 오라신다구 오주전갈을 좀해주게」

「그래서 어떠케하실랍니까」

「우리가 무예별감을 보구 사정을 좀 할일이 잇네」

「말썽만 더 되지 안흘까요」

「지금 말썽 더된것이 무어잇나」

「그럿습지요 가겟습니다」

김억석이가 나간뒤에 서림이가 다른 세사람과 소근소근 이야기하고 웃옷인고름에 찻던 긴노랑수건을 끌러다가 황천왕동이를 주엇다 한동안이 지난 뒤에 무예별감이 들어와서 쌍바라지아프로 가는것을 서림이가 가로막고 허리를 굽신하며

「저이가 말슴 좀 여쭙겟습니다」

하고 말하야 무예별감이 잠간 어리둥절할즈음에 뒤에서 황천왕동이가 노랑수건을 책 둘러서 입을 막아 동이고 또 뒤에서 길막봉이가 두손으로 몸을 바짝 끼이 안엇다 네사람이 무예별감을 쥐잡듯 잡아가지고 진각안으로 들어갓다 얼마만에 무예별감이 문ㅅ간으로 나가는데 금도군관들이 안젓다 일어나서

「어듸를 가시우」

하고 물으니

「유수사또 좀 뵈러가우」

하고 일변 말을 대답하며 일변 거름을 걸어서 순식간에 층층대 아래로 나려갓다

무예별감이 군복자락에서 바람이 나도록 빨리 걸어 산아래로 나려간뒤 금도군관들은 미심스

더운 생각이 나든지

「거름거리가 아까 저기서 올때 틀짓든것과는 아주 딴판달레」

「거름거리뿐아니라 사람까지 딴사람 가터보이네」

「딴사람이라니 말이지 나올때 고개 푹숙인게라든지 말할때 외면하든게라든지 다시 생각해 보니 모두가 좀 수상해」

「재들하나 따려보낼껄 우리가 잘못햇나봐」

이런 말들까지 하다가

「대체 무슨일루 그러케 급히 갓슬까」

「상궁의 전갈은 마터가주구 간게지」

「우리가 일껀 인사쌩으루 일어서기까지 하는데 말대답두 번변이 안하구 도망하는눔가티 내빼니 사람대접을 그따위루 하는법두 잇나」

「서울눔이 본래 반짓빠른데 게다가 대권안 물을 먹으니 우리가 눈에 보이겟나」

다시 이러케들 말하는것이 딴사람으론는 생각지 안는모양이엇다 안마당의 화토ㅅ불은 마루방에 비치는것을 박수들이 조케 여기지 안는지 광솔이 잘 안타는것을 보고도 내버려두어서 거의다꺼지고 박갓마당의 큰 홰ㅅ불은 군사들이 홰고를 타는대로 두들겨떨어서 불ㅅ길이 활활

잘탓다 문ㅅ간에서 밥먹는 사람들이 다니는길을 틔워놋느라고 각각 밥그릇을 들고 이리저리 나안고 또밝은데를 향하느라고 거지반 전각을 등뒤에 두고 돌아안저서 모두 먹기에 골몰하엿든까닭에 무예별감이 전각안으로 붓들려들어가는것을 본사람은 별로 업섯겟지만 문ㅅ간으로 나가는 무예별감의 얼굴을 본사람은 더러잇슬것인데 적당의일에 서뿔리 말밥에 올르면 화를 비들까 두려워하는까닭인지 들어온 무예별감과 나간 무예별감이 딴사람이나 아니냐 말하는 사람은 하나도 업섯다

김억석이가 무예별감에게 위조전갈하고 최상이 탄로될까 겁이나서 당집 안에를 못들어 오다가 무예별감이 산아래로 나려간줄 안뒤에 어찌된 곡절이 궁금하야 숭늉심부름을 빙자하고 당집안에 들어와보니 고ㅅ간아페 사람은 그림자도업고 잠겻슨 고ㅅ간문은 빼끔하게 열리엇섯다 캄캄한 고ㅅ간속에서 버스럭소리가나서 네사람이 다 고ㅅ간속에 들어가 잇는줄로 짐작하고 빼끔한데로 캄캄한 속을 드려다보며

「여기들 기시우」

하고 물어보니 한참만에

「나만 여기잇네」

하고 대답하는것이 배돌석이의 목소리이엇다

「이속에 엇재 들어와기시우 또 잠을쇠는 어떠케 여섯소」

「반쇠 띄워논걸 누가 못열겟니」

「대체 이 캄캄힌속에서 무얼 하시우」

「바ㅅ줄이 잇나 차저밧네」

「바ㅅ줄은 무어세 쓰실라우」

「무감을 결박지우려구」

「무감을 결박지우다니 방금 산아래루 나려갓다면이요」

「그건 정말 무감이 아닐세」

「누가 무감복색을 빼서하구 나가섯소」

「황두령이」

「키하구 몸집은 비슷가틀른지 몰라두 얼굴이 팔팔결 다른데 용하게 속이구 나갓구려」

「눈ㅅ갈업는 군관들이 총괴떡군복에 속앗겟지」

「하여튼 용하게 빠저나갓소 그럼 청석골 간게구려」

「아직 말은 내지말게」

「그런 당부는 하실것두 업소」

「바ㅅ줄이 잇거든 하나 차저주게」
「바ㅅ줄이 업슬걸이요」
「올치 나제 그네터에서 쓰던 무명끄튼 어듸잇나」
「그건 이속에 잇지요 가만이 기시우 내 차저드리리다」
김억석이가 고ㅅ간속에 들어와서 무명끄를 더듬어 차젓다
「힌것만 드리리까」
「넉넉이 두어것 주게」
배돌석이가 무명끄를 가지고 전각안으로 오는데 김억석이도 구경하러 따라왓다 길막봉이가 손으로 붓잡고 다리로 눌르고 잇든 무예별감을 무명두끄트로 웃도리 아래ㅅ도리 친친 동이엇다 어둔속이라 똑똑히 보이지는 안치만 무예별감의 꼴이 그네우의 목상과 다름업는듯하엿다 서림이가 무예별감의 아갈잡이 한것을 다시 고처서 숨잘쉬도록 코구멍은 내노하준뒤에
「서울서 오신 귀한 손님을 너무 참혹하게 대접해서 미안하우 벙거지와 군복은 빌려 주섯스니 고만 고녀당 절문무당에게루 도루가시게해두 조켓지만 문아페 파수보는 군관들과 한데 섭쓸려서 작작공이를 노실 념려가 불무한까닭그로 이런 참혹한 대접을하우 미안하지만 좀 참구 기시우」

얄미운말로 홈씬 조롱하고

「우리는 인제 나갑시다」

하고 말하야 김억석이까지 네사람이 다가치 전각박그로 나왓다

상궁이하 여러 여편네들이 모두 저녁밥을 점고만 맛고 말어서 벌서 상들을 물려내게 되엇다

김억석이가 상하나를 들고 나가려고 하는차에 그 아들이 들어와서

「아버지 내말 좀 듯구 나가시우」

하고 나가지못하게하엿다

「무슨말이냐」

「상은 여기 놔두구 저리가서 말합시다」

아들은 사람업는 마루방아플 가르치는데 아비가 배돌석이 서림이 길막봉이 세사람이 안젓는 고ㅅ간 아프로 데리고갓다

「무슨말이냐 말해라」

「이아ㅅ사령이라나 사령둘이 한데 솟결린데 와서 아버지를 찻다갓소 모두들 말이 아버지가 나오기만하면 재업시 잡혀가리라구 합듸다」

김억석이가 아들의 말을 들은뒤 세사람을 보고

「바람이 어듸서 새어나간모양인데 어떠커면 조흘까요」
하고 물으니 서림이가 선뜻
「박게 나갈끼업시 우리하구 이기 가지잇세」
하고 대답하엿다
「나중은 어떠케 하나요」
「나중이라니」
「여러분 가신뒤 말슴이요」
「우리 갈때 가치 가거나 뒤에남어잇다가 잡혀가거나 그건 자네 요량해하게」
「처되는사람더러 말을 못해봣는데요」
「갈때 림시해 말해두 낭패될꺼업네 가치 간다면 데리구가구 가치 안간다면 버리구가지 별 수잇나」
「장내 고모의 대를 바더서 이대왕당을 마틀사람인데 여간 낭패가 아닙니다」
「바람 잔뒤에 다시 나와서 송악산 다섯굿당을 도거리루 마터 볼쑤두잇네 념려말게」
상궁방에서 굿을 다시 시작하라고하야 박수가 나가고무당이 나갈때 고ㅅ간아페 잇든 사람들은 모두 쌍바라지 아프로 왓다 서림이가 환도를 가지고 와서 집고서서

「상궁마마께서는 안나가시구 여기 기시겟지요」

하고 말하니 상궁은 들은쳬도 아니하고 대왕당 늘근성관이 방에서 나오면서

「마마께서 신긔가 조치못하서서 이방에 누어 기실테니 박게서 떠들지들 마오」

하고 말하엿다 이동안에 김억석이는 나가는 쳐를 붓들고 자긔가 박게 못나가는 사정을 총총이 이야기하고 배돌석이는 여페 섯는 쳐남을보고 박갓 동정을 알아드리라고 두어마듸 말을일러서 김억석이의 아들이 저의 어붓어미를 따라 나갓다

상궁의 시중을 들고 심부름을 하려고 방안에는 무수리가 남아잇고 문ㅅ간에는 상궁의 교군ㅅ군이남어잇섯다

마루방의 안식구는 쥐죽은듯 아무ㅅ소리 업시 가만이들 잇더니 무당들 나갈때 배돌석이의 안해가 사내들에게로와서 황두령이 변장하고 빠저나가것과 청석골서 구원하러 올것을알고 갓다

김억석이가 고ㅅ간재대ㅅ돌우에 노힌 의관들을 전각쳠으로 멀지기 치워노코 고ㅅ간 축에서 멍석을 끄내다 고ㅅ간아패 까는것을 서림이가 쌍바라지 아프로 끌어오게한뒤 세사람이 다 가치 퍼더버리고 안젓다

마루방 상궁방 문ㅅ간이 모두다 조용하엿다 굿판에서 장고소리 풍악소리가 들려왓다 조용하

든 문ㅅ간에서 흘째 떠들석한 말소리가 낫다 류수부 비장이 류수사또의 전갈을마터 가지고 왓다고 상궁께 여쭈라고하야 무수리가 지게문을열고 내다보며

「무슨 전갈입니까」

하고 물엇다

「살인죄인을 잡으러나간 군관들이 기신 굿당에를 막 뛰어들어가려구 햇다니 작히 놀라섯겟습니까구 그러나 굿당에 기신줄은모르구 한일이라니 용서하시구 살인범인은 도타하기전에 잡두룩 해주시면 조켓습니다구」

비장이 류수의 전갈을 온긴뒤에 무수리가 상궁의 답전갈을 바더 말하엿다

「하지안흔 이사람에게 전위해 비장을 부리서서 황감합니다구 살인 죄인은 이사람이 어떠케 잡게 할쑤가 잇습니까구 페일언하구 이사람은 대왕대비마마의굿은 다 마치고 산아래로 나려가면 고만이니 그리 압시사구」

비장이 군관들을 데리고 쑥덕공론을 하는지 수군수군 짓거리는 소리가 한동안 나다가 끄치고 문ㅅ간이 다시 조용하여젓다 얼마뒤에 김억석이의 아들이 들어와서 말하야 비장이 올때 군관 군졸 이십여명을 데리고와서 먼저 잇든 사람과 합치어 사오십명사람으로 당집을 철통가치 에워싸 노흔줄을 알엇다

청석골 꺽정이 사랑에는 저녁마다 모이는 축인 리봉학이 박유복이 곽오주 김산이 네두령외에 저녁에 별로오지안는 늘근두령 오가까지 모두와서 굿구경 간사람들이 돌아오기를 기다리고잇섯다 일직들 올것인데 늦도록 아니 온다고 꺽정이는 이것들이 사람이냐 마냐하고 화를 내는 중에 박게서

「그게 누구냐」

신불출이의 놀난 말소리와

「황두령 아니세요」

곽능통이의 의심떡어하는 말소리가 연달어 들리더니 변복한 황천왕동이가 방에도 들어오지안코 마루아패 와서서 꺽정이를 드려다보며

「형님 큰일 낫습니다」

호들갑스럽게 말하엿다 꺽정이는 황천왕동이를 뻔히 보기만 하는데 리봉학이가

「무슨일인가 어서 이야기하게」

뒤ㅅ말을 재촉하야 황천왕동이가 마루끄테 걸터안저서 사본이 이만저만하야 도사의 아들을죽이고 서종사가 꽤를 이리이리 내서 아직 관속들손에 잡히지안코 잇다고 일장 이야기를하는데 이야기가 미처다 끗나기도전에 꺽정이가 신불출이와 곽능통이더러 소임업는 졸개들중에서 교

군ㅅ군 열두명과 홰ㅅ군 열명을 뽑아서 교군바탕 여섯채와 홰 사오십자루를 준비시켜 등대하
라고 분부하고 또 여러두령들더러 오두령만 고만두고 그외의 다른두령은 모두출전할 준비를
차리고 오라고 명령하엿다 청석골안이 분시에 며들석하여젓다 한동안 지난뒤에 꺽정이가 두령
과졸개삼사십명 사람을 거느리고 골어구로 몰려 나오는데 골어구 동네 아페서 김천만이가 보
낸보발ㅅ군을 만낫다 황천왕동이 한사람 외에는 모두 장달음을노타시피하야 어느듯 삼거리를
지나 답골 가까이 왓슬때 꺽정이가 거름들을 멈추게하고 달리골 들어가는 갈림ㅅ길과 북성문
올라가는 산ㅅ길을 잘아는사람이 잇거든 압서라고 말하엿다 청석골 두령과 졸개들은 무두 초
행인데 마침 김천만이가 보낸사람이 길을 소상히 잘알어서 그사람과 홰ㅅ군을 압세우고 큰길
에서 달리골로 갈려들어와서 북성문 산ㅅ길을 도드발버 올라올때 밤은 벌서 이슥하엿다
이때 산우에서는 큰굿이 다끗나서 상궁이 산아래로 나려가려고 하는것을 서림이가 위협도하
고 사정도하야 겨우 준좌를 시키엇다 상궁은 도적놈들에게 지가를 잡힌셈인지 볼모를 잡힌셈
인지 나려가지 못하고 잡혀잇는것도 분하거니와 이런때 자기대신 말한마듸라도 쾌쾌히할만한
무예별감이 류수를 보러간다고 핑계하고 혼자 어듸로 피신 한것이 분하여서 애매한 무예별감
을 모주먹은 돼지 별르듯 별럿다
굿판뒤ㅅ설거지를 다하고 들어간 건넌편 네굿당의 무당과 박수들이 대왕당일을 수군수군 이

야기들하는중에 북성문에서 난데업는 고함소리가나며 홰ㅅ불이 꾸역꾸역 네굿당아프로 올라왓다 꺽정이가 길에 오는중에는 홰두엇으로 길만 밝키고 산에를 거의 다 올라온뒤에는 홰ㅅ군들외에 교군ㅅ군들까지 홰를 들게하고 두명과졸개 삼사십명이 일자로 늘어서서 올라온것이엇다 꺽정이가 장검을 비겨들고 여러 두령졸개의 아풀섯다 대왕당뒤와 여페 화토ㅅ불들을노코 안젓든군사가 우들 일어섯다 꺽정이가 대왕당으로 건너오는 길우에 서서

「송도부 군관군졸 말듯거라 나는 청석골 임꺽정이다 목숨들이 아깝지 안커든 나와서 내갈을바더라」

하고 벽력가치 호통을하엿다 꺽정이 호통소리에 산이울리엇다 군졸들은 말할것도업고 군관들까지 도망질을 치기 시작하엿다 대왕당안에서 네사람이 큰소리들을 질르며 문ㅅ간으로 내닷는데 문ㅅ간을 지키고잇든 군관과군졸들은 그네허 아래로 뛰어내뺏다 첫째 림꺽정이가 무섭고 둘재 홰ㅅ불이 줄다은것이 수가업서보이고 셋째 이편은 한껏 몽치들을 가젓는데 저편은 모두 병장긔를 가진듯하야 도저히 당치못할줄 알고 삼십륙계의 상책들을 부른것이엇다 꺽정이 호통한번에 군관과 군졸과 이아ㅅ사령과 관덕정한량이 다 도망하고 굿구경다하고 범인잡는 구경하려고 남아잇든 구경속 조흔사람들까지 모두 쥐구멍을 차젓다

꺽정이가 서림이의 말을 조차서 대왕당안에 들어와서 벌벌떠는 상궁을 겁내지 말라고 안위시

키고 무예별감을 결박풀르고 데려내다가 위로인사하고 황천왕동이 입고갓든 복색을 돌려주고 그뒤에 안식구여섯을 보교바탕에 태우고 홰ㅅ불을 압뒤에 발키고 오든길로 도루갓다 군관군졸중의 몃사람이 산우에서 도망하야 나려가는길로 곳 류수아문에 달려가서 적변(賊變)을 고하엿다 류수가 도사와상의하고 부중군졸은 백여명 급히 조발하야 무고(武庫)의 무긔를 내서 논하주고 천총(千摠)두사람을 시켜 령솔하고 미륵당으로 달리골을 가서 청석골적당의 돌아가는길은 막고 체포하라고 지휘하엿스나 천총이 군졸을 령솔하고 달리골에 왓슬때 동네 사람들 말이 적당은 벌서 탑고개도 더지나갓스리라고하야 뒤쪼칠 생각도안코 그대로 돌아갓다

소 굴 (一)

정석골 적당이 송도부 부근에서 살인한일이 긔왕에도 종종 잇섯스나 백성이 적당의 보복을 두려워하야 관리에게 고발하지 못하고 혹 관리가 들어알고서도 모른체하고 더퍼두어서 뒤가 모두 무사하엿섯다 그러나 송악산 큰굿날 살인은 치명소(致命所)가 송도부내요 초장인(初狀人)이 이아아객(貳衙衙客)이요 원고인(元告人)이 즉 송도도사라 송도류수가 친히 검시(檢屍)하고 송도부에서 형조(刑曹)와 포도청(捕盜廳)에 보장(報狀)할뿐아니라 송도류수가 상감께 장계(狀啓)까지하엿다

조정에서 토포사(討捕使)를 내보내서 청석골 적당을 토벌(討伐)한다는 소문이 송도부군에 자자하엿다

꺽정이가 칼에 피 한방울을 무치지안코 궁지(窮地)에빠진 안팍식구를 구하여가지고 들어간뒤에 그전 약국하든 허생원을 다시 데려다두고 백손어머니와 황천왕동이 안해를 치료시키는데 백손어머니는 과연 이십년 단산끄테 물경스러운 아이가잇서서 안태(安胎)할약 몃첩먹고 바로 긔동하게 되엿스나 황천왕동이 안해는 속으로 골병이들어서 침을 여러대맛고 약을 여러첩 먹엇건만 뒤ㅅ간출입도 개신개신 겨우하엿다 허생원 말이 약을 서너제만 더쓰면 쾌복이 될터인

데 약에 ᄒᆞᆫ치안ᄒᆞᆫ 당재(唐材)가 몃가지 든다고 하야 황천왕동이가 꺽정이에게 말하고 약재 구하러 서울을 올라왓섯다 황천왕동이는 한첨지부자에게 부탁하야 곳 구해가지고 당일로 되지괴나려가려고 생각한것이 남소문안 한첨지집에를 와서본즉 늘근첨지는 중풍으로 알어누어서 사람도 잘몰라보고 젊은 한온이는 저의아비가 병구원도 아니하고 돌아다니는지 어듸 나가고 집에 업서서 서사에게 약재적은것을 주고 어더달라고 부탁하니 서사의말이 주인의 말업시 이더드려도 죠켓지만 젊은주인이 일직 들어올터이니 만나서 말하라고하야 한온이 들어오기를 오래 기다리고 또 한온이 온뒤에 구리개 약국에 내보낸사람이 벽재(僻材)를구하야오느라고 오래 지체하야 긴긴해가 쥐꼬리만큼 남은데다가 해질무레 어듸를 간다느냐고 한온이가 붓들어서 하루ㅅ밤을 서울서묵게되엇다 저녁밥을 먹고 조용한틈에 한온이가 송악산에서 풍파난것을 자세히 뭇고자하야 황천왕동이가 일장다 이야기한뒤 한온이에게 조정소식을 물어보앗다 송도사는 아들 가르치지못한 허물로 파직당하게 된것을 유력한 대관(大官)하나가 지금 파직시키면 국가의 수치를 더한다고 말하야 아직 중지되엇다는 말이잇는데 그것은 사실인 모양이고 유수한 무장(武將)으로 토포사를 내서 청석골을 소탕(掃蕩)시키자고 정부(政府)에서 공론이 낫단말이 잇스나 그것은 적확치 안타고 한온이가 들은소문을 말하엿다 얼마잇다가 한온이는 저의 아버지를 보러가고 황천왕동이는 의관을벗고 자리에누엇다 누은뒤 얼마아니 잇다가 바

로 잠이들어서 자는중에

「이사람 일어나게」

한온이가 와서 깨웠다

「왜 일어나라나」

「술먹으러 가세」

「단야에 무슨 술인가 나는 잘라네」

「오래간만에 만나서 술한잔 가치안먹을쑤잇나 어서 일어나게」

황천왕동이가 일어안젓다

「어디루 가잔말인가」

「우리 자근마누라가 술ㅅ상을 차려노쿠 기다리네」

「그술ㅅ상을 갓다가 여기서 먹세」

「왜 내첩의집은 더러워서 못가겟나」

「쓸데업는소리 고만두구 이리 가저오라게」

「글세 왜 이리 가저오란 말이야」

「버서논 옷을 다시 주서입기 귀찬커든」

「쪽찌어질 의관 다 고만두구 그대루가자」

「어뗠 상투바람으루 가잔말이야」

한온이가 황천왕동이를 잡아 일으켜세우며 귀에 입을 대이고

「도둑눔의 주제에 의관은 다 무어냐」

하고 우스니 황천왕동이도 지지안코

「너는?」

하고 마주우섯다

황천왕동이가 다시 의관을 차리고 한온이를 따라 그첩의 집에와서 안ㅅ방에 들어안젓다 한온이의 첩은 잠ㅅ간 인사하고 건넌방으로 건너간뒤 다시 얼굴을 내노치안코 할멈히나와 아이년하나가 방에드나들며 술ㅅ상심부름을하엿다 주인손 두사람이 마주 안저서 권커니자커니 술을 여나믄잔식 먹엇슬때

「단둘이 너무 심심하니 술칠기집하나 불러올까」

한온이가 말하는것을

「조용이 이야기해가며 술먹는것이 조흐니 고만두게」

황천왕동이가 밀막앗다

「자네는 천생 꼬리삭은 샌님이여」

「그저 샌님두 아니구 꼬리삭은 샌님이여? 자네가 사람칭찬을 너무 과이하네」

「자네가 품안으루 기어드는 절문기집을 내박찻다지 그게 꼬리삭은 샌님이나할것이 아닌가」

「만일 본서방의 칼을 마젓든들 사내대장부라구 할뻔햇네그려」

「그러처 사내대장부면 칼을 마질때 맛드래두 기집을 바더주지 내박차지안네」

「자네 말대루하면 홀례개를 제일등 사내대장부루 처야겟네」

「예라 이자식아 그건 억설이다 개하구 사람하구 어듸가트냐」

「어른더러 이자식이 무어냐 욕말구 술이나 어서 먹어라」

「자네가 먹을차례 아닌가」

「벌서 옹총망총하나 이건 내가 부어논잔일세」

한온이가 술을 마시고 잔을가뜩 채워서 황천왕동이를 주며

「도둑놈 도학군자 이술한잔 잡으시오」

권주가 흉내를 내엇다

「어른을 놀리면 종아리 맛는법이다」

「참말 자네가 그때 기집더러 종아리채를 해오랫나」

「나를 정말 고리삭은 샌님으루 아네그려 종아리채가 다 무어란 말인가」

「그래두 나는 그러케 들엇서」

「누가 거짓말을 한게지」

「그때 이야기 한번자세히 들어보세」

「그까진 이야길 누가 한단말인가 술이나 가저오라게 술이 다업서젓네」

「술은 얼마든지잇네 우리실컨 먹어보세」

「자네 술이 늘엇네그려」

「전에통히 석구두 못하든 술을 지금은 한자리에 이삼십배 에사 먹으니 굉장히 늘엇지 이게 선생님한테 배운술일세 꺽자정자분이 검술선생님이 아니라 검짜 떼구 술선생님이야」

「우리형님이 남의집 자식을 버려놧군」

「자네두 사람이 될라거든 선생님을 배우게 선생님가치 기집을 조와해야 사내대장부갑시잇네」

「배울것두 업든가부다」

「선생님이 기집후리는 수단이잇서 그수단이 아마 검술수단만 못지안을껠세 장차끌다리 소홍이란 기생년은 임선다님을 오매불망 못이저서 상사병에 걸리게되엇네」

「자네가 조방군이 노릇을 하구 뒤에 안저서 저따위소리를 하지」

「소홍이하나 사귈때는 내가 더러 글을 가르처 드렷지만 그외는 모두 선생님의 자작자필일세」

「드려안친 기집들두 자네가 천거안하구 누가 천거햇겟나」

「애매한소리 하지말게 자네가 잘모르면 내 이야기할께 들어보게 박생원의 딸은 순이할미란 매파를 노쿠 데려왓구 원판서의딸은 노뱀이놈을 데리구가서 업어왓구 또 김씨과부는 격장해서 사는중에 후려왓다네 하나나 내가 알까닭기잇나 나는 그때부터 이날이때까지 세집 뒤치닥거리에 골만 빠지네 이왕 말이 난길이니 말이지만 선생님이 데려가든지 어떠케하든지 속히 귀정을 내주어야 사람이 살겟네 자네 이번에가서 말슴 좀하게」

「말한것이 동이나두 그런말은 안하겟다」

「자네 누님대신 강짜하나」

「미친소리 하지말아 노뱀이란 그미친놈은 지금대체 어듸 가잇나」

「선생님의 셋재부인 아니 자네누님까지 치면 넷재부인 김씨집에 비부쟁이루 가서잇네」

「그놈이 호트루 미친놈만두아니데」

「미친척하구 떡시루에 업드러질놈이지」

한온이가 먼저 하품을하야 황천왕동이도 따라 하품을하고 나서

「고만 가서 자구 내일 일직 가겟네」

하고 일어나려고하니 한온이가 붓들면서

「술좀 더먹어야하네 자 우리 과탈하구 안저먹세」

하고 자긔가 먼저 의관을벗고 황천왕동이의 의관도 억지로 벗기엇다 이야기 하는동안 술잔놀린오력은 내느라고 부어라 먹자 부어라 먹자 수업시는 먹엇다 주인 손 두사람이 다가치 고주망태가 되어서 술ㅅ자리에 그대로 쓰러저서 이튼날 아침해가 노피 솟아오르도록 정신들을 몰랏섯다

황천왕동이가 서울서 청석골로 나려오는길에 혜음령(惠陰嶺)도적 정상갑이와 최관돌이를 고개에서 만낫는데 청석골서 서울로 보내는 봉물ㅅ짐이 어제저녁때 고개를 넘어갓다고 생개맹개한 소리를하야 황천왕동이가 근일에는 청석골서 봉물ㅅ짐을 보낸일이 업다고 말하엿더니 상갑이가 관돌이를 돌아보며

「우리가 속앗네그려 그놈의 눈치가 좀 수상하드라니」

하고 말하뒤 황천왕동이를 보고

「어제 저이 둘이 사람몃 데리구 고개를 지키는데 대산가튼 봉물ㅅ짐 하나가 오겟지요 올타

오늘버리는 잘햇다 생각하구 내달어서 짐을 버서노쿠 가라구 소리를 질럿더니 그집ㅅ군놈이 청석골 림대장께서 서울 보내시는 짐이라구 말합듸다 그래서 뺏지못하구 그대루 보냇습니다 인제 알구보니 그놈이 멀정하게 사람을 속엿습니다그려」

하고 말하엿다 황천왕동이가 정상갑이와 최판돌이에게 군호하나를 주어두려고 군호까지 생각하다가말고

「그런일이 아프로는 업두룩 방지할도리를 생각해야겟네 자네네뿐아니구 다른데두 그런 낭패가 잇슬른지 모르니까 내가 가서 대장께 말슴하구 무슨 재법을 내서 여러곳에 돌리게하겟네」

하고 말을 일러두엇다

황천왕동이가 서울서 늣게떠나고 또 혜음령서 지체하야 다저녁때 청석골을 들어와서 걱정이만 보고 바로 자긔집으로 가고 석후에도 안해의 식후복(食後服)야시중을 하느라고 걱정이 사랑에 일직오지 못하엿다 동너머에 외따로가서 거처하는 곽오주가튼 사람은 황천왕동이 온줄도 몰라서 사랑에 모인얼굴을 돌아보며

「천왕동이 형님이 오늘두 안왓네」

하고 혼자말까지하엿다 다른 두령들은 형님ㅅ벌되는 사람은 불르자면 반드시 이두령형님이너

박두령형님이니 불르건만 곽오주는 설핏하면 봉학이형님 유복이형님 이놈 여보로 불렀다 그 대신에 형님ㅅ벌중의 맛잡이 황천왕동이가 오주야 불러도 대답을 잘하엿다 황천왕동이가 나종에와서 사랑마당에 들어설때 곽오주가 내다보고

「천왕동이 형님이 인제오네」

하고 소리치다가 방안의 다른사람들이 웃는것을 보고

「예여보 사람들 안됏소 벌서온걸 나만 속여먹엇구려」

하고 떠들엇다 황천왕동이는 자산구진 사람이라 여느때와가티 방안에 들어서서

「진지들 잡수셧습니까」

도거리로 석주인사 한마듸만하고 자리에 안즌뒤 유독 곽오주를 보고

「자네는 서울갓다온뒤 처음보네」

하고 따로 인사말을하엿다

「대체 언제왓소」

「아까 나제왓네」

「나제 내가 넘어왓다 갓는데」

「자네 넘어간뒤든게지」

「그런데 왓단기별두 안해주」

「나온줄을 참말 이때꺼지 몰랏나」

「알까닭잇소 지금두 안왓느냐구 말하니까 여러형님네꺼지 날 속일라구 시침들을 떼구 잇섯소 모두들 서중사 물이 들어서 사람들이 변햇서」

곽오주 황천왕동이 두사람의 수작을 다른사람들은 그저 웃고 듯고 서림이는 곽오주의 나종말을 탄하야

「내몸에는 왼통 곽두령의 이ㅅ자국이 백켯소 하루 한번이라두 그예 씹히니까」

하고 깔깔 우섯다

「실업슨소리 인제 고만둬」

꺽정이 말한마듸에 우슴판이 고티낫다 꺽정이가 황천왕동이더러 서울서 들은 소문과 혜음령서 안 폐단을 여러사람에게 이야기하라고 말하고 황천왕동이의 이야기가 끗난뒤에 다시 여러사람더러 그런폐단을 무슨방법으로 방지할까 공론들하라고 말하엿다 혹은 군호를 정해주자고 말하고 혹은 목패(木牌)를 만들어쓰자고 말하는데 서림이가 말하기를 액내사람이 왕래할때는 군호를 쓰고 액외사람을 무사히 통과시킬때는 목패를 주되 거더드릴 지명(地名)을 박아서주고 또 액외사람에 혹시 후대할만한 사람이 잇서서 각별히 보호시킬때는 대장의 차신 장도를

주되 장도군에 거더 드릴지명을 써서주기로 방법을 정하야 각처에 알리고 이방법을 시행할때 장도와 목패의 본보기는 한번미리 각처에 돌려보이고 군호는 다달이 한번씩 고처서 각처에 알려주자고하야 꺽정이가 서림이의 말대로 작정하엿다

여러두령이 한담들을 시작할때 서림이가 꺽정이를 보고

「토포사 난단 소문이 비록 진적한 소문이 아니라두 토포사가 나면 우리가 어떠케할것을 미리 생각해두는것이 좃치아니할까요」

하고 말하니 꺽정이는 뒤로 비스듬이 기대안저서 수염을 씨다드므면서

「토포사가 나면 나는때 어떠케할것을 생각해두 너너하겟지」

하고 대답하엿다

「생각해서 곳 할수잇는 일은 나중이라두 너너하겟지요 그러치만 시일이 걸릴일은 미리 예비해야 하지안습니까」

「토포사 나기전에 무슨 예비할 일이잇소 생각한것이 잇거든 말하우」

여러두령이 모두 한담을 끄치고 서림이의 말을 기다리는데 서림이는 말을 정중하게 하려고 먼저 헛기침을 몃번하엿다 서림이 헛기침에 파오주 비위가 뒤집혀서

「서종사 말할것 나는 벌서 다알구잇소 포두산지 무슨산지 나오면 또 이천 광복산으루 피란

가잔말이겟지」

하고 궤진소리를하야 서림이는 곽오주를 바라보며

「곽두령 지레짐작이 용하시우」

칭찬하듯 조소하듯 말대꾸를 한마듸한뒤에 다시 꺽정이를 보고 말을하기 시작하엿다

「토포사가만일 나구보면 우리가 여기서 안저백이 진못합니다 손바닥만한 산ㅅ골에서 무슨수로 토포사의 관군을 막어냅니까 그러니까 우리의 취할만한 방책이 두가지가 잇습니다 한가지는 서흥(瑞興)대현산성(大峴山城)이나(재령(載寧) 장수산성(長壽山城)이나 또는 은률(殷栗)구월산성(九月山城)가튼 큰산성 하나를 뺏서서 웅거하구 토포사의 관군을 막어보는것입니다 우리가 군량(軍糧)만잇스면 몃달동안은 접전할수잇슬껩니다 그러구 나중에 모두 잡혀 죽드래두 우리의 이름은 반드시 뒤에 남을껩니다」

「도독눔으로 뒤ㅅ세상까지 욕을먹잔말이요」

꺽정이 호령ㅅ긔잇는 말에 서림이는 말중동이 끈치엇다가 여페안즌 리봉학이가

「또 한가지 방책은 무어요」

하고 물어서 리봉학이를 돌아보며 뒤ㅅ말을 계속하엿다

「또한가지 방책은 전에두 대장께 말슴을 여쭌일이지만 우리가 한군데 붓백여 잇지말구 동

에가 번쩍 서에가 번쩍 종적은 황홀하게 하는것입니다 가령 토포사가 황해도루 나온다하거든 우리는 강원도에가잇구 또 토포사가 강원도루 온다구하거든 우리는 평안도에 가잇서서 토포사를 한두달만 헛다리집구 돌아다니게하면 조정공사 사흘이라니 조정에서 하는일이 어듸오래갑니까 토포사가 도루 들어가게 됩니다 그러구 우리가 어듸루든지 길을 뚤러서 대간(臺諫)하나만 일으켜세우면 토포사쯤 파직시키기는 여반장 용이합니다」

「여보 서종사」

꺽정이가 불러서

「네」

서림이가 꺽정이를 향하고 바로 안젓다

「이왕에 다 말할일인데 지금 새삼스럽게 두가지니 세가지니 말할게 무어요 토포사가 나오는때 그러케하면 고만아니오」

「그러케 하자면 예비해둘일이 잇습니다」

「무슨 예비요」

「우리의 소굴을 몃군데 더 예비해두어야 임시군색을 면할수가 잇습니다」

「소굴을 예비하다니」

『전자에 광복산 갓슬때 인가가 잇서두 군색을 여간 격지안헛는데 더구나 인가업는데 가선 어떠케 합니까 그러니 몃군데 가서 우리가 거처할만한 집칸을 미리 세워두잔 말슴입니다』

꺽정이가 서림이의 말을 듯고 고개를 끄덕끄덕하엿다

『토끼두 세궁글 판다는셈으루 소굴이 만흐면 만흘수룩 조흐니까 위선 먼저 성천(成川)양덕(陽德)맹산(孟山)평안도에 서너군데 만들어노쿠 차차 다른데두 더만들두룩 하시면 제생각엔 조흘것가튼데 어떨까요』

『조켓지』

꺽정이가 ᄒᆞᆫ번 조타고 말한바에는 다른두령들이 아무리 조치안타고 떤소리를하여도 소용이업지만 곽오주 ᄒᆞᆫ사람외에는 조치안케 생각하는 사람도 업섯다 황천왕동이와 길막봉이도 송악산에서 서림이의 꾀가 신통ᄒᆞᆫ것을 보아서 전과가티 곽오주와 ᄒᆞᆫ동아리가 되지아니하엿다

척석골 도중의 공용재물은 부근동민(附近洞民)과 린읍리속(隣邑吏屬)의 갓다바치는것도 다소업지 아니하나 대개는 탐관오리(貪官汚吏)나 토호거부(土豪巨富)의 재물을 빼서드리는것인데 ᄒᆞᆫ달에 ᄒᆞᆫ두번 또는 네댓번 두령들이 졸개를 거느리고 백니 이백니 박까지나가서 빼서드리엇다 빼서온재물에 도중의 소용업는 물건은 의례서울이나 송도로 보내서 상목을 바꾸어다가 쓰고 남는것을 저축하야 저축ᄒᆞᆫ상목이 수천동씩 고ㅅ간에 싸힐때도 잇섯다 이때 도중의 상목이

그다지 만친못하나마 새소굴을 엿군데 스무군데 만들더라도 경비부족할 념려는 조금도 업스므로 꺽정이가 서림이의말을 조차서 평안도에 소굴을 만들어두기로 작정하고 보낼두명을 골르는데 박유복이는 평안도 지방에 익숙하고 배돌석이는 집역사 감역(監役)에 능난하다고 두사람을 가치보내기로 하엿다

꺽정이는 무슨일이든지 작정해노코 훌미죽은 오래두지못하는 성미라 이튼날식전 조사에 전날밤 작정한 두가지일을 다 명령으로 나리어서 각처에 돌릴 긔별ㅅ군은 당일내로 띄워보내게하고 평안도 보낼사람들은 떠날준비를 차리라고 겨우 하루말미를 주엇다 박유복이와 배돌석이가 낭반햇세하고 부담마뜰을 타기로하야 역사에 부비쓸 서총대(瑞葱臺)무명은 부담상자 네짝에 그들먹하게 담고 대목소목 미장이일하는 졸개십여명은 하인과 마부를 삼아서 데리고 가기로하엿다 일행이 너무만호면 남의 이목에 두드러저서 의심을 사기쉬우니 맹산가서 모이기로하고 뿔뿔이 떠나라고 서림이가 말하야 다음날 식전에 박유복이가 먼저 졸개두명을 하나는하인 하나는 마부로 데리고 떠나고 그뒤에 졸개칠팔명이 각각 괴나리보찜을 해지구 둘씩셋씩 작반하야 떠나고 맨나종에 배돌석이가 길량식과 다른행구를 졸개두명에게 나누어지우고 마사람넷이 가치 떠낫다 배돌석이는 해가 한나절 기운뒤에 청석골서 떠난까닭게 그날 겨우 오십리를오고 그이튼날 백리를오고 사흘되는날 역시 백리를와서 봉산읍에서 숙소하게 되엇다 배돌석

이가 황주경천역말서 역졸노릇할매 봉산서 장교(將校)다니든 황천왕동이를 자주 차저다녀서 봉산장교에 안면잇는 사람이 만핫스므로 마음에 섬억섬억한 생각이업가아니하나 그사람들이 그저 장교를 다니란법도 업고 설혹 그저다니는 사람이 잇다손잡더라도 설마 어떠랴 생각하고 봉산읍에 숙소참을 댄것이엇다 장ㅅ거리집으로 제법 깨끗한 집에 배돌석이가 사처를 정한뒤 길량식에서 상하 세사람의 저녁아침 두끼밥쌀을 주인에게 내주고 저녁밥 지어주지를 기다리고잇는중에 사처방의 비슷마즌편 길ㅅ가방쪽에서 주인과 어떤사람과 수작하는말이 바로여페서 말하는것가티 들리엇다

「형님 웬일이요」

뭇는것은 주인의 말소리요

「너의집에 손님 드섯구나 어듸서 오신 손님이냐」

뭇는것은 다른사람의 말소리다

「서울 손님이요」

「안전께 구걸하러온 손님인가」

「아니요 평안도루 가시는 손님이라우」

말소리가 끄치고 얼마아니잇다가 신발소리가 가까이 나는듯하야 배돌석이가 방박굴 내다보니

어둔속이나 눈에 보이는것이 분명히 장교복색이라 마음이 갑자기 뜨아하여젓다 배돌석이는 얼굴을 보라고 들고 안젓슬 묘리가 업서서 슬그머니 퇴침을 베고 드러누엇다 한동안 지난뒤 주인이 저녁밥상을 가지고와서 배돌석이가 일어안젓다 하인총개가 행구즁의 찬합을 내서 여러놋는동안에 배돌석이는 방박게섯는 주인를 보고

「아까 장교가 무어 수탐하러 왓섯나」

하고 말을 물어보앗다

「아니올시다 소인의 사촌형이 소인보구 무슨할말이잇서서 왓다갓슴니다」

「사촌형이 장교다니나」

「수교(首校)올시다」

주인은 손님의 수저드는것을 보고 걸ㅅ가방 으로 나갓다

일이 공교하게 되려면 억지로 꾸며만든것가티 공교하게 되는수가 잇다 배돌석이가 우연히 사처를 정한집 주인의 사촌형 봉산수교가 역시 우연히 대단치 안흔볼일로 사촌의 집에 왓다가 서울손님이 어면손님인가 드려다 보앗더니 뜻박게 그손님의 얼굴이 눈에익어보이엇다 배돌석이는 어둔박글 내다보아서 복색을겨우 분변하엿지만 수교는 등잔ㅅ불켜인 방안을 드려다본까닭게 얼굴을 잘볼수잇섯다 만일 배돌석이도 수교의 얼굴을 보앗든들 눈에 익어보엿슬것이 수

교가 황천왕동이와 한께 장교를 다닐때 배돌석이와 수차안면이 잇섯든까닭이다 손님의 얼굴을 더좀 자세히 보려고할즈음에 손님이 드러누어서 수교는 그대로 돌아나와 사촌보고 할말하고 길ㅅ거리로 나오면서 고개를 이리 기우리고 저리 기우리고하다가 나종에는

「올치 그눔이다」

「영낙업는 배가다」

하고 혼자말을 짓거린뒤 두주먹을 쥐고 달음박질하야 홍살문안으로 들어갓다

문루(門樓)우의 폐문(閉門)소리 끗나갈때 수교가 삼문안에 들어와서 쌍창 열어노흔 동헌방을 바라보니 원님이 어듸를가고 자리가 비엇섯다 수교가 동헌마루에 올라서자 방에서 아이통인 하나가 마주나왓다

「안전겝서 내아에 듭섯느냐」

「아이요 뒤 납섯소」

수교가 동헌마루에서 나려와서 뒤ㅅ간편으로 가다가말고 널분마당 중간에서 어정어정 하는중에 통인이 한손에 초롱들고 또한손에 인궤들고 아플서고 그뒤에 원님이 걸어오는데 채소한냥반이 거름만은 황소거름못지안케 무거웟다 수교가 아프로 나가서 두손ㅅ길 맛잡고 국궁하엿다

「너 밤에 웬일이냐」

「비밀히 알욀일이 잇소이다」

「비밀히 말할일이 잇서」

원님이 수교의말을 뇌듯이말하고 다시는 말이 업섯다 무슨일이냐 채처뭇지 안는것을 수교는 속으로 괴상히 생각하며 원님의뒤를 따라왓다 원님이 방에 들어가서 자리에 안즌뒤에 통인이 이제 갓다놋는 인궤를 한번 열어보고 다시다처서 여페 비키노코 좌우에잇는 통인들을 다 물리고 비로소 마루에섯는 수교를 내다보며 나직한 말소리로

「비밀히 말할일이 무슨일이냐」

하고 물엇다 원님의 성질이 찬찬한데 수교는 새삼스럽게 놀랏다 이때 봉산군수는 박응천(朴應川)이니 사람이 찬찬하고 또 찰찰하엿다 수교가 열어노흔 쌍창아프로 가까이 들어서서 역시 나직한 말소리로 말을 알외엇다

「년전에 황주 경천역말역졸의 배가성가진자가 살인하구 도타한일이잇삽는데 그자가 유명한 불한당괴수 림꺽정이 부하가 되엇단말이 잇삽드니 무슨 흉계지 모르오나 그자가 지금 가짜 두 냥반행차를 꾸며가지구 읍에와서 싸전거리 소인의사촌의집에 사처를 잡구잇소이다」

「네가 보앗느냐 네사촌의말을 들엇느냐」

「소인이 사촌의집에 갓다가 밧소이다」

「그놈들 수효가 모두 며치드냐」

「배가가 냥반행세하구 하인이라구 둘을 데리구왓습듸다」

「모두 세놈뿐이야」

「네」

「세놈을 잡는데 사람이 얼마면 되겟느냐」

「배가가 돌팔매질루 유명한놈이오나 잡자는것은 드러덥처서 잡는데는 사람이 만치안허두 되겟소이다」

「그러면 왁자하게 떠들것업시 네가 슬그머니 정교와 사령을 칠팔명 모이가지구 나가서 잡아오너라」

수교가 장청에 나와안저서 정교중의 힘꼴쓰는사람 네명과 사령 군노중에 건정한사람네명을뽑아모아서 거느리고 싸전ㅅ거리 사촌의집으로 몰려나왓다 그집은 뒤채 압채 엽채 세채 집인데 안방과 건너방은 뒤채에잇고 길ㅅ가방은 압채에잇고 마구ㅅ간은 엽채에잇섯다 집뒤와 집여폰 울타리가둘렷스나 집압만은 그대로 길ㅅ거리고 압채 한구석에잇는 널직한 헛간은 박게서 뒤채로 드나드는 길이엇다 관채들이 집아페 와서보니 온집안이 캄캄하고 안방에만 희미한 불이

비치엇섯다

수교가 이렁줄 짐작하고 홰두자루를 준비시켜가지고 왓섯다 가까운 술파는집에 가서 홰에 불을 부처가지고 바로 안마당으로 들어오라고 두사람을 보내고 길ㅅ가방과 헛간아페 한사람씩 세워두고 나머지 네사람은 모두 육모방망이들을 손에들고 배가의 사처방인 건넌방의 압문과 지게문을 지키게하엿다 도둑과가티 발자취들을 숨기고 다니나 자연 인긔척이 아니날수업섯다 안방 머리맛 외쪽문이 열리며 주인이 내다보는것을 수교가 가까이가서 손을 저어서 주인은 말업시 외쪽문을 도루다치엇다 그뒤에는 마구ㅅ간에 매인말이 힝힝 소리 할뿐이고 건넌방과 길ㅅ가방은 사람업는듯 조용하엿다 홰ㅅ불이 안마당에 들어오자마자 건넌방의 압문과 지게문을 일시에 열어제치고 수교까지 다섯사람이 으악 소리들을 질르며 방안으로 뛰어들어갓다 빈방이다 행구도잇고 의관도잇는데 사람만 업섯다

배돌석이는 잡히지 안흘운수가 뻐처서 관채들 오기 바로전에 밤ㅅ뒤를 보려고 마구ㅅ간여페 따로 떨어저잇는뒤ㅅ간에 나와잇섯다 배돌석이가 뒤를 다보고 뒤ㅅ간에서 나오다가 복색 달른 사람들이 안마당으로 들어오는것을 히미한 별빗아래 바라보고 먼저왓든 수교에게 자긔본색이 탄로되어서 관채들이 자기를 잡으러나온줄 선뜻 짐작하엿다 남의업는 무긔(武器) 풀매돌주머니를 방에 두지안코 가지고 나왓더면 그까지 관채몃명 안중에 둘것도 업섯지만 무

긔를 안가지고는 별수가 업서서 구차스럽게 은신할곳은 차젓다 뒤ㅅ간아페서 뒤울안으로 돌아오는데 신발소리를 내지안흐려고 신을버서 손에들고 맨발로 색씨거름을 걸엇다 버선은 버서노흔채 두고 맨발에신을꾀고 나왓든것이다 마루에 북창이 잇스나 다행히 다처잇서서 마루뒤 안방뒤를 살그머니 지나 부억뒤에까지 와서 울타리의 개구멍으로 박게 나가려다가 나종급하면어찌하든지 우선당장 버스럭소리 내는것을 부지럽게 생각하야 부억뒤에 가만히 숨어잇섯다 안 마당에 불비치 비치더니 방문 열어제치는 소리와 여러사람 으악소리가 일시에 나서

「저눔들빈방을 드리치는구나」

배돌석이는 판채들의 허탕친것을 고소하게 생각하는중에 별안간 박게서

「여기 한눔 뛰엇다」

외치는 소리가 나며 곳 안에서

「왜하나 사람둘만 얼핏 쪼처나가게ㅡ」

지휘하는 말소리가 들리엇다 잠ㅅ간ㅅ동안 신발소리들이 요란하게 나고 뒤가 괴괴하야 배돌석이가 살몃이 부억안으로 들어와서 안마당을 내다보니 마구ㅅ간근처에 홰ㅅ불빗과 사람그림자가 어른거리엇다 마당과 마루에 사람이 업는것을 보고 배돌석이는 부억에서 건넌방으로 갓다

말꼬지에걸어두엇든 돌주머니를 떼어나려서 손에 드니 우선 안심이되나 방안에서돌매질이 거북하고 또 도망잣한 졸개가 궁금하야 버선만신고 다님도 못치고 바로 헛간으로 박굴 나오는데 홰ㅅ불은 뒤울안에 잇는듯 마루 북창문이 환하엿다 졸개들이 어느쪽으로 도망하엿는지 몰라서 배돌석이가 어둠침침한 처마미테 잠ㅅ간 망서리고 섯는중에 마침 술ㅅ집 아페나섯든사람들이

「그놈이 도둑놈인가베」

「그놈 향교만 다못가서 붓잡히네」

짓거리는말이 귀에 들리어서 향교맡ㅅ길로 오게되엇다 배돌석이가 향교맡을 거의 다왓슬때 마즌편에서 홰ㅅ불하나가 오는것을보고 길엽으숙한곳에 몸을 숨기고잇섯다 관채 다섯이 마부노릇하든 졸개를 붓잡아가지고 오는데 하나는 홰ㅅ불을 들고 아플서고 둘은 졸개의 양쪽치를 치켜들고 중간에서고 뒤에오는 둘은 손에 방망이들을 들엇섯다 배돌석이의 신통한재주 련주(連珠)돌매가 잠ㅅ간ㅅ동안에 중간의둘과 뒤의둘을 꺼꾸러트리니 아페하나는 홰를 네던지고 어둔속으로 도망질하엿다 홰떨어진곳에 불이잇든지 불은 뿌지지하고 바로 꺼젓스나 늦게뜨는 달비치 우리기시작하야 어둠이 차차로 엷버젓다 배돌석이가 관채들 꺼꾸러진 자리에 와서 관채의 방망이로 관채들을 짓두들겨서 좀처럼 일어나지못하도록 만들어노쿠 비로소 졸개

를 돌아보니 촐개는 양쪽억개를 번가러만지고 잇섯다

「억개는 왜 만지느냐」

「양쪽억개쭉지를 방맹이루 어떠케몹시 마섯는지 살이 죄다으스러진것 갓습니다」

「너혼자만 잡혓느냐」

「소인이 자다가 으악소리에초풍해서 일어나보니까 소인만 남엇습듸다 잠든동무를 깨우지안쿠 혼자먼저 도망하는 그런 천하의 몹쓸놈이 어듸잇습니까 소인이 방문을 박차구 길ㅅ거리루 뛰어나오는데 사명한놈이 방문박게 지키구 잇다가 붓잡으러 대듭듸다 그래서 눈깔이 쑥빠지두룩 눈통이를 후려갈기구 도망질은 쳣습니다 발치만 익은길이면 서깐놈들한테 붓잡히지 안홀겐데 길을몰리서 허둥지둥하다가 붓잡혓습니다」

「고만 짓거리구 가자」

「어듸루 가잡시요」

「나를 따러오너라」

배돌석이가 촐개하나를 데리고 이날밤에 밤ㅅ길로 검수(劍水)역말을 지나오고 이튿날 아침부터 과객질을 시작하야 가진 토심을 다 당하고 사흘만에 청석골로돌아왓다

배돌석이가 하인으로 데리고갓든 촐개는 벼룩을 몹시 타는사람인데 봉산서자든 길ㅅ가방에

벼룩이 만허서 잠못자고 부스대기치두고데 고의속에든 벼룩을 떨려고 박게 나갓다가 마침 관채들이 오는것을 보고 그대로 들고뛰엇섯다 배돌석이보다 하루뒤저서 청석골로 돌아온것을 두령을 버리고 동무를 버리고 혼자도망하것이 용서치못할 죄라고 꺽정이가 정하에서 물고를 내게하엿다

배돌석이의 못가게 된것을 맹산서 기다릴 박유복이에게 긔별하야주자고 리봉학이가 꺽정이에게 말하야 황천왕동이를 보내기로 되엇는데 길은 봉산을 피하기위하야 신계(新溪) 곡산(谷山)으로 작로하게하엿섯다 황천왕동이가 곡산서 양덕 양덕서 맹산으로 가는중에 소삽한 산ㅅ골길에 여러차례 길을잃코 헛고생을 무척하야 돌아올때는 순천(順川) 은산(殷山) 자산(慈山)을지나 평양으로 나와서 서관대로(西關大路)를 좃차 봉산을 지나왓다 봉산읍에는 해진뒤 캄캄한때 들어가서 처가에서 자고 박는날 어둑새벽 떠나 나온까닭게 남의눈에 뜨일사이가 업섯다 봉산 장교하나와 사령셋은 배돌석이에게 돌풀매를맞고 또 방망이를 마저서 모두 죽다 산아낫고 수교는 배돌석이를 잡지못하고 노친죄로 원님에게 소곤(小棍) 오십도(五十度)를 마젓고 배돌석이가 버리고온 말한필과 서총대무명 두상자와 기타 행구는 다 속공되엇다고 황천왕동이가 그장인 백리방에게서 이야기를 듯고왓섯다 여러두령이 황천왕동이의 이야기를 들은뒤에

「수교놈 곤장마진것 잘코사니요」

「그따위놈은 대매에 때려죽여두 싸지」

「그까지 수교놈버더 군수놈을 치도곤 한번먹엿스면 조켓소」

「말한필 무명두상자 뺏긴것은 더말할것업구 솔개한놈 죽은것두 봉산군수의 탓이라구 말할쑤잇지」

「그놈 한번 버릇을 못가르친단 말이요」

이사람 저사람의 짓거리는 말을 꺽정이가 늦고나서 서림이를 돌아보며

「봉산군수 박웅천과 신계현령 리흠례 두놈은 가만놔두면 우리에게 만흔해를 끼칠테니 어떠케 처치할도리를 생각합시다」

하고 말하니 서림이가

「예」

대답하고 바로 꾀를 생각하느라고 눈을 까막까막하엿다

「급지안흔 일이니 차차 생각해두 좃소」

「위선 박웅천이부터 처치하지요」

「어떠케 처치하잔 말이요」

「가짜루 금부도사를 꾸며가지구 가서 잡어가지구오면 어떳겟습니까」
「조시 그러치만 금부도사를 어떠케 꾸미나」
「두령한분이 두목이나 졸개 서너넘 데리구 서울가서 한첨지의 아들과 상의해서 금부도사 행차를 꾸며가지구 봉산으루 나려가면 되지안켓습니까」
「금부도사와 금부라쟁이의 복색은 어드러 서울까지 간단말이요」
「도사나 라쟁이의 복색은 어드러갈것이업지만 주장(朱杖)두 지금 우리게는 업습니다 그러구 첫재 한첨지집의 위조마패(馬牌)를 한벌어더서 역마를 잡어타구 나려가야 금부도사의 행차가 되지안씁니까」
격정이가 고개를 한두번 끄덕이고
「그러면 누구를 금부도사루 만들면 조켓소」
하고 물엇다
「도사노릇을 잘못하면 발각이 나기쉬우니까 리두령께서 도사루가시는게 제일 조흘것갓습니다」
서림이 말끄테 리봉학이가 고개를 외치고
「고양 파주등지의 역사람들은 대개다 내얼굴을 알테니까 나는 안되겟소」

하고 말하엿다

「낫익은 사람 보시거든 부채루 차면하시지요」

「역사람은 고만두구 임진나루 사공들이 부채차면 햇다구 나를 모르겟소」

「그러면 서울서 여기까지 다른사람이 호구 여기서 봉산까지 리두령께서 가시지요」

「가짜에 교대(交代)까지하면 일이 너무 구차하지안소」

「구차하지만 다른두령의 갈만한분이 업지안습니까」

「두령중에 도사노릇 잘할사람이 업스면 두목이나 졸개중에서 물색해서 츳치안소」

「대장께서 결정해 말슴하섯스면 조켓습니다」

서림이가 자긔말로는 리봉학이를 누를길이 업서서 꺽정이의 말을 자중(藉重)하려고

하고 꺽정이를 바라보앗다 꺽정이가 한참 생각하다가

「서종사 도사루 가보우」

하고 말하야 서림이는 고개를 살래살래 흔들고서

「제가 어듸 도사노릇을 잘할수가 잇습니까 대장께서 가라시면 가긴 가겟습니다만 혹 낭패가 되드래두 제게 죄책은 나리지 마십시요」

하고 대답하엿다

봉산은 전에 선비가업는 시골인데 장가순(張可順)이란 학행겸비한 선비가 평지돌출로 처음나서 봉산의 매문 씨섯다 그의이름을 우에서까지 알고 특지(特旨)로 참봉초사를 시키엇스나 그는 환로(宦路)에 나서지안코 일평생 시골에 들어안저서 제자를 만히 길러노흔까닭게 이때봉산은 황해도에서 선비만키로 평사파 가티 치게되엇섯다 봉산군수 박웅천이 과가에 일업는날 장참봉 제자의 유수한 선비 사오인을 데리고 계유산(鷄遊山) 정림사(淨林寺)에 나와서 봉산십이성(十二姓)의 하나인 낭익봉(兩翼峰)을 시제(詩題)삼아 풍월들을 짓는중에 호장(戶長)이라 방(吏房) 승발(承撥) 삼공형이 함께 나와서 급한공사가 잇다고 통인시켜 말하야 군수가 안젓는 누마루 아프로 삼공형을 불러드리엇다

「급한공사가 무엇이냐」

군수의 뭇는말은

「서울서 금부도사가 나려왓소이다」

호장이 대답하엿다

「금부도사가 나려왓서」

군수는 호장의말을 한번 뇌고나서

「무슨일루 나려왓다드냐」

하고 물엇다

「무슨일인지는 알길이업사오나 금부도사가 객사에 와안저서 안선께 전교(傳敎) 밧자오러 나옵시라구 성화가티 재촉하옵듸다」

「내게 전교가 나렷다 무슨일입까」

군수는 혼자말로 말하는데 리방이 섯든 자리에서 한두거름 아프로 나서서

「소인이 라졸하나를 붓들구 넌짓이 까달글 물어보온즉 서울서 역적고변(逆賊告變)이 생겨서 여러사람이 잡혓습는데 안전 성함(姓啣)이 죄인 초사(招辭)에 낫다구하옵듸다」

하고 소리를 나추어서 나직나직 말하엿다

「도사가 라졸을 며치나 데리구 왓드냐」

「라졸이 둘이옵구 라쟁이가 하나옵듸다」

「도사가 무얼 타구왓드냐」

「역마타구 왓습듸다」

「그역마가 분명히 점수역에서 온것이드냐」

리방이 대답을 못하고 호장을 돌아보고 또 승발을 돌아보앗다 승발이 나서서

「말두 소인의 잘아는 말이옵구 경마들구온 역졸두 소인의 잘아는 역졸이옵듸다」

미방대신 대답하엿다

「도사의 성이 무어라드냐」

삼공힝이 다 대답을 못하야 한수는 혀를 차고

「십리박게 쪼처나오는것들이 그만것두 알어보지안쿠 나왓단 말이냐」

꾸지준뒤 선비들을 돌아보며

「나는 곳 읍으루 들어가야겟소 아직 잘알쑤는 업스니 여러분과 다시 맛나지못하구 작별히게되기가 쉽겟소」

하고 말하니 선비들은

「성주(城主)의 불행은 곳 봉산일군(一郡)의 불행이올시다」

「청천백일가트신 성주를 초사에 올린놈이 어떤놈인지 그놈은 봉산일군 대소인민의 원수올시다」

「민들두 곳 성주뒤에 따러들어가서 다시 뵈입겟습니다」

「성주께서 이런소조를 당하신줄 알면 민들이 집에잇다가두 선지도지해서 돌어가 뵈울터인데 한자리에 뫼시구 잇다가 집으로 허터질쑤가 잇습니까」

이런말을 제각기 한마듸씩 짓거리엿다

박웅천이 정림사에서 읍으로 들어오는데 떠들지안코 조용히오고 객사로 가지안코 동헌으로 왓다 삼공형들이 줄달음으로 원님의 교군뒤를 쫏처오는중에 리방만 객사 길목에서 뒤떨어저서 객사를 돌려왓다

「도사의 성씨는 서씨라구 하옵구 도사는 봉명(奉命)한사람을 오래지체 시킨다구 화가 천둥가티 낫다구 하옵듸다」

리방의 말하는것을 군수가 듯고 곳 여페셋는 통인더러 문무백관(文武百官)의 성명들 석어꼿는 첩책을 가저 오라고하야 의금부(義禁府)관원을 차저보니 경력(經歷)다섯에 서가성이 하나잇슬뿐이고 도사다섯은 모두 타성들이엇다 박웅천이 의심이 업지안튼중에 이것을보고 확실이깨다른바가잇서 군노 사령 장교 몃십명을 떠들지말고 시급히 보아서 대령하라고 리방에게 분부하엿다

군수와가치 절에 갓든 선비들이 관가로 들어왓다 선비하나가

「성주께서 바루 객사루 행차하신줄 알구 민들은 객사에를 갓섯습니다」

하고 말하니 군수는

「그랫소」

한마듸로 대답하고

「거기들 안즈시우」

하고 말하야 선비들이 동헌웃간에 자리잡고 안즐때 리방이 한편억개를 젓드리고 쎈셀기어 들이와서 대ㅅ돌아래 업드리는것을 군수가 대ㅅ돌우에 올리서라고 분부하야 리방이 내다보는 원님아페 허리를 구프리고서서

「한삼십명 모아서 삼문박게 대령시켯소이다」

하고 알외엇다

「좌우병방(左右兵房)은 다 어듸잇느냐」

「삼문박게 잇소이다」

「그러면 좌우병방을시켜 삼십명을 거느리구 빨리 객사에가서 도사일행을 잡아오게해라」

리방은 이때까지 도사를 가짜로 생각하지못하다가 도사를 잡아오란 궐원의 분부를 듯고 비로소 개도가되어서

「도사가 분명 적당인줄 아르서기시오니까」

하고 뭇지안하도 조흔 말을 뭇다가

「잔소리 말구 빨리나가 분부대루 거행해라 만일 도사를 잡어오지못하면 좌우병방은 고사하구 너부터 중책을 당할테니 그리 알어라」

호령ㅅ긔잇는 군수말에 황겁하야
「네」
대답하고 곳 박그로나갓다
웃간에 안젓는 선비들은 군수의 처사를 해이하게 녀겨서 말업시 서로 돌아보는중에 말을 못
참는 사람하나가 군수를보고
「여느조관(朝官)두 아니요 지중한 어명(御命)을 바더가지구 나온 조관을 잡는법두잇습니
까」
하고 물으니
「지금 객사에 왓다는것이 진정한 금부도사면 내가 잡으며 보낼리가잇소」
하고 군수는 우섯다
「진정한 금부도사가 아니면 무어오니까」
「대담무쌍한 적당이 나를 속이러온것갓소」
「적당인줄을 어떠케 아십니까」
「요전에왓든 적당이 양반행세를 하구왓드라니 양반행세 하는놈들이 조관행세는 못할리잇
소」

「적당이 어떠케 역마를 잡어타구 올까요」

「글세 그건 지금 알수가 업스나 적당이 아마 마패를 위조해가진것갓소」

「어명을 바더가지구 왓다면 어보(御寶)찍힌 문짜가 잇겟지요?」

「그런것이 업소 우리와가튼 임개수령은 압상할때는 말할것두 업구 좋와 대신을지낸 죄인에게 사약할때두 전교를 쪽지에 적어가지구 갈뿐이요」

「그러면 금부도사가 그쪽지에 적은것을 죄인에게 내줍니까」

「죄인이 보여달라면 보여주기두 하겟지만 그까지쪽지 보나안보나 마찬가지니 보여달랄 까닭잇소 도사가 말루 옴기는 전교를 듯구 고만이지」

「막중한 전교가 도사의입에 달린셈이니 소홀하기 짝이업구먼이요」

「그래서 긔묘년에 조정암선생이 릉주(綾州)서 후명(後命)을 바드실때 상소를 하려구까지 하셧답듸다」

군수가 선비들을 데리고 여러가지 수작을하는중에 리방과 좌우병방이 가치들어와서 계하에 굴복들하엿다

「어떠케햇느냐 잡어왓느냐」

군수 뭇는말에

「도사일행이 잡으러가기전에 벌서 먼저 도망질을 첫습듸다」

리방이 대답하니 군수는 화를내며

「무어야 너의놈들이 노치구와서 하는소리지」

호령을 내노핫다

「소인이 이애들하구가치 객사에를 갓섯소이다 도사일행이 어듸가구 업숩기에 객사아패 섯는 백성들더러 붉어보온즉 라졸하나가 꽈가근처 까지 왓다가서 도사를보구 몃마듸말은 짓거리더니 도사가 바루 라쟁이 라졸 역졸 다 불러노쿠 큰소리루 하는말이 봉산군수가 전교를 밧지안호니까 내가 밤도아 서울루 올라가서 우에 알외구 별반조처를 할박게업다 이틀밤 하루ㅅ낫동안에 서울을 득달하두룩 빨리 가자하구 곳 역마를 타구 풍우가티 몰아갓다구 하옵듸다 소인들이 객사에 갓슬때 벌서 십리길이나 갓스리라구들 하옵기에 할일업시 그대루 들어와서 대죄들하옵니다」

군수가 리방의 발명하는말을 듯고 한동안 쓴입맛을 다시다가

「다들 나가거라」

리방과 좌우병방을 호령으로 퇴출시킨뒤 선비들을 보고

「오늘 절에들 안갓드면 일직 서들러서 적당을 잡는겐데 분하게되엇소」

하고 말하엿다

봉산에갓든 금부도사가 서림인것은 다시 말할것도업다 서림이가 봉산군수를 잡으러갓다가 하마터면 봉산군수에게 되잡힐뻔하고 청석골로 돌바와서 여러두령이 모여 안즌자리에서 봉산가서 한일을 자초지종 다 이야기하고 끄트로 꺽정이를 보고

「제가 금부도사 노릇은 의수하게햇지만 박웅천이가 원악 참새 굴레씨우게 약어서 속지를안흐니 할수잇습니까」

자긔의 실수 업는것을 발명하야 말하니 꺽정이는 고개를 가로흔들엇다

「무엇이 잘못된줄루 생각하십니까」

「군수가 나오거나 장채들이 나오거나 냥단간 끗장을보구 올것을 지레 도망한것이 잘못된것갓소」

「장채들이 나온뒤에야 무슨수루 도망합니까 끗장을보려구 잇섯스면 저는 지금 봉산옥중에서 죽을곡경을 치르게 되엇슬겝니다」

꺽정이는 더 말을아니하는데 리봉학이가 꺽정이의뒤를 바더서

「대장형님 말슴과가티 지레 도망한것이 사겁해 한것갓소 서종사는 발각이나서 도망햇다구하지만 뒤쪽으루 도망해서 발각이낫는지 누가 아우」

하고 말하야 서림이가 무안본사람가티 얼굴을 붉키며
「나중에 아러보시면 알일이지만 박응천이가 금부도사를 가짜루 간파하구 체포하려든것만은 틀림업는사실일줄 압니다」
하고 단언하엿다 그러나 리봉학이는 서림이의 단언을 밋지아니하는듯
「글세」
하고 고개를 한편으로 기우렷다 곽오주가 입짓 코짓 다하며
「서종사 하마트면 봉산귀신 될뻔햇소」
말로 비우슬뿐아니라 말업는다른두령들도 눈으로 비웃는것 가텃다
「전교가 나렷다면 원이 동헌에잇다가두 군두박질해서 나올것인데 절에서 들어와서 바루 객사루 오지안쿠 동헌에가서 안연히 안저서 도사의 성을 알어드리는것이 도사를 의심하구 전교를 의심하는 증거가 아닙니까 원이 관가루 들어갈줄 알구는 곳 일어 서구 시픈것을 그래두 혹시를 몰라서 관가의동정을 알어본즉 관문박게 장교 사령 군로들이 자꾸 모여들드라니 이것이 체포하랴는 거조지 무업니까 지레 빵손이 치지안헛스면 꼭박옹천이손에 걸렷습니다」
서림이가 열이나서 발명하는 말을 꺽정이는 우스며 듯고
「지나간일은 잘됏든 못됏든 더퍼두구 박응천이를 달리 처치할도리나 생각해보우」

하고 말하엿다

「박웅천이가튼 약은위인을 달리 욕보이기는 좀처럼 어려우니까 그저 군수나 떼어 먹구마는 수밧게 업습니다」

「군수를 떼어먹기는 그리 쉽소?」

「서울가서 한온이시켜 주선하면 쉽사리 될쑤잇슬껩니다」

「한온이가 이조판서나 된줄아우 제가 무슨수루 군수를 떼구말구 하겟소」

「윤원형에게나 지금 시색조흔 리량(李樑)에게 다려를 노쿠 말한마듸만 드려보내면 봉산군수는 곳 떨어집니다」

「무슨말을 드려보낸단 말이요」

「청석골패 대장 아무개가 조관행세하구 봉산읍에 들어갓것을 군수가 몰라서 잡지 못햇다구 말을 드려보내면 박웅천이의 뒤ㅅ줄이 여간좀 든든하드래두 떨어질줄 압니다」

꺽정이는 빙그레 우섯다

「제가 서울을 한번 더갓다 올까요」

「천왕동이를 보내선 안될까」

「황두령이 가늘 안될까닭이 잇습니까 한온이더러 그러케주선하라구 부탁만하면 될일인걸이요」

꺽정이가 황천왕동이에게

「너 내일 잠ㅅ간 서울을갓다 오너라」

하고 말을 일럿다

황천왕동이가 서울가서 서림이 말대로 한온이에게 부탁할때 한온이 말이 리량의 심복인 리렴(李㶑)에게 말을드려보낼만한 조흔게제가 잇다고하더니 불과 십여일후에 봉산군수 박응천은 체차(遞差)하고 그대에 윤지숙(尹之淑)을 임명한다는 정사가 긔별지에 나게되엿다 윤지숙은 이때 당하(堂下)호반중 쟁쟁한 사람이라 적당을 잡으라고 특별히 택임(擇任)한것이엇다

청석골적당이 송도서 백주에 살인한뒤 조정에서는 토포사를 내보내서 적당을 토멸(討滅)시키자는 공론도잇섯고 토포사를 내보내면 민폐(民弊)만더되니 고만두고 개성류수와 황해도 관찰사를 각별신칙하야 적당을 체포시키사는 공론도 잇섯다

어느날 령중추부사(領中樞府事)윤원형과 대사간(大司諫)리량이 편전(便殿)에 입시 하엿슬때 우에서 적당 토멸할 방법을 하문한즉 원형은 토포사 내보내기를주장하고 량은 토포사 고만두기를 주장하야 각기 주장을 세우려고 말을 다루는데 우에서 사가로치면 외숙(外叔)인 윤원형은 고리고 종전의외숙인리량은 특별총애하는 중이라 량의 주장을 올타고 말슴하야 원형이 무

류하고잇다가 합문(閤門)박그로 물러나와서

「적당이 나라를 떠가면 내나라를 떠가나」

혼자말일망정 무엄한말을 입박게 내기까지하엿다 권신(權臣)들이 서로 물개를 놋는중에 조정공론이 이것저것 다 무력하여저서 하등조처가업시 달포를 지내왓다

적당이 조판으로 가장(假裝)하고 봉사금수를 농락한일이 우에까지 입문된때 우에서 삼공과 령부사에게 적당이 횡행하는것을 가만두고보는것은 국가의 수치니 빨리 조처할방법을 상의(商議)하라고 하교(下敎)를 나리어서 삼공과 령부사가 정부에 회좌(會座)하엿 상좌에 령의정 상신(尙震)이 안고 그다음에 좌의정 리준경(李浚慶)이 안고 그다음에 우의정 심통원(沈通源)이 안고 령중추부사 윤원형은 말좌에 안젓다 세력조혼 윤원형이 정부좌차에 말좌하게 된것은 이야말로 팔짜소관이니 유명짜한장님 홍계관(洪繼寬)이 윤원형의사주를보고 령의정이되면 불길하다고 말하야 윤원형은 령의정을 고사하고 령중추를 자원 하엿섯다 상좌의 령의정이 무거운 입을 열어서

「령부사대감 말슴하시지요」

말하고 우의정과 한께 말좌를 바라보니

「소생에게는 뭇지마시구 어서 말슴하십시요」

하고 윤원형은 도리머리를 흔들엇다 무엄한말을 입박게 내든 배ㅅ장이 아직도 남아서 도리머리를 친것이엇다 그제는 명의정이 말하라는눈치로 좌의정을 돌아보니 좌의정은 눈을 이대로 깔고 입은 다물고잇섯다

「우상대감 먼저 말슴하시요」

「소생의생각에는 개성류수와 황해관찰이 각각 정병(精兵)을 조발하야 가지고 비밀히 긔일을 정해서 출기불의(出其不意)로 적굴을 엄습하면 일거에 적당을 섬멸(殲滅)할수잇슬줄 압니다」

「인제 대감말슴좀 들읍시다」

명의정이 다시 좌의정을 돌아보며 말하기를 재촉하엿다

「지금 우상말슴이 좃습니다 그런데 개성과 황해도에서 출병할때 평안(平安) 강원(江原)양도(兩道)에서 지경을 지키서 도적의 도타할길을 막으면 더욱 조흘것갓습니다」

명의정이 고개를 멧번 끄덕인뒤

「명부사대감 지금 두분대감의 말슴이 어떠습니까」

윤원형의 의향을 물엇다 윤원형은 좌우의정의 의론을 귀담아 듯지안코 사인(舍人)방에서 나오는 풍류소리와 기생노래를 듯고잇다가 명의정 뭇는말에 무턱대고

「좃습니다」

하고 대답하엿다

「그러면 소생이 탑전에 들어가서 개성류수와 황해 평안 강원 삼도관찰에게 각각 밀유(密諭)를 나리시도록 알외고 나오리다」

령의정만 승지(承旨) 사관(史官)들과한께 합문안에 들어갓다가 얼마뒤에 다시 정부로 물러나와서 좌우의정과 령부사를보고

「우에서 윤종(允從)하시더다」

하고 말하엿다 말좌의 령부사가 먼저 일어나가고 삼공들도 좌차대로 차차일어나서 성부의 회좌가 끄티 낫다

송도유수와 황해감사가 상감의 밀유를 밧고 군병을 조발한다는소식이 들롱가티 청석골로들어왓다 꺽정이가 여러두령을 한자리에 모아노코 각처에서 들어온 소식을 이야기하는데 출모발려(出謀發慮)를 마타노코 하다시피하는 서림이가

「우리는 차차 형편을 자바가며 리를 옴기드래두 주체구진 안식구들만은 먼저 이천광복산으루 보내두는것이 조흘것갓습니다」

하고 말하니 다른두령은 말한것도업고 서림이의 말이라면 의레 뒤밧는 곽오주까지 히한하게

찬동하엿다

꺽정이가 서림이의말을 조차서 안식구들을 이천(伊川)광복산(廣福山)으로 보내는데 두령중의
리봉학이 황천왕동이 두사람을 가치보내고 또 낭주가진 두목과졸개 수십명을 따러 보내기로
작정하엿다 두목과 졸개들은 각각 저의식구를 데리고 뿔뿔이 떠나게하고 두령들의 안식구는
혹 말도 태우고 혹 소도 태우기로하엿는데 탈것외에 량식바리 세간바리도 적지아니하야 마소
가 잇는것으로 부족되어서 근처 아는사람의것을 어더드리기도하고 또 난데 들에 매인것을 끌
어오기도하엿다 리봉학이와 황천왕동이외의 다른두령들도 여러차례에 전줄러서 떠나는 내행
을 배행(陪行)들하느라고 잠시는 청석골을 비다시피하엿다

청석골 꺽정이패가 강원도로 달아낫단 소문이잇서 송도포도군관들이 듯고 각처로 알아본즉
말탄 소탄 녀편네들과 빈몸 아이업은 사내들이 우봉(牛峰)건 토산(兎山)길로 십여일동안 배
일가티 나간것이 틀림업는 사실이라 포도군관들이 이사연을 류수께 알외니 류수는 큰시름을
노흔것가티 여겨서 곳 황해감사와 약회하고 만나 상의한후에 청석골적당이 강원도땅으로 도
망하엿다고 각각장계하고 군병조발하든일을 다가치 중지하엿다 청석골에잇는 꺽정이하 여
러 두령들은 이것을 알고 감류(監留)의 처사가 맹낭한것을 우섯다 서림이가 꺽정이에게 말하
기를 아직 얼마동안은 여기잇는 표적을 내지안는것이 조흐니 이근방에서는 행인의 보따리 하

나라도 강탈하지못하도록 금지하자고하야 꺽성이가 그말을 조차서 부하를 단속하까닭게 송도부하(府下)와 강음(江陰)경내에 일시 석환(賊患)이 업서젓다

각집안 식구들이 죄다 업고보니 청석골안이 쓸쓸하기 짝이업섯나 이린애를 괴하는 곽오주가 조하하고 홀아비로 지내는 김산이가 심상할뿐이지 그외의 다른두령들은 모두 불편도하고 허우룩도하엿다 그나마 일이만흔때 가트면 일에나 붓볼들할것인데 하루한번씩 탑고개큰길에 나가서 순운 돌든것까지 폐지하고 가만이 산속에든 눌어안젓는중이라 밤나즈로 순판만 벌리어서 독술이 번쩍번쩍 드러낫다 꺽정이가 심심한것은 견듸다못하야 청석골일을 늘근오가와 서림이에게 쓰러맛기고 단신으로 서울을 올라왓다 거트로는 남소문안 한첨지의문병은 볼일로 내세웟지만 속으로는 서울살림하는 녀편네들을 와서본생각이 긴하엿든것이다 꺽정이가 서울오든날 바로 남소문안으로 들어와서 한온이에게서 저녁을 먹고 남성밋골 박씨에게 가서자고 이튼날 아침후에 동소문안원씨와 김씨를 보러왓다 원씨집과 김씨집은 서로 격장이나 김씨집이 가는길의 첫머리라 꺽정이가 김씨집으로 먼저 들어가려고 집아페와서보니 문이다디걸려서

「문 열어라」

하고 문짝을 흔들엇다

「누구요」

김씨의 목소리가 나서

「나야」

꺽정이가 대답하니 김씨가 쪼차와서 문울 열어주며

「아이구 이게 웬일이세요 오신단 선성도업시」

하고 싱글싱글 조하하엿다

「내가 언제 선성노쿠 다니는사람인가 그런데 아무두업시 혼자잇스니 웬일이야」

「빨래 보냇세요」

김씨가 마루에 돗자리를 내다깔고

「웃옷울 아주 벗고 안즈시지요」

꺽정이의 버서주는 의관울 바더서 방안에 갓다노코 꺽정이여페 와서안젓다

「서울을 언제 오섯세요」

「어제 저녁때」

「남소문안에서 주무섯나요」

꺽정이는 그러타고 고개를 끄덕이엇다

「어제오시는걸로 긔별이나좀 해주시지요 그랫스면 집안이나 깨끗하게 치워놧지요」

「이만해두 깨끗해서 조흔데 무얼 그래」

「깨끗한게 무어예요 압뒤마당 쓸에질도 내가하니 오죽해요」

「애꾸눈이는 가만이 놀리구 밥만 처먹이나」

「대체 어듸가 그따위 천하망한놈은 골라서 비부쟁이로 드려주셧세요」

「왜 그래」

「왜 그래가 무어예요 내가 그동안 그놈때문에 속을 얼마나 썩엿는지 아세요」

김씨의 말소리가 새되어젓다

「비부쟁이 잘못드렷다구 날 보면 시비하려구 벼르구잇섯군」

「시비도 할만하거든이요」

「그까지 시비는나중에 가리구 우리 그동안 서루 그런 정회나 이야기하자구」

꺽정이가 김씨의 얼굴을 드려다보며 우스니 김씨도 흔연하게 마주우섯다

꺽정이가 한나절 김씨와 가치잇다가 밤에 다시오마고 말하고 의관을 차리고 원씨의집으로 왓다 오래간만에 원씨의만든 맛갈진음식으로 점심을 먹고 원씨와 둘이 방에 안저서 이야기를할때 동자치가 열어노흔 방문아페 와서 원씨를드려다보며

「아씨 심미실이가 선다님 오신줄을 알구 보이러왓다는데 어떠케요」

하고 물엇다 꺽정이는 심미실이란 사람이 누구인지 몰라서

「누가왓서」

하고 채처물은즉 원씨가 우스면서

「담너머ㅅ집하인이 보이러 왓다봐요」

하고 말하엿다

「담너머ㅅ집 하인이라니」

「노가말슴이요」

「그놈이 왓스면 그대루 들어올께지 무슨 연롱이람」

「노가가 사람이 하두 흉물스럽다기에 내가 집안에 드리지말라고 일러두엇세요」

꺽정이가 고개를 끄덕이고

「그런데 심미실이란 무어야 노밤이가변성명은햇나」

「집의할멈이 자상궂게 그런성명가튼 별명을 지어놧세요」

「심미실이란 성명에 무슨 뜻이잇나」

원씨가 마루에 안젓는 할멈쟁이를 내다보며

「할멈 심미실이 무슨뜻이냐고 물으시네」

별명지은 사람더러 그뜻을말하라고하니
「아씨가 잘아시면서 왜 할멈을 끌어대시여 할멈은 정신이 사나와서 이젓습니다」
할멈쟁이가 딴청을 썻다
「무슨 말하기어려운뜻인가」
꺽정이 뭇는말에 원씨는 아니라고 고개를 가로흔들엇다
「그럼 왜 서루 밀우구 말을 안해」
「심은 심술망난이 미는 미치광이 실은 실본이라나요」
꺽정이가 심미실의뜻을 듯고 한바탕 껄껄 우슨뒤 동자치를보고
「심미실이를 들어오라구 그러게」
우슴의소리로 말을일럿다 동자치가 밧그로 나간지 한참만에 먼지 켜켜안즌 각을 쓰고 툭툭한 무명 홋두루마이를 입은 로밤이가 가장 틀을짓고 뚜벅 뚜벅 걸어들어오더니 마당에도 서지안코 뜰에도 서지안코 바로 마루우로 올라왓다
「어듸무 돌라가」
동자치가 뒤따라들어오며 나물하고
「천둥햇나」

할멈쟁이가 한여프로 피해안즈며 욕하는데 로밤이는 모두 못들은체하고 안방문이페 가까이와서 내다보는 꺽정이에게 공손히 문안을 드리엇다

「잘 잇섯느냐」

「네 덕택으로 잘 지냅니다」

「네처에게 구박이나 맛지안느냐」

「제첩년이 저라면 꼼빽 죽습니다 구박이 다 무업니까 그러구 사내췟것이 기집년에게 구박을 맛구야 갓철대를 이마에 부치구 다닐수가잇습니까」

「저놈이 첩이라구하다가 기집에게 빰을 안마질까」

「처나 첩이나 기집은 마찬가집지요 저두 선다님을 본바더서 적서분잔을 안습니다」

「누굴 본바더 이 미친놈아」

「선다님께서 저를 데리구 실업시하시느라구 미친놈 패호를 채워주서서 치마두른 사람들께지 저를 아주 미친놈으루 돌립니다 창피해서 죽겟습니다 제발덕분에 인제부터는 실업슨말슴이라두 미친놈 성한놈 하지맙시요」

「저놈이 아주 미치지안헛나」

「선다님 야속두 하십니다」

「고만 가거라」

「네」

므 밤이가 그제사 돌아서서 할멈쟁이를 보고

「각골 아전은 원님잇는 동헌마루에 못올라가지만 장교들은 장막(將幕)의를 차려서 올라가는 법이요 나두 선다님의 막하(幕下)니까 마루에 올라와서 문안을 드린것이요 아무리 여편네들이라두 그런것쯤은 알어야하우」

말하고 뜰우에 나려서다가 머리를 도리키서 원씨를 보고

「제가 업어외실때버덤 퍽 수척하섯구먼이요」

말하는것을

「이놈」

꺽정이가 초명하니

「아니올시다」

하고 목을 자라가티 옴츠리고 허둥지둥 박그로 나갓다

꺽정이가 원씨의집에서 눌러저녁먹고 초빌잠 한숨 늘어지게 자고 밤ㅅ중이 지난뒤에 다시 김씨집에를 와서보니 김씨는 그때까지 자지안코 기다리고 잇섯다 버개우에서 김씨가 나제 미진한 이야기를하는데 이야기중에 그동안 똘밤이에게 속상한 하소연이 만헛다 먹는것은 다른사람 배불먹으며 일은 죽어라고 아니하고 혹간 박부득이 일을 서키려면 빌어뫼서듯해야 어떠케 꿈적거리나 그나마 제마음이 내키지안흐면 쇠귀신보다 더 질겨서 비부쟁이냐고 곳 상전인데 이런것은 오이려 소분지요 병신 고운데업다고 그중에 흉측스러운 마음이 잇서서 식다님이 보구십지안흐냐 혼자 자기 고적지안흐냐 이따위 말을 가끔하고 어느때는 림선달이 누군줄 아느냐 해서 대적림꺽정이다 지금까지는 운수가 조하서 잡히지안헛지만 잡히는 날이면 따라서 경칠테니 진작 알아차리라고 엄청난 소리를 다하더라고 김씨가 가지가지 이야기한뒤 끄트로

「내가 드린사람이면 벌서 돌거저 내쪼칠것인데 드려주신 사람을 내 자의로 내쫏기가 어려워서 단근질 참듯 참엇새요 인제 오섯스니 얼른 어떠케 조처해주세요」

하고 남편을 졸랏다 꺽정이가 똘밤이를 아무짝에 쓸데업는 사람 기와깸이로 알면서도 미친채하는것을 밉지안케보고 거짓말하는것을 우슴꺼리로 들어서 심심할때 심심푸리 소일깜이 되는 까닭게 한온이가 불길한 화상이라고 보내라고 말한적도잇고 또 황천왕동이가 이간질 잘할위인이라고 상관말라고 말한일도잇섯건만 꺽정이는 보낼마음도 나지아니하엿고 상관말 생각도 듣지아니하엿섯다 김씨의하소연하는사람이 똘밤이가아니고 다른사람이라면 내쫏기는 고사하고 곳 죽일작정도 하엿슬것인데 꺽정이 자긔가 자긔마음을 괴상하게 녀기도록 화도 별로나지

아니하야

「그놈이 원래 미친놈이야 입은 사구일생이구」

대수롭지안케 말하엿다

「미친놈을 왜 집에다 두고 속은 썩여요」

「그것들 남진기집사이는 어떨고 말성이업나」

「처음에는 기집이 서방은 실혀하는 눈치가 보이더니 지금은 년놈이 똑가치 서로 궁둥이를 따러다니지요 그래서 오늘도 빨래가는데 가치가지 안헛세요」

「내보내려면 기집까지 속양해 주어서 내보내구 담너머ㅅ집처럼 늘근할미와 기집아이별을 어더두고 지내지」

「아무러케든지 조루록 해주세요」

꺽정이가 다샛역에 비론소 눈을 부처서 잠을 잔지만지하게 자고 깨엿슬때 박게서 검쇠와 또 밥이사이에 가고오는 말이들리엇다

「선다님도 오시고 볼께러군 비짜루를 돌고돌아다니니」

「나는 일평생 무슨일이든지 하구시프면 하구 말구시프면 말지 하구십지혼일을 남의 눈가림으루 해본적이업소 지금두 선다님의 눈가림이라면 선다님이 일어나서 보는데 해야말이지」

「선다님 주무시니 너무떠들지말어」
「어제밤에는 호못하게 잘주무셧소」
「호못하게 잘자는건 무어야」
「오래만에 선다님을 만낫스니 말이지」
「저런 망한놈이잇나」
「식전댓바람에 무슨 욕이요 선다님 자세요」
「떠들지말라니까 더 떠드네 선다님이 깨시기만해봐」
「자긔가 떠들며 누구더러 떠든대 그러구 선다님이면 제일강산인가」

꺽정이가 기침을 한번하엿더니 오고가든말이 뚝 끈치고 바로 김씨가 방으로 들어오는데 분이 나서 숨까지 가쁘게쉬엿다 꺽정이가 일어나서 다님 허리띄를 주서매는 동안에 김씨는 홋이불을개어언고 방문을 열어노핫다 꺽정이가 탈망에 탕건만 쓰고 방문턱에서 박글 내다보며

「밤이 어듸잇느냐」

하고 소리 치니 로밤이의처가 부억에서 나와서 문안을하엿다

「네서방 어듸갓느냐」
「부억에잇습니다」

「불러라」

로밤이가 그제야 꺽정이아페나와서

「침수안녕이하셧습니까」

하고 허리를 굽신거리엇다

꺽정이가 밤잔인사하는 로밤이를 잡어먹을것가티 노려보면서

「이눔 네목아지가 대체 며치냐」

하고 호령을 내노흐니 로밤이는 곳 누가 잡아업지는것가티 맨땅에 꿀어업드렷다

「네가 네죄를 아느냐」

「제가 무슨죄가잇습니까 저알기엔 죽을죄는 고사하구 꾸중들을죄두 업습니다」

「죄가 업서 이눔아 네죄가 멋가진지 모른다 다른건 고만두구 우선 네가아는 딤선달이 이떤사람이야 내아페서 한번 말해봐라」

로밤이는 꺽정이를 치어다 보며 히히 웃고

「선다님가트신 정한냥반두 베개너머 송사를 듣으십니까 베개너머 송사가 옥합(玉盒)을물릇단말이 혓만이 아닙니다 선다님께서 저를 미드시구 제가 선다님을바라구 살지안씁니까 중작업는말은 아예 고지듯지맙시요」

농청맛게 짓거렷다

「뉘말이 종작업단말이냐 이놈아」

「세상사람말이 죄다 종작이업습지요 제말두 종작이 잇다업다합니다」

「네죄는 죽여야 싸지만 내손에 피무치기가 더러워서 고만두니 오늘부터 내눈아페 보이지말아」

「선다님께서 오늘 시골행차하십니까 그러면 또 한동안 못보입지요」

「네가 참말 죽구시프냐」

「아니올시다 꿈에두 죽구십지안씁니다」

「누가 잘한다까봐서 말대답이냐 이놈 어서 말대답해라」

꺽정이가 주먹올 부르쥐고 마루로 나오니 로밤이는 질겁하면서도 입은 여전히 놀려서

「재하자 유구무언입지요 제가언감생심 선다님께 말대답을하겟습니까 그저요놈의 주둥이가」

하고 제주먹으로 제주둥이를 쥐어질러서 입속 어듸가 터젓든지 피석긴 침을 퉤퉤 배텃다 꺽정이가 속으로 우스면서도 거트로는 룰기한채

「너는 배내병신 미친놈이라 죽가할게업서서 용서하지만 여기둘쑤는업스니 기집을데리구 나가거라」

하고 호령ㅅ긔잇는말로 분부하엿다

「선다님 안으서댁이 즉 선다님댁이니까 선다님댁에서 비부쟁이노릇하는건 조금두 창피할것이 업지요만 선다님께서 특별히 생각하서서 기집을 속량해주구 나가살라시는데 거역할길이 잇습니까 나가살라시면 집칸두 작만해주시구 시량두 더주시겟습지요」

「사지성한놈이 벌어먹지 누구더러 시량을 대달라느냐」

「그러면 떨어내쪼치시는것과 다름업지안씁니까」

「너가튼놈은 떨어내쫓는것두 과만하다」

「제가 긴말슴 여쭙지안트래두 경가파산하구 선다님따러온놈을 어련이 잘 생각해주시겟습니까 저는 그저 선다님처분만 바라구 잇겟습니다」

「되지안흔소리 듯기실타 고만저리 가거라」

「네」

하고 로밤이는 일어나서 행낭방으로 나갓다

꺽정이가 한온이에게 부탁하야 로밤이는 삼간초가를 사주어서 기집데리고 나가살게하고 김씨집에는 늘근할미와 기집아이를 어더주게하엿다

꺽정이가 서울온뒤 식사는 대개 원씨에게서 하고 잠은 만히 김씨에게서 자는데 간간이 친한

기생 장차ㅅ골다리 소홍이를 차저다녓다 어느날 남소문안에와서 종일잇다가 저녁 추비대어서 동소문안으로 돌아가는길에 배오개 큰길을 건너올때 기생하나가 하가마 쓰고 몽도리 입고 말울라고 동대문쪽에서 올라오는데 다시 보니 장차ㅅ골다리 소홍이라

「어듸 갓다 오나」

하고 알은체하엿더니 소홍이가 반색하며 말을 멈추엇다

「오늘밤에 놀러갈까 혹 상치되는일 업겟나」

「오세요」

「그럼 석후에 감세」

「기다립니다」

소홍이는 말을 몰아가면서 뒤를돌아보고 손ㅅ길을 처서 오라고 신신당부하는뜻을 보이엇다

꺽정이가 원씨집에 가서 저녁밥을 먹고 도루 나오는길에 김씨집에 들려서 밤에 기다리지말라고 일르고 장차ㅅ골 소홍이집을 차저왓다 소홍이는 십년기생 노릇에 이에신물날때가 만허서 평생 의탁할만한 사람을 은근히 물색하든중에 림선달을 만낫는데 근지 분명치 안흔것이 험이라면 험일까 다른것은 하나도 마음에 흡족치안흔것이 업서서 차차 보아가며 몰래 모아노흔 사천으로 기둥서방에게 몸갑슬 치러주고 림선달을 따라가서 그집사람으로 골을 누이려고 마

음먹고잇는까달게 꺽정이의 얼굴을 보기만하면 언제든지 입이 함박만큼 벌어젓다 문ㅅ간에서 꺽정이의기침소리가 나자마자 소홍이가 방에서 쪼차나와서 진정에서 나오는 우슴으로 마저드리고 다른오입쟁이를 밧지아니하려고 일각문을 초저녁부터 나더걸게하엿다 방에는 불을 켜지아니하고 마루끄테 사방등을 달어서 불비치 방안을 은은하게 비치엇다 꺽정이는 방에 들어서며 바로 의관을 버서서 소홍이를 주고 아래ㅅ간 방문아페 퍼더버리고 안고 소홍이는 의관을 바더서 옷거리에 갓다걸고 꺽정이여페와서 얌전하게 안젓다

「오늘 어듸 노리각섯나」

「련못골 어선전(魚宣傳)댁에 사랑노름 각섯세요」

「어선전이란 자네 조하하는사람인가」

「나는 지금 조하하는사람이 업세요」

「정말인가」

「내속을 소김업시 말하면 지금 닛자닛자해도 못닛는 냥반이 꼭한분잇지요」

「그게 누군가」

「그건 말슴안할테요」

「누군지 좀 알세그려」

「알어서 무어하시게」

「내가 그사람보구 건강짜라두 좀 해야겟네」

「진강짜는 안하시고 건강짜만 하신다면 진짜 그냥반은 아직 숨겨두고 그냥반의 가짜한분 대드리지요 자 저기 기십니다」

소홍이가 뒤ㅅ벽에잇는 꺽정이의 그림자를 가르치니

「사람을 놀리지말게」

꺽정이는 그림자 가르치는 소홍이의 손을 잡아서 품안으로 끌어왓다

「진정인가」

소홍이는 대답이 업섯다

「자네가튼 일등명기가 조하하는 사람이 하나뿐일리 가잇나」

「그게 사내냥반 말슴입니다 사내의 정이란건 들물과 가터서 여러갈래로 흘르지만 여편네정은 폭포가티 왼골로 쏘칩니다」

「사내두 사내나름이구 여편네두 녀편네나름이겟지」

「그야 그러치요 그러치만 여편네는 대개 정으루 살구 정정으루 죽습니다」

「자네가 사내가아니라 사내의 옹심기픈 정을 몰라서 사내정을 타박하네」

「정이 불이면 불ㅅ결이 소사야하고 정이 물이면 물ㅅ결이 일어야하지 그저 웅심기펴 무슨 맛입니까」

「정논란 고만하고 다른이야기하세」

「무슨 조혼이야기가 잇거든 하십시요」

「자네 오늘 노롬갓든 이야기나 좀하게」

「술치고 소리하고 웃고 짓거리고 그러고 하루해 보냇지요」

「어씨집에 오늘 무슨 잔치든가」

「아니요 어선전이 친구냥반 대여섯분청해가지고 술들자섯세요 그친구 냥반중에 재로 외입해가는분이 잇서서 주장 그냥반대접인갑듸다」

「선전의 친구면 어듸 변지수령(邊地守令)이겟군」

「황해도 봉산이라지요 예전세월에는 호반들이못가든 자리라고 말들합듸다」

「옹 그래 새루 봉산군수된 윤지숙일세그려」

「윤씨랍듸다 선다님도 그윤씨를 아십니까」

「나는 면분은업구 말만 들엇네 언제쯤 도임한다고 말하든가」

「그동안 숙배(肅拜)서경(署經)다 마치고 골에서 신연하인이 오기만 기다리는데 일간오면

오는대로 곳떠난다고 합듸다 다른냥반들이 모래재루 작별을 나간다니까 나더러도 부듸 가치나오라고 말하든구먼이요」

「봉산군수 작별하러 나갈텐가」

「그건 무어하러나가요 선다님이 어듸외임을 해가신다면 작별은고사하고 배행이라도 가지만」

「말만 들어두 고마웨」

「참말 선다님 저 황해도 대적 림꺽정이 이야기를 더러 들으섯세요」

꺽정이가 속으로 깜짝 놀라웟스나 거투로는 시침을 떼고 한참만에

「그건 왜 뭇나」

하고 되물엇다

「꺽정이 오늘귀가 가려웟슬걸이요 어선전 사랑에서 종일 꺽정이얘기로 판을 짯섯세요」

꺽정이가 나제 귀는 가렵지안헛지만 지금 낫은 간지러웟다 소홍이의 듯고온 이야기를 물어보고시픈 마음은 바이 업지아니하나 필시 조흔소리들 햇슬리가 만무하야 뭇지안코 잠자코 잇섯다 소홍이가 꺽정이의 눈치를 보면서

「요재 한서방 친환은 좀 어떤가요」

다른말을 그내는데 꺽정이는 소홍이 뭇는대로

「그저 한모양이라네」

한마듸 대답하고 바로

「윤봉산이 사람이 어떠튼가」

하고 물어서 먼저말끄틀 다시 자아내엇다

「사람이 배ㅅ대벗고 건방지고 흰소리잘하고 그럽듸다」

「자네가 사람을 너무몹시깍네 조정에서 특별히 봉산군수를 시켜보낼제는 사람이 출중할테지 그럴리가잇나」

「봉산군수를 시켜주면 꺽정이를 잡어바친다고 장담하고 어더햇는지도 모르지요」

「장담한다구 군수를 시켜주면 군수못할사람이 업겟네」

「그냥반 장담이 하두 굉장하니까 그랫슬른지도 모르겟단말이에요」

「대체 장담을 무어라구하든가」

「꺽정이를 꼭잡는단 장담이지요 꺽정이가튼 대적은 일개군수의힘으로 잡가가 어렵다고 다른냥반들이 말하니까 그냥반이 팔을 뽐내면서 내가 백정놈의 자식을 잡어서 조정에바치고 그공로루 옥관자를 부치게될테니 두고보라고 흰목을 쓥듸다 꺽정이가 백정의 자식이라나요 그래서 그냥반은 꺽정이말을 꼭 백정놈의자식이라고 말합듸다」

꺽정이는 백정의자식으로 아이쩍부터 창피를보고 설욕을 바든것이 뼈에 매친까닭게 천참만륙할 도독놈이란말은 오이려 웃고듣을수가잇서도 백정놈의 자식이란말은 늣기만하면 언제든지 온몸의 피가 일시에 끌어올랏섯다 꺽정이가 소홍이의 수상히녀길것도 생각지못하고 눈을딱부릅뜨고 입을 꽉다붙고 씨근씨근 가쁜숨을 쉬다가 한참만에 후유하고 숨을 길게내쉬고 눈을스르르 감앗다

『윤지숙이란놈을 그대루 가만둘수업다 어떠케하까 그놈의집을 알어가지구 차저가서 주먹으루 때려죽이까 도임하러가는것을 청석골루 잡어다가 난장질루 처죽이까』

『선다님』

소홍이 부르는소리에 꺽정이가 눈을 떠서 소홍이를 물끄럼이보앗다

『신기가 조치안흐세요』

『술생각이 나니 술좀 바더오라게』

『안주가 업지 술은 잇세요』

『미리 바더다놧나 그럼 가저오라게』

소홍이가 조석해주는 녀편네를 불러서 술ㅅ상을 차려드리라고 일렀다 안주도 미리 다작만해둔것이라 얼마아니잇다가 술ㅅ상이 들어왓다 소홍이가 술을 찬에치려고하는데 꺽정이가 훌짝

훌쩍 먹기 갑갑하다고 큰냥푼에 가뜩부어 달라고하야 냥푼을들고 드리키엿다

「안주나 좀 집으시고 쉬엄쉬엄 잡수세요」

꺽정이가 바닥들어난 냥푼을 노코 마른안주한두쪽 입에너흐며

「술 또잇나 잇거든 마저주게」

술을 토색하야 잠시동안에 두양푼 술을 먹고 바로 술ㅅ상을 물리엇다

「술도 맛업시 잡수시요」

「화ㅅ술은 취하는것이 맛이야」

「참말 왜 화가 나섯세요 내가 무슨 말슴을 잘못햇서요」

「아닌게아니라 자네 하는말이 비위에 거슬려서」

「일개천기(賤妓)로 냥반님네를 헐뜨더 말하는것이괘심해서 화가 나섯나요」

꺽정이가 매답이 업섯다 소홍이는 뻬또라저서 말을안코 꺽정이는 속이잇서서 말을 아니하야 한동안 두사람은 서로 소닥보듯하엿다 마루에잇든 녀편네가 뜰아래ㅅ방으로 나려간뒤 꺽정이가 소홍이 아프로 바짝 가까이 다가안즈면서

「소홍이」

정중하게 먼저 이름을 불러노코 그다음에

「자네 림꺽정이가 누군지 아나」

건정으로 물어보고 끄트로

「여기잇스니 한번 다시보게」

나직이말하고 자긔 얼굴을 아프로 내밀엇다

소홍이는 너무놀라워서 도리어 놀라운지 만지한 모양이엇다 마음에 섬뜩하고 실찍하든지 슬

몃이 꺽정이 여페서 따로 떨어저 나안젓다

소굴

「나는 함흥 고리백정의 손자구 양주 쇠백정의 아들일세 사십 평생에 멸시두 만이밧구 천대두 만이바덧네 만일 나를 불학무식하다구 멸시한다든지 상인해불한다구 천대한다면 글공부안한것이 내잘못이구 악한일 한것이 내잘못이니까 이왕 바든것버더 십배백배 더 밧드래두 누굴 한가하겟나 그대신 내잘못만 고치면 멸시천대를 안밧게되겟지만 백정이리구 멸시천대하는건 죽어 모르기전 안바든쑤 업슬것인데 이것이 자식점지하는 삼신할머니의 잘못이거나 그러치안으면 가문하적하는 세상사람의 잘못이니까 내가 삼신할머니를 탓하구 세상사람은 미워할박게 세상사람이 인ㅅ금이 다 나버더 잘낫다면 나를 멸시천대하드래두 당연한 일루 여기구 밧겟네 그러치만 내가 사십평생에 인ㅅ금으루 처다보이는사람은 며출못봣네 내속은 털어 노쿠 말하면 세상사람이 모두 내눈에 깔보이는데 깔보이는 사람들에게 멸시천대를바드니 엇재 분하지안켓나 내가 도둑눔이 되구시퍼 된것은아니지만 도둑눔된것을 조굼두 뉘치지안네 세상사람에게 만분외일이라두 분풀이를 할쑤잇구 또 세상사람이 범접못할 내세상이 따루잇네 도둑눔이라니 말이지만 참말도둑눔들은 나라에서 녹을먹여 길르네 사모쓴 도둑눔이 시굴가면 골골이 다잇구 서울오면 조정에 득실득실 만이잇네 윤원형이니 리량이니 모두 흉악한날도둑놈이지 무언가 보우(曹雨)가른 까까중이까지 사모쓴 도둑놈틈에 끼어서 작실이 한목울보니 장관이지 이런말을 다하자면 한이 업스니까 고만두겟네 자네가 지금 내 본색을 안바에는 인제 고만 자네하구 작별인데 이세상에서 다시 만날른지 모르는 마주막 작별에 말업시 일어서기가 섭섭해서 내속에 잇는말운 대강하네 그러구 내종적을 자네가 헌사할리는 만무하지만 혹시 한두사람에게라두 말한것이 늘어나면 오입쟁이 임선달대신 도둑놈괴수 임꺽정이가 자네를 보러올른지 모르니 그리알구 조심하게」

꺽정이가 말을 점잔케하느라고 한참씩 생각해가며 띄엄띄엄 말하야 거이 평생처음으로 조리잇게 긴말을 다한뒤에 슬며시 일어나서 의관을 다시 차리엇다

「나는 가네」

꺽정이가 소홍이를 굽어보며 말할때 이때까지 그린듯이 안저잇든 소홍이가 별안간 꺽정이의 옷자락을 붓잡앗다

「왜 붓드나 할말이 잇나」

「네」

「무슨말인가」

「나하구 가치가세요」

「어듸를 가치가」

「어듸든지 선다님 가시는데 나도 가겟세요」

「내사정이 자네하구 가치갈쑤 업는걸」

「그럼 나를 죽이고 가세요」

「무슨까닭게 죽이라구 지다위하나」

「선다님이 죽인다면 나는 웃고 죽겟세요」

「내가 사람죽이기에 이골이 낫서두 웃구 죽는사람은 못죽이겟네」

「나를 버리고는 못가실테니 나는 몰라요」

「자네가 나를 따러가면 막이 도둑놈의 첩노릇을 하게될테니 자네 전정을 망치지안나」

「물어미 노릇이라도 하겟세요」

꺽정이가 한참 우두머니 서잇다가 펄석 소홍이 아페 주저 안저서 두손을 잡고 얼굴을 드려다 보며

「자네 정을 내가 저버리지안홈세」

하고 말하엿다

이날밤에 꺽정이가 소홍이집에서 자는데 두사람이 다가치 정에 겨워서 잠이 오지 아니하야 건

밤을 새웟다 이튼날 식전 일어나기전 벼개우에서 꺽정이가 소홍이더러

「나는 오늘 시굴 가겟네」

하고 말하니 소홍이가 대번에

「나는 어떠케하구요」

하고 물엇다

「어수선한일을 다소간 정돈해노쿠 자네를 데려감세」

「이야기할께 만흐니 며칠 더 기시다 가서요」

「급한 볼일이 잇서」

「무슨 볼일이예요」

「그건 뭇지말게 자 고만 얼어나세」

꺽정이가 소홍이집에서 자리조반 먹고 바로 남소문안으로 와서 한온이보고 윤지숙이에게 분불이할것을 대강 이야기하고 박씨 원씨 김씨 세집으로 돌아다니며 급한일이 생겨서 시골을 간다고 말하고 서울서 떠나서 길에서 하루ㅅ밤 자고 그이튼날 청석골로 돌아왓다

꺽정이가 도회청에서 두령 두목 졸개들의 문안을 차례로 다 밧고 난뒤 늘근오가가 눈에 보이지안는것을 괴상히 녀겨서 엽교의에 안즌 서림이를 돌아보며

「오두령은 어듸 병이 낫소」

하고 물으니

「오두령부인이 병환이나서 대단하시다구 광복서 기별이와서 오두령이 허생원을 데리구 가셧습니다 가신지 벌서 삼사일 됏습니다」

서림이가 대답하엿다

「무순병이랍되까」

「저녁밥 자신것이 눌려서 병이 낫다니까 아마 관격이게지요」

「그럼 대단친 안흔게지」

「글세 모르겟습니다」

「조용이 의론좀 할일이잇스니 사랑으루들 갑시다」

꺽정이가 도회청에서 자긔사랑으로 올라오는데 신불출이 곽능통이 두시위(侍衛)는 좌우에서 부축하고 서림이 배돌석이 곽오주 길막봉이 김산이 다섯두령은 뒤를 따랏다

꺽정이가 신임(新任)봉산군수 윤지숙이 패ㅅ심한것을 여러두령에게 말하고 도임행차습격(襲擊)할계책을 서림이보고 의론하엿다 서림이의말이 목하 청석골서 큰일을내는것이 재미적은것은 고사하고 봉산 구관(舊官)박응천이 청석골ㅅ길을 피함인지 해주가서 인궤를 감사에게 바

치고 연안배천길로 서울을 올라갓단말이 잇스므로 신관(新官)도 십의팔구 먼저 해주가서 감사에게 연명하고 해주서 봉산으루 가기가 쉬운축 일하기는 좀불편하나 고양 과주 장단뭉지에 가서 목을 지키는것이 실수업스리라고하야 꺽정이가 그말을 올케듯고 고양혜음령에 가서 정상갑이 최관돌이패를 데리고 목을 지키기로 작정하고 혜음령에 갈사람을 정하려고하는데 여러두령이 너도 나도 다 가겟다고 자원하엿다

「내가 지정할껄 왜들 떠드느냐 가만이잇거라」

꺽정이가 여러두령을 꾸짓고

「돌석이 막봉이 산이 세사람은 나하구 가치 혜음령에 가구 오주는 서종사와가치 여기 남아잇거라」

하고 말을 일럿다

곽오주는 입만 실쭉할뿐이지 아무말도안코 서림이는 고개를 비틀고잇다가 아무리 생각해도 곽오주에게 성화를밧고 남아잇기가 실튼지

「임진대적하러 가는것이 아닌바엔 대장께서 친히 가실것이업지안씁니까 제가 한번 몸을 바더가지구 가면 어떠하오리까」

꺽정이의 의향을 품하야보앗다

「그때두 춥겟지만 내가 가야 분풀이를 톡톡이하지」

「작죄한놈은 치죄할때 손수 매질한다구 화풀이가 되겟니까」

「서종사가 봉산군수하구 나려 처음 짓구십소 아무리나 내대신 가보오」

서림이에게 꺽정이의 허락이 떨어지자 곽오주가 혼자말로

「대장형님이 서종사 말을 저러케 잘듯다간 언제든지 큰코 다칠때잇슬껄」

하고 중얼거려서

「무어야」

하고 꺽정이가 소리를 질럿다

봉산군수 도임행차를 습격할 자리와 습격하러 갈사람이 다 작정된뒤에 서림이가 졸개를 내보내서 탑고개동민에게 봉산신연하인이 지나가는것을 보거든 즉시와서 고하라고 긔별하엿더니 어제 벌서 지나갓다고 회보(回報)가 드러와서 서림이는 배돌석이 길막봉이 김산이 세두령과 가치 불불이 떠날 준비를 차리엇다

꺽정이가 신불출이와 곽능통이도 가치가라고 허락하야 네두령 두시위 여섯사람 일행이 모두 장사치들 모양을 차리기로 하고 물건짐들을 만드는데 신불출이 곽능통이 두사람질짐에는 왕때 갈량식을 갈러너코 서림이 배돌석이 김산이 세사람 질짐에는 갈어입을 의복과 용쓸무명을

조금씩 논하너코 걸막봉이 짐은 칼 활 화살 철편등 병장긔로 속을 채웟다

이날은 해가 이미 저물어서 떠날준비만 다해 노코 이튼날 식전에 일지기들 청석골서 떠낫다

여섯사람이 청석골서 떠나든날 림진나루 못미처 동자원(桐子院)와서 자고 이튼날식전 나루ㅅ가에 왓슬때 강건너의 배가 좀처럼 오지아니하야 사장에들안저서 한동안 늘어지게 쉬엇다 기다리기 진력이날지경에 배가 겨우 건너와서 타기까지하엿스나 사공이 행인 더 오기를 바라고 배를 띄우지아니하야 서림이가

「여보 고만 갑시다」

하고 재축하니 사공은 못들은체하고 잇섯다

「우리 여섯이 선가를 특별 후이 줄테니 어서 띄우」

사공이 서림이를 흘낏 돌아보며

「얼마나 줄라구 특별이 준다우」

하고 물엇다

「내가 선가 선셈하지」

서림이가 자긔짐에서 서총대 무명한필을 끄내서

「자 이거 선가루 바드우」

하고 사공을 주엇다 서총대무명이 백목만못한 나즌 무명이지만 그때 시세가 한필가지고 쌀을서너말 바꿀수 잇섯다 사공이 하루종일 배질하여도 쌀서너말거리가 생길지말지한것을 한번에바덧스니 입이딱버러저야 올컷만 이사공 욕심보아라 매매 교환(交換)에 만히쓰는 닷새무명을

「이거 석재아니요」

새를 낫잡아 싯뭇하게 말하엿다

「선가루 부족하우」

「부족한게아니라 북더무명이라두 새가 너무 국단말이요」

「자 갑시다」

「네」

사공이 사ㅅ대를 질럿다 배가 기픈물에 나와서 사ㅅ대를 누여노코 노질을 시작한뒤 사공이 서림이를 보고

「멀리 버리를 나가시우」

하고 물어서

「그럿소」

서림이가 대답하니

「버리는 잘해서 우리가튼 놈두 좀 먹여살리시구려」

말하고 껄껄 우섯다

「혼자먹구 살생각이 아니니까 배한번 타는데 무명한필씩 주지안쏘」

「서총대 한필이 무어가만쏘 삼사십년전가트면 쌀이 여덜아홉말이니까 만타구두 하겟지만」

「서말 쌀은 어듸요」

「전에는 닷새한필이면 명주 한필하구 맛바꾸든것이 지금은 안ㅅ집명주 한필을 바꾸재두 너덧필드는구려 시세가 얼마나 틀렷소」

「명주한필하구 맛바꿀때를 봣소」

「우리 여나믄살쩍 일인데 보다뿐이요」

「연세가 올에 며치시우」

「쉬지근해진지가 한참됏소」

「아들은 며치나 두엇소」

「아들하나 잇든것은 멀리갓구 어린 손자색기들뿐이요」

이런수작을 하는중에 배가 나루터가까이와서 사공이 다시 사ㅅ대질을하기 시작하엿다 서림이

가 배에서 나릴때 사공더러

「쉬 또봅시다」

하고 인사하니 사공은

「네」

대답한뒤

「언제든지 한필씩만 주시우 그러면 밤배라두 내드리리다」

말하고 또다시 껄껄 우섯다

여섯사람이 파주에 가까운 서작포(西作浦)를 거의다 왓슬때 행차 하나가 아페서 오는데 긔구가 굉장치는아니하나 전배 후배 사령들 늘어선것이 관행차가 분명하엿다

「저게 봉산아니까」

「글세 그런것갓소」

「그럼 낭패낫구려」

「어제 파주서 자구 오는모양이지」

「우리가 그적께쯤 혜음령 가 안저야 될뻔햇군」

「여기서 만낫스니 저걸 어떠케하우」

「참말루 봉산이면 우리두 여기서 되돌아서는수박게 업지」

여섯사람이 길은 비키느라고 길엽수풀아래 와서서 수군수군들 짓거리는중에 행차가 아프로 지나가는데 진사립쓰고 탐천릭입고 안장마우에 노피안저서 거드러거리는 냥반으 원인것갓고 갓을 숙여쓰고 반부담을타고 뒤에 떠러저 가는사람은 신연리방인것가텻다 서림이가 검산이더러 봉산신연행차인가 물어보라고하야 검산이가 길로나와서 반부담뒤에 따라가는 군노를보고

「이행차가 봉산신연행차아니요」

하고 물으니 군노는 말업시 고개를 끄떡하엿다

혜음령으로 장마지하러가는 봉산군수를 중로에서 만나서 예정하고온일이 다 틀리게되니 다른 다섯사람이 서림이만 치어다보는것은 고사하고 서림이까지도 별로 조흔계책이 생각나지 안허서 눈쌀을 찌프리고 쓴입맛을 다시다가 다섯사람을 보고

「봉산일행이 오늘 장단가서 중화하구 송두가서 숙소할것이요 봉산으루 바루갈것가트면 내일청석골서 일은 톡톡이 할쑤잇지만 해주루간다면 오늘 송두 가기전에 일은 색책으루라두 해야할텐데 심복골(心福洞)패를 불러내서 대추포(大秋浦)근처에서 해보거나 어룡포(魚龍浦)패를 모아가지구 널무니(板門)안에서 해봣스면 조켓지만 지금은 다불급될테니 소용업는 말이구 하는수업시 우리 임진가서 배탈때 혼단을내서 봉산군수를 망신이나 한번시키는수박

게업겟소」
하고 말하엿다 다섯사람중에 배돌석이가
「그러면 일이 싱겁지안소」
말하고 또 신불출이가
「대장께 죄책을 당하지안흐까요」
말하는것을 서림이는
「일이 벌서 잡잘하게 되기틀린걸 하는수 잇소 그러구 우리가 잘못해서 일이 예정대루 안됏슨세죄책을 당하지」
하고 두사람의 말을 한께 대답한뒤
「봉산군수를 아주 노쳐버리면 닥쫏던개 울 처다보게 될테니 얼른들 뒤쪼처갑시다」
하고 다른사람들보다 압서나섯다 여섯사람이 봉산군수를 멀지기 뒤따라오는중에 서림이가 김산이를 보고
「김두령 한거름 압서가서 혹시 봉산으로 바루가나 좀 물어보시우」
말을 일러서 김산이가 봉산행차뒤를 바짝가까이 쪼차가서 맨뒤에가는 군노와 느런이 가치 가며 서로 접어하는데 뒤떨어이 말우에서 뒤를 돌아보며 군노를 꾸지저서 군노는 달음질하야 아

프로 나가고 김산이만 뒤떠러젓다가 일행과 가치 석기게되엿다

「물어뵛소」

서림이 뭇는말에 김산이는

「해주감영으루 간답듸다」

하고 대답하엿다

봉산군수행차가 림진나루터에 다와서 군수는 말을 세우고 강색을 바라보고 리방은 말에서 나려와서 이것저것 보살피고 사령과군노들은 먼저와서 배기다리는 행인들을 모두 뒤로몰아내엇다 여섯사람이 나종와서 한여페 짐돌을버서노코 웅긋중긋 서잇다가 배가 떠나게 되자마자 봉산군수보다 먼저 배에 오르랴고 각각 짐작들을 치커들고 쪼차들어갓다 사령군노들이 일변 소리질러 야단치며 일변 가로막고 떠다밀엇다

「이눔들아 눈깔이 업느냐」

「다리뼉다귀들을 룽겨노키전에 얼른 저리 나가거라」

일부러 혼단을 내려고 하는사람들이 곱게오지안는말을 곱게바들리가 만무하다

「너눔들이 입진나루ㅅ배 도차지냐」

「냥반메세 작작해라 이눔들아」

그중의 서림이는 봉산군수의 골을 한것 질르려고

「쇠뿔러기가 천신만고해서 원맛을 보니까 맘에 곳 개국천가나 한상시픈게지 리기곳하게 괴광두 부린다」

하고 큰소리로 떠들엇다 배탈준비로 말에서나려섯는 봉산군수 윤지숙이 서림이의 떠드는소리 들듯고 과연 화가 충천하게 나서

「그놈들 모두 잡어묵거라」

하고 호령하니 뢰방이 원남뒤를 바더서

「그놈들은 잡어묵그랍신다 빨리 거행해라」

하고 소리를 질넛다 사령군노들이 여섯사람을 붓들려고 달려드는데 길막봉이가 집짝을 땅에 노코 다섯사람아페 나서서 달려드는 관속들을 가로막앗다 서림이가 자긔짐은 내던지고 길막봉이 짐을 들어다노코 잽새게 묵근것은 풀르고 더픈것은 열어제첫다 집속에 병장긔가 가두든것을 윤지숙이 나려다보고 장사치들이 도둑놈의 괘인줄은 짐작하고 하인손에서 고삐를 뺏듯이 잡아채서 말은 칩더타며 곳 혼자 오든길로 도망질을 첫다

봉산관속들이 원님의 도망하는것을 보고 모두 각각 들고뛰엇다

「배두령 빨리 군수놈을 쪼처가서 혼뜨검을 내구 오시우」

서림이가 말하야 배돌석이는 장달음은 노하서 윤지숙의 뒤를 쪼찻다 윤지숙이 어마지두 놀란바람에 정신업시 말을노하 도망하다가 놀란마음이 조금 가러안즈며 꼿 도망하는것이 창피한생각이 나서 처음에 말을 천천이 걸리고 나중에 말을 아주 멈추고 나무터로 도루 갈까말까 망서리는중에

「이놈 게잇거라」

호통소리가 뒤에서 들려서 고개를 도리키고 쪼차오는놈을 돌아보는데 한쪽 광대뼈에서 딱소리가나며 정신이 잠시 앗질하엿다 어느결에 고개는 아프로 돌아왓고 한손은 올라가서 광대뼈를눌럿섯다 뒤떨미와 등ㅅ줄기와 냥쪽억개ㅅ죽지가 뜨끔뜨끔한때 비로소 광대뼈에도 돌팔매를 어더마진줄 짐작하엿다 안장우에 납작 업드려서 한손으로 말갈기를 움켜잡고 또 한손으로 말고삐를 잡아채엇다 말이 별안간 뒤를 소치며 냅다 뛰어서 하마터면 떨어질것을 말잘타는덕으로 겨우 면하엿다 닷는말에 채질을할텐데 채ㅅ죽이 업서 성화가낫섯다 돌팔매치는놈이 뒤쪼차오지안는것도 모르고 업드린채 오는중에 몸이거북하야 꼿꼿이 일어안저서 허리를 재며 둘러보니 서작포동네가 바로 지쳐에잇섯다 동네아페 박힌 샘물ㅅ가에서 푸정귀를 씻는 녀편네들이

「아이구 저거 웬일이야」

「아까 지나가시든 원님인데 어듸서 저러케 되섯슬까」

「피루성이가 되섯네 아이구 가엽서라」

짓거리는소리들을 듯고 자긔아들 살펴본즉 손바닥에도 피요 천릭압섭에도 피요 말갈기에까지 핀데 갈기의피는 손에서 무든 모양이엇다 얼굴이 보기흉악할것을 생각하고 말은 세우고 샘에 나려와서 손을 씻고 손수건을 물에 적시어서 아픈 광대뼈만 쌔노코 얼굴은 닥고 천릭압섭을 대강문질르는데 녀편네들이 눈도 뻰쩔 떠주고 얼굴에 닥글데도 가르처주고 천릭압섭도 문질르기 조토록 잡아경겨주엇다 샘물흘러가는 도랑에 와서 물을먹는말이 저도 씻겨달라는듯이 뒤를 돌려대는데 보니 한편뒤ㅅ다리 붉그러진마듸에 돌뿔매를 마저서 피가비쳣섯다

윤지숙은 한시각이라도 빨리 파주목사를 차저보고 말하려고 서작포에서 잠ㅅ간 지체하 고 바로 파주읍으로 달려갓다

봉산군수 도임행차와 장사치로 변장한 적당사이에 시비나는 광경을 림진나루 진군(津軍)수십명이 목도들하엿건만 관원도 무섭고 적당도 무서운까닭게 말성스러운일에는 참견안는것이 제일이란듯이 술슬 다피하고 더구나 다른행인들은 나루터 근처에도 오지아니하엿다

서림이등 다섯사람이 나루터를 차지하다시피하고잇다가 윤지숙이를 쪼차 갓든 배돌석이가 돌아온뒤에 강을건너가려고 사공을 불르니 사공들이 다 어듸가서 숨엇는지 대답이업섯다 여섯

사람중 김산이가 조곰 배를 저을줄 안다고하야 그대로 어떠케 건너가보려고 배들을타고 김산이 시켜 배를띄우게 할즈음에 언덕우에서 배를 가만노하두라고 부르짓는소리가 나서 처다들본즉 건너올때 무명한필 바든 사공이 거기 서잇섯다 나려오라고 손짓하여도 나려오지 아니하야 서림이가 쪼차올라갓다

「칼을 가지구와서 겨누면서 가자구하면 내가 건너다주리다」

사공의 말이 뒤에 발뺌거리작만인줄 서림이는 선뜻 짐작하고 사공은 붓들고서서 배를 나려다보며

「신시위 곽시위 환두 하나씩 가지구 이리들 올라오」

하고 소리첫다 사공이 서림이더러

「이번에두 선가는 후이 내야하우」

하고 말하야 서림이는 우스면서 건너올때의 곱절로 무명두필을주마고 허락하엿다 신불출 와곽능통이가 올라와서 서림이 시키는대로 날이 번쩍번쩍하는 환도들을 빼어들고 사공을 냥쪽에서 잡아 끌고 나려왓다

여섯사람이 림진나루를 건너서 장단ㅅ길로 오다가 길에서 심복골패의 괴수노릇하는 사람을만나서 그사람에게 술대접을 밧게되엇는데 술먹으며 이야기들하는동안에 해가저무러서 그날밤

신복골서 자고 이튿날 청석골로 돌아오는길에 봉산군수가 장단읍에 와서숙소하고 간것과 파
주병방이 장교사령 삼사십명을 령솔하고 장단까지 배행한것은 장단읍내 사람에게 이야기듯고
알엇다

여섯사람이 청석골 떠나지 사흘만에 되돌아왓나 이떠케 빨리들 올줄 생각못한 꺽정이는 여섯
이 사랑아프로 들어오는것은 방안에서내다보고

「웬일들이야」

하고 괴이쩍게 물엇다 여섯사람중 두시위는 마루에서고 네두령은 방에 들어와서 각각 꺽정이
에게 문안을한뒤 서림이가 전에안든 자리에 와안저서 날ㅅ자 불급으로 일이 애정과가티 되지
못한 사연을 말하니 꺽정이가 화가 나서 서림이의 말을 긋까지 다 듯지도안코

「대신 간다구 주적대구 가서 일을 그따위루하구 왓서」

하고 큰소리로 꾸지젓다

「날ㅅ자불급이야 어떠케하는수 잇습니까」

「중노에서 만낫스면 만난데서 해볼께지 날ㅅ자가 무슨놈의날ㅅ자야」

「줄제 중노에서 만나서 일은 어떠케할수가 잇서야지요」

「관속들은 후두들겨 쫏처버리구 윤가놈을 말께서 끌어나려서 대번에 처죽이든지 처죽이지

안효면 어듸한군대 병신이라두 만들어 보내지 그걸 못해」

「백주대로에 그런일하기는 어렵지 안습니까」

「하기어려우면 숫제 고만두지 임진까지 무어하러 따러와」

「배탈때 시비를 부터가지구 망신을 주는수박게 별도리가 업슬줄루 생각이 들엇섯습니다」

「윤가놈이 얼뜬게 도망질을 처서 제가 제망신을햇지 만일 임진진군들하구 합력해가지구 잡으러 들엇스면 어떠케 할뻔햇노 어듸 말좀 해보라구」

「하여튼 이번에 윤가가 망신두 톡톡이햇지만 배두령 돌풀매에 혼두 단단이 낫슬줄 압니다」

「그래두 잘햇다구 하는말인가」

「잘햇단말슴은 아니올시다」

「담당하구간 일을 잘못하구 왓스면 석고대죄(席藁待罪)라두 할것이지 뻔뻔스럽게 무슨 말인고」

꺽정이의 언성은 처음보다 나저저서 예사말소리와 거의 다름이 업스나 긔색은 점점 더험하야 바로보기가 어려웟다 꺽정이의 화가 꼭두까지 난때는 이러하엿다 만일 긔색을 살피지안코 언성만 듯고 화가 가러안진줄로 알엇다가는 큰코다치는수가 만타 서림이는 이것을 잘아는까닭게 꺽정이의 말대로 석고대죄를하는것이 화바지가 덜될줄생각하고

「이번일이 잘못된건 모두 재죄올시다 다른 사람은 죄가 업습니다 이것만은 룡속해주시기를 바랍니다」

말하고 곳일어나 박그로 나와서 공석을 갓다가 계하에 깔고 공석우에 꿀어업드렷나 서림이가 대죄를 드리는데 가만이 잇슬수가 업든지 다른사람들도 모두 계하에 나려가서 서림이와 가치 굴복들하엿다 여섯사람이 대죄하는것을 보고 꺽정이의 긔색이 비로소 적이 풀리엇다

「서종사는 모중에 유공한사람이라 서종사두봐서 모두 용서하니 그리알구 다들일어나지라」

꺽정이가 여섯사람의 일잘못한것은 곳 용서하엿스나 윤지숙에게 톡톡이 톡톡이못한것은 끈히 마음에 불쾌하엿다 불쾌하게 며칠동안 지내는중에 소흥이를 보고시픈 생각이 불현듯이 나서 또 다시 서울을 올라가려고 내일쯤 떠나겟다고 여러두령에게 말까지 하엿슬때 황천왕동이가 광복산에서 와서 오두령부인이 오늘새벽에 상사낫다고 흉보(凶報)를 전하엿다

오두령의 마누라가 서체(暑滯)로 몹시알코난뒤 지위가저서 병병하는중에 오두령이 토끼한마리를 붓들어와서 점심에 토끼고기를 복가먹엇는데 그것이 체하엿든지 저녁때부터 토사를 시작하야 밤ㅅ중까지 쉴새업시 토하고사하고 진긔가 다빠저서 새벽에 숨이 지는데 마치 거품잣듯하엿다하고 허생원이 처음에보고 곽란(霍亂)에 뗨난것이 조치안타고 그리면서 약몃첩 쓰다가 나중에는 맥의 위긔(胃氣)가 떨어저서 구할수업다고 약도 쓰려고하지아니하야 오두령이 허생

원의 멱살을잡고 날치기까지하엿고 오두령이 마누라의송장을 빼처노코 가진녀두리를 다하며 몸부림을처서 수시도할수업는까닭게 여러사람이 다른방으로 끌고와서 붓들고잇다시피하고 박두령부인이 친모녀와 다름업다고 머리를 푸는데 배두령 부인도 수양딸은 일반이라고 박두령부인과가치 발상을하엿다고 황천왕동이가 초상전후의 듯고본것을 꺽정이 이하 여러두령에게 대강 이야기한뒤 꺽정이를보고

「이두령형님이 형님께 여쭈라구 하는말이잇습듸다 우리중의 초종치르는 절차를 잘알사람이 서종사니 서종사를 곳보내주섯스면 조켓구 또 박두령이 의루매진 사위래두 남과는 다르니 장전에 오두룩 긔별해주섯스면 조켓구 그러구 법석(法席)을 차릴래두 광복서는 중을 청할수업스니 여기서 청해보내주섯스면 조켓다구 합듸다」

하고 말하니 꺽정이는 고개를 끄덕끄덕하엿다

「법석버릴 중을 속히 보내주서야할껄이요」

서림이의 말을듯고 꺽정이가 황천왕동이더러

「네가 내일 쌍봉사(雙鳳寺)에 가서 주장중을 차저보구 내말루 법석시킬중들을 곳 보내달라구해라」

하고 말을 일럿다

「저는 내일석전에 광복으루 도루 가야겟는걸이요」
「왜」
「수의가 여기잇다구 가지구 오라구 합듸다」
「수의는 다른아이해 보내지 네가 꼭 가지구갈게 무어잇늬」
「대소렴이 급하다구 오늘루 다녀오라구까지 말하는데요」
「오두령내외 미리짜둔 관이 여기잇슬텐데 관두 네가 지구갈테냐」
「그걸 누가 지구가요 광복서두 그런말들을 하기에 내가 못한다구 말햇세요 우선 쓸관은 거기서 박관으루라두 째이구 미리짜둔 관은 여기와서 쓴다구합듸다」
「여기와서 쓰다니」
「죽은이가 전ㅅ번 알을때 죽거든 청석골 갓다무더달라구 미리 유언을 햇다나요 그래서 장사는 여기와서 지내기루한답듸다」
「오두령이 자긔 신후지지 정하기 겸해서 여기 갓다무드려구하는게지 구지 그러케 하구십다면 막을건업지만 죽어서 땅속에 무치는건만두 상팔ㅅ잔줄을 모르는소리다」
꺽정이의 서글픈 말끄테 다른두령들은 모두 회심하야하는데 곽오주 혼자 듸식은도안케녀기며
「사람이 한번 죽으면 고만이지 죽은뒤ㅅ일을 누가아우 달구질을하거나 먼가래를 치거나 까

막까지 밥이되거나 죽은사람이 알배매기가무어요」

하고 무뚝뚝한 말소리로 짓거리엇다 꺽정이가 서글프게 우스면서

「네말이 올타」

하고 말하니

「형님이 내말두 올케들으실때가 잇네」

하고 곽오주는 어른에게 칭찬바든 아이들처럼 조하하엿다

꺽정이가 서울ㅅ길을 중지하고 청석골 안저서 광복산 초상뒤ㅅ일을 보아주엇다 천신산(天神山) 쌍봉사 중들을 청해다가 서림이 배돌석이 두사람더러 데리고 가라고하고 황천왕동이를 수의갓다두고 다시 오라고하야 평안도 박유복이에게 긔별하러 보내고 점산이를 주장시켜서 장사때 소입될물품을 미비가업두록 미리 준비하게하는데 장사ㅅ날하루는 두령 두목 졸개를 죄다 흰옷 입히고 두건 쓰인다고 의차(衣次)무명과 두건감북포(北布)를 만히구해드리게하엿다 모든준비에 광복산 긔별을 들어야할일도잇고 또 청석골서 긔별해줄일도 잇서서 거름잘것는 황천왕동이를 두쪽에 내어도 부족할판인데 평안도를 넉넉잡고 닷새에 다녀온다고 말하고 간사람이 닷새곱절 열흘이 다 되도록 오지아니하야 혹시 중로에서 무슨일이 생겻는지 몰라서 꺽정이가 궁금한 마음을 참지못하야 두목중 영리한 사람하나를 다시 평안도에 보내려고 하든

차에 열흘되든날저녁때 황천왕동이와 박유복이가 동행하야 들어왓다 황천왕동이가 박유복이 가서잇는 양덕 고수덕(古樹德)을 이틀에 차저가고 하루를 묵고 박유복이와 가치떠나서 일혜만에 들어온까닭게 래왕 열흘이 걸린것이엇다 꺽정이가 황천왕동이더려 먼저 오지안헛다고 꾸지람하는데 박유복이가 칠백여리 먼길을 혼자 오기 심심해서 먼저 오려고 하는것을 억지로 붓들어서 동행하엿다고 황천왕동이의 발을 빼주어서 꺽정이의 꾸지람이 길지아니하엿다

박유복이가 평안도에 가서 맹산 두무산(豆無山)에는 삼십여간 큰집 한채와 삼간 초막 열채를 지어노핫고 고수덕에는 큰집을 방금 짓는중인데 떠나오든전날 상량(上樑)하엿고 성천은 회산(檜山)에 터만 보아두엇섯다 박유복이의 역사시킨 이야기를 꺽정이가 다 들은뒤에

『네가 업다구 일들을 홍동거리지나아니하까』

하고 물으니

『다른 체일루 알구하니까 그럴리 업습니다』

박유복이가 대답하엿다

『회산에 마저 집을 짓자면 아프루도 달포넘어걸리겟구나』

『한달 걸리다뿐입니까 그런데 부비쓰라구 주신 무명으루 고수덕 역사를 겨우 마치게되구

회산부비는 통으루 덕이업습니다 그동안 부비쓴 하긔(下記)를 한벌뎍거다가 보시게할것인데 총총이 떠나오느라구 못해가지구 왓습니다』

『부비야 드는대루 쓰는게지 회산역사에 쓸부비가 업스면 보내주든지 가지구가든지 네 생각대루해라 그러구 네가 가지구쓰는데 하긔는 봐 무어하겟니 이뒤에라두 일부러 하긔뎍거올것업다』

『형님댁일두 아니구 도중일을 그러케해서 쓰겟습니까』

『고지식한사람이다』

『고지식하다시니 말슴이지만 저의이종매가 양덕읍근처에서 사는데 사는꼴이망칙합듸다 그래서 상목몃필 쓰구시픈걸 못썻습니다』

『네생각엔 그게 잘한일인상시프냐』

『역사를 다하구 남는것이면 집어주구와서 말슴해두 조켓지만 역사에 쓸것두 부족한데 집어줄수가 잇습니까』

『네가 몃필 쓰셋스면 그동안 역사를 중지하게되엇슬까 그만 변통ㅅ성이 업스니까 고지식한사람이란말이다 이담에 갈때 한목 따루가지구가서 너의 이종매를 발빈시켜주어라』

『집을 지어서 비어두면 못쓸텐데 그절 어떠게하실랍니까 무무산 집두 지금비어잇습니다 고수덕 집이 다된뒤에 저의 이종매를 빌려주어두 조켓습니까」

「그건 안된다 각처 집잇는데는 아주 졸개들을 십여명씩 보내둘테다」

「그것들 먹구입을건 여기서 일일이 대주시렵니까」

「저이들더러 버리해 먹으라지 그걸 누가 귀찬케 대준단말이냐 버리를할쑤업다면 따비 바티라두 일구라지」

「두무산에서 일껀 지어노흔새집을 텅 비어노쿠 나오는데 맘에 공연이 애석한생각이나든 구먼이요 그래서 고수덕집이 다되거든 이종매라두 드려볼까 생각햇섯습니다」

박유복이는 꺽정이와 이런이야기를 하다가 꺽정이 사랑에서 자고 이튿날 또 다시 황천왕동이와 동행하야 광복산으로 갓다

오가마누라의 초상은 광복산에서 입관하고 성복하고 법석하고 그곳에 초빈하야 두엇다가 장사ㅅ날 며칠 전긔하야 청석골로 운구하야 왓다 서림이가 날을볼줄 알어서 장택(葬擇)도 내고 또 산을 볼줄안다고 장지도 잡앗다 초종부터 양례(襄禮)까지 모든절차를 서림이가 분별하는데 아는것도 잇거니와 모르는것도 알거냥하야 성복날을 택일하는것이 조타고 사일을 느려서 륙일에 시키고 칠월보름께 초상이나고 팔월초생에 장사를 지내서 그동안이 한이십일 될까말까 한데 유월이장(踰月而葬)이라니 달만 넘으면 장사지내는것이 례법이라고 말하고 명정(銘

旌)은 오두령부인 원주원씨지구(原州元氏之柩)라고 쓰고 판상(棺上)은 명정가티 가추쓰지안하도 조타고 그저 원씨지구라고만 썻다 이런일이 한두가지 아니엇스나 다른 두령들은 모두서종사가 어련이 잘알아하랴 밋고 의심하지아니하엿다

장사ㅅ날 하관시(下棺時)가 사시(巳時)라 한나지 되기전에 평토하고 제 지내고 봉분까지라도 만들것인데 오가로하야 일이 얼마가 느저젓다 매사에 뒤스럭스럽고 헌감스러운 오가의 버릇이 슬픔에도 나타나서 하관하고 횡대를 더프려고할때 광중에 뛰어들어가서 관우에 들어누으며 자긔를 한께 무더달라고 부르지젓다 일하는 졸개들이 뫼서내려다 못하야 두령들이 끌어내는데 발버둥이를처서 횡대럭을 만치 헐엇다 간신이 끌어내노흔 오가가 횡대를 미처 다덥기전에 또 뛰어들어가서 횡대우에 누어서 디굴디굴 굴엇다 꺽정이가 오가의 하는꼴을 보려고 일하는 졸개들더러

「오두령 소원대루 고려장을 지내드려라」

말하고 졸개들이 주저하는것을

「왜 빨리 끌어못지못하느냐」

하고 호령하엿다 어느 명이라고 거역하랴 가래질이 시작되엇다 삼물(三物)반죽한것이 아래ㅅ도리에 떨어질때는 오가가 눈을 뜨고 번드시 누어잇더니 웃도리에 떨어지자 눈을감고 모루누

엇다 박유복이가 차마 보다 못하야 광중에 들어가서

「망녕 부리지 말구 나가십시다」

하고 손을잡아 일으키니 오가는 순순이 일어나서 박유복이 끄는대로 못이기는체하고 끌려나왓다 달구질군들이 구슬픈노래를 먹이고바들때 벌서 한나지 지낫섯다

꺽정이는 여러두령들보다 먼저 산에서 나려와서 사랑에 누어잇는중에 리봉학이와 서림이가 서로 웃고 짓거리며 사랑으로 들어왓다 꺽정이가 닐어안즈며

「무어 우수운일이 잇서」

하고 물으니

「오두령이야기를하구 우섯습니다」

리봉학이가 대답하엿다

「오두령이 또 무슨 해거를 부렷나」

「아니요 그저 혼나간 사람처럼 멀거니 안젓습듸다」

「그럼 무에 우수어」

「서종사가 실업슨말루 사람을 웃깁니다」

「무슨 실업는말 나두 좀듯구 우서봅시다」

꺽정이가 서림이를 보고 말하엿다
「남편죽는데 따러죽는 여편네를 열녀타구하니 안해 죽는데 따러죽는 사내는 열남이 아니겟습니까 오두령이 박두령의 헤살루 죽지는못햇서두 그만하면 열남으루치구 정문을 세워줘두 조치안켓습니까 그래서 오두령 집에 정문세울 공론을 햇습니다」
서림이의 실업슨 말을 리봉학이는 되풀이로 듯고도 허리를 잡도록 우수운데 꺽정이는 겨우빙그레할뿐이엇다
「형님 열남정문이란말이 우습지안습니까」
「그 열남이 며칠가랴 소첩이나 하나 어더주면 허겁지겁 할테지」
「오두령나이 올에 쉰셋이라두 절문사람가티 피둥피둥하니까 아푸루 사람이잇서야할걸이오」
「십여년 아래되는 나버더두 외려 절머보이니까」
「절머보일른진 몰라두 이마의 주름ㅅ살은 형님보다 되려 적을겝니다」
「내이마의 주름ㅅ살은 노래의 선생님버더 더햇스니까 말할것두업지」
「형님은 아이적부터 상을 지푸리기 잘하서서 주름ㅅ살이 일직 구덧세요」
「그게 백정의 아들인표적이다」
「유복이가 두어달 객지고생에 이마의 주름ㅅ살이 갑자기 만허젓습듸다」

리봉학이가 말을 달리돌리자 서림이가 곳 그말끄를 다러서

「박두령의 고생을 리두령께서 좀 나눠하시면 어떨까요」

하고 꺽정이보고 물엇다

「이번에 평안도를 바꿔보내란말이요」

「그랫스면 조흘것 갓습니다」

「당치안흔 소리요 일을시키든 사람이 마저시켜야지」

「그러면 리두령께서 황주까지만 가치가서두 조켓습니다」

「조혼일이 대체 무어요」

「대접밧구 공노자쓰구 잘하면 역사에쓸 부비까지라두 뜨더가지구 갈 도리가 잇습니다」

하고 서림이가 그도리를 자세히 말하니 꺽정이는 고개를 년해 끄덕거리엇다

「유복이 혼자가선 안될까」

「박두령은 너무 변사가 업서서 일을 잡기가 쉽습니다」

「내가 유복이를 데리구 가보구십소」

「대장께서 가서두 조치만 윤지숙이를 보시구 화를 내시면 낭패아닙니까」

「윤지숙이의 술을 어더먹으면 화가 잇드래두 풀리겟소」

「그럼 한번 행차해보시지요」

이때마침 다른두령들이 산에서 나려오는데 박유복이는 오가를 데리고가고 오지아니하야 꺽정이가 박유복이를 불러다가 언제 떠날라느냐 물어서 속히 떠나겟다는 대답을 듣은뒤

「속히라구 할것업시 내일 곳떠나두룩하구 그러구 서종사하구 의론해서 행장을 차리게해라」

하고 말을 일럿다

황해감사 전전등내는 평산사람 신희복(愼希復)이니 선산(先山)과 전장이 평산 사매천(賜梅川)에 잇서서 청석골패에게 보복을 밧기쉬운까닭에 청석골패가 관하각군(管下各郡)에 횡행하여도 어름어름하야 더퍼두고 지내다가 마침내 대계(臺啓)를 만나서 갈려갓고 전등내는 성명이 리탁(李鐸)이니 조정에서 별택하야 보낸 인물인만큼 천품이 관후하되 무능하지안코 처사(處事)가 원만하나 풍력(風力)이 잇서서 꺽정이도 다소간 긔탄(忌憚)하는 마음이 업지아니하야 진즉 갈려가기를 바랏는데 십륙삭(十六朔)만에 겨우 갈리고 그대(代)에 류지선(柳智善)이 감사로난지 이때아직 일삭(一朔)미만인데 사람은 딱쇠요 속은 먹통이라고 선성이나서 관하이십사관(二十四官)수령중에 벌서부터 코아래진상할 물품을 구하는사람이 한둘이 아니엇다

평산부사 장효범(蔣孝範)이 감영에가서 연명(延命)하고 온뒤 한번 조용히 리방을 불러가지고

「이애 이번 관찰사사또는 무어시든지 인정으로 드리는걸 조와하신다는데 누가 보든지 선뜻

눈에 뜨일만한 물건이 무엇이 조켓느냐」

하고 의론성잇게 뭇엇다

「글세올시다 곳의 소산(所産)이 변변한게 잇서야합지요」

「그러키에 너더러 좀 생각해보란말이다」

「보산(寶山)청숫돌은 황해도내에서 나는데가 여기외에 우봉(牛峯)뿐이올시다 귀한 물건인지요만 그것만가지구는 안되겟습지요」

「그럼 그까지 숫돌이 무어 눈에 뜨일께 잇느냐」

리방이 고개를 기우리고 한참 생각하다가

「일등 사냥ㅅ군들을 뽑아가지구 호랭이 사냥을 시켜서 호피를 보내시면 어떠하오리까」

하고 의견을 내서 부사에게 취품하니 부사는

「그거 조켓다」

하고 말한뒤

「그러면 사냥을 네가 마터서 시키두룩해라」

하고 분부하엿다

이삼일 지난뒤 일업는 저녁때 부사가 리방을 불러서 사냥시키는 이야기를 듯는중에 관노 하나

가 삼문박게서 들어와서 통인방으로 가는모양이더니 얼마만에 수통인이 동헌방에 나와서

「감사사또의 종제(從弟)됩시는 유도사나리와 감사사또의 친척됩시는 박참봉나리가 평양 구경을 가시는결에 오늘 읍에와서 숙소를하시는데 밤에 잠깐 들어와 뵈입겟다구 하인을 보내섯답니다」

하고 부사께 말슴을 알외엿다

「감사사또의 사촌과친척이 읍에 왓단말이냐」

「네」

부사가 리방을보고

「네가 친이 가서 내 전갈을 해라 원노에 안녕이들 오셧습니까구 석후에 내가 나가뵈입겟습니다구」

하고 말을 일럿다

리방이 하인을따라 나와서 사처방 아페 들어서자마자 감짝놀라고 한참만에 문안을 드리고 부사의 전갈을 옴기엇다 방안의 냥반한분이 하인을 불러서 가까이 들어와섯는 그집사람들을 박그로 내물리고 리방과 한동안 조용히 수작하엿다 리방이 다시 관가에 들어와서 부사께 답전갈을 여쭌뒤

「이번 손님을 잘 대섭해보내시면 보람이 호피만 못지안흘듯하외다」

하고 말하니 부사는 끄개를 끄덕이엇다

「저녁전에 다담상 하나를 내보내시는게 조흘것 갓소이다」

「빨리 관청색을 불러서 지금 다담한상을 차려 내보내구 잇다 나 나가잇슬때 주안상 하나를 잘차려 내보내라구 일러라」

저녁전에 다담상을 내보낼때 부사가 통인에게 전갈하야 보내고 저녁후에 부사가 통인누엇마 데리고 걸어서 사처를 차저나왓다

부사가 통인하나를 먼저 드려보내서 연통하야 사처방에 과탈하고 안젓든 냥반들이 분분히 의관을 정제하고 부사를 나와 마젓다 선후를 서로 사양하다가 류도사는 부사의 아플서고 박참봉은 부사의 뒤를 따라 방으로 들어와서 각각 좌정한뒤 초면인사들을하엿다 감사의종제 류일선(柳一善)은 나이사십세요 감사의척제(戚弟)박대중(朴大中)은 나이 삼십구세라 부사의 년배(年輩)들이엇다 인사수작을 마치고 부사가 방안을 둘러보며

「방이 대단 비좁구려」

하고 말하니

「그때두 이집에선 이방이 제일 크다는갑듸다」

류도사가 대답하엿다

「엇재 이런집에 사처를 정하셧소」

「사처를 빌려준다니까 아무데나 들엇지요」

「내게루들 들어가서 주므시는게 조켓소」

「하루ㅅ밤 자구갈텐데 번폐스럽게 옴길것업소」

「주므실때 다시 나오시드래두 내게 들어가서 이야기들 하십세다」

부사가 류도사와 박참봉을 끌고 도루관가로 들어왓다 동헌방아래ㅅ목에 널직널직 자리를잡고 안존뒤에 부사가 류도사를보고

「평양구경을 가시는 길이라지요」

하고 물엇다

「네 그럿소」

「해주서 평양을 가자면 재령이나 봉산으루 나가는게 직노(直路)인데 엇재 이리작노들이 되셧소」

「해주서 가는길이아니구 서울서 가는길이요」

「엇재 해주를 안가시구 평양을 가신단말슴이요」

「종형 도임할때 따러가서 해주는 구경햇소」

「평양을 가실테면 해주서 바루 가시지 왜 서울을 올라갓다 다시 가시우 해주평양간은 불과 삼백니길인데 해주서 서울 삼백팔십니 서울서 평양 오백오십니 근철니ㅅ길을 둘러가신 단말이요 걸다니기를 매우 조와하시는 모양이구려」

「해주갓슬때는 평양구경이 념두에두 업섯소 서울은 올라간뒤에 평안감사의 놀러나려오란서간을 바더보구 불현듯이 구경갈생각이 나서 저사람을 끌구 나선길이요 저사람이 해주를 가저로라구하니까 평양구경하구 해주루 갈까생각하우」

「평양감사와 친하시우」

「네 우리 동네어른이요」

부사와 류도사사이에 이런수작이 잇슨뒤 주인손 세사람이 여러가지 세상이야기들을 하엿는데 세사람이라야 박참봉은 간간이 한두마듸씩 말참네를 할뿐이엇다

왕세자 관례가 가까웟는데 세자빈 간택은 말썽업시되엇는치 서원부원군(瑞原府院君、尹元衡의 君號)이 자긔딸의 시누이 황씨가(黃氏家)색씨를 억지로 간택에 뽑히게하느라고 색씨의 사주를 협잡으로 고첫다는 소문이 낭자하나 참말 그런짓을하엿슬까 하여간 서원부원군까달그로간택에 말썽이 생긴모양인데 례조(禮曹)거행이 태만(怠慢)하다고 례조의 관서이하 여러 관원이

모두 대계(臺啓)를 만낫스니 일이 우습다고 서울소문도 이야기를하고 금년 한재(旱災)가심하여 팔도가 다 흉년인모양이나 냥서(兩西)는 년년흉년에 백성이 살수업슬지경이라고 시골년사도 이야기를하고 또 칠월이후로 꽁지달린 별이 자주 보이든중에 사오일전 팔월초하루ㅅ날밤사경오경에 별똥누는것이 사방에서 비오듯하엿스니 이것이 필시 조치못한 징조(徵兆)라고 재변(災變)도 이야기를하엿다 어느사이에 밤이 들엇다 부사가 통인을 불러서 주안ㅅ상을 드리라고 분부하엿다 한동안 지난뒤에 떡벌어지게차린주안ㅅ상을 통인들이 맛들어 드려왓다 처음에는 통인들이 술ㅅ잔을 부엇스나 송도순배로 잔을년해돌려서 여나믄잔 돌려먹은뒤부터는 술ㅅ잔을 친히들부어서 새로주고 밧고하엿다 부사가 술이 언간히 취하엿슬때 류도사와 박참봉을 돌라보며

「여보게 우리 서루 허교(許交)들하세」

하고 말하니 사람이 진득해보이는 박참봉은 되켜선뜻

「조흔말일세」

하고 대답하는데 호걸남자로 생긴 류도사는 허허 웃기만하고 대답이업섯다

「노형은 나하구 허교하기가실소」

부사의 뇌까리는말도 류도사는 대척안코 또 허허 웃기만하야 부사가 성이 나서

「말이 말갓지안쏘 엇재웃소」

하고 세미를 째며엇따

류도사가 쳔연덕스럽게

「호반친구가 좀 창피하지만 떠줌세」

하고 말하야 부사는 떠온 성이 나서

「창피라니 봉변이러군」

옴메인소리를하며 술ㅅ자리에서 뒤로 물러나안젓다

「우리더러 술을 고맙먹으란말인가 주인된도리에 그럴수가 잇나 이사람 이리 들어안께」

「홍당지쪽들이 호반을 업신녀기드니 남행뿌스터기까지 차차루 못된본을 떠가거든 아니꼬웃

일두 다만치」

「자네 속시원하게 말할꺼 나두 루필(投筆)한 사람일세」

「무어야 그럼 호반친구란 웬 소린가」

「자네 성내는게 우수어서 그런소리를 해봣지」

「그러면 내가 벗하자는데 왜 우섯나」

「우리들이 황해감사의 결찌가 아니라면 평산부사가 초면에 벗을하자겟나 그래서 우섯네」

「예 이사람 알만한처지면 일면여구(一面如舊)지 초면 구면이 웨 잇슬까」

성이낫든 부사가 그동안에 석연하게 풀리어서

「자 술이나 더먹세」

하고 다시 술ㅅ자리로 들어안젓다

술이 식어서 다시 데워오고 또 술이 업서저서 새로 드려왓다 주인과 손이 권커니 자커니 술들을 먹는중에 밤이 기퍼저서 시중드는 통인들 눈에 잠이 가득하엿다 통인들이 손님을 민주고주만 녀길때에 술ㅅ상이 겨우 끄티낫다 부사가 류도사더러

「여기 볼건 별루업지만 이삼일 놀다 가게」

하고 말하니 박참봉이 먼저

「아니야 내일 가야해」

대답하고 류도사는 그다음에

「아프루 갈견이 머니까」

하고 박참봉 대답에 주를 달엇다

「그래 내일 꼭 떠날텐가」

「떠나겟네」

「그럼 아침들이나 나하구 가치먹구 느직해서 떠나게」

류도사가 그럴듯키하다가

「여기서 늣게떠나면 내일 숙소참이 어슨낀이요」

하는 박참봉의말을 듯고

「아침까지 가치먹으나 마나 마찬가지니 그대루 일직 떠나겟네」

하고 부사에게 대답하엿다

「자네네들이 일직 떠나면 나는 식전 조사까달게 나가보기두 어려우니 그건 너무 섭섭하지 안혼가」

「이담에 서울서 만나세그려」

「아프루 만날날이야 만켓지만 작별하기가 섭섭하단말일세 평양서 어느때쯤 해주루 오겟나 해주올때를 알면 하인이라두 하나 보냄세」

「평양가서 며칠 묵게될지 그건 가봐야 알겟네」

「평양기생에게 반하면 멧달이 될른지두 모르나」

「기생 노리채줄껀 자네가 뒤대려나」

「어렵지안흔 일일세 그대신 해주와서 종씨영감께 공송이나 잘해주게」

『평산술갑술 해주가서 낼테니 념려말게』

부사와 류도사가 마주보고 웃는데 박참봉도 여페서 따라우섯다

류도사와 박참봉이 사처에나와자고 이튼날식전 자리에서 일어나기전에 통인하나가 나와서 밤사이 안녕히들 주무셧느냐 부사의 전갈로 뭇고가고 소세하고 조반들먹을때 관노하나가 상목열필 묵근것을 지고나오는데 리방이 따라나와서 약소하나마 객지비용에 보태쓰라고 부사의전갈을 옴긴뒤 따로 은근히 원로에 조심들하라고 당부하고가고 떠날림시야 장교들이 부사의 몸을 바더가지고 전송하러 나와서 멀리 보산역말(寶山驛)까지 배행하엿다

보산역말에사는 사냥ㅅ군들이 호랑이를 잡으려고 성악산(省岳山)기슭게 합정을 파노핫섯는데 이날식전에 합정을 가서본뒤 호랑이 발ㅅ자국을 차즈려고 산속으로 한동안 돌아 다니다가 집으로들 돌아오는길에 냥반의행차를 만나서 길을 비키엇다 행차의과구는 장할것이업서서 안장마하나 반부담하나 마부둘 하인둘뿐이나 마부와하인들의길을 휩쓰는것과 말탄냥반들의 거드럭거리는폼이 무슨 별성(別星)행차만 못지아니하엿다 사냥ㅅ군들이 그행차를 지내노코오면서

『나는 꼭 속앗네』

『나두 처음엔 서울냥반들로 알엇서』

『안장말타구 아페가는게 대장이지』

「대장이 친이 나갈젠 무슨 큰일하러 가는가베」

이런말들을 서로짓거리엇다

사냥ㅅ군들이 보산역말을 다와서 주막거리를 지나가다가 인면잇는 장교들이 주막마루에 안젓는것을 보고 한사람이 먼저 인사썽으로

「엇재들 나오섯소」

하고 묻자 다른한사람이 곳 그뒤를 대어서 작난쪼로

「누구를 잡으러 나왓소」

하고 물엇다 장교한사람이 눈을 흡겨뜨고 바라보며

「자네가 걸렷다네」

하고 말하는데 말하는것이 조금도 거짓갓지아니하야 그사냥ㅅ군의 얼굴에 당황한 기색이 나타낫다

「내가 무슨죄가 잇서서 걸려요」

「자네 어떤 냥반님네게 발악한일이 잇나」

「그런일은 꿈에두 업소」

「그래두 어떤냥반이 자네를 처죄해달라구 원님께 청한모양이든데」

「그 눈깔빠질놈의 냥반이 대체 누구요」

「그건 몰라」

「옵네 싸전고삿 신생원댁 아니요」

그 사냥ㅅ군이 한참 생각해보다가 물엇다

「신생원께 무슨 작죄를햇나」

「신생원이 이월초생에 장끼 한마리 사먹은 갑슬 이때까지 안주기에 요전에 가서 말 몃마듸 한일은잇소」

「필시 불공설화를 한겔세그려」

「아주 떼먹을테냐구 말한것박게 불공스럽게 한말이업소」

「냥반들아페 기침 한번 크게한것두 죄루몰면 죄가되니까 장끼갑졸른것이 죄가되어 잡혓는지두 모르겟네」

「그만일에 잡어갈것 무엇잇소 인정으루 모면을 좀 시켜주구려」

「자네대신 우리더러 넙치가 되란말인가 그건 안되겟네」

「공연이 그러지마시우」

「공연이라니 자네가 예사루 걸렷스면 우리가 둘색 나오겟나 생각해보게」

「술한턱 낼테니 인정좀 쓰시우」

「글세 안된다니까 그래」

「집에 산저담(山猪膽)이 두보잇는데 신발갑스루 한보씩 드리리다」

이때것 손으로 입을 막고안젓든 다른장교가 입에서 손을떼고 그사냥ㅅ군더러

「나는 자네가 꽤 약은줄 알엇드니 얼뜨기가 짝이업네그려」

하고 우슴반 말반으로 말하는데 먼저 장교가 동무장교 억개를 특치며

「입아귀를 달려서 간신이 어더노은 산저담을 사네가 터처버리네그려」

말하고 둘이함께 껄껄 우섯다 잡혀갈까 겁이낫든 사냥ㅅ군이 장교에게 놀림바든줄을 깨닷고

「예 여보 사람을 그러케 속인단말이요」

하고책망하니

「인사 잘못하면 더러 속어 싸지」

그 장교가 대꾸하엿다

「내가 무얼 인살 잘못햇소」

「무얼 잘못햇느냐 가르처줄까 우리를 보구 안녕이 나오섯습니까 인사하든지 그러치안흐면 무슨일루 나오섯습니까 인사할것이지 누구를 잡으러나왓소가 무언가 우지는 사람만 잡으러

다니는 사람인가」

동무일을 념려하야 가지안코 섯든 다른 사냥ㅅ군이 장교듣안즌 마루끄테 와서 걸터안즈며

「참말 무슨일루들 나오섯소」

하모 다시 물으니

「서울손님 천송하러왓네」

사람순작한 장교가 대답하엿다

「서울손님은 어듸갓소」

「지금 자네네들 오는길에 말타구가는 냥반들을 만낫겟지 그손님들일세」

「그손님들이 누구요」

「새감사의 지친들이라네」

놀랍바든 사냥ㅅ군이 마루아페와 서잇다가 이장교의 말을 듯고 하하 웃고서

「잘 속엇소 잘 속엇서 남을 속이드니 잘코사니요」

놀리든 장교의얼굴을 드려다보며 빈정거리엇다

「무어야 속다니」

「그게 서울손님 아닙듸다」

「서울손님이 아니라니 무슨소린가」

「청석골 대장입듸다」

「꺽정이란말인가」

「두번 말할꺼잇소」

「거짓뿌렁 아니지」

「나는 누구처럼 거짓뿌렁할줄 모루」

「자네두 적당과 한통속인겔세 그려」

「누굴 죽일라구 그런말을 하시우 나하구 저사람하구 금교역말 아는친구를 차저갓슬때 두석산속에 사냥을 나갓다가 적굴에 잡혀가서 그날 사냥한 토끼두마리 노루한마리 다뺏기구 목숨만 살어나온일이 잇소」

장교들이 사냥ㅅ군의 말을듯고 보산서 즉시 읍으로 들어오고 읍에 들어오는길로 바로 관가에 들어와서 부사께 이사연을 알외엇다 부사는 어이가 업서서 한참동안 말을 못하다가 급하게 전인을 띄워서 서흥부사에게 긔별해줄까 생각하고 리방을 불러서 의론하니 리방의 말이 사냥ㅅ군의 종업는말을 준신할수도업거니와 설혹 준신할만하더라도 도적괴수가 평산왓슬때 잡지 못하고 서흥이나 봉산에가서 잡히게되면 공은 남에게 밀어주고 우사는 혼자 차지하시는 셈이니 숫재 서흥 봉산 황주각군에서는 어떠케들 하나 두고보시는것이 조흘것갓나고하야 부사가 딕방의말을 울케듯고 감사의사촌이 도적의 과수란말을 쓸어더퍼두고 말앗다
류도사의 일행은 평산서 떠나든날 서흥와서 숙소하엿다 사처잡고 들어인즌뒤 평산서와 가티 하인하나를 관가에· 드려보내서 석후에 부사를 차저본다고 선성을 노핫더니 부사가 그 하인을 불러드려서 여러가지 말 물어본뒤
『내가 감긔ㅅ기운이잇서서 나가뵈입든 못하나 석후에 들어들오시면 만나 뵈입겟다구 가서 말슴해라』
일러보내고 따로 통인하나도 내보내지안는것이 벌서 평산가튼 후대는 바라기가 어려웟다 하인이 관가에 다녀나와서 부사가 여러가지말을 뭇더라고 말할때 무슨 말을 뭇더냐고 류도사가 물어보앗다
『택호가 무엇이냐 나리들 연세가 얼마시냐 어듸들 가시느냐 감영에서 오시느냐 서울서오시느냐 서울댁 동명이 무엇이냐 별걸 다 뭇습듸다』
『그래 다 대답햇느냐』
『뭇는대루 다 대답햇습지오 서울댁 동명을 물을때 남소문안이라구 대답햇습드니 부사가 남소문안을 잘모로는지 남소문안이야하구 고개를 비틀어 꼿습듸다』

「박게 나가잇저라」

하인을 내보낸뒤 류도사는 박참봉을 보고

「하인들이 제멋대루 수습업시 짓거리지못하게 조용이 한번 일러두게」

하고 말하엿다

저녁밥들 먹고 한동안 지난뒤 류도사와 박참봉이 부사를 만나려 관가로 들어왓다 부사가 망건은 안쓰고 탕건우에 갓만 쓰고 웃옷까지 입고도 천의를 둘르고 안저잇다가 손들이 방안에들어서는것을 보고 비로소 통인들의 부축으로 자리에서 일어섯다 이때 서흥부사 김연(金堧)은 환진갑 다지난로인이라 술이취한것가튼 불그레한 얼굴에 은실을 느린것가튼 힌수염이 서로 비치어서 풍신이 조핫다 무과출신(武科出身)의 일개수령(一個守令)이로되 풍신은 훌륭한 로재상과가텃다 박참봉은 그풍신대접으로라도 절한번하고 시펏스나 류도사하는대로 따라 그대로 안저서 입인사를 하엿다

「노형 년기가 올에 며치시요」

「내나인 몃살안됩니다 갓마흔입니다」

「저 노형은」

「설흔아홉입니다」

「나는 올에 예순닐곱이요」

부사가 하인에게 물어본 나이들을 다시 뭇고 또 자긔의 나이를 분명히 말하는속에 나이 자세하는 틔가 보이엇다 년치가 이십세이상 틀리니 년존장인데 인사할때 절안코 입인사하고 자칭을 시생이라하지안코 나라고하는것이 감사의 친척이라고 방자이 꾀부리는것이거나 그러치 안호면 자긔를 호반이라고 나뻬대접하는것이거니 주인은 손들을 미타하게 녀기고 나ㅅ살먹엇다고 바로 저드림을 부리는것이 어쭙지안코 갓지안어서 손들은 주인을 괘씸하게 생각하야 수작이 잘어울리지 안는까닭게 주인손 세사람이 한참씩 덤덤이 안저잇섯다 꾸어다 노흔 보리ㅅ자루가티 우두머니안젓는것이 싱겁기가 짝이업서서 류도사가 사처로 나가겟다고 말을내니 부사는 주인된 체면에 안되엇든지

「술들이나 한잔씩 자시구 나가시지 나는 감긔루 먹지못하지만」

대작안코 술을먹이려고하엿다 부사가 여폐섯는 통인더러 약주한상 차려드리게하라고 일르는것을 류도사가 고만두라고 말하고 박참봉과 한께 닐어낫다

이튼날 식전에도 부사가 전갈한번아니하엿다 류도사가 하인을 보내서 리방을 불러다가

「너의 원님께가서 상목 십여필만 우리를 꾸어 주시면 우리가 서울가서 부처 뜨러거나 해주감영에서 보내드리두록하마구 말슴좀해라 용처는 말슴안해두 조켓지만 평양가서 쓸것이다」

르색을하엿더니 리방이 관가에 들어가서 한동안 느러지게 잇다가 서총대무명 다섯필을 가지고 나와서

『상목 십여필은 갑자기 변통할수가 업서 못보내드리니 미안합니다구 이것이 약소하나마 노비에 보태씁시사구』

부사의 전갈을 하자마자 곳 류도사는 큰소리로 하인들을 불러서 리방을 맨땅에 잡아꿀리고

『우리가 너의골에 비렁질을왓드래두 대접을 이러케는 못할께다 너는 죄가 업지만 매를 좀 마저라 그러구 너의원님께 가서 죄업시 매마졋다구 하소연해라』

하고 꾸중한뒤 하인들을 호령하야 리방은 멍석마테 매로 매를 십여개치고 서총대무명은 리방보는데서 짓발바버리게하엿다

류도사가 리방은 사이에 너코 부사를 욕보인뒤 바로 서흥서 떠나서 봉산으로 향하엿다 칠십리 길이 그다지 멀지도 안커니와 늦게 떠난가량하고 길을 조여온까닭게 봉산읍에 들어올때 해가 아직 노피잇섯다 장터 결ㅅ가집하나를 골라서 사처를 정하고 이때까지 해온전례대로 하인을 관가에 드려보내서 저녁후에 군수를 찾겟다고 선성을 노케하엿더니 하인이 나올때 아전하나가 따라나와서 문안하고 저의말로 안전께서 지금아무일도업스시니 곳 들어가서 만나시는게 조켓다고하야 류도사와 박참봉이 그아전을 압세우고 저녁전에 관가로 들어왓다 군수 윤지

숙이얼굴은 끼끗하게 생겻스나 왼쪽 광대뼈에 고약을 부처서 룩낭이 틀려보이엇다 초면의 인사수작들이 끗난뒤에 군수가 류도사를보고 해주서 오느냐 봉산은 처음 오느냐 서울집이 어느동네냐 서울 누구를 아느냐 모르느냐 이런말을 대답하기 성가시도록 가지가지 물어서 류도사는 대강대강 대답하고 군수의 뭇는말이 끈친틈에

「얼굴에 고약을 부치셧스니 면종이 나셧소」

하고 물으니 군수가 구렁이 담넘어가듯

「대단친안호나 뼈끄티 되어서 잘낫지안는구려」

대답하고 더캐어 뭇지못하게 하는 의사인지 얼른 다른수작을 꺼내엇다」

「사처를 조용한 쳐소루 옴기면 어떠켓소」

군수가 뭇는데

「옴겨두 조쿠 안옴겨두 좃소」

류도사가 두동싸게 대답한즉 군수는 옴기라고 더 권하지안코 수통인을 불러서

「내가 아까 일른말잇지 그대루 지휘해라」

하고 분부하엿다 밋도끗도업는 군수의 분부가 다담ㅅ상을 미리일러둔것이려니 류도사는 지레짐작하엿더니 다담ㅅ상은 소식이업고 방안은 어두워서 초ㅅ불을 켜게되엇다 류도사가 박참봉

을 붙아보며 사쳐료 나가자교 말하니 군수가 손을 내저으며

「가마니들 기시우 좀잇다 니하구가치 재사쳐루 갑시다」

하고 말히엿다

「재사쳐라니」

「사쳐를 옴겨두 조타구하시지 안헛소」

「글세 옴겨두 조치만 인제 언제 옴기겟소」

「내가 새사쳐붇 정하구 행구룰 옴기라구 일러노핫소」

군수의 하는짓이 좀 건방지나 호의인것은 틀림업는뜻하야

「우리가 절에간 색씨붇이 되엇구려」

하고 류도사는 우섯다 거미구에 수풍연에 놀어와서 저의 원님께

「분부대루 거행햇소이다」

하고 여쭈니 군수가 고개를 끄덕인뒤 류도사와 박참봉을 보고

「재루정한 사처가 어떤가 우리 가치가봅시다」

하고 먼저 닐어서서 류도사와 박참봉도 군수를 따라 닐어섯다

재루정한 사쳐란 동헌뒤에잇는 책실(冊室)인데 방둘 마루하나잇는 조그만 딴채집이엇다 깨

긋한 새자리를 잡고 청심백이 매초를 꺼노흔 책실 큰방에 들어와서 군수가 류도사와 박참봉을 돌아보며

「사처방이 어떳소 맘에들 드시우」

하고 물은다음에

「관청은 식두 맛갓지안치만 그래두 정허옵식버더는 좀 나흘듯해서 사처는 이리 옴기구 하인들만 먼저 잡은사처에서 묵게하려구 맘은 먹구 들어오시기들전에 미리 일러두엇섯소」

하고 말하야 류도사는 우스면서

「손들을 편하게 해주는건 후대지만 손불을 놀려므시 속인건 박대니 치사해야 올쏘 원망해야올쏘」

하고 우스개로 대답하엿다 군수가 뒤따리온 통인더러 저녁상을 곳 드리라고 말하야 얼마아니잇다가 저녁밥 두반상이 들어와서 류도사와 박참봉이 먹기시작한뒤 군수는 동헌으로 올라갓다

저녁후에 군수가 올라오라고 청하야 류도사와 박참봉이 동헌에와서보니 · 기생이 여럿이잇섯다 주인과 손이 정당한 담화를하는것보다 기생들과 석겨 허튼수작을 만히 하는중에 어느듯 밤이 들엇다

군수가 기생들을 시켜서 주안상을 드리게한뒤 주인과 손이 다가치 의관을 파탈하고 술을먹기시작하엿는데 술과 안주는 평산쪽만 못하면 못하지 나을것이업스나 시중 드는기집들의 히고보드러운손이 술맛을 도뎌서 류도사와 박참봉은 마음이 흐뭇들하엿다 얼굴 반수그레한 기생들을 하나는 류도사에게 또하나는 박참봉에게 수청들라고 군수가 일러서 그 기생들이 류도사와 박참봉에게 각각 특별히 친근하게구럿다 박참봉은 마음이 흐뭇한중 일층더 흐뭇하엿스나 류도사는 자긔에게 돌아온 기생이 눈에 들지안는건 아니지만 자긔마음대로 골르라지안코 목을 지어주는것이 마음에 싯부엇다 군수가 술이 거나하게 취한뒤부터 갓지안흔 헛소리를 만히하야 듯기에 괴란할지경이나 극진한 대접을 밧는처지에 구태어 무안줄것이업서서 류도사는 한손노코 흥흥 코대답하엿다 군수가 건방진 수작도 만히하고 실업슨 소리도 간간이하되 평산부사장효범과가티 허교는 청하지아니하므로 류도사가 먼저

「여보게 우리 벗하세 그려」

하고 말한즉 군수는 선뜻 대답을 아니하고 한참 생각하다가

「내가 이때까지 문관이나 남행하구 벗한일이 업는데 자네들 하구는 벗하겟네 나루는 파격일세」

하고 대답하엿다

「자네가 문관과 남행을 나빠보나」

「피장파장이지」

「왼세상이 다 호반을 나빠보는걸 자네혼자 노피보면 노파지나」

「호반이 엇재 나쁜가 까닭모를일이니 까닭글 알거든 말좀해보게」

「호반에 사람가튼것이 업는까닭기겟지」

「무엇이야 호반에 사람이 업다니 그런말 함부루 못하네 우리 태조대왕께서두 려조(麗朝) 호반이실세」

「누가 고려ㅅ적일 말하나 지금 세상 말이지」

「근세(近世)루 말하드래두 우선정국원훈(靖國元勳)평성부원군(平城府院君、朴元宗의君號)이 호반이아닌가 올 사월에 돌아간 장판윤장(張判尹丈、張彦良)이 어떠한 인물인건 자네들 들어라두 알겟지 그러구 지금 량산(梁山)군수 장필무(張弼武)가튼 사람은 세상에서 잘모르지만 일대인걸(一代人傑)일세 그런데 오십지년(五十之年)에 일개군수루 썩네 썩어 그 외에두 남치근(南致勤)남포장(南捕將)이며 김세완(金世澣)김병사(金兵使)며 호반에 인물만치 문관이나 남행을 두룸올 녁그면 그런인물하나를 당할줄아나 호반에 사람이업다니 그게 말인가 무언가」

군수는 얼굴에 피ㅅ대를 올리고 떠드는데 류도사는 우스며 듯다가

「윤지숙 윤봉산두 그 인불름에 한목 끼겟네그려」

하고 조롱하야 말하니

「이사람이 누굴 놀리는셈인가」

하고 군수가 골을 펄쩍 내엇다

「주인이 골을내면 손이 미안스럽지 안흔가」

「조롱을 밧구 골안낼 사람이 어듸잇담」

「조롱이 무슨 조롱인가 자네가 그래 인불루 남지군이나 김세완이만 못하단말인가」

「내말을 거기 언질까닭기 무언가」

「자네루 해서 말이 낫거든」

「호반을 보구 호반에 사람이 엽다구말하니 그게사람을 과짱청이 맨드는수작이 아닌가」

「나두 호반명색인세」

「아니 자네가 루필햇단말인가」

「그랫네」

「그러면 그러치 자네가톤 사내마운 사내가 호반출신이 아니라면 변이지 그런데 내가서운잇

술때 자네말을 영 못듯엇서 하여튼 우리가 만나기가 느젓네」

군수의 얼굴에 화긔가 가득하야젓다

「자네들 여기서 며칠 놀다가게 나두 도임한지가 얼마안돼서 아직 구경을 못햇지만 이골에 조흔경치가 만타네」

「평양에다가 가마구 긔별한 날ㅅ자가잇서서 곳 가야겟네」

「딴소리 말게 못가네」

「아니야 곳 가야해」

「내일하루만이라두 더 묵어가게」

「그럼 내일 조흔경치나 구경시켜주게」

류도사와 박참봉은 봉산서 하루 묵기로 작정하고 이날밤 닭울녁까지 군수와가치 술들은 먹엇다 구경다닐 공론이 처음낫슬때 류도사가 기생들더러 어듸구경이 제일조흐냐 물엇더니 혹은 봉황대(鳳凰臺)가 유명하다고 말하고 혹은 량릭봉(兩翼峯)이 긔특하다고 말하고 또 혹은수동(水洞)이신긔하다고 말하고 그외에도 라한동(羅漢洞)경치가 조타 령천(靈泉)약물이 조타 부엉바위룡추가 조타 조타고 말하는데가 하두만하서 하루에는 다 구경할 가망이 업섯다 군수는 구경을 숫제고만두고 환취루(環翠樓)에서 하루놀자고 하는것을 류도사가 이왕이니 어듸든지

구경을 가자고 말하야 휴류성(鵂鶹城)과 신룡담(神龍潭)을 구경하고 봉황대까지 나가서 대아래서 천렵(川獵)하고 놀다가오기로 작정들하엿다

이튿날 아침전에 군수가 이날공사를 대강 마치고 아침이 지난뒤 봉황대아래서 천렵하고 점심먹도록 준비를 차려노호라고 분부하야 아전 사령 관노 관비 십여명사람을 봉황대로 바로보내는데 술시중할 기생들과 심부름할 통인들도 먼저가서 등대하고잇스라고 한께보내고 군수는류도사 박참봉 두손과 가치 말들을 타고 마부 하인 륙칠명을 데리고 휴류성으로 향하엿다 군수의말은 부연털에 손바박가튼 붉군점이 듬성듬성 박인 얼룩인데 귀가 뾰죽하고 눈이 모진것이 엽ㅅ귀가 잇서보이고 다리가 날씬하고 굽이 노픈것이 거름을 잘하게 생겨서 말볼줄아는 사람이면 누가 보든 탐낼만하고 류도사의 말은 절다요 박참봉의 말은 백다인데 절다는 잘 생기든못하엿서도 그대로 탈만하지마는 백다는 모색(毛色)만 깨끗할뿐이지 몸이 질둔하게 생긴데다가 서흥서 봉산으로 오는길에 길울보지안코 한눈 팔다가 돌사닥다리에서 굽하나를 몹시 접질리더니 그굽을 아직도 아껴드듸고 안장까지 제것이아니라 등에 잘맛지안는지 몸을 년해 뒤흔들엇다 읍박게 나온뒤부터 탄사람들이 모두 자견을하야 말들이 견마잡이에게 성가심을 밧지안케되니 얼룩이가 절다빼다와 한데 섭쓸려가기 창피하다는듯이 들고달아나서 절다는 쪼차가려고 가할거름을 것다가 네굽까지 노코 백다는 허덕허덕하다가 고만 지처버려서 까마케 뒤떨

어것다 군수가 손들과 하인놈을 뒤떨어트리고 혼자 뛰가는것이 체모에 틀려서 말을 억제하야 세우고 기다리는중에 류도사가 쪼차와서 말을 멈치며 곳

「자네말 나좀 빌려주게」

하고 청하엿다

「빌리다니 바꿔타잔 말인가」

「아니 평양까지 타구가게 빌려달란 말일세」

「내말은 말을 썩잘타는사람이아니면 타기가 어려운걸 놈이 성질이 순하지안허서 견마를 잡히면 거름을 안것구 자견을하면 제어하기 어렵구 사람 애먹이네」

「그건 념녀말구 빌려만주게」

「그러구 내가 쉬 감영에를 갈텔세」

「언제 갈텐가 내일모레는 안가겟지」

「얼굴의 고약만 메어버리면 곳갈테야」

「내가 평양가서 하인하나를 곳 올려보낼테니까 이틀가구 이틀오구 넉넉잡구 닷새동안만 빌려주게」

「빌려준대두 자네가 잘탈는지 모르겟네」

「봉황대까지 가는데 나하구 말을 바꿔타세 그럼알겟지」

「어듸 그러케해보세」

군수와 류도사가 다각기 말께서 나릴때 마부와 하인들이 쪼차오고 다시 얼마동안 지난뒤에 박참봉이 겨우 따라왓다

류도사가 군수의말은 바꿔타고 혼자 달려오는데 길을 몰라서 마산(馬山)가는 길로 얼마큼 오다가 길ㅅ가의 농군에게 물어서 길잘못든줄을 알고 길을 자세히 배워가지고 오느라고 지체도 만히하고 길도만히 돌앗건만 휴류성에 올때 뒤에 떨어젓던 일행과 어금비금 가치왓다 휴류성온 신라(新羅)ㅅ적에 싸핫다는 녯성이라 석축이 태반이나 무너젓섯다 성ㅅ자리를 대강둘러보고 신룡담으로 향하려고할때 군수가 류도사더러

「이번에는 빨리 달리지말구 천천이 걸려보게」

취재보듯 말하는것이 류도사마음에 아니꼬왓스나 말을 빌욕심에 군수의 말대로 천천이 걸리엇다 빨리가려고 애쓰는말을 빨리가지 못하게 제어하는데 수단이 익숙하야 순하지안흔말이 순한말가티 잘 복종하엿다

「자네 말타는것이 법수가잇네 내말을 빌려줄테니 닷새긔한은 넘기지말게 내가 말을 하루한번 못보면 맘이 한구석이 빈것가테」

「나두 말을 사랑하는까닭게 자네가 사랑하는 말을 빌려준다는것이 조만정분이 아닌줄 짐작하네」

류도사와 군수는 길이 좁고 넓븐것을 따라서 말을 압뒤로 세우기도하고 또 나란이 세우기도하며 신룡담까지 가치왓다

룡추에 물기피는 의례 명주실이 몃구리씩 풀리는법이라 침침한 물미테 잠겨잇는 룡을 사람의 눈으로 볼수는 업지만 더러운 물건이 룡추에 빠질때 물박그로 밀어내는것이 룡의 조화라고한다 이것은 어느룡추든지 도항정 매일반이나 신룡담의 룡은 다른대 이므기와 달라서 신통을부리고 녕검을 보인다고 신룡담사(神龍潭祠)란 사당집까지 지어노코 일군백성(一郡百姓)이 모두 위하는것이 다른 룡추에는 별로 입는일이엇다 일행이 신룡담에서 지체한뒤에는 바로 봉황대로 나오는데 관하인들을 아페 내세워서 길을 치우며 나왓다

봉황대는 이름이 노피난가량하면 경치가 실상하치안흐나 서흥강(瑞興江)과 은파천(銀波川)의 여러줄기가 얼기설기 얼켯다가 재녕강(載寧江)과 합하야 구비처서 흐르는곳에 넓븐들이 봉산재녕 두골에 걸처열리어서 대우에 노피서서 사방을 바라볼때 눈아플 가로막는것이업서 서원하엿다 시원할맛에 박참봉은 주저안는것을 류도사와 군수가 다가치 나려가자고 재촉하야 물ㅅ가에 차일치고 자리깔어 노흔곳으로 나려와서 기생들의 소리도듯고 기생들과 우스개도하다

가 고기잡이들이 그물질로 잡아낸 펄펄뛰는 생선을 회만들어서 술안주도하고 지지미로 밥반찬도하야 점심밥들을 달게먹엇는데 그중 류도사는 군수나 박참봉보다 몃곱절 만히먹엇다 군수가 류도사를 보고

「자네 원력이 세지」

하고 물으니 류도사는 우스면서

「글세 장정한둘은 거느릴쑤잇겟지」

하고 대답하엿다

「자네 신익(申翼)신첨사를 아나」

「나는 안면업서 그건 웨 뭇나」

「그가 원력이 장사지」

「긔운꼴이나 쓰면 세상에선 의례 장사라구하느니」

「아니 신첨사는 참말 장사야」

「그가 장산것을 자네 눈으루 본일잇나」

「내눈으루 본일은업지만 그가 장사루 발신하게된것은 다들 잘아는일이니까」

류도사는 신첨사의 내력을 알지못하지만 군수가 다들 잘아는일이라고 말하는것은 웃기가창피

하야 맑은 더하지아니하는데 박참봉이 군수더러

「다들 안대두 나는 모르니 어듸 신첨사이야기 좀 들어보세」

하고 말하엿다

「신첨사가 일저 무명씨 신선달루 청과(靑坡)배다리 여페서살때 어느날 병판(兵判)행차가나오는데 신선달이 길에 나섯다가 벽제(辟除)소리를 듯구 길을 비킨다는것이 미처 잘비키지못해서 전배 긔수(旗手)에게 욕을보구 분하니까 그긔수를 번쩍 들어서 개굴창에다 처박앗드라네 다른 병판가텃드면 신선달을 초축엄시겻겟지 그때병판 류전(柳塡)류판서는 호긔잇는 냥반이라 신선달을 일부러 불러보구 문안에 들어오는길루 우에 알외구서 바루 선천(宣薦)을 더주엇다네 그래 신선달이 선전관을 어더햇네 그런데 또 작년 재작년 오월인가배 우에서 농사짓는걸 봅시려구 서교(西郊)에 거둥합섯는데 별안간 광풍(狂風)이 닐어나며 우에서 안저기신 막차(幕次)의 차일끈이 끈허저서 차일이한편으루 너머백히는것을 신선전이 마침 가까이잇다가 끈허진 끈을 붓잡어쳥겨서 너머백히지안헛다네 그래 벼슬이 자꾸 올라서 지금 어듸첨사루잇네 우에서 장사루 압서서 특별이 발탁(拔擢)해 줍시니까 열마안가서 병수사(兵水使)를 할껠세」

「그까지 힘이 무에 장사란말인가」

「저사람 보게 정정하니 번쩍 들어서 동댕이치는것두 그리 쉽지안치만 바람이 쓰러트리는 차일을 한손으루 붓들어서 바루세우는게 여간 긔운가지구 될줄이나 더구나 궐내차일이 이되 이따위 차일인가 유착스럽게 크지」

「우리 형님에게 대면」

「이사람들아」

류도사가 박참봉의 말을 부질뜨리고

「경치구경하러와서 이야기하구 안젓는건 기생데리구 떠먹는거나 마찬가지 운치업는짓일세 박게나가서 시원한 바람이나 쏘이세」

하고 먼저 닐어서니 박참봉도 따라닐어섯다

군수가 손들과가치 늪ㅅ가에와서 거니는데 기생 통인들도 뒤를 따라다니엇다 다시 그물질을 시키고 고기잡는 구경을하다가 저녁때 다 되어서 읍으로들 돌어왓다

이날밤에 군수가 또 술을먹자고 동헌으로 청하는데 박참봉은 곤하다고 초저녁부터 수청기생을 데리고 지긔의 침소인 적우방에 건너가서 일직자고 류도사만 혼자 술대접을 바덧다 군수가 술을 여나문잔 대작한뒤부터 년해하품을하더니 마침내 안저박이지 못하고 술상여패 드러누어 코를 골아서 류도사는 기생들만 데리고 술을 먹다가 나중에 술한병 마른안주 한두접시

기생들에게 돌려가지고 자긔 사처방으로 나려와서 하병술을 마저 돌내뒤에 기생들과 그대로 가치잣다 이튼날 류도사와 박참봉이 봉산서 떠나는데 류도사가 군수의 말을 빌어타게된까닭게 박참봉타고온 말은 반부담우에 하인의 걸머젓든 짐들을 주어 언저서 아주 복마(卜馬)를 만들엇다 군수가 마부까지 주며 데리고가서 말을 주어보내라고 하는것은 류도사가 하인하나를 서울집에 올려보내는 슌귀편(順歸便)에 말을 돌려보낼테니 념려말라고 마부는 고만두게하엿다

봉산읍에서 이십리 사인암(舍人巖)을 지나오니 여기는 황주땅이라 황주관속들이 마중을 나와서 등대하고잇섯다 봉산통방(通房)에서 전날 방위사통(防僞私通)을 노하서 감사의 사촌이 오는줄을 황주서 미리 알엇든것이다 관속들이 말머리에 느런이서서 일제히 문안을 드린뒤에 그중의 아전하나가 류도사를 처다보며

「마침 사또 안기신데 행차합서서 재미가 업스시겟소이다」

하고 말하엿다

「너이 사또 어듸 가셧느냐」

「서울ㅅ댁에 행차하셧소이다」

「관판나리는 기시겟지」

「네 기십니다」

「그럼 관판나리나 잠ㅅ간 만나보구 가겟다」

류도사와 박참봉이 황주관속들을 전후로 느러세우고 황주 성안에 들어와서 관판은 만나본즉 할수업는 교리삭은 샌님이라 데리고 말할잡이도 못되고 국물을 울려낼 건덕지도 업스므로 점심한끼만 어더먹고 황주읍에서 삼십리 구현원(駒峴院)와서 숙소하엿다 여기는 평안도 중화(中和)땅이니 평안감사 새로올때 신구감사(新舊監司)의 교대(交代)하는 곳이다

류도사와 박참봉은 밤중까지 이야기를 하느라고 잠을 별로 안잣건만 그이튼날 첫새벽에 일어낫다 조반을 재촉하야 먹은뒤에 길든은 떠나는데 박참봉은 하인마부 네사람을 다 데리고 평양길로 가고 류도사는 말을 자겨하고 혼자 황주ㅅ길로 도루왓다 다른사람들 보기에는 황주근방 냥반이 먼길하는 정분 조흔친구를 평안도 초입까지 가지와서 작별하고 돌아가는것과 가텃다 류도사가 황주읍에를 왓슬때 전날 사인암으로 마중나왓든 사령하나가 길ㅅ거리에 섯다가 깜짝놀라는것을 겻눈으로 보앗지만 사령이 와서 알은체할사이업시 말을달려 지나왓다 동선역(洞仙驛)에 와서 해를 처다본즉 점심때는 아직 멀엇스나 말의배를 채워주려고 길ㅅ가집아페 말을세우고 주인을 불러내서 상목으로 셈할테니 점심한끼해주겟느냐 물어보앗다 사람양식과 말먹이를 통히 안가지고 두자상목 십여필만 견대에 너허서 말안장뒤에 달고온까닭이다 주인

이 뭇는말은 대답안코

「어제 황주루 가시든 손님아니십니까」

하고 되물엇다

「그래」

「엇재도루 오십니까」

「급한볼일이 잇서 도루오네」

「네 급한볼일루 도루 오세요 점심때가 상기 멀엇는데 어느재 점심을 잡수시렵니까」

「조반을 설치구 왓서」

「읍이 얼마안되는데 읍에 들어가서서 잡수시지요」

「점심을 못해주겟단 말인가」

「아니요 해달라시면 해드립지요만 찬이 업서놔서」

「찬은 장건건이만해두 조쿠 그러구 사람버덤두 말을 잘먹여주게」

류도사가 그집에서 상목 두어끗을 주고 마사람이 다가치 배를 든든히 불린뒤에 먹은것이 자위돌동안 박게 나와서 말을 가찰하야 몸둥이도 글거주고 갈기도 씨다듬어주고하다가 다지타고 봉산읍으로 달려왓다 류도사가 봉산장터 한바닥을 꾀뚤코나오며 좌우를 돌라보아도 관수하나 눈에 뜨이지 아니하엿다 서홍가는 길목까지 거의 다 나오다가 홀제 말머리를 도리커서 관가를 향하고 들어왓다 말이 눈에익은 홍살문을 바라볼때 대가리를 치켜들고 으홍소리를 질럿다 작청(作廳)아패박힌 둥그나무아래 사령서넛이 안저잇다가 말소리를 듯고 부지런히들 쪼자나가나 류도사는 말을 세우고 사령들 오기를 기다리엇다 사령들이 말머리에 와서 허리들을 굽신굽신한뒤

「나리 웬 일이십니까」

「엇재 도루 오셧습니까」

「평양행차를 고만두시기루 파의 하셧습니까」

제각기 한마듸씩 뭇고 다가치 류도사를 처다들보는데

「이놈들아 이눈깔 업는놈들아」

류도사 입에서 까닭업는 호령이 나와서 사령들은 어리둥절하엿다

「나를 유도산줄루 아느냐 아놈들아 내가 임꺽정이다 임꺽정이야」

꺽정이란 이름이 마른하늘의 벼락치는 소리만 못지아니하야 사령들의 얼굴이 당장 마전한것가티 되엇다 그중의 하나는 겁을 잔뜩집어먹어서 두억개를 귀미테닷도록 추키고 부들부들 떨기까지하엿다

「너의 원님한테 내말좀 전해다우 이틀동안 특별한 후대를 바더서 내가 치사하드라구하구 그러구 말은 두구가야 옳치만 다시 생각해본즉 전군수 박응천이대 내말 한필이 여기와 잇스니까 그대신으루 타구간다드라구해라 똑똑이들 들언느냐」

사령들이 눈을 멀뚱멀뚱하게 뜨고 달려가는 말뒤를 바라보고 섯다가 겨우 입들이 떨이저서

「안전께서 올에 망신ㅅ살이 뻐치섯네」

「구관가트시면 허무하게 속지 안흐섯슬껄」

「꺽정이가 하여튼 담ㅅ보큰놈일세」

「나는 그놈이 우리를 죽이는줄 알엇네」

「얼른 관가에 들어가서 말슴이나 아뢰세」

서로 짓거리고 홍살문안으로 몰려들어왓다

군수가 사령들의 아뢰는 사연을 듯고 처음에는 귀가 막히고 나중에는 분통이 터저서 펄펄 뛰엇다 방에서 닐어섯다 안젓다하다가 대청으로 나와서 발을 굴르며 사령들을 호령하엿다

「너이놈들이 힘이 모자라서 그놈을 못잡으면 말이나 빼슬께지 말까지 타구가게 가만 두엇단말이냐 말고삐를잡구 매달려서 아우성들을 질르면 그놈이 아무리 담대한도독놈이라두 말을 내버리구 도망할께아니냐 이놈들 내말을 차저놔라」

군수가 여페 나와섯는 통인들을 돌아보더

「형틀을 드리래라」

하고 일르고 끗 다시

「아니다 수교를 먼저 불르래라」

하고 고처일럿다 통인하나가 대청마루끄테 나서서

「급장아」

「네이」

「수교 불르랍신다」

「네이」

급장(級唱)이 삼문박글 향하고서서

「사령」

「네이」

「수교 불르랍신다」

「네이」

긴대답소리가 끗난뒤 얼마아니잇다가 수교가 들어와 대령하엿다

「꺽정이란놈이 류도사루 행세하구 와서 내말을 훔처갓다 지금 서홍길ㅅ루 내뺏다니 오늘해에 검수(劍水)나 서홍밖게 더가겟느냐 장교 오륙명 거름잘것는 아이를 뽑아서 곳 그놈뒤를 쪼처보내라 그놈이 검수서 묵거든 역졸들의 조력을 밧구 서홍까지 갓거든 서홍관속과 합력해서 그놈을 잡으면 조쿠 그놈을 노치드래두 말은 꼭 차저오게해라 그러구 그놈이 혹 촌가에돌어가서 묵을른지 모르니 연로에 잘 알어보며가라구 신칙해라」

수교가 군수의 분부를 드듸어서 장교다섯은 뽑아서 쪼차보냇는데 그장교들은 서홍까지 밤ㅅ길것고 이튼날 돌아와서 애매한 매뚤만 마젓다 사령셋이 전날 매를 죽도록 마진것은 다시 말할것도 업는일이다

꺽정이는 그날봉산읍에서 단참에 검수역말을 와서 말을 여물 먹이느라고 지체한뒤 다시 쉬지안코 빨리왓는데 서흥강을 건늘때 해가 꼭박 다 젓섯다 그러나 말이 발가서 달빗을띄고 서흥읍에 들어와서 자고가려다가 압길을 더좀 주리려고 룡천역(龍泉驛)와서 숙소하고 이튼날 평산읍을 지날때 봉산서와가티 본색을 알리려다가 친한 리방에게 말썽이 잇슬까 념려하야 그대로 지나 검암역말(金巖驛)와서 중화하고 해다진뒤에 청석골을 들어왓다 말이 거름을 잘하야 삼백리 넘는길을 이틀에 쉽사리 온것이엇다

꺽정이가 박유복이를 데리고 떠나갈때 디봉학이더러 자긔가 다녀온뒤 광복산으로 가라고일르

고 모 자긔업는 동안이라도 사랑을 쓰라고 허락한까닭게 여러두령들이 전과다름업시 매일저녁 꺽정이 사랑에 모이는데 리봉학이가 사람이 상냥하고 꺽정이가티 무섭지아니하므로 자연 좀 무람들이 업섯다 이날나제 곽오주 데리고 잇는아이놈들이 서로 쌈질하는것을 곽오주가 밉어서 가신이 뜨더말리더라고 길막봉이가 이야기하야 여러두령이 곽오주를 조롱하느라고 사람이 떠나가도록 웃고떠드는판에 두목하나가사랑아프로 뛰어들어오며

「대장께서 오십니다」

하고 소리를 처서 여러두령이 닐어나서 부산히 버서노흔 의관들을 다시차릴때 벌서 꺽정이의 탄말이 사랑대ㅅ돌아래 들어왓섯다 꺽정이가 방에 들어와안저서 두령들의 절을 밧고 또 말뒤에 쪼차들어온 두목과 졸개들의 문안을 바든뒤에 리봉학이를 보고 그동안 별일 업섯느냐 광복산안신을 들엇느냐 두어마듸 말을뭇고 바로 마루에섯는 신불출이를 내다보며

「저녁다 지낫겟지 내가 지금 시장하니 얼른 밥을 시키구 그러구 말을 잘먹이라구 일러라」

하고 분부하엿다

「형님 타구오신 말이 절다가 아니니 그게 웬말입니까」

하고 리봉학이가 뭇는데 꺽정이는 우스며 대답안코

「내가 타구온말을 서종사 자세이 보앗소」

하고 서림이를 돌아보앗다

「신관이 어떠신가 보시느라구 말은 미처 눈녀겨 보지못햇습니다」

「끌어 오래서 한번 보우」

「제가 어듸 말을 잘압니까」

「알구 모르구 그대루보구려」

박그로 끌어내간 말을 다시 끌어오라고하야 달밝은 마당 한중간에 세우고 서림이와 다른두명 몃사람이 말구경하러 마당으로 나려가려고할때 배돌석이가 마두에서 바라보고

「윤지숙이 말이구먼요」

하고 외치듯 말하엿다 꺽정이가 마루에 나와서 배돌석이더러

「네가 알어보는구나」

하고 말한뒤 신발신고 대ㅅ돌아래 나려서서 말을 아프로 끌어오라고하야 말목을 몃번 툭툭 처주고 또 고삐잡은 졸개더러

「마구간 첫칸에 갓다드려매구 마죽에 콩을만이 너어줘라」

하고 일럿다

늘근오가가 꺽정이 돌아왓단 긔별을듯고 보러와서 꺽정이가 오가와가치 방으로 먼저들어오

고 그뒤에 다른두령도 따라들어와서 아래웃간에 좌정들하엿다

「윤지숙이의 말을 어떠케 빼서타구 오섯습니까」

서림이가 뭇는것을 꺽정이는

「이야기가 기니 밥이나 먹구 나중 이야기합시다」

대답하고 곳 오가를 돌아보며

「요즈막은 설음을 좀 이즈섯소」

하고 물엇다

「이젓스면 조켓는데 이저지질 안습니다」

오가의 대답에

「요새두 하루 멧차례씩 산소에를 올라가신답니다」

서림이가 받은 달엇다

「웬 성묘(省墓)를 그러케 자주 다닌단 말이요」

「속 답답할때 무덤아페 가서 마누라를 불르면 속이 좀 시원한것 가터요」

「그럼 숫제 시묘(侍墓)를 살어보시구려」

「망발 토담어노쿠 그런 생각두 업지안허 잇습니다」

「고적한데서 여러가지 생각이 나시는게니 첩하나를 어드시우 그럼 위로가되시리다」

오가가 대답은업시 도리머리를 흔들엇다

「왜 그러시우」

「내맘속에 살어잇는 마누라를 마저 죽이게요 실씁니다」

「내처 홀아비루 지내실테요」

「지금 말슴한거와가티 내몸은 홀라비라두 내맘은 아직두 핫애빕니다」

「서종사가 정문세울 공논을 낼만두하우」

꺽정이가 서림이와 리봉학이를 돌라보며 우섯다

얼마아니잇다가 열두접시 쌍조치의 저녁상이 들어와서 꺽정이가 밥을먹고 상을 물린뒤에 버로소 평산서 황주까지가며 대접바든 이야기를 일장다하야 여러두령들이 듯고 모두 조하하엿다 그중의 서림이는 첨속으로

「쌈안쿠 이기는것을 병법에 제일루 칩니다 평산 서흥 봉산 황주 네골을 대병(大兵)으루 나려무찔른들 이보다더 통쾌할쑤 잇습니까 대장께서 대공(大功)을 세우시구 돌아오셧스니 한번 큰잔치를 배설하구 승전곡(勝戰曲)을 울리며 질겁게 노는것이 조흘것갓습니다」

하고 말하다가 당치안흔소리 한다고 꺽정이에게 핀잔을 바덧다

이튼날 서림이가 뒤로 두령몃사람을 충동이어서 잔치를 차리자고 꺽정이에게 등장을 들다시피하여도 꺽정이는 종시고개를 외치는것을 리봉학이가 추석에 떡섬이나 나우 만들리고 소ㅅ바리나 더잡혀서 추석놀이 어울러 한번 잔치를하자고 말하야 겨우 허락을 바덧다 숭전곡을 운리자면 기악(妓樂)을 변통해야한다거니 오두령부인 졸곡(卒哭)안이니 기악은 고만두자거니 잔치할 공론들이 분분한중에 남소문안 한첨지가 작고(作故)하엿다고 전인으로 통부가 와서 꺽정이는 곳 서울을 간다고하야 잔치고 추석놀이고 다 고만두게되엇다

청석골 두령들이 기지반 한첨지 부자와 면분이 잇지마는 그중의 서울을 자주다니는 황천왕동이는 한온이와 교분이 두터운 사이라 초종때 가보겟다고하고 리봉학이도 서울가서 조상하고 서울서 광복산으로 가겟다고하야 꺽정이는 리봉학이와 황천왕동이더러 다 가치가자고 말하엿다

꺽정이가 청석골에 남아잇슬 두령들을보고 자기 서울갓다올동안 대소사를 서로 의론들하야 조처하라고 이른뒤에

「이번에 서울가서 서울잇는 안식구명색 넷을 모두 이리데려올작정인데 내가 한첨지의 장사까지 보구오자면 그안에 먼저들 나려보내게 될른지도 모르니 초막 너덧채미리 치워놔두게 해라」

하고 말을하니 다른두명들은 그저 들을만하고잇는데 서림이가 우스면서

「서울다가 치가하신사람이 셋이라드니 셋이아니라 넷입니까」

하고 묻엇다

「하나는 기생인데 그기생이 치가한기집들버덤 더 떼기가어렵소」

꺽정이가 서림이의 뭇는말을 대답하고나서 먼저ㅅ번 서울갓슬때 소홍이에게 자긔본색까지 알림것을 비로소 여러 두명에게 이야기하엿다 서림이가 꺽정이듯기조케 소홍이를 조감 잇는 기생이라고 칭찬한뒤

「서울 여편네들은 초막살림시키는건 너무 가엽지안씁니까」

하고 말하니

「그럼 대궐을 짓구 데려오까」

하고 꺽정이는 허허 우섯다

「광복산과 평안도 세군데의 안주인으루 한사람씩 보내두시면 어떨까요」

꺽정이가 서림이의말은 대답안코 다른두령을 돌아보며 다른말을 시작하엿다

이튿날 꺽정이가 서울ㅅ길을 떠나는데 리봉학이 황천왕동이 두두령외에 내행을 나려보낼데 배행시킬사람으로 신불출이 곽능통이 드시위와 집안하인가터 두고부리는 졸개 두명을 데리고

가기로하야 서울서온 전인까지 일행 여덜사람이 느즌아침때 청석골서 떠나서 길에서 두밤을 자고 사흘되는날 일직 서울을 들어왓다

한첨지 큰집에로 와서보니 사랑방에 빈소(殯所)를 만들고 압마루에 달아내어서 려막(廬幕)을 지엿는데 려막안에 한온이가 혼자잇섯다 한온이의 형 한윤이는 패인이라 상주노릇도 못하는듯 조상을 밧지아니하엿다 조상을 마치고 한온이와 수작들하는중에 다른 조상손이 왓다고하야 꺽정이가 리봉학이와 황천왕동이를 데리고 려막박게 나섯는데 머리사랑에서 일보든 서사가 쪼차와서

「어듸들 들어안지서야 할텐데 조용한방이 잇서야지요」

말하고 려막안에 들어가서 주인상주와 수어하고 나오더니 꺽정이를 보고

「그전에와서 기시던 방을 치워드릴께 저를 따러들오십시요」

하고 일각문박게잇는 엽집으로 인도하엿다 안방 건넌방에 사람들이 가뜩가뜩잇는데 서사가 안방사람을 다른데로 보내고 방을 치워주엇다 꺽정이가 서사더러 바쁜데 미안하지만 잠간 기다리라고 말하고 황천왕동이를 박게 내보내서 졸개들 지고온 짐을 드려오게하야 가지고온 부의를 내주고 부의외에 상목 온필 두필을 내주며 전(奠)지낼 제물은 작만하야 달라고 부탁하엿다 한첨지의집은 남소문안 적당으로 냥대(兩代)의 다어노흔 지정이잇는까닭에 상가에와서

붓박여잇는 사람도 버걱버걱하도록 만커니와 왓다갓다하는 사람이 더욱 만허서 뻔질 끈치지아니하는데 사내는 어뚝비뚝한 오합잡놈이 태반이요 녀편네는 수상스러운 무리개짜리가 다수이엇다 말하자면 서울안 무뢰배(無賴輩)의 도회청인듯 하엿다 리봉학이가 꺽정이를보고 이목이 너무 번다해서 재미업스니 어듸든지 조용한데로 거처를 옴기자고 말하야 꺽정이는 그말을 조차서 한첨지집에서 가까운 남성밋골 박씨집 안방을 치우고 세사람이 옴기고 두시위와 두출개를 마저옴기려고 박씨집 이웃에 방하나를 빌엇더니 방이나고 되ㅅ박만하야 장정넷이 잘수가 업스므로 두출개는 동소문안 김씨접 빈행낭에 갓다두엇다

꺽정이 일행의 상경한 이튿날이 한참지 삭고한지 한닐헤라 동소문박 흥천사(興天寺)에나가서 칠일재을 올린다고하야 꺽정이 리봉학이 황천왕동이가 다가치 재구경을간다고 말하엿는데 재에 보시(報施)쓸 포목은 따로 유렴하야가지고 오지아니하야 꺽정이의 객지비용쓸것은 말할것도업고 리봉학이의 팡복노수 쓸것까지 알뜰이 다 보시에 쓰기로하엿다 보시를 만히쓰면 재주인의 낫이 나는까닭게 더잇스면 더써도 조치만 한온이더러 대라기외에는 달리변통할길이 업섯다

「한첨지집 서사더러 말슴해보시지요」

황천왕동이가 말하는것을 꺽정이는 듯고 대답이업는데 리봉학이가 꺽정이 대신대답하듯

「아무리 나중 회계는 해주드라두 당장 경황업는집에 말하기가 무렴하지안허」

하고 말하엿다 꺽정이가 리봉학이와 황천왕동이더러

「좀 창피하지만 내 한군데가서 물어보구 오지」

말하고 나와서 장차ㅅ골다리 소홍이를 차저왓다 서로만나 반기는 수작이 끗난뒤에 꺽정이가 한첨지 초종에 온것과 홍천사칠일재에 갈것은 말하고 보시쓸 상목을 열필쯤 변통해주겟느냐고 물으니 소홍이가 우스면서

「한동이라도 쓰실라면 쓰십시요」

하고 선선하게 대답하엿다

「지금 자네게 잇나」

「내일 절에 나가실때 가지고 가시게해드리지요 그럼 낭패업지요」

「뉘게서 꾸어줄 작정인가」

「나도 그만한 근력은 잇스니 념려마세요」

「내가 가풀때는 장니구 곱절이구 자네 요구대두 해서 가픔세」

「가프신다면 나는 안드릴테요」

「갑지말라면 나는 안쓰겟네」

「내게 선다님께고 선다님께 내게지요 잡는건 다 무에요」

「그만 알구 가겟네」

「주선한 상가에가서 주므실라고 그러세요 내게서 저녁잡숫고 주므시지요」

「이번에 내동생을 둘이나 데리구와서 가봐야겟네」

「다가치 와서 주므서도 조치안허요 저아랫방을 치우까요」

「고만두게 잇다 봐서 내나 자러옴세」

꺽정이가 남성밋골로 돌아와서 리봉학이와 황천왕동이더러는 변통될조서가잇스나 내일식전에 보아야 알겟다고 어리뻥뻥하게 말하야두엇다

식후에 리봉학이와 황천왕동이만 남성밋골서 자게하고 꺽정이는 장차ㅅ골다리로 자러왓다 소홍이가 술을 사다두어서 일년중 제일밝은 달아래에서 미인의 권하는 술ㅅ잔은 손에드니 잡갑이잇슬 리봉학이와 황천왕동이가 자연마음에 걸리엇다

「술이잇슬줄 알엇드면 동생들을 데리구올길 그랫네」

「내일저녁에 가치오시지요」

「내일 절에서 늦게 들어오면 오게될른지 모르겟네」

「그럼 모레 오시지요」

「모레 동생들이 시골은 안가면 데리구옴세」

「저녁한끼 대접하면 어떠까요」

「그건 주인의 처분이지」

「그럼 와서 저녁들 잡숫고 눌러 밤까지 노시게하세요」

밤이 이슥한뒤 자리에들 누어서 꺽정이는 봉산군수 윤지숙이 두차례 망신시킨것은 이야기하고 소홍이는 뒤로모은천량 손모아서 신실한사람에게 맛긴것을 이야기하야 이야기에 깨가 쏘다저서 자지들안코 닭글 울리엇다

이튼날 식전에 꺽정이가 상목 열필을 소홍이의집 박갓심부름하는 사람에게 지워가지고 남성밋골을와서 얼마안되엇슬때 로밤이가 몸을 뒤흔들며 들어오더니 성큼 마루우로 올라와서 방안을 드려다보고 절을 꾸벅꾸벅 세번하엿다

「너 어떠케알구 왓느냐」

꺽정이 뭇는말에 로밤이는

「선다님 오신것을 저야 모를수가 잇습니까」

대답한뒤 곳 이어서

「선다님께서 서울 오섯스면 오섯다구 제게기별은 해주서야 하지안습니까 선다님두 야속하

섭니다」

말하고 외눈을 휘번덕거리엇다

「남소문안을 다녀왓느냐」

「동소문안을 다녀왓습니다」

「엇먹지말구 정당이 뭇는말이나 대답해라」

「엇먹다니 천만의 말슴을 다하십니다 남소문안놈들이 고약들해서 저는 다시 안갈랍니다」

「남소문안에서 알면 저놈이 뼈도 못추릴라구 저런 소릴하지」

「선다님께서 오실듯해서 지가 요새 날마다 남소문안에를 갓습니다 어제두 가서 선다님오섯느냐구 물으니까 모른다구 들합되다 그놈들이 저를 왜 속입니까 그런 천하의 고약한놈들이 어듸 잇습니까」

「그래 동소문안에 가서 나 온줄을 알엇느냐」

「선다님께서 동소문안에 와서 기실듯 생각이 들어서 허허 실수루 식전일직 갓드니 웬놈이 문박게서 세수를하는데 낫이 익어보이겟지요 그래서 다시 보니 작년에 짐을 지다주든놈입되다」

「짐을 저다주다니」

「지가 선다님을 따러올때 선다님 집ㅅ군놈이 제집까지 저다주지 안헛습니까」

「올타 네가 그때 쌀짝두하나 짐우에 언저달라구 초부햇지 그러니 네가 오늘 부자상봉한셈이냐」

「선다님께서 저를보시구 실업슨말슴 안하시면 심심하십지요」

「옛기놈」

「선다님 오늘 절에 행차하십니까」

「그건 왜 뭇느냐」

「선다님께서 행차하시면 저두뫼시구 갈랍니다」

「고약한놈들이라구 욕을하면서 재ㅅ밥은 어더먹으러 갈라느냐」

「그집안놈들은 고약하지만 주인상주와 정분이 자별한처지에 칠일재를 안가볼수 잇습니까」

「내가 안가면 섭섭하다구할른지두 모르지」

말하는 꺽정이와 여페서 듯는 리봉학이며 황천왕동이가 모두들 웃는데 로밤이는 능청맛게

「섭섭다구 하다뿐이겟습니까」

하고 꺽정이의말을 대답하엿다 이때 신불출이와 곽능통이가 가치들어와서 꺽정이에게 식전문

안윤 드리엇다 리봉학이와 황천왕동이에게는 먼저와서 문안을 드리고 갓든것이다 꺽정이가 마루에 노하둔 상목덩이를 재에 보시줄것이라고 일러서 신불출이와 곽능통이에게 내맛기는데 노밤이가

「저만은 상목을 다 보시주실랍니까」

하고 물어서

「너더러 누가 그런 참견하라느냐」

꺽정이가 꾸지젓다

「선다님 저몃필만 줍시요 저이가 요새 지내는게 아주마련이 업습니다」

「너줄것업다」

「중놈들 조흔일하시느라구 편이 굼다시피하는 부하를 봐주시지인는 법이 잇습니까」

「이놈아 되지안은소리 듯기실타」

「아무리 섭하지 말슴이라두 바른말슴은 바르게 들어주세야지요」

「듯기실타는데 그래두 짓거리는구나」

「더두 바라지안습니다 두서너필만 저를 줍시요」

꺽정이가 신불출이와 곽능통이를 내다보며,

「그놈 박그루 내쫓처라」

하고 분부하야 로밤이가 두시위에게 등밀려 나가면서

「선다님이 제게 이러케 하실줄을 몰랏습니다」

「이래서야 어듸 선다님을 밋구살수잇습니까」

「사람을 남게 오르라구 흔드시는게지 도더여울서 태평잘지내는놈을 공연히 서울백사지땅에다 끌어다 노시구」

년해 두덜거리엿다

꺽정이가 리봉학이와 황천왕동이를 데리고 남소문안에 와서 아침상식 참예하고 상식끄테 서사시켜서 따로준비한 전(奠)을 드리고 느진아침때 상주일행과 작반하야 홍천사를 나오는데 로밤이가 어듸잇다 왓는지 뒤에 따라오면서 가진 미치광이짓을 다하엿다

홍천사는 태조대왕이 신덕왕후(神德王后) 강씨(康氏)의 혼령을 천도(薦度)하려고 이룩한절이라 처음에 문안 황화방(皇華坊) 정릉동(貞陵洞)에 잇섯는데 태조 승하(昇遐)후에 태종대왕이 신덕왕후의 정릉(貞陵)을 황화방에서 양주 사아리로 천봉(遷奉)할때 절도 따라옴기엇섯다 태종이 신덕왕후를 태조의 둘째 배위로 치지아니하야 종묘(宗廟)에 묘주(廟主)를 뫼시지안코 릉침(陵寢)에 릉관(陵官)을 두지아니한까닭그로 정릉은 임자업는 묵무덤가치 되어서 무덤뒤

의 곡장(曲墻)이 무너지고 무덤우의 욱새가 길길이 자랏스나 홍천사만은 경산절로 유수하야 문안의 큰시주를 만히밧는까닭그로 법당(法堂)도 일신하게 중수(重修)하고 중들도 근감하게 만핫섯다

요부한 한첨지집에서 물력을 아끼지안코 큰재를하므로 중들의 대접이 특별하야 상주의가족은 차치하고 상주의 친구까지 칙사가티 떠바뜰엇다

상사난때 불사(佛事)를 세우하는것은 고려ㅅ적부터 나려오는 풍속인데 불사의 큰것을 들어말하면 상사난뒤에 한차례 중들을 청하야 빈소에서 법문을 펴는것은 이름이 법석(法席)이니 야단스럽기가 짝이업섯고 일칠일로부터 칠칠 사십구일까지 칠일마다 절에가서 재올리는것은 이름이 식재(食齋)니 물력이 만히드는중에 일칠일 첫재와 사십구일 마지막재에는 상가에서 물력을 더만히 드릴뿐아니라 친척고구(親戚故舊)가 모두와서 보시를 쓰므로 부비드는것이 엄청낫섯고 또 소대상(小大祥)과 기타 긔고(忌故)날 중들을 집으로 청하여다가 제사전에 먼저 만반공양하는것은 이름이 승재(僧齋)니 중들의 인도를 바더야 혼령이 와서 운감한다고 미덧섯다 한양개국후 칠팔십년까지는 사대부가(士大夫家)에서도 불사를 의례하든것인데 성종대왕 즉위원년(即位元年)에 법을 세워서 이것을 금하엿다 사대부들은 국법(國法)이 두렵고 물의(物議)가 무서워서 차차로 못하게되고 려염(閭閻)에서 넷풍속을 지켜서 하기는하나 긔강(紀綱)

을 세우고 풍속을 바로잡는 사헌부(司憲府)관원들이 알고 까다롭게 굴면 국법에 비처서 적책을 당하게 되므로 관원을 잘기이는 사람이거나 또는 국법을 우습게아는 사람이라야 비로소 비전세월가티 상지에불사를 세우할수잇섯다

한첨지의집은 대대로 불사에 정성을 드려서 어른상사는 말할것업고 어린아이 초상에도 법석을 차리고 사십구일 지난뒤 백일에도 굉장한재를 올리는집인데 홍천사가 단골절인까닭으로 조만한 재나 불공에는 얼굴도 내노치안는 주장중이 나와서 여러 절문중들을 데리고 친히 재를 올리엇다

보시들을 쓰게될때 로밤이가 꺽정이를 와서보고 보시쓰게 상목 한필만 달라고 간청하야 꺽정이가 상목 열필을 세사람이 똑가치 세필씩 쓸가량하고 한필은 로밤이를 내주엇다 로밤이가 보시놋는것은 꺽정이는 보지못하엿스나 노핫스려니 하엿더니 저녁때재가 파하야 문안으로들어올때 황천왕동이가 로밤이 허리에 상목한필 둘러감은것을 보고 꺽정이에게 말하야 꺽정이가 일부러 길ㅅ가에 서서 뒤에오는 로밤이를 기다리고 잇섯다 로밤이가 아퍼와서 서는데 허리에 감은 상목이 홋두루마이 아래로 환히 나 뵈이엇다

「왜 안가시구 여기 서셋습니까」

로밤이의 묻는말은 꺽정이가들은체안코

「너 허리에 감은것이 무어냐」

하고 호령ㅅ긔잇는말로 물엇다 로밤이는 제허리를 굽어보며

「이것 봐 환이 보이네 일껀 선다님 못보시게할라구 감추엇는데」

하고 능글능글하게 말하엿다

「이눔 네가 얼마나 죽구시퍼서 나를 속이느냐」

「지가 선다님을 기망할길이잇습니까 처음에 보시를 놧습지요 아니 노타가 생각하니까 부처님이 쓸것가트면 아깝지안치만 까까중이눔들이 쓸것인데 아깝드구먼요 그래서 도루집엇습니다」

「잔말 말구 풀러서 이리 내라」

「선다님 주신것을 도루 빼스시렵니까」

「주먹으로 어더맛기전에 얼른 풀러내라」

로밤이가 앙탈안코 순순히 두루마이를 벗고 친친감은 상목을 풀러서 꺽정이아페 사려노핫다 꺽정이가 황천왕동이를 돌아보며

「이것을 얼른갓다가 절에 주구 오너라」

하고 일려서 황천왕동이가 상목을 거두어들고 홍천사로 다시갈때 로밤이는 황천왕동이의 기

는뒤를 바라보면서

「선다님두 이심하십니다」

하고 꺽정이를 매원하엿다

꺽정이가 심부름도 시키고 재구경도 시키려고 겸삼수삼 절에 데리고갓든 신불출이와 곽능통이는 바로 남성밋골로 가라고 남소문안사람을 따라보내고 리봉학이와 황천왕동이를 끌고 원씨집으로 들어왓다 남성밋골 박씨는 이미 인사들하고 보게하엿스므로 동소문안 원씨와 김씨를마저 보게하려고 려로에 원씨집에 먼저온것인데 이집저집으로 끌고다니지안코 원씨집에 안저서 김씨까지 데려다가 인사들은 시키엇다 이왕 들어온길에 원씨의 반찬솜씨를 보이려고 저녁밥을 시키엇더니 군저녁에 별찬까지 작만하느라고 동안이 걸려서 밥들을 먹을때 벌서 걸거리에 행인이 끈치엇섯다 동소문안에서 자게들되엇는데 김씨집에 빈사랑이 잇지마는 전에 로인이 거처하든구들인데 오래 폐방(廢房)한 구들의 누긔를 갑자기 점화(點火)하야 제할수업스므로 김씨의쓰는 안방을 비어서 리봉학이와 황천왕동이를 재우고 김씨는 원씨집에 와서 외롱서한방에서 자게하고 꺽정이까지 삼내외 가치잣다

이튼날 원씨집에서 아침들먹고 남소문안으로 올때 리봉학이와 황천왕동이가 한온이를 잠ㅅ간보고 바로 광복산으로 떠나겟다고 말하는것을 꺽정이가 오늘 소홍이에게 가서 놀고 내일떠나라

고 붓들엇다 한온이에게는 조객(弔客)들이 오는까닭게 오래 안젓지못하고 남성밋골로왓다 일긔조흔날 방에 가만이 들어안젓기 심심하야 남산에를 올나가자고 공론하는데 박씨가 꺽정이를 와서보고 송편이잇스니 자시려느냐 물어서 송편으로 점심들을 엇기고 나서려고할때 곽능통이가 따라오고자하는눈치로 중왕에 남산을 올라가보지못하엿다고 말하야 꺽정이가 곽능통이외에 신불출이까지 다 데리고 나섯다 남산잠두(蠶頭)를 향하고 올라오는길에 한곳에 와서 꺽정이가 거름을 멈추고 뒤에오는 리봉학이를 돌아보며

「을사년 국상나든해 내가 여기를 올나와보구 그뒤 오늘이 처음일세」

하고 말하니 리봉학이도 꺽정이를 따라서 거름은 멈친뒤 입으로 을(乙)부터 경(庚)까지 천간(天干)을 외면서 손까락을 꼽아보고

「그럼 열여섯해만입니다그려」

하고 대답하엿다

「그때는 캄캄한 밤에 여기와서 휘매느라구 패 고생햇네」

「엇재 밤에 여기를 올라오섯습듸까」

「선생님 심부름으루 왓섯서 내가 이야기를 아니햇든가」

「형님께 그런 이야기를 들은생각이 나지안는데요」

「이야기를 한것두잇구 안한것두잇구 의사무사해」

「대체 무슨 심부름이에요」

꺽정이가 이야기를 하려고 돌아서니 황천왕동이는 리봉학이뒤에 섯다가 여고로 나서고 서림 출이와 곽능통이는 황천왕동이 섯든자리로 들어섯다

「지금 령부사 윤원형의 형 윤원로(尹元老)가 인종대왕을 방자해주이려구 김륜이를 메리구 여기와서 움집을 뭇구잇섯네 김륜이란 우리선생님하구 동문수학햇나는 술수하는 사람이야 나는처음에 까닭두 모르구 선생님 하라신 대루 여기와서 두눔을 혼뜨검내서 쪼친뒤에 움집 안에잇는 제웅에서 생년월일 써부친 종이쪽을 떼구 압뒤에 꼬자노흔 바눌사십여개를 다뽑구 그러구 제웅을 불에 살려버렷네 그움집 무덧든자리가 바루 저길세」

꺽정이가 가르치는 곳은 조그만 골짜기안에잇는 자리한입 까리만한 편편한 둔덕이엇다

「윤원로의 방자를 형님이 제지 하신줄은 우리두 이때것 몰랏스니 세상에선 더구나 알까닭기 업지요」

하고 리봉학이가 말하니 꺽정이는 리봉학이를 빈정거리듯 또는 자긔몸을 조롱하듯

「세상에서 알면 나죽은뒤에 비하나 세워줄까」

말하고 한바탕 껄껄 우섯나

「잠두에 올라가서 십만장안을 굽어봐야 그세상이 어듸 우리 세상인가 올너갈재미업네 여기서바루 소홍이게루 나려가서 술이나 어더먹세」

꺽정이가 말하야 리봉학이와 황천왕동이가 다가치 한여프로 비켜서서 꺽정이의 압서갈길을 틔워 노흘때 곽능통이가 황천왕동이를 보고

「저이나 잠ㅅ간 잠두에올라갓다가 남성밋골루 나려갑지요」

하고 웃는것을 꺽정이가 둣고

「너이두 가차가자」

하고말하엿다

소홍이는 꺽정이가 나저녁때 올줄알고 방마루도 아적 어질더분한채 치우지안코 잇다가 초면 손님들을 데리고 갑자기 드리닥치는 바람에 심부름하는 기집아이와 조석해주는 녀편네외에 살림해주는 늘근이까지 다나서서 허둥지둥 비질 걸네질들을하고 꺽정이 일행을 마저 드리는데 꺽정이의 말을 드듸어서 가외로 따라온 두사람은 따로 뜰아랫방에 드려안치엿다 리봉학이와 황천왕동이가 꺽정이 안즌자리에서 모를꺽거 느런이 안즌뒤 소홍이가 두사람을 향하고 쪼구리고 안저서 한팔을 집고 고개를 다수굿하고

「안녕들합시요」

하고 모거리로 인사하는데 리봉학이는 초면이므로
「나는 이선 이란 사람일세」
황천왕동이는 남소문안에서 한번 만나본일이 잇는까달게
「우리는 구면이지」
하고각각 인사대답들하엿다 인사들이 끗나자마자 꺽정이가 소홍이를 보고
「내가 이사람들하구 소풍하러 남산에를 올라갓다가 갑자기 술두 먹구십구 자네두 보구시퍼서 산에서 곳장 자네집으로 나려왓네 저녁전에 술한차례 주겟나 그러구 저아랫방에잇는 군들은 내수족가튼 사람인데 이왕 데리구나선걸이기에 그대루 가치왓네 지금 술ㅅ잔 먹여서 보내두조쿠 잇다 저녁까지 먹여서 보내두 조흐니 그건 자네 처분대루하게 저녁을 먹이드다두 우리 대궁상에 밥두그릇만 놔주면 되네」
하고 긴말을 늘어노흐니 소홍이가 먼저
「그런건 념려마십시요」
간단하게 대답한뒤 다시
「보구십단 말슴만이라두 감격합니다」
더부처 말하고 누가 보든지 밉지안케 우섯다 소홍이가 마루에 나가서 살림해주는 늘근이와

조석해주는 녀편네를 데리고 안주작만할것을 의론하는중에 꺽정이가 마루를 내다보며
「안주작만할것업시 술을 얼른주게 지금 목이 말럿네」
하고 말하야 소홍이는 모든것을 늘근이에게 쓸어맛기고 다시 방으로 들어왓다 소홍이가 리봉학이와 황청왕동이에 마즌편 방문아패 안는것을 꺽정이가 아래ㅅ목 엽자리로 불러서 꺽정이와 리봉학이의 중간에 와서 안젓다
「술을 얼른 가저오라구 일럿나」
「네 일럿세요 안주는 업스니 그리 아세요」
「자네 우슴이 제일 조흔 안준데 다른안주 차질꺼잇나」
「잇다 술을 부어 노쿠는 자꾸 우서야겟습니다그려」
「그래 자꾸 웃게」
「다른냥반도 우슴안주를 잡술줄 아십니까」
리봉학이는 말업시 빙그레 웃고 황천왕동이는 딴데를 보고 잇섯다
「한분은 이선다님이시고 또 한분은 정씨가 뉘댁이신가요」
소홍이가 황천왕동이의 성을 물어서
「구면이라며 성두 모르나」

격상이가 핀잔주듯 말하엿다

「선다님께서 한서방집에 와서 기실때 선대님께 놀러갓다가 한번 보입긴햇지만 성씨는 못듯은것 가터요 정신이 사나우니까 그때듯구도 이젓는지 모르지요」

「황석달이라구 불러두게」

「황선다님은 보입기에 글하시는 선비님네 가트세요」

소홍이 말에

「나는 글 못하는 선비구 활못쏘는 한량일세」

황천왕동이가 대답하니

「선다님 자긔창찬이 너무 과하시지 안씁니까」

하고 소홍이는 호호호 우섯다 격정이가 소홍이더러

「저 황석달이 남의업는 재주를 가진사람임세」

하고 말한다음에 다시 이어서

「거름은 삼현령(三懸鈴)역마처럼 빨리 걸어서 여느사람 백니쯤 갈동안에 사오백니 무만이 가네」

하고 말허니 소홍이가 입을 딱 벌리고 고개를 살래살래 흔들엇다

「왜 거짓말 가튼가」

「선다님 말슴이아니면 꼬저돗기지 안켓세요 황선다님 다리도 무쇠다리는 아니시겟지요」

「그러키에 남외업는 재주라지」

「이선다님은 또 무슨재주를 가지셧세요」

소홍이가 리봉학이를 돌아보고 뭇는데

「이선달은 활이 고금에 드문 명궁일세」

꺽정이가 대답하엿다

늘근 내편네가 소홍이를 드려다보며

「약주ㅅ상을 드려갈까」

하고 불어서 소홍이가 드려오라고 고개를 끄덕이고 좌중을 돌라보며

「갓하구 웃옷들을 버스시지요」

하고 말하야 세사람의 의관을 모두 바더서 걸데 걸고 언질데 언진뒤에 시중들기 편하도록 방문아프로 옴겨 안젓다 술ㅅ상이 들이오는데 마른안주 진안주가 상에가득 늘어노혓다 꺽정이가 술ㅅ상을 드려다 보며

「웬안주가 이러케 만혼가」

말하고 리봉학이가 또 꺽정이의뒤를 바더서

「업다든 안주가 갑자기 어듸서 이러케 생겻나」

하고 말하니

「되지못한것 가지ㅅ수만 늘어노핫지 정작 잡수실만한것이 잇서야지요」

소홍이는 겸사로 대답하엿다 송편점심이 다 나려가서 속들이 출출한판이라 세사람이 술ㅅ잔을 뻔질돌려 잡는중에 리봉학이의 바른손 엄지가락이 특별히 굴근것을 소홍이가 보고

「선다님 우궁을 쓰십니까」

하고 물엇다

「그건 왜 뭇나 뭇는뜻을 말해야 대답하겟네」

「바른손 엄지가락이 유난이 굴그시니 깍지손으로 세우 쓰서서 그런가하고 여쭤봣세요」

「자네가 용하게 알어냇네 그러치만 좌궁도 남만큼 쓰는걸」

「좌우로 다 쓰시더라도 우궁을 더잘 쓰시겟지요」

「그야 그러치」

「우궁으로 쓰시면 언제든지 오중몰기(五中沒技)하십니까」

꺽정이가 변잔을 소홍이 아프로 내밀며

「이사람 이야기 고만하구 술좀 치게」

하고 재촉하야 술한잔을 한모금에마시고나서

「이선달가튼 명궁더러 오중불기하느냐 뭇는것은 사천왕(四天王)보구 앙징하단 셈일세」

하고 소홍이의 말을 책잡아 말하엿다 소홍이가 리봉학이를 보고

「말슴을 지망지망이해서 죄송합니다」

하고 사과하니

「경진년(庚辰年)무과(武科)가 수두룩하게 만흔세상에 오시오중(五矢五中)하는 사람이면 명궁아닌가 나는 자네말을 지망지망하다구 생각안네ㅡ(세조 경진년 무과에 일천팔백여명을 뽑고 또 중종경진년 무과에 일천명을 뽑앗는데 그중에활을 만저보지도 못한사람이 만히뽑힌까닭그로 경진년무과란말은 활못쏘는 한량이란말과 가티썻다)

하고 리봉학이는 우섯다 이때 별안간 박게서

「이눔 이눔」

무엇을 쫏는소리가 나고 그뒤에

「저걸 어떠캐요」

「그걸 누가먹어 갓다 내버리지」

「박살할놈의 고양이 미워 죽겟네」

「누가 좀 잡어업새지 못하나」

짓거리는 소리들이 들리어서 소홍이가 연어 노흔 방문으로 박글내다보며

「왜 그래」

하고 물으니 아이년이 아프로 뛰어와서

「고놈의 도독고양이가 아까 사다노은 달굴 물어죽이고 뜨더먹다 내뺏세요」

하고 말하엿다

「얼른 광충다리 가서 새루 한마리 사오라구 그래라 닥장사가 다 가지나안헛슬지 모르겟다」

하고 소홍이가 아이년더러 말한뒤 곳 돌아안저서 세사람을 보고

「큰도독괴 한마리가 두어달ㅅ전부터 요근방에 와서 돌아다니는데 고기고 생선이고 박게노하두기가 무섭게 번ㅅ적하면 물어간답니다. 어떠케 잘 물어가는지 긔가막혀요 뒤ㅅ집에서는 지난달에 영게 세마리를 삿다가 이틀동안에 다물려보내고 그뒤로 그집주인 박선달이 고양이를 활로 쏘아잡으려고 별르지만 활을 내들기만하면 벌서 눈고내빼서 잡지를 못한답니다」

하고 이야가한끄테 황천왕동이가 우스면서

「활이잇스면 내가 지금 잡어주지」

하고 말하엿다

「참말슴이세요」

「왜 나는 못잡을것 가터보이나」

「선다님은 활을 못쏘신다면서요」

「경진년축이 아닌담에 아무러기루 고양이야 못쏘아잡겟나」

「선다님말슴이 큰소린가 아닌가 어듸 보십시다」

소홍이가 아이년을 불러다가

「고양이가 어듸로 갓늬」

하고 물어서

「아직도 지붕우에 웅쿠리고 안젓세요」

하는 아이년의 대답을 들은뒤

「그럼 너 얼른 박선다님댁에가서 활하구 화살하구 좀빌려줍시사고해서 주시거든 고양이 못 보게 잘감춰가지고 오너라」

하고 말을 일럿다

얼마ㅅ동안 지난뒤에 아이년이 활과 전동을 행주치마미테 숨겨가지고 왓는데 활은 각궁(角

弓)이나 넘어도 뒤지안홀 꿉씬꿉씬한 태평궁이요 살은 과거보는 정양(定量)엿냥이나 깃을 좀
이 먹이서 한대도 쓸것이 업섯다 설혹쓸것이잇다손 잡더라도 굿센활이 아니면 제작을 보내
지못할 무거운 살로 대평궁에는 당치아니하엿다 이것은 활을 잘모르는 사람도 알수잇거든
허물며 활에 귀신다된 리봉학이라 리봉학이가 한손으로 잠ㅅ간활을 달워보고 곳 소홍이더러

「활이구 살이구 죄다 못쓸껠세」

하고 말하니 소홍이 대답하기전에 꺽정이가 대번에

「못쓸것이거든 죄다 꺽거버려라」

리봉학이에게 말하고 곳 소홍이를 돌아보며

「박선달이란게 어떤놈인지 죽일놈일세 빌리기가 실흐면 안빌리는게지 빌린다구 못쓸것을 빌린단말인가 활이구 살이구 전동이구 다 아궁지에 처너버리게 그놈이 도루달라구 말썽을 부리면 그건 내가 담당할테니 념려말게」

하고 말하는데 박선달이란자가 어찌 패씸하든지 힌자만흔 눈방울까지 굴리엇다 리봉학이가 꺽정이를 보고

「형님 그럴께아니라 고양이를 잡어서 박가놈의집에 보냅시다 그놈이 달포두구 별르며 못잡엇단 고양이를 이활 이살루 잡어보내면 그눔의 코가 납작해질테니 그게 상쾌하지 안씁니

까」

하고 말하는것을 소홍이가 듯고 반색하다시피 조하하며

「그렛스면 조켓세요 참말 상쾌하겟세요」

하고 말하엿다 소홍이는 이웃간에 공연한말썽을 내는것이 재미스럽지못하야 활마 전동을 도두 보내고시프나 꺽정이의 뜻을 거슬르기 어려워서 말못하고 잇든차이엇다

「활이구 살이구 다 못쓸것이라며 그래」

꺽정이의 말은

「아무리 못쓸활이구 못쓸살이기루 지붕에엿는 고양이야 못쓰겟습니까 내가 잡어 노켓습니다」

하고 대답한뒤 곳 리봉학이는 활에 시위를 메이기 시작하엿다 소홍이가 아이년을 불러서

「고양이 그저 잇나 보아라」

하고 말한즉

「그동안에 어듸로 가고 업세요」

하고 아이년이 대답하야

「다시 오거든 눈에 뜨이는대로 얼른와서 말해라」

소홍이는 아이년에게 말을 일러드엇다

술ㅅ상을 물리고 한담설화를 하는중에 동자하는 녀편네가 한데우물에 저녁밥쌀을 씨스러나갓든지 인합박우에 바침박은 언저이고 들어오더니 인합박을 나려노코 마루아프로와서

「박게 누가와서 임선다님께서 오셧느냐구 뭇기에 오셧냐구햇으니 잠ㅅ간 보입게해달라구 말합듸다」

하고 차저온사람이잇다고 연통하야 꺽정이가 뜰아래ㅅ방을 나려다보며

「불출아」

하고 불럿다 신불출이와 곽능통이는 접심을 권하야 시장하데니가 소홍이집에서 주는술을 댱에겨웁도록 먹어서 술이취하야 누엇다가 잠들이 들엇섯다

「그방에들 업느냐」

꺽정이가 소리를 질러도 대답이 업서서 동자하는 녀편네가 쪼차나려가서 방문을 열고

「여보 여보 선다님께서 불르시우」

하고 소리치니 그제사 공중잡이로들 일어나서 네 네 대답들하며 뛰어나왓다

「지금 무슨 잠들이란말이냐 박게 누가왓다니 하나 나가바라」

신불출이가 박그로 나갓다가 얼마만에 들어와서

「애꾸눈이 노가가 와서 잠ㅅ간뵈입겟다구 하옵기에 잇다나 내일 남성밋골루 오라구 말슴햇숩더니 급한일이 잇서서 지금꼭 뵈와야하겟다구 하옵듸다」

하고 말하야 꺽정이가 급한일이 무슨일인가 의아하면서

「들어오래라」

하고 일럿다 로밤이가 신불출이의뒤를 따라들어와서 계하에서 공손히 허리를 굽히엇다

「급한일이 무슨일이냐」

「약주를 잡수러 오섯습니까」

「급한일을 말하라니까 웬 딴소리냐」

「네 말숨합지요」

「얼른 말해라」

「저이집에 저녁거리가 업습니다 어떠케 처분좀해줍시요」

「그게 급한일이냐」

「저녁을 굼게되는데 그게 급하지안흐면 무에 급합니까」

「이애들 그 미친눔 꼭두잡이해 내쪼처라」

하고 꺽정이가 분부하야 신불출이와 곽능통이가 꼭두잡이하려고 달려드니 로밤이는 손을 내

저으며

「달려드지말어 내가 나갈테니」

하고 말한뒤 가장 거드럼스럽게 걸어서 박그로 나갓다

이날 점심때 로밤이가 남소문안에 갓다가 여러사람틈에 끼어서 국밥한그릇을 어더먹고 점심뒤에 꺽정이를 보려고 남성밋골은 거처서 동소문안에를 갓더니 꺽정이는 역시업고 꺽정이의 졸개들이 점심먹고 할일이업서 방에 드러누어서 낫잠을청하고 잇섯다 졸개 둘중의 하나는 구면으로 전에도 농지거리하든 터수이나 다른하나는 이번에 처음만나서 겨우 인사수작한 처지인데 로밤이는 둘을 한께 껴잡어서

「이자식들아 염병을 하느냐 왜 눌비하게 잣바젓느냐」

하고 욕을 푸짐하게 내부첫다 구면졸개가 누은채

「너는 욕이 인사란 말이냐 미친눔아」

하고 대꾸한뒤 동무졸개보다 나종 닐어안저서 로밤이더러

「이리 들어오너라」

하고 말하엿다

「이런 잉긔조흔날 굴속가튼방에 들어가서 무어하게 나더러 들어오라지말구 너이들이 나오

너란」

「나가선 무어하느냐」

「구경이라두 다니려므나」

좋개하나는 서울ㅅ길이 어번여 초행연데 아직 구경을 다니지못하야 썸증이 나든차에 로밤이 말에 귀가 번쩍 뜨이어서

「나 서울구경 좀 시켜주게」

하고 말하니 로밤이가 그좋개에게

「서울온지가 벌서 며칠인데 이때까지 무엇햇느냐 구경두 안다니구」

대답하고나서 구면좋개를 보고

「이놈아 동무를 데리구다니며 구경이나 좀 시켜줄께지 날마다 낫잠만 잣벼저자구잇서」—

하고 부여케 핀잔을 주엇다

「내가 길을 모르는걸 남 구경을 어떠케 시켜주늬 남소문안두 길일어버릴까봐 못가구잇다」

「네가 길눈 발근품이 대낫 올빼이로구나 자 나오너라 내가 바쁘지만 오늘 반나절 너이들 데리구다니며 구경을 시켜주마」

「나는 구경이 소원아니니 술이나 좀사다우」

「오냐 그래라 남촌 술두 사주구 북촌 떡두 사주마」

로밤이가 졸개들을 데리고 동소문안에서 나서서 박석티를 넘어 배오개 네거리로 나와서 종루(鐘樓) 큰거리를 향하고 올라오며 저기가 동관대궐이다 여기가 원각사(圓覺寺)절터다 가르치고 종루에와서 인경을 구경시키고 선전아페서 여리군에게 붓들려서 곤경들을 치르고 황토마루께로 올라와서 광화문을 바라보고 들어가며 륙조아문(六曹衙門)을 일일이 일러주고 마침궐내에서 퇴출하는 재상행차를 구경시키고 황토마루로 되곱처 나오는중에 구경은 고만하고 술ㅅ집을 차처 가자고 구면졸개가 로밤이를 졸라서

「그럼 남촌으루 건너가자」

하고 로밤이가 말하엿다

「북촌에는 왜 술집이 업나」

「아까 가르처주엇는데 고동안에 이저버렷느냐 북촌 떡이구 남촌 술이란다 맛조흔 술은 먹으러가잔말이야」

로밤이가 졸개들을 끌고 남촌을 건너와서 남소문편으로 나려오다가 어느 막다른 골목안에잇는 용수달린집으로 들어왓다 문박게 용수는 달엇스되 내외하는 안침술집이라 문ㅅ간에 노힌 뒤트레방석에 안저서 술들을 먹엇다 처음내온 술그릇이 비여서 심부름하는 아이가 술가질러

안에 들어간사이에 로밤이가 줄개들더러

「너이들 술갑낼것 업지 나두마침 안가젓다 이집사람 안보는틈에 슬그머니 일어서가자」

말하고 셋이가치 불불이 일어서 나가려고하는데 일이 안되느라고 때마침 포교하나가 마주 들어오며 셋의 아래우를 한번 훌터보더니 바로 안을 향하고

「아주머니 박게오신 손님들 술갑슬 바드섯습니까」

하고 소리처 물엇다 아이가 안에서 쪼차나와서 포교를보고

「언니 왓소」

하고 인사한뒤

「남더러 술을 더가저오라구 해노쿠 몰래들 내빼라구 햇구먼」

하고 말하야 포교가 대번에 이사람의빰을치고 저사람의빰을 칠때 안녀편네가 문ㅅ간 차면뒤에나와서서 술갑이나 밧지 손찌검은 말라구 말리엇다 술갑슬 내라고 포교가 대드는데 로밤이가 평생구변을 다하야 가진사정을 다한끄테 셋이 옷갓을 버서노코 갓다가 술갑낼것을 가지고 와서 차저가겟다고 한즉 포교말이 술갑낼것이 태산ㅅ덤이가아닌바에 셋식 갈것이 무엇이냐 셋중에서 볼모를 남기고가라고하야 로밤이가 혼자 갓다오마고하는것을 구면줄개가 로밤이만 보냇다가는 십상팔구 다시오지 안흘줄ㅅ짐작하고 포교의 허락을 어든뒤 로밤이를 따라왓다 로

밤이가 소홍이집에와서 꺽정이를 보고 술갑줄것을 저녁거리라고 말하고 달라다가 빈손으로 쫓겨나왓슬때 골목박게서 기다리던 졸개가 쪼차와서 술갑시 변통되엇느냐 물으서 로밤이는 고개를 가로흔든뒤 다른데나 가보자고 남소문안으로 가치왓다

한온이가 첩의집에를 갓는지 사랑에 잇지아니하야 로밤이가 서사를 보고

「상제님 자근댁에 가셧소」

하고 물으니 서사는 무엇에 골난사람가티

「난 몰라」

대답하는것이 툭명스러웟다 서사더러 말을 더 물어야 말만 귀양보낼줄 짐작하고 로밤이가 사랑에서 나와서 중문박게 세워두엇든 졸개를 떼리고 한온이의 가장사랑하는 자근첩의 집에 와서 문ㅅ간에서 하님을 불럿다 누가왓나 보러나온 기집아이년더러

「상제님 여기 기시냐」

하고 물은즉 기집아이년이 대답안코 들어갓다가 얼마만에 다시 나와서 상제님 안오섯다고 대답하는것이 한온이가 안에잇스며 업다고 따는모양이나 쪼차들어가서 치고뺏지못할바엔 할수가업섯다 로밤이가 한온이에게 술갑술 졸르려고 장대고온것이 틀리고보니 다시 돌아서 말할데도 업고 말할데가 잇다고 하더라도 더가고십지 아니하야 졸개를 보고

「인제 나는 집으루 가구 너는 동소문안으루 가는수박기 업다」
하고 말하니 졸개는 다짜고짜로 로밤이의 멱살을 잡고
「이놈아 볼모잡히구온 사람은 어떠케 하란말이냐」
하고 소리를 질럿다 로밤이가 멱살잡은 졸개의손을 뿌리치면서
「가만잇거라 어듸 다시 생각해보자」
말하고 한참만에
「갈물구 뛰엄뛰기나 한번해볼까」
혼자말하듯 말한뒤 졸개를 끌고 남성밋골 박씨의집으로 왓다 로밤이가 박씨를 보고
「세분이 지금 장차ㅅ골다리 소홍이집에서 약주들을 잡숫는데 댁선다님께서 그집사람들에게 행하를 주시려는지 상목한필 부담상자에서 꺼내줍시사구해서 가지구오라구 하십듸다」
하고 능청스럽게 거짓부리를 하야 박씨가 속는줄을 모르고 상목한필을 꺼내주엇다 로밤이와 졸개가 한달음에 술ㅅ집으로 와서 그집의 자와가위를 어더가지고 두자치로 끈허서 그중에서 먼저먹은 술갑슬 치러주고 새로먹은 술갑까지 선셈하엿다
로밤이가 지난번 남성밋골서 몽밀려 쪼겨난것과 절에갓다 들어오는길에 길에서 망신한것이 다 이저지지안는데다가 이번 기생의집에서 꼭두잡이 당할뻔한것을 생각하니 갑자기 걱정이가 밉

기짝이업섯다 미움이 쇠어서 악으로 변하야 로밤이는 번이 포교가 안에잇는줄 알면서

「너이대장이 환장햇드라」

「대적 소리를 뭇는사람이 다랍게 상목한두필을 아낀단 말이냐」

「청석골두 더볼것업다 너이두 진작 알어채며라」

이런말을 들어내노코 떠들엇다 쫄개들이 긔가막혀서

「이자식이 술취햇나」

「저녁때 다되엇네 고만 일어나세」

둘이 먼저 일어서서 옷에무든 먼지들을 떠는데 로밤이는 좌우손으로 쫄개들의 옷소매를 잡고

「먹든술이나마저 다먹구가자」

하고 일어서지 아니하엿다 쫄개들이 로밤이에게 붓들려 다시 주저안저서 남은술을 다먹고 남은상목을 논하서 허리춤에 질르고 술ㅅ집에서 나서니 이때해는 벌서 서산에 걸치엇섯다 술ㅅ집에서 나와서 두어간동안도 채못왓슬때 뒤에서

「여보 이분들 술갑내구가우」

하고 소리를 질르며 수건으로 머리동인 사람하나가 쪼차와서 셋이 다가치 돌아섯다

「술갑시 무슨 술갑시요」

로밤이가 물으니

「당신들 술먹구 언제 술갑냇소」

그사람은 바로 목자를 부라리엇다

「우리는 술갑 선셈하구 먹엇소 정신업는 소리 하지마우」

「술갑 선셈이란게 다 무어요 세상천하에 선셈하고 술먹는 놈두 잇습듸까」

「긴말하기 실흐니 술ㅅ집아낙네에게 가서 자세이 물어보우」

「지금 날더러 술갑슬 바더달라는데 무열 자세이무러보란말이야」

「우리먹은 술갑슬 정녕 안바덧다구 합듸까」

「술올 두차례 먼저 한차례갑만 냇다구합듸다」

「그집아낙네의 조카되는 포교가 바덧스니 그 포교를 이리 불러가지구 나오」

「포두군관은 벌서 자긔집으로 갓는걸」

「그포교가 바더가지구 안내노쿠 가게요 내노하꺼나 안내노하꺼나 그게야 우리가 알배때기잇소」

「무엇이 엇재 포두군관이 중간에서 술갑슬 훔저먹엇단말이야 별우순소리 다듯겟네」

「우순소리라두 훔저먹은걸 엇재란말이야」

「포두군관을 불러올께 삭주대면합시다」

「삽주대면은 고만두구 삽삼구 구주대면이라두 합시다」

「그럼 술ㅅ집으루들 도루들어갑시다」

이러케 술갑스로 실랭이가 벌어서 세사람이 다시 술ㅅ집에 와서 포교불러오기를 기다리는데 가까이서 산다는 포교가 불르러간지 한식경이되어도 오지아니하야 얼마안되는 술갑시니 재징이라도 물어주고 가자고 셋이 공론하는중에 포교 사오명이 일제히 손에 방망이들을 때어들고 풍우가티 드리닥치엇다

그안침술ㅅ집 안녀편네의친정조카는 포교구실을 다닌지불과 몟해안되는 애송이나 사담이 워낙 명리하야 좌포청(左捕廳)에서 한목보는 포교이엇다 이날 우연히 저의고모를 보러왓다가 공술먹고 도망하랴든 술ㅅ군 셋을 붓들어서 술갑슬 바더내는데 그술ㅅ군들의 인물이 아무리 보아도 좀 수상하야 잡아서 둥을 치면 뜻박게 밥을 토할것가트나 그래도 혹시를 몰라서 손댈 마음을 먹치못하고 잇던차에 저이들 아가리에서 대장이니 대적이니 하는소리가 나오는것을 듯고 곳 잡아옥치랴니 혼자손에 셋이 버거워서 동무포교들을 다릴러가는데 눈치를 들리지아니하려고 문으로나가지안코 안뒤담을 넘어나가고 또 갈때 근처의 막버리ㅅ군하나를 어더서 술ㅅ군들이가려고 하거든 시비를 붓든지 쌈을 걸든지 수단것하야 자긔오기전 못가게 하라고 일

르고 갓섯다 이리하야 른밤이와 졸개들은 술ㅅ집에서 좌포청으로 들려오게되엇다
서울처음온 졸개는 사람이 제법 다부저서 잡힐때 순순히 잡히지안코 뒤트레방석으로 포교들의 면상을 냅다처서 포교두서너사람 얼굴에 생채기까지 내주엇스나 그대신 포교들 방망이에 머리가 깨젓섯다 포청에 온뒤에 포교들이 이졸개를 맨먼저 끌어다가 제잡담하고 방망이로 사다듬이 한차례하고 비로소 말을물엇다

「너이가 대장이잇슬젠 뜨내기 좀도둑놈이 아니구나 너이대장이란게 어듸사는 어떤놈이냐 죽드래두 곱게 죽구십기든 얼른 바루대라」

「멀쩡한냥민을 도독놈으루 모니 이게 무슨일이요 대장이란게 무언지 난 생전 듯두보두못햇소」

「이놈 냥민 봐라 올치 대장이란건 듯두보두못햇겟다 네가 얼마나 안불구 배기나 어듸보자」

말뭇는 나이만흔 포교가 포교중 령수인듯 다른포교들을 돌아보며

「올곳게 불기까지 사그리 조기게」

하고 일러서 툭툭한 보병것이 피루성이되도록 몹시 어더마젓건만 이졸개는 줄곳 불지아니하엿다

「이놈은 치어노쿠 다른놈을 조겨보세」

그졸개는 묵거서 한구석에 처박어노코 다른졸개를 박게서 끄러드려 왓는데 이졸개도 방망이로한차례 톡톡이 어더맛고도 먼저졸개와가티 도독놈이아니요 대장이업다고 잡아떼엇다

「너이놈들이 방망이찜질은 무서워 하지안는 모양이니 학춤을 한번 추어바라」

나이만흔 포교가 다른포교들을 시켜서 이졸개를 두활개벌려서 동그마니 매이달고 아랫도리에 잔채질을 하엿다

「뭇는대루 다 말할테니 끌러놔주시우」

「너이대장이 누구냐 대라 그러면 끌너놔주마」

「임꺽정이요 임꺽정이」

포교들이 모두 놀라는 얼굴로 서로 돌아보는중에

「이놈 거짓말이지」

나이만흔 포교가 소리를 버럭질럿다

「거짓말이라면 할쑤업지요」

「꺽정이가 지금 어듸잇느냐」

「청석골잇소」

「너이는 엇재 서울와잇느냐」

「서울 심부름 왓소」

「무슨 심부름」

「물건 사러왓소」

나이만흔 포교가 다른포교들을 보고

「말이 맛나 한놈마저 물어보세」

하고 말하야 그졸개도 먼저 졸개와가티 눅거서 한구석에 처박어두고 맨끄트로 로밤이를 끄러드려왓다 로밤이는 방망이로 두서너번 어더마진뒤 곳

「때리지마우 내가 다 이야기 해주리다」

하고말하엿다

「너이대장의 성명이 무어냐」

「저기 저놈들은 대장이잇서두 나는 내가 대장이요」

「네가저놈들의 대장이란 말이냐」

「아니요 저놈들의 대장은 임꺽정이요」

「그럼 너두꺽정이의 부하지 네가 대장이란게 다 무어냐」

「내이야기를 좀 드러보시우 나는 본래 강원도 철원서 사령다니든 사람인데 상처하구 화ㅅ

집에 난봉을 부리다가 천량두 까불리구 구실두 날리구 살쑤가업서서 작년에 서울을 올나와서 버리ㅅ자리를 이리저리 구하는중에 어떤사람의 인권으루 어떤집에 가서 비부를 들엇섯소 처음에는 주인이 임선달인줄만 알엇드니 차차루 알구보니까 그임선달이란게 곳해서대적 임꺽정입되다 대적의 집인줄 안뒤에야 하룬들 거기서 살쑤잇소 그래서 나는 그집에서 나와서 따루 사우 그집에서 두서너달잇는동안에 저눔들하구 얼굴이 익엇는데 오늘 길에서 만나서 술한잔사내라구 자꾸 졸릅되다 저눔들은 무서울꺼 업지만 저눔들 뒤에잇는 임꺽정이가 무서워서 저눔들을 얼렁얼렁 어루만저 배송낼라구 술ㅅ집에를 데리구 갓섯소」

로밤이가 힘도 안드리고 수월수월 거짓말을 늘어노핫다

포교다니는 사람은 버릇이 량민도 도적놈으로 보려고하고 참말도 거짓말로 들으려고 하야 량민을 도적놈으로 그릇알망정 도적놈을 량민으로는 좀처럼 그릇 알지안코 참말을 거짓말로 속을망정 거짓말을 참말로는 좀처럼 속지아니함으로 로밤이의 힘안드리고하는 거짓말이 흡사 참말가텃지만 그말을 고지듯고 흉물스러운 화상을 량민으로 녀기는 넉적은 포교는 하나도 업섯다 나이만흔 포교는 고지나 듯는것처럼 년해 고개를 끄덕이다가

「자네가 도둑눔의동뉴 아니구 긴것은 나중에 자연 핵변이될테니 발명 고만하구 꺽정이집이 어느동넨가 그게나 일러주게」

해라하든 말루까지 하게로고처 말하엿다

「집구경하러 가실라면 몰라두 꺽정이를 잡으러 가실라면 그집에 가서 소용업소」

「꺽정이가 지금 그집에 업나」

「그집에 업스니까 말이지요」

「그럼 어듸가잇나」

「꺽정이를 잡으면 나두상급을 후이 주실라우」

「우리가 상급은 후이 준다구는 말할수업지만 후이밧두룩은 해줄수잇네 념려말게」

「그럼 좌우포청사람을 한백명 모아가지구 나하구 가치갑시다」

「좌우포청이 쏘다저 나가거나 오위군사가 풀려나.가거나 그건 자네가 알안곳할것업구 꺽정이 잇는데만 말하게」

「글세 내가 가서 가르처줄테니 가치갑시다」

「가치갈때 가치가드래두 우리가 먼저 알어야겟네 말하게」

「꺽정이가 장통방(長通坊)에사는 기생 소홍이집에 잇기가쉽소 거기 업스면 두서너군데 다른데 가보면 녕낙재업시 잇슬께요」

「꺽정이가 기생방에 갓스면 저혼자 갓겟지」

「그건 알수업소 부하를 너더댓 데리구갓슬른지 모르우」
「꺽정이 부하가 서울안에두 만혼가」
「아니요 청석골서 데리구온 놈들이요」
나이만혼 포교가 술ㅅ집녀편네의 조카되는포교를 여프로오라고 손짓하야 불러가지고
「우선 시급히 대장댁에 가서 품할까 더자세한 문초들을 바들까 자네 들어가서 부장나리께 여쭤보게」
하고 일른뒤 다시 로밤이를 보고
「자네 참 성명이 무어야」
비로소 성명을물으니 로밤이가 본성명은 감추고 전에풀은 철원사명의 성명하나를 빌어서
「김춘선이요」
하고 대답하엿다
「나이는 멋살인가」
「마흔이 이마우에 와다엇소」
로밤이 여페 가까이잇는 절믄 포교가 로밤이의 귀ㅅ사대기를 철컥 우리고
「이놈이 설흔아홉이면 설흔아홉이라구 마흔이면 마흔이라지 이마우에 와다은것 다무어냐」

하고 꾸지젓다 로밥이는 어더마진 귀를 손바닥으로 눌르고 부비다가 손바닥을 떼고 고개까지 흔들어본뒤

「귀가먹먹해죽겟네 귀ㅅ창이 떨어젓나보우 그만말에 그러케 손찌검할깨 무어잇소」

하고 두멀두멀하엿다 나이만흔 포교가 로밥이의 하는꼴을 가만이 보고 잇다가 한참만에

「여기가 자네집 안방이 아니니 말대답을 조심해서하게」

하고 타일르둣 말하니

「인제는 무슨말을·못듣지 대답안할테요」

로밥이의 입찰이 열닷발이나 아프로 나왓다

「대답을 안하면 더 경치지 별수잇나」

「무슨 물을말이 또잇소」

「잇다마다 인제겨우 부리만 헌셈인데」

「사람을 기롱을 나릴작정이구려」

「쓸데업는소리 끄만하구 물을말이나 좀 물어보세 꺽정이겹 종년을 아직두 데리구사나」

「그집에서 나올때 그년을 내버리구나왓소」

「그러면 지금은 홀아빈가」

「그렷소」

부장청에 들어갓든 포교가 도루 나오더니

「부장나리가 대장댁에 가서 지휘를 물어가지구 오실테니 그동안에 번난사람들을 불러모으라구 하시구 만일 우변(邊) 사람이 알면 되지못하게 가리를 들기가 쉬우니 알리지안루룩하라구하십듸다 그러구 저놈들을 압장세우구 갓다가는 어수선한틈에 도타할 념려가 업지안흐니 아직 남간(南間)에 집어너두엇다가 장롱방에 갓다와서 다시 문초를 밧게하라구 하십듸다」

하고 말하야 로밤이와 졸개들은 굴속가튼 간(間)으로 끌려들어가게되고 포교들은 번난동무들을 불르러 사방으로 흐터저 나갓다

얼마동안 지난뒤에 포도부장 하나가 포교 이십여명을 거느리고 정통방으로 나가는데 이때 밤은 이경의 가까웟고 달은 대낫가티 밝겟다

장차ㅅ골다리에서 소홍이 집을 차자가자면 다리남쪽 큰골목을 십여간쯤 나가다가 동쪽 실골목으로 꺽기는데 그실골목이 사람서넛만 느러서면 팔놀리기 거북할만큼 널비도 좁다라커니와 기리 역시 짤막하엿다 실골목안을 들어서면 바른손편은 큼직큼직한집 뒤ㅅ담이요 왼손편은 적은집들 문아핀데 마즌바라기 서향으로 문난집은 치지말고 쳐온집이 모두 다섯채에 안침다섯

째가 소홍이와 집이엇다

소홍어의집은 기역자 원채에 안방 안방부억 대청 건넌방이잇고 일짜 아래ㅅ채에 문ㅅ간 들아래ㅅ방 광이 잇는데 서쪽 안방뒤와 북쪽대청뒤와 동쪽장독대 담너머는 뺑돌라 남의집이요 오직 남쪽 아래채아페 실골목이다 아래ㅅ채가 광잇는쪽은 막다른집 행낭뒷벽과 나란하나 문ㅅ간잇는 쪽은 엽집보다 조금 아프로 나와서 문ㅅ간과 안방부억 모퉁이에 조그만 기역자 담이 끼엿는데 그담우에는 좀도적 방비로 독개그릇 깨어진것이 수북하게 언처잇섯다

소홍이집을 차저 오는 손님이 수효도 만커니와 그손님들이 열의여덜아홉은 조신치못하야 아닌밤중에 드잡이노흠때도 잇고 오밤중까지 떠들때도 만허서 이웃불안이 적지아니하엿다 그러나 소홍이집 문이 일직 다치는날 밤에는 드잡이도 안나고 떠들지도 안하므로 이웃집사내들은

「그기집년 잘두 닫어드린다」

하고 옷고 녀편네들은

「오늘밤엔 조용하겟구먼」

하고 조하하엿다

이날 소홍이집의 저녁밥은 대중업시 느저서 인정친뒤에 겨우 끗낫스나 문만은 초저녁부터 다더걸고 오는손님들을 모주리 따돌리엇섯다 밤이 이경쯤이나 되엇슬때 누가와서 문을 두들기는

데 하두랍시 두들기어서 조석해주는 녀편네의 사내가 뜰아랫방 들창문을 치어들고 박글내다본즉 평량자쓴 사람하나가 문틈으로 안을 드려다보며 문짝을 두들기다가 들창문열리는 소리를 듯고 뒤로 물러나섯다

「누굴찻소」

「임씨성가진 냥반이 지금 여기와기시우」

「어듸서 왓소」

「그냥반의 친구냥반들이 알어 오라십듸다」

「지금 여기서 약주들 잡수시우」

「몃분이 기신가요」

「세분이요」

「네 잘알엇소」

소홍이집에잇는 사람이 들창문을 다치고 돌아서서 눈뜨고 누어잇는 신불출이와 곽능통이를 나려다보며

「가서 말슴해야지」

하고 물으니 두사람이 다가처 고개 끄덕이는 시늉을하엿다 그사람이 안방에잇는 격정이에게

사람왓다간것을 말하려간동안에 신불출이와 곽능통이가 서로 돕아보더

「누가 알려보냇슬까」

「남소문안에서 보냇는가베」

「초상상제가 설마 기생방에 올라구」

「그외에는 여기와 기신출올 짐작할ㅅ사람이 별루 업슬걸」

「우리는 남성밋골루 못가구 여기서 자는데 서울사람은 인정친뒤에두 맘대루 나다니는 모양일세」

「순라에 잡히지안는 무슨 표(標)나 패(牌)를 가지구 다니는게지」

이런말들을 짓거리엇다 꺽정이가 신불출이와 곽능통이는 저녁들을 먹여서 남성밋골로 보내려고 한것이 저녁밥은 다 먹기전에 인정을 처서 순라에 잡히지 안토록 보내려고 궁리하는것을 소홍이가 보고 그대로 밤들을 지내고 가게하라고 말하고 조석해주는 녀편네는 늘근이와 아이년이 자는 건넌방에 가서자게한뒤 그녀편네의사내와 셋이가치 뜰아래ㅅ방에서 자게한것이엇다 신불출이와 곽능통이가 왓다간 사람이 어듸서 온것을 물어보지 안흔탓으로 꺽정이에게 불려올라가서 꾸중을 실컨 듯고 나려온뒤 한식경이 채못되엿슬때 안방부억. 모퉁이에서. 절그릇 깨어지는 소리가 나서 신불출이가 소홍이집 사람보다 먼저 방문을 열치고 내다보니 기억자지

담우로 사람의 얼굴 하나가 보이엇다

「그게 웬놈이냐」

신불출이가 소리치자 곳 그얼굴이 아래로 나려가더니 한참만에 다시더 불끈 소사올르며 담우에 언친 깨진그룻을 마당으로 집어던저서 짜끈짜끈 소리가 나고 또한편에서는 문짝을 부시는듯 우찌끈우찌끈 소리가낫다 뜰아ㅅ방의 사내들은 다시 말할것 업고 안방의 사내까지 모두마당으로 쪼차나왓다

포도부장이 포교들을 거느리고 꺽정이를 잡으러나올때 꺽정이가 과연 소홍이집에 잇는가 알려고 포교하나를 압서보냇는데 그포교가 눈치를 들리지 아니하려고 고의적삼 바람에 펴랭자를 쓰고 갓섯다 포도부장과 포교들이 장차ㅅ골다리 북쪽천변에까지 왓슬때 압서보낸 포교가 정충정충 다리를 건너와서 부장을 보고 꺽정이와 그동류 두놈이 지금 소홍이집에서 술들 먹더라고고하야 이제 남은것은 소홍이집에를 어떠케 들어가랴뿐인데 문을 속여열리자니 기생의집이라 한번 다친문을 좀처럼 열어줄리가 업고 문을 부시고 들어가자니 흉악한 도둑놈 세놈이 미리 준비를 차리고 잇다가 싸우러 덤빌것이라 다 신통치못하고 한가지 된수는 가만가만담들을 넘어들어가서 세놈이 미처 준비를 차리기전에 칼과 창을 아프로 드리대고 꿈적말라면제아무리 신출귀몰하기로서니 꼽게 잡히지 별수업슬것이다 부장이 담넘어 들어갈 꾀를 말한

뒤 사다리어더올 공론을 내고 포교중의 한사람이 수표교(水標橋) 근처에사는 친척의집에 사다리가잇다고 동무포교 두엇을 데리고 그집에 가서 사다리를 들고 왓섯다 실골목 압까지는 네사거름들로 걸어오고 실골목안에 들어올때는 부장이 단속하야 발자취 소리들은 내지안코 사뿐사뿐 걸엇다 포교들이 부장의 지휘를 조차 소홍이집 부억모퉁이담에 사다리를 기대어세우고 가만이 넘어갈 준비로 사다리 우에 서넛이 층층이 올라서서 독개그릇 깨진것을 집어내리는중에 어떤것이 우아래가 서로엇걸려 언치엇든지 우의것을 집어들자마자 아래ㅅ것이 땅에떨어저 뇨란스러운 소리가 나서 이왕 발각난 바에는 얼른 깨진그릇을 치우고 담으로도 넘어가고 다친문짝을 부시고 문으로도 들어가게하라고 부장이 포교들을 재촉하엿섯다

꺽정이가 마땅에 나려와서 휘휘 돌라보다가 팡아프로 뛰어가서 밤을 굴르며 몸을 소치엇다 손이 처마끄테닷자 몸이바로 지붕우로 올라갓다 꺽정이가 뜰아래ㅅ방 지붕 댓마루 가까이 와서서 박굴 내다보니 실골목안에 포교가 가득한데 칼과 창을 가진자도 여럿인듯 번쩍번쩍 빗이낫다

「이놈들 내말들어라 내가 지붕에서 지붕으로 뛰면 넉넉이 피할수잇지만 너이놈들을 피해갈 내가 아니다 너이놈들이 나를 잡겟다구 갓지안은 놈들가트니」

꺽정이가 큰소리를 질른뒤에 지붕 댓마루의 숫기와ㅅ장 암기와ㅅ장을 손에닷는대로 벗기어서

포교들은 나려첫다 포교두서넛이 아이쿠지쿠하며 아프로 고고라지는것을 포도부장이 보고
「이애들 빨리 꼴목박그루 나가자」
하고 소리첫다 포교들이 머리를 싸고 골목박그로 몰려나갈때 그중의 담끠잇는 사람들이 고그라진 동무를 닛지안코 끌고나갓다 꺽정이가 실골목안을 두루 살펴보고 지붕에서 문아프로 뛰어나리며 곳 담에세운 사다리를 들고와서 누여서 기리로 빠처들고 골목박게 견진하고섯는 포교들은 쪼차나가며
「사닥다리루 너이놈들을 모주리 때려죽일테니 내빼지말구 게섯거라」
하고 호통하엿다 포교 대여섯이 아프로 나오는 사다리끄틀 붓잡아서 빼스려고 하다가 꺽정이가 한번 흔드는데 모두 헛가비가티 나가떨어젓다 포교들은 차치하고 포도부장부터 속으로 집이나서 장차ㅅ골다리 천변으로 뒤ㅅ거룸을 치기시작하엿다 리봉학이 황천왕동이 신불출이 곽능통이 네사람이 이때 비로소 꺽정이의 뒤를 쪼차나오는데 리봉학이는 고양이 잡으려든 활과 화살을 가지고나왓다 포도부장이 뒤ㅅ거룸으로 천변까지 다 나와서 포교들을 돌아보며
「이러다가는 저놈들을 잡지못하구 노치겟다 활을 안가지구온것이 실책이다」
하고 말할때 리봉학이가 활을 포도부장에게 그어대엿다 부장이 눈ㅅ결에 이것을 바라보고 급히 몸을 굽히엇스나 몸굽히는것보다 살오는것이 더빨러서 억개빠듸에 살을 맛고 여프로 비썰

거름은 치다가 개천에 떨어젓다 활과 화살이 모두 못쓸것이고 또 부장의 몸이 움즉인까닭게 산멱통으로 들어갈살이 억개빠듸로 흘른것이엇다 부장이 살맛고 나가떨어지자 포교들이 와하고 사방으로 흐러저 도망하는데 기와ㅅ장마진 포교들은 멀리 도망하지 못하고 개천에 뛰어들어가서 다리미테 업드렷다

꺽정이가 사다리를 들고 천변까지 쪼차나와서 우로 광제교(廣濟橋)쪽과 아래로 수표교쪽을 이리저리 바라보더니 포교들의 도망하는꼴이 우습든지 한번 껄껄 웃고 사다리를 개천에 내던젓다 개천ㅅ가 전바닥에 환도 하나가 떨어저잇서서 황천왕동이가 집어오려고 뛰어나려가는것을 화살마진자가 죽엇는가 보러가는줄로 꺽정이는 생각하고

「그깐놈 죽엇거나 살엇거나 드려다봐 무어하느냐 고만두구 올러오너라」

하고 말을 일럿다

「아니요 칼집으러 나려왓세요」

「그게 그놈의 칼인가부다 이왕 칼을 집을바엔 그놈의 몸에 칼집이잇나 봐라」

황천왕동이가 환도를 집어서 손에든뒤에 사지를 뻐치고잇는 부장에게 와서 허리에찬 환도ㅅ집을 떼엇다 부장은 억개빠듸에 화살을 마즐때 까혀박이자리를 얼른 비키려고할 정신까지잇스면서 자긔선곳이 다리와 천변의 어름인것은 생각을못하고 그대로 여프로 비키나가다가 칼

길이넘는 개천속에 모로 나가떨어지는데 옹이에 마되로 머리를 빨래ㅅ돌에 부닥드리고 긔절하야 다죽은 송장가티 되어잇섯다

「화살맛구 죽은놈외에 서너놈 다리미테 숨어잇는데 어떠케하까요. 마저다 죽여버리까요」

황천왕동이가 아래서 뭇는것을

「그깐놈돌 내버려두구 얼른 올려오너라」

하고 꺽정이가 대답하엿다 황천왕동이가 천변에 올라와서

「이칼 형님 드리까요」

하고 집에꾜진 환도를 아프로 내미니 꺽정이는 바더서 날을 뽑아 달빗에 비치어 보며

「그대루 쓸만한가보다」

말하고 집에 도루꾜자서 허리춤에 꼴른뒤

「인제 고만 들어가지」

하고 리봉학이를 돌아보앗다

「다시 들어가는것이 부지럽지 안허요 바루 가시지요」

「외판이나 해야지」

「불출이 농통이더러 가서 가저구 나오랫습니다」

「다른데무 간다면 어듸루 가는게 조흐까

「내생각엔 지금바루 성박그루 나가는게 제일상책일것 갓습니다」

「월성(越城)하잔말인가」

「월성할것업시 오간수(五間水)구녕으루 나가봅시다」

「동소문안에잇는 아이들은 어떠커구」

「그눔들은 나중에 소문들으면 저이대루 오겟지요」

「오늘밤 동소문안에 가서자구 내일 아주 다 데리구가는게 조치안흐까」

「내일은 성문에서 긔찰(譏察)을 심하게할걸이요」

「그두 그래 그럼 긴말할것업시 밤에 오간수루 나가세」

꺽정이와 리봉학이가 수작하는동안에 신불출이와 곽능통이는 세사람의 옷갓을 논하들고 나와서 한여페서 기다리고 잇섯다 길에서 의관들을 차리는중에

「대체 우리가 소홍이집에 와잇는걸 포청놈들이 어떠케 알엇스까」

꺽정이가 말하야

「어떤놈이 밀고(密告)한게지요」

리봉학이가 대답하는데 황천왕동이가 여페서

「밀고 한것이 놈인지 년인지 어떠케 아시우」

하고 말깃을 달엇다

「년이라니 자네맘에 의심나는 기집이 누군가」

「나는 첫째 소홍이가 의심나는걸이요」

「나두 처음엔 그런의심이 들엇는데 다시 생각해보니까 그러치 안흔상시퍼」

「소홍이가 우리버더 더놀라는걸 보시구 그러치안흔줄두 생각하섯나요 거짓울기두 잘하구 거짓웃기두 잘하는 기생년이 거짓놀라는시늉은 못하겟소」

「아니야 만일 소홍이가 미리 밀고해두엇스면 형님 기시구 안기신걸 알려왓슬리가 잇나 나는 의심이 나제왓든 노가에게루 가네」

「노밤이가 미덥지못한놈이지만 그래두 소홍이에게 대면 되려 미더울걸이요」

황천왕동이와 리봉학이가 각기자긔소견 말하는것을 꺽정이는 잠자코 듯다가

「소홍이두 아니구 노밤이두 아닐께다 나중에 알어보면 어떤놈의 한짓인지 알쑤잇겟지 고만 가자」

하고 말하엿다 꺽정이가 활가진 리봉학이를 맨아페 세우고 아무것도 안가진 황천왕동이와 신불출이와 곽능통이를 중간에세우고 자긔는 맨뒤에 서서 수표교천변으로 나려오는중에 뒤에서

「잠ㅅ간만 기다리세요」

소홍이가 소리첫다

꺽정이가 돌아서니 다른사람도 다 따라서 돌아섯다 소홍이가 총총거름을 처서 쪼차 오는계 손에 자그마한 보통이를 들어서 꺽정이는 무엇을 주려오는줄만 짐작하고 소홍이가 아페와서 선뒤에

「그것이 무엇인가」

하고 물으니 소홍이는 보통이를 내들어 보이면서

「이거요? 도망군이 보찜이에요」

하고 말하엿다

「도망군이 보찜이라니」

「나도 선다님따러서 도망할라고 나왓세요」

「허허 이사람 보게」

「아무리 창황중이라도 어떠케하란 말슴한마듸 업시 가신단 말슴이요 그러케 인정업는 선다님을 쪼차오는 내가 실업슨년일른지 모르지요」

「집은 대체 어떠케하구 나왓나」

「여기 섯지말고 가면서 이야기하십시다」

「그보퉁이는 이리 주게」

「선다님이 들고가실래요」

「속에든게 무엇이게 보기버덤 깨 막직해」

「되지안흔 재물이지만 내버리고 오기가 아깝길래 싸가지고 왓저요」

꺽정이가 신불출이를 돌아보며

「이거 들구가자」

하고 소홍이게서 바든보퉁이를 내어주엇다 다른사람들을 먼저와가티 압세우고 꺽정이는 소홍이와 둘이 가치부터 가는데 소홍이의 거름이 하위적거려서 손목을잡고 끌다시피하엿다

「자네집사람들에게 말하구왓나」

「그러머니요 나중 포청에들 불려가서 말할것까지 일러주고 왓는데요」

「무어라구 말하랫나」

「공연히 횡설수설 하지말고 모르쇠로 내빼드랫지요 실상 다들 아무것도 모르거든이요 오늘밤풍파를 겪고도 선다님이 누구신지 아직 모르는걸이요」

「자네가 포청에 잡혀가서 조련질 바들것이 겁이나서 나를 따라오네그려」

「그뿐만 아니에요」

「또 무엇이 겁이나든가」

「선다님께 의심을 바들른지 몰라서요」

일행보다 얼마 뒤떨어어진 꺽정이와 소홍이가 이때 하랑교(河浪橋)다리목을 지나는때 순라군(巡邏軍)들이 건너편 골목에서 내달아서 다리로 쪼차건너오며

「가지들 말구 게섯거라」

하고 소리를 질렀다 꺽정이가 소홍이더러 압서간 일행을 따라가라고 말하고 다리우에 올라서서 순라군들이 가까이오기를 기다리고잇다가

「내가 순라잡힐사람이 아니다」

하고 호령하니 순라군들은 꺽정이의 우아래를 훌터보고 갓지안케녀기는듯 코방구들을 뀌엇다

「너이들 순경 고만돌구 좌우변 포청에 가서 임꺽정이가 오간수루 가드라구 말이나해라」

꺽정이가 순라군들의 몽치든 바른팔을 낭쪽손으로 일시에 붓들고서

「너는 우변으로 가구」

하고 바른손의 순라군을 동댕이치고

「너는 좌변으로 가거라」

하고 왼손의 순라군을 동댕이첫다 철썩 철썩 순라군들이 개천물에 떨어진뒤 꺽정이는 천변에 와서 압서가지안코 기다리고섯는 소홍이를 끌고 부지런히 일행을 쪼차왓다 오간수다리께를와서 일행 여섯사람이 한데 모여서 개천ㅅ바닥으로 나려가랴할때 오간수에서 파수보는 군사들이 긴창들을 질질 끌고 쪼차오는데 하나는 노닥다리인듯 거름이 지척지척하고 또하나는 포병객인듯 기침을 콜록콜록하야 한참 바쁘게 쪼차온다는 끝이 여느사람의 것는폭만 못하엿다 꺽정이가 리봉학이를 돌아보며

「그화살 두엇다 무엇하나 저놈들 혼뜨검이나 내게」

하고말하야 리봉학이는 활을들고 군사들 오는편으로 마주나갓다

「이놈들 살 바더라」

리봉학이가 활을 나리키고 치키고 두번 쏘아서 한번은 아패오는 노닥다리의 발목을마치고 또한번은 뒤따라오는 병객의 병거지 꼭대기를 꽤엇다 발목을 마진 노닥다리는 다시 말할것업고 병거지만마진 병객까지 도망도못하고 그대로 주저안저버리엇다

리봉학이의 작난쪼 활이 파수군사들은 혼구멍 낸뒤에 꺽정이가 일행을 데리고 개천 바닥으로 나려와서 물이 말러자진 수구(水口)구녕을 골라서 기어 나가는데 소홍이가 선둥 나가서 한사람의 갓을 밧고 먼저 나간사람이 차례로 다음사람의 갓을 바더서 사내다섯사람이 갓하나 부

시지아니하엿다 성박게 나와서 다시 천변ㅅ길로 영도교(永渡橋)다리목에 왓슬때 압장선 리봉학이가 거름울 멈추고 돌아서서 꺽정이에게

『어듸두 가실랍니까』

하고 물으니

『아페서 가는대루 따러가니까 난 몰라』

하고 꺽정이가 너털우슴을 우섯다 의외의 큰풍파를 격고 야반도주하는사람이 너털우슴을 우슬경황도 업고 덧정도 업슬것이지만 화(禍)를 당할ㅅ번하고 면한데다가 소홍이 따라오는것이 다견하야 꺽정이는 소홍이집에서 술먹을때와가티 흥이 낫섯다

『우리가 바루 청석골루 가려면 서울을 안구돌아서 모래재(무학재)루 나가야할텐데 조정에서 비상한 수단을 써서 모래재(무학재)길목을 미리 지키지말란법두 업구요 또 우리가 아무리 밤도아 길을가드래두 내일 모레나 청석골을 들어가게 될텐데 조정에서 신속히 조처하면 내일하루안에 서울서 송도까지 연로의 방비를 시킬수가 잇습니다 그러니 청석골루 가지맙구 광복산으로 가는게 조흘듯합니다』

하고 리봉학이가 긴말하는것을 꺽정이는 간단하게

『조흘대루 하는게지』

하고 대답하엿다 광복산으로돌 가기로 작정하고 영도교를 건너와서 논틀바틀길로 다라원가는 큰길을 차저나오는중에 소홍이는 벌써 발이 아퍼서 꺽정이가 거들어주지아니하면 거름은 잘 떼어노치 못하게되엇다 황천왕동이가 꺽정이를 보고

「오늘 밤ㅅ길은 만이가기 틀렷스니까 장수원(長水院)가서 자구가지요」

하고 말한뒤

「제가 먼저 가서 방을 치워노호라구 일르까요」

하고 물으니 꺽정이가

「그래봐라」

하고 고개를 끄덕이엇다

장수원은 상거가 가까운 다라원에 내왕행인은 물수히 아이어서 원이라고 명색뿐인곳이나 지난해 청석골패들이 광복산에가서 잇슬때 꺽정이가 서울을 오는길에 하루ㅅ밤 숙소한일도잇거니와 그뒤에 황천왕동이가 서울을 자주 올라나리는중에 원주인과 면분이 생기어서 어느때 한번 무슨날이라고 술대접까지 바든일이잇섯다

황천왕동이가 순식간에 까막케멀려가는것을 소홍이가 정신노코 바라보다가 발을 헛드듸고 너머질ㅅ번하야 꺽정이가 얼른 붓들어주며

「이사람 아풀 안보구 어듸를보나」
하고 나물하엿다
「거름이 어쩌면 저러케 빠르서까요 저냥반 거름걸으시는걸 보니까 나는 거름이 더 안걸려
요」
「밤새두룩 가면 설마 경수원이야 가겟지」
「장수원이 예서 멋닌가요」
「한 삼십니 될껠세」
「삼십니요 어떠케 가면 조하요」
「저애들한테 업혀갈라나」
격정이가 신불출이와 곽능통이를 가르치니
「실혀요」
소홍이는 도리머리를 흔들엇다
「그럼 내가 업구가까」
「아이구 망칙해라」
소홍이가 말은 먼저보다 더 호들갑스럽게하여도 머리는 갸웃동 아양을 짓는것이 마음에 얼마

쯤 솔깃한 모양이엇다

『자 내게 업히게』

『그대로 걸어갈테니 손만붓들어주세요』

소홍이가 전과가티 꺽정이에게 손을 잡히고 끌려오다시피 한삼마장가량 더온뒤에 끌려오는것도 약약하든지

『난 인제 더 못가겟세요』

하고 꺽정이를 보고 울ㅅ상을하엿다 꺽정이가 우스면서

『어부바』

하고 소홍이를 두리처 업으니

『아이구 남부끄러워라』

하고 소홍이는 꺽정이 등에 얼굴을 파무덧다 소홍이가 큰머리를 나려노코 밋머리만 틀어언젓든까닭게 업히는데 가로 거치는것이 업섯다 꺽정이가 소홍이를 업은뒤로는 길이 잘불엇스나 밤이 워낙 느저서 첫닭울이에야 장수원을 대어왓다

원주인이 황천왕동이와 가치나와서 일행을 원ㅅ집 큰방으로마저드리는데 방바닥에는 공석을 깔고 멍석을 깔고 그우에 기직자리 서너닙까지 덧깔엇고 방중간에는 질화로에 숫불을 발가케

피어노핫섯다 그러나 방안은 소냉하엿다 미테서 올라오는 찬긔운은 공석 멍석기직자리가 막지마는 문새가 맛지안는 압뒤ㅅ문으로 들어오는 찬바람은 화로ㅅ불하나로 가실수가 업섯다 주인이 인사ㅅ성으로

「이부자리를 안가지구 오섯스니 치워서 어떠케들 주무시나요」

하고 걱정이보고 말하는것을 이봉학이가 여페서

「주인이 선심으로 이불 한채만 빌려주구려」

하고 가로채어 대답하엿다

「이불이라구 어듸 더프실만한것이 잇서야 빌려드리지요」

「이불이면 덥는게지 더풀만하구 못하구가 어듸잇겟소」

「참말 더러운 포대기쪽이라두 더프시겟소」

「빌려주면 덥다뿐이요」

주인이 자긔네 살림하는 처소로 가더니 한참만에 이불체것에 요몃색까지 껴가지고 온것을 문박게 나섯든 신불출이가 바더서 방안에 드려노핫다

「곤하실텐데 어서들 누으시지요」

주인이 방안을 드려다보며 인사말 한마듸하고 도루가려고 하는것을 걱정이가 할말이 잇다고

방안으로 불러드리엇다

「여보 주인 우리가 량식을 안가젓는데」

걱정이의 말이 채 끗도 나기전에 주인이 넌거퍼 네네대답하며

「아까 황선달께 말슴을 들엇습니다 초편먹으려구 풋바슴한 량식이라두 잇스니까 내일아침 진지들을 해드립지요」

하고 말하엿다

「우리가 갈길이 멀어서 아프루 여러끼를 먹어야 갈테니까 길량식을 아주 좀 변통햇스면 조켓소」

「이런사정은 말슴을 안해두 다아실테지만 원에 손님들이 안드니까 대궁술두 어더먹을수 업구 쟁게가 농사뿐인데 남의땅 너뎃마지기 지어가지구 여러자식색기하구 입구입해가기두 어렵습니다 길량식을 변통해드릴 주제가 어듸됩니까」

「주인에게 업스면 이웃에서라두 쌀 너덧말 꾸어줄수 업겟소」

「이웃집두 다 저가튼 가난뱅이들이라 꾸이라구 말할데두업습니다」

「우리가 떼어먹을까봐 핑게하는것아니요」

「원 천만의 말슴을 다하십니다 아까 황선달께두 말슴햇지만 제가 식구만 업스면 곳 따러다

니며 하인노릇이라두 하겟습니다 그런데 쌀 너덧말을 안주여 드리겟습니까」

꺽정이가 소홍이를 돌아보며

「자네 자장부처를 한가지 내노케」

하고말하야 소홍이가 보통이를 풀러서 그대로 꺽정이아페 내노흐니 꺽정이는 보통이속을뒤적뒤적하다가 말굴레가튼 온가락지 한벌을 꺼내들고

「온가락지 가지구 쌀을 바꿀수 잇겟소」

하고 주인더러 물엇다

「다락원이나 가면 혹시 바꿀수 잇슬른지 물르겟습니다 그러치만 들구나는것이라구 제갑어치를 다 주지안흘걸이요」

「제갑 다 못바더두 좃소 내일식전 일직가서 바꿔가지구 오우」

꺽정이가 온가락지를 주인에게 내준뒤에

「그러구 또 한가지 청할것이잇소 삭마 한활만 어더주우 마삭은 가서 후히 쥐보내리다」

하고 소홍이의 탈것을 부탁하엿다

얼마ㅅ동안잇다가 주인이 간뒤에 잘자리둘을 보는데 리봉학이가 이부자리를 소홍이더러 깔고 더프라고 말한즉 소홍이는 구질구질하다고 실타고하야 개떡쪽가튼 요는 신불출이와 곽능통이

준내주고 포대기쪽만한 이불은 소홍이까지 네사람이 깔고자려고 펼쳐깔엇다 소홍이는 기작자리우에 나가서 보퉁이를 비고 동그마니 따로누엇다 나중에 소홍이가 추운것을 견듸다 못하야 한겻지게치워노흔화로를 가질러가려고 일어나는것을 꺽정이가 잠이 들려말려하다가 눈을 미서보고 소홍이를 끌어다가 품안에 누이어서 추위를 모르고 자게하엿다

이튼날 식전에 주인이 은가락지를 가지고가서 쌀 한섬은 바꾸어왓는데 꺽정이가 닷말만 김량식으로 내노케하고 나머지는 다 주인을 내주엇다 소홍이 탈말과 말따라온 마부까지 마사람여덜이 느진아침때 장수원서 떠나갓다

장교통 천변에서 부장의 화살맛는것을 보고 거미색기가티 흐터진 포교들중의 칠팔명은 바로 파자교(笆子橋)모퉁이에잇는 좌포청으로 뛰어왓스나 포청에 사람이 몃안되고 더욱이 대장의 명령을 못바더서 뒤ㅅ조처를 급히한도리가 업스므로 달음질 잘하는 포교 두엇이 장달음울 노하 락산(駱山)밋 포장댁으로 쪼차왓다 이때 좌변포도대장 남치근(南致勤)은 꺽정이 잡은긔별이 오기를 고대하고 잇다가 잡지못하고 노첫단 말을 듯고 화가 천둥가티 나서 기와ㅅ골이 울리도록 고래고래 소리질러서 포교들을 야단친뒤 곳 말에 안장을 지우라고 하인들에게 분부하엿다 남치근이 좌포청에 나와안저서 청에잇는 상하소속을 친히 지휘하야 꺽정이의 거처(去處)를빨리 탐지해오게하고 소홍이집 식구를 잇는대로 다잡아오게 하고 또 집에 나가잇는 종

사판(從事官)부장으로부터 서원(書員)사령들까지 모두 불러드리게하엿다 좌포청 소속이 한사람 두사람 년방 청으로 모여드는중에 꺽정이가 하랑교에서 순라군사들을 동댕이첫다는 긔별이 들어오고 또 꺽정이 일행이 기집 사내 수십명이 오간수구녕으로 빠저나갓다는 긔별이 들어왓다 꺽정이 일행의 사람수효가 엄청만하진것은 오간수 파수군사들이 빗보앗거나 그러치안흐면 허풍친것이니 들을이 짐작으로 들을말이엇다 남치근이 이튿날새벽 파두(罷漏)치기전에 꺽정이를 그예 근포(跟捕)하려고 생각하엿든것이 틀린줄 알고는 화가 복비처서 한참ㅅ동안 안절부절을 못하다가 아닌밤중에 좌긔(坐起)하고 졸개세놈 국문(鞠問)할거조를차리엇다

「가에서 한놈씩 꺼내 오게해라」

대장의분부가 나린뒤 초참의 문초를밧든 나이만흔 포교가 가장 다긔지게 불지안튼 졸개를 맨먼저 잡아내오게하엿다

「꺽정이의 서울ㅅ집이 어느동네잇스며 꺽정이의 무엇되는것이 그집에서 사느냐」

그졸개가 처음에는 꺽정이의 서울ㅅ집이 업다고 잡아메다가 치도곤(治盜棍)에 초죽엄을 당하고 비로소 꺽정이의 안해 김씨가 동소문안에서 산다고 저이와서잇든 집을 대엇다

「그집이 동소문안 어느동네냐」

그졸개는 동명(洞名)을 몰라서 대지못하는것을 거만할 심산으로 자세히 대지안는다고 성정이 흑독한 남치근이 압슬(壓膝)하라고 호령하엿다 튼튼한 나무널 두쪽사이에 두무릅을 집어너코 냥쪽끄를 지지눌르는데 그속에 뿌린 서슬잇는 새금파리가 아지직아지직 부서지며 살에들어가 박힐때 졸개는 끔빽끔빽 죽다가 살아낫다 초ㅅ불 등ㅅ불이 바람에 후려서 침침하다 환하다하는 대청우에 노피안즌 포도대장은 염라대왕인듯 사람의얼굴에 주토비치 나도록 동해ㅅ불이 이글이글하는 뜰아래에 벌려선 군사와 사령들은 야차(夜叉)나 아귀인듯 산몸이 염라국에 가서 고초를 격는지 죽은혼이 포도청에 와서 악형을 당하는지 졸개는 정신이 가물가물 하다가 고찰하는 호령소리가 귀에 들릴때 한껏 말한는것이 얼른 죽여달란말박게 더하지못하엿다

「그놈은 도루갓다 집어너쿠 다른놈을 꺼내오너라」

나이만흔 포교가 남간(南間)아페와서 그졸개다음에 로밤이를 끌어내게하고 로밤이더러

「꺽정이 기집의 사는동네를 바루 대지안흐면 자네두 지금 저놈처럼 다죽어 들어오게 될테니 미리 알어차리게」

하고 귀토임해주듯 말하니 로밤이는

「네 잘알엇소」

대답하고 나서

「대관절 꺽정이는 잡엇소」

하고물엇다

「그건 지금 대답할수가 업네 나중에 알게」

「꺽정이 기집의 성은 무엇이라구 합듸까」

「그기집의 성을 자네는 모르나」

「먼저 말한놈이 무어라구 말햇는지 말이 서투 외착이날까봐 그러우」

「그년의 사는동네만 바루대면 성은 모른다구 안이대두 상관업네」

「먼저 말한놈이 외댓는지 바루댓는지 그걸 알면 내가 짐작이 나설일이잇서 알구십소」

「김가라구하데」

「인제는 외착날념려가업소」

로밤이가 냥쪽팔쭉지를 잡고 잇는 사령들더러

「자 고만들어가봅시다」

하고 말하엿다

사령들이 로밤이를 상투들고 또 덜미지퍼서 잡아드려다가 뜰아래 꿀려 노흘때 대청우에서

「바루 형틀에 올려매라」

하는 호령이 나리엇다 로밤이가 달려드는 사령들을 잠ㅅ간 참으라고 손을 내젓고 곳 대청우를 치어다보며

「그저 물으시드라두 소인이 아는것을 다 고지곳대루 바루 알외겟소이다」

하고 말하야 뜰아래의 사령이 그말을 바더올리엇다

「꺽정이의 기집이 어듸서 사느냐」

「동소문안 숭교방(崇敎坊)에서 사옵는데 집을 찻기가 기북합내다 포교하나만 주시면 소인이 가치가서 들뜰가티 잡어다 바치겟소이다 그집에 잇는사람이 꺽정이기집외에 늘근할미하나 기집아이년하나 뿐이올시다 셋을 한데묵거두 사내폭이 못되오니까 포교하나와 소인과 둘이가면 넉넉하외다」

대청우의 남치근이 뜰우에섯는 부장하나를 아프로 가까이불러서

「포교서넛더러 저놈을 압세우구 나가서 꺽정이의 기집과 그집에 가치잇는것들을 다 잡아오라구해라 그집은 단단이 봉쇄(封鎖)하구 이웃사람들을 불러서 풀한포기라두 잇든것이 업서지면 이웃에서 죄책들을 당할테니 잘지키라구 일르래라 그러구 저놈은 그대루 데리구 가지말구 항쇄(項鎖)해서 끌구가게해라」

하고 분부하엿다

포교들이 넉자기리 쇠사슬로 로밤이의 목을 올가서 개가치 끌고나간뒤에 꺽정이졸개 세놈중의남은 한놈을 마저 잡아내서 도적질들한 죄상을 국문하는데 로밤이의 근본과 행사도 그졸개의입에서 다나왓다 로밤이는 포교하나와 가치가게되면 틈을타서 도망하려고 마음을 먹엇던것이 포교가 셋이나 가치가게 될뿐더러 더구나 목에 항쇄가 잇서서 도망할가망이 업는까닭게 갑작기 마음이 변하야 요공을 하려고 김씨와 격장하야 사는 원씨도 꺽정이의 기집인것을 포교들에게 일러바첫다 포교들이 김씨를 잡은뒤에 로밤이의 말한것을 김씨에게 물어 보는데 김씨가 물ㅅ귀신심사로 원씨를 끌고들어가서 원씨와 원씨집사람까지 다한께 포청으로 잡혀 오게되엇다 김씨는 제천 낙반 권씨의집 파택으로 서울와서 사는중에 자칭 림선달이란자에게 욕을보고 욕볼때 죽어 마땅하것을 죽지못하엿다고 수월이 다 대답하고 원씨는 당시재상 원계검(元繼儉)의딸인것을 숨기고 서울 여염가 기집아이로 림가에게 잡혀와서 살앗다고 네댓번 다두처물어야 겨우한두마듸씩 대답하엿다 둘이 다 꺽정이의 기집이로되 소위 림선달이 꺽정인줄도모르고 꺽정이가 유명한 대적인줄까지도 전혀 몰랏섯다 두기집의 초사가 거짓말인가 아닌가물어보기겸 먼저 졸개의 입에서 나온말이 무함인가 아닌가 다저보려고 남치근이 사령들더러항쇄한놈의 항쇄를 끌르고 아프로 잡아내라고 분부하야 사령들이 한여페 속처안첫든 로밤이를 아프로 끌어내서 굴복은 시킨뒤에 첫대

「네성명이 무엇이냐」
하고 물으니 본성명이 졸개입에서나온줄을 모르는 토밤이는 서슴지도 안코 먼처 위조한대로
「김춘선이올시다」
하고 대답하엿다
「정녕 김춘선이냐」
토밤이가 가슴이 조금 뜨끔하나
「네 그럿소이다」
하고 그대로 내뻐덧다
「네가 꺽정이의 부하노릇을 몃해나 햇느냐」
「꺽정이의 부하노릇은 하로두 한일이 업소이다」
「그럼 너는 너대루 도독질하구 다녓느냐」
「소인은 도독눔이 아니올시다」
남치근이 별안간 큰소리로
「천하의 죽일놈가튼이 뉘아페서 거짓말이냐」
호명하고 토밤이가 변명할사이도 업시 곳 뒤니어서

「그놈을 빨리 형틀에 올려매라」

하고 분부를 나리엇다

전하는말이 곤장을 썩 잘치는 사람은 무지스러운 대곤(大棍)으로 연한 두부를 벼락가티 나려치되 두부가 우만 좀 부서지고 아래는 모가 깨지지안케 할수도잇고 또 그보다도 더 어렵게두부가 거튼 성하고 속만 으스러지게 할수도잇섯다고한다 곤장치는것도 여기 이르면 히한한 재주라 이런재주를 가진사람은 혼치 안켓지만 대개 집장사령노릇하는사람은 다 조금씩 손ㅅ대중으로 몽간을 부려서 혹 죄인에게 두남을 두기도 하고 혹 죄인을 더 골리기도하엿섯다 로밤이는이런 물계가 횡한사람이라 사령들이 대들어서 형틀에 올려맬때

「상목한동 차즐 어음쪽을 내몸에 지녓는데 틈타서 내드릴테니 차저서 논하쓰시우」

사령들을 보지안코 혼자중얼거리듯 짓거렷다 뜰우에섯는 부장이 사령들더러

「그놈이 무어라구 짓기리느냐」

하고 물으니 사령하나가 뜰우를 치어다보며

「실성한놈처럼 알어듯지 못할소리를 짓거립니다」

하고 대답하엿다 그러나 로밤이 짓거린 소리에 집장사령의 손ㅅ대중이 만히 달러젓다 되우치라는 호령아래 나려치는 치도곤이 겨우 살까죽을 터칫슬뿐이건만 로밤이는 곳 죽는거처럼 엄

살을 떨엇다 남치근이 치도곤을 세개에 중지시키고 다시 문초를 밧기 시작하엿다

「네성명이 무엇이냐」

「소인의 성명은 대중이 업소이다 어느때는 노밤이라구 하옵구 어느때는 김춘선이라구 하옵구 또 어느때는 임꺽정이라구까지 하옵네다」

「무엇이야 꺽정이야」

「소인이 철원 영평등지로 돌아다닐때는 임꺽정이루 행세햇소이다」

「네가 철원서 산인한일이 잇지」

「소인이 남의재물을 빼슨일은 잇서두 남의목숨은 빼슨일이 업습는데 철원서 다른놈 눈통에 주저안저서 누명을 흠빡 뒤집어썻소이다」

노밤이가 이와가티 거짓말 참말 뒤석거서 공초(供招)를 다한뒤에

「소인의 죄를 사합시구 소인에게 상을줍신다면 꺽정이의 기집하나두 마저 잡어바치구 또 꺽정이의 와주(窩主)두 잡어바치겟소이다」

하고 아뢰엇다

「꺽정이의 기집이 대체 며치게 또 잇단말이냐」

「꺽정이의 안해명색이 소인이 확실이 아는것만 넷이온대 하나는 시골잇습구 셋은 서울안에

잇소이다」

「그 기집은 어듸 살며 와주는 누구냐」

「두번다시 아뢰옵기는 황송하오나 소인에게 상급을 나리시겟습니까」

「상급을 준다구해야 말하겟느냐」

「지당하외다」

「지당하다 오나 치도곤 몃개까지 네놈이 말안코 배기나 보자」

「아니올시다 치도군 상급은 소원이 아니올시다」

모밤이가 제입으로 벌어서 치도곤 너댓개를 더 어더맛고 남성밋골 박씨의집과 남소문안 한온이의 이목을 핵핵 다불엇다

포교 두패가 남성밋골과 남소문안으로 나가더니 남성밋골 나간 패는 박씨의 모녀와 아이년까지 세식구를 잡아왓고 남소문안 나간패는 빈손으로 들어와서

「한온이란놈이 제아비가 죽어서 어끄제 지관을 데리구 구산하러 나갓는데 십여일후에 들어오리라구 하옵되다 그놈의 아비의 빈소만 지키면 그놈은 절루 잡히게 될듯하외다」

하고 대장께 아뢰엇다 꺽정이는 잡지못하고 노첫스나 꺽정이의 기집을 셋이나 잡은 까닭그로 남치근이 화가 적이 풀리어서 오래전부터 박게와서 대죄하고 잇는 화살마즌 부장을 비로소

집으로 나가라고 분부하엿다

꺽정이의 기집 셋과 로밤이까지 꺽정이의 졸개 셋은 남간 도간에 갈러너코 세 기집의 집사람들과 소홍이의 집사람들은 북간두간에 나누어 너케한뒤 남치근이 좌긔를 파하고 다 샌녁에 집으로 돌아갓다

이튼날 느진아침때 지난뒤 남치근이 좌포청에 나와서 잠시잇다가 바로 예궐(詣闕)하야 탑전(榻前)에 들어가서

『작야에 해서대적 임꺽정이의 도당 세명은 체포하와 꺽정이가 동뉴사오명과 가치 장투방에 모여잇는것을 아옵고 체포하려고 부장군사 이십여명을 내보냇숩더니 지휘하든 부장이 도적의 화살을맛고 너머지는데 군사들이 경접하와 도적들을 체포하지못하고 노첫사오니 부하를 잘동독하지못한 신의죄가 막대(莫大)하온줄로 아옵내다 신이 삼경에 등청(登廳)하와 부하들을 다리고 달야(達夜)하오며 꺽정이의 도당 세놈을 국문하온결과 그놈들의 초사로 꺽정이의 처 세명과 기외에 다소간 간련이 잇는 인물 십여명을 채포하엿소이다 꺽정이의처와 도당과 기타 간련인물을 다 형조(刑曹)로 보내올지 어쩌하올지 탑전정탈(榻前定奪)을 밧자와지이다』

하고 아뢴즉 꺽정이는 심상한 도적이 아니요 곳 반적(叛賊)인즉 비록 처속(妻屬)과 도당이라

또 형조로 보내는건 헐후하니 포청에서 세세히 문초를 바든후 전옥(典獄)에 나려 가두게하고 기의 간련인물은 형조로 보내서 경중을 분간하야 치죄하게 하라고 우의 처분이 나리엇다 남치근이 퇴궐(退闕)하는길에 다시 포청에 와안저서 북간의 십여명은 그두 형조로 넘기고 남간의 여섯명만 포청에 남겨두게하엿다

남녀 여섯명의 용모파긔(容貌疤記)를 일일이 다 내뒤에 세기집의 원정(原情)을밧는데 기집들 원정에 한온이의 강도와주인것이 여지업시 다 들어나서 남치근이 한온이를 체포하려고 그 병신 형과 본 안해를 볼모로 잡아다가 포청에 가두어두고 또 포교들을 보내서 그아비의 빈소를 지키게하엿다 세기집중의 원씨는 원정할때도 려염가 녀자로 근본을 꾸미느라고 말이 구석이 비고 동이 잘 닷지아니하야 남치근이 로밤이를 잡아내다가 원씨의 근본을 물엇더니 모전人다리 원관서의 딸을 꺽정이가 업어내왓다는말이 로밤이 입에서 나왓다 모전人다리 원관서란 당시 례조관서(禮曹判書)원계검이라 남치근이 속으로는 놀라웟스나 재상가 문호의 수치될것을 생각하야 거트로 률긔(慄氣)하고

「그놈 멀쩡한 미친놈이구나 그따위 미친소리 또하면 아가리를 찌저노흘테니 그리알어라」

로밤이를 다시 말못하도록 욱박질른뒤에 원씨의근본을 더퍼두고 더발키지아니하엿다

꺽정이의 기집들을 잡은뒤 나흘되는날 사간원(司諫院)에서 일어나서 포장(捕將)탄핵(彈劾)하

는 합계(合啓)를 올리엇다

『국가에서 포도청을 설치하고 좌우대장을 둘때 소관(所管)이 만코 절목(節目)이 자세하오네 지금 대장의책임을 가진사람들은 수탐하는것이 무엇인지 체포하는것이 무엇인지 통히알랴고도 하지아니하야 대적 패가 경긔경내에서 큰소요를 지어도 잡지못한것이 오로지 군률이 엄하지못하고 조처가 합당치못한 탓이옵고 일전에 대적들이 장통방에 모여 잇는줄을 알앗스면 대장된 자가 당연히 계책을 내서 다 잡아야 할것이온데 도적들이 도성안에서 관군을 저항하고 심지어 부장까지 활로 쏘앗다하오니 이것은 근고에업는 변이외다 도적이 화산한개 쏜다고 군졸들이 사방으로 도망하야 도적의 괴수는 노치고 겨우 그처속과 졸도를 오륙명 잡앗다하오며 이런한심한일이 어듸잇소리까 좌변대장 남치근은 먼저 파직시킨후 다시 추고(推考)시키시고 도적을노친 부장과 군졸들은 금부(禁府)에 나려서 치죄시키고 또 우변대장 리몽린(李夢麟)은 비단 나이 늙것슬뿐아니라 다리에 종긔가나서 집안에서도 행보를 잘못하므로 대장의 중한책임을 감당못할것이온즉 체차(遞差)시키심을 바랍내다』

사간원 계사(啓辭)는 대지(大旨)가 이와갓고 우에서 나린비답은 남치근의 파직은 너무과하니 체차시킨후 추고하게하고 기외는 다 계사(啓辭)와 가티 하라하야 좌우변 포도대장이 일시에 갈리게되엇다 남치근과 리몽린이 정원(政院)에 들어와서 몸에들 찻던 병부(兵符)와 대장패

(大將牌)와 전령패(傳令牌)를 도루바치고 나간뒤 정원에서 포장중임을 일시라도 비여두지못할터이온데 어찌하오리까하고 우에 품하야 포장의 망단자(望單子)를 빨리 바치도록 병조에재촉하란 처분을 물엇다

남치근이 정원에 들어왓다가 나갈때 궐문박게서 마침 궐내로 들어오는 병조판서 원계검을 만낫섯다

「우에서 특별하신 처분으로 간원(諫院)을 눌르서서 영감이 체차만 되섯다지」

원계검이 위로인사로 말을못는데 남치근은 밤에 잠못자고 애쓴보람업시 체차에 추고까지 겸처당한것을 속으로 못내 분하게 녀기면서 입에 발린말로

「천은(天恩)이 망극해서 황감하기 이를데 업소이다」

하고 대답하엿다

「영감은 년부역강(年富力强)하구 더욱이 지우(知遇)가 특별하니까 곳 다시 조용(調用)되겟지만 이포장(李捕將)은 이번체차에 전정이 낭패일껄」

「이포장은 사직하려구 상초까지 내노쿠 잇든차에 체차를 당햇다구 말슴합되다」

「이포장을 어듸서 만낫소」

「지금 궐내에서 만낫습니다」

「이조장은 먼저 나갓소」

「아니올시다 지금 막 정원으루 명소(命召)환납(還納)하러 들어갓습니다」

「영감은 벌서 명소를 도루 바치고 나가는 길이구려」

「네 그렷소이다 그런데 대감께 한번 조용히 여쭐말슴이 잇습니다」

「무슨 말이오」

「여기서는 여쭐수가 업는말슴입니다 그리구 여쭐바엔 속히 여쭤드려야 할텐데 어떠케하면 조홀까요」

「대체 무슨 일이요 우선 운만 좀 떼어보우」

「대감댁 문호에 관계되는일입니다」

「그게 무슨 일일까 잇다 저녁때 영감이 내집으루 좀 오구려」

「지금 댁으루 못나가시겟습니까」

「저금은 못나겟소 동궁(東宮)관례절차(冠禮節次)의 대신께 품할일이 잇서서 빈청(賓廳)에를 들어가는길이요」

「추고중에 한만이 출입하기가 어려우니까 지금 집으로 가는길에 잠ㅅ간 대감댁에를 들려갓스면 조켓서서 말슴입니다」

「그러면 영감이 먼저 내집에 가서 좀기다리우 내가 빈청에 다녀나온뒤 잠ㅅ간 마을에 들려 보구 곳 집으루 나가리다」

「오래되시진 안켓습니까」

「아니 오래될껀 업소」

「그럼 이길루 대감댁에 가서 기다리구잇겟습니다」

「사랑 문이 다첫거든 상노아이 불러서 열라구하구 들어가 안저기시우」

원계검은 궐문안으로 걸어 들어가고 남치근은 궐문박게서 멀리 걸어나와서 말을 타고 원관서 집으로 왓다

남치근이 주인업는 사랑에서 혼자 안젓다 누엇다하며 주인을 기다리는데 오래되지안는다든 주인이 너무 오래도록 오지아니하야 그대로 가려고까지 생각할때 문ㅅ간이 떠들석하며 주인 대감이 사랑으로 들어왓다

「오래 기다리게해서 미안하우」

「얼른 말슴을 여쭙구 가봐야겟습니다」

「조용히 할말이라지 그럼 이방으루 들어 오우」

원계검이 옷도 갈어입지 안코 바로 침방으로 남치근을 인도하엿다 단둘이 서로 대하야 안즌

뒤에 원계검이 먼저

「대체 무슨일이요」

하고 물엇다

「일전에 잡은 꺽정이의처 셋중에 원씨성을 가진 기집이 하나잇는데 그기집이 제말은 여연사람이라구하나 언어동작이 재상가 생장갓구 그본집은 대는말이 되숭대숭해서 수상하기에 꺽정이의 도당한놈을 잡어내서 그기집의 근본을 캐어물어본즉 그놈의말이 꺽정이가 모교천변 원판서댁따님을 업어내다가 데리구살엇다구합듸다 그놈을 미친놈으로몰리구 그따위소리를 다시하면 아가리를 찌저놋는다구 야단을 첫습니다 그러구 그기집의 근본을 더 자세히 캐지안쿠 어물어물해서 더퍼두엇습니다」

원계검의 얼굴에 피ㅅ긔가 업서진것을 보고 남치군이 말을 더하지안코 그만 끄치엇다 원계검은 열ㅅ긔업는 눈으로 남치군의 입만 바라보고 잇다가 한참만에 겨우

「그게 무슨소리요」

하고 말하는데 말소리가 알른사람의 신음하는 소리와가텃다

「재투나는 포장이 혹시 생각이 부족하면 대감께서 의외의 망신을 당하실른지 모릅니다 진작 전옥으로 보냇스면 이런 념려가 업슬것인데 미처못보냇습니다 이번에 애는 애대두 쓰구

체차에 추고에 겹천릭을 입게될줄이야 누가 알엇습니까」

「영감두 아실른지 모르나 내딸이 형제에 큰것은 출가해서 자식까지 여러남매 두엇구 자근것은 출가전에 요사햇는데 웬 딸이 또 잇단 말이요」

「그러면 그기집의 근본을 발켜두 조흔걸 지나친 념려를 햇습니다」

「그러니 아니니 떠들기만해두 나는 망신이니까 영감 용의가 고맙소」

「인제 물러가겟습니다」

「내가 수이한번 영감을 차지리다」

원계검이 남치근을 보내뒤에도 한동안은 넉일흔 사람가티 우두머니 안저잇섯다

「내딸이 도독놈의 기집이 되다니 그년이 아비어미의 혈육을 더럽혀도 분수가잇지 제게 수치요 부모형제에 수치요 온문내에 수치인걸 그대로 무릅쓰고 살엇스면 그년이 오장육부가 썩은게지 오장육부 성하고야 그럴수잇나 그년 성깔에 강포의 욕을 당하고 살리가 업는데 천하흉악한 도독놈의 기집노릇을 하고 살다니 그 천참만육할 도독놈이 무슨약을 먹여서 사람을 등신을 만들어 노핫나 등신이 아니라도 죽어야 하지만 더구나 등신이면 살어서 무이하나 하루바삐 죽어야지 전옥에 나려가두라신 처분이 나렷슬젠 필경 극형(極刑)에 처하실고양인데 군긔시(軍器寺)다리나 당ᄉ고개(堂峴)로 나가기전에 소리소문업시 약사발을 안긧ᄉ

면조겟다 마누라가 알면 요량분수업시 살려내라고 졸르렷다 말까닭게 성화상성된사람이 무손해거룰 부림론지 누가아나 마누라에게도 알리는게 부지럽지 남포장이 우물주물 해노흔대로 일이 끗나면 조켓지만 만약 재로 나는 포장이 찰찰하게 밟기집어내면 큰탈이야 우에 임문이되고 조관들이 다알게될테니 내가 인두겁을 쓰고서야 다시 조정에 나설수가잇나 지금 불과 칠팔일만 지나면 동궁관례에 찬(贊)노릇하고 직품(職品)이 숭품(崇品)으로 도처서 귀뒤에 도려옥을 부치게 될텐데 도리옥 맛은 못보구만다 될말인가 포청에 두지말고 빨리 전옥으로 넘기도록 주선이라도해야지 남포장부터 보기가 부끄러워서 안나오는 발명을 억지로 햇더니 다시 생각하니 숫제 까노코 이야기하고 이런의론이라도 해볼걸 잘못햇나보다 아니야 갈린포장과 의론해서 소용잇나 혹 무슨도리가 잇슬까 장의동(壯義洞)이나 가보겟다」

원계점이 혼자속을 지글지글 끌이먼끄테 장의동리량(李樑)을 차저갈생각이 낫스나 그러나 리량과 의론하거나 또는 리량에게 청촉하려고 마음을 먹지는못한것이 리량의 사랑에는 항상 손이만하서 조용치안코 설혹 조용하더라도 얼굴에 개가죽을 뒤어쓰기전엔 개구(開口)하야 말하기가 어려운까닭기엇다

원계점이 리량의집에 왓슬때 마침 주인은 궐내에서 일직나왓고 매일가티 댁대령하는손들은

아직 모이지아니하야 사랑이 의외로 조용하엿다

「대감 지금 마을에서 나오시오 마을에 무슨일이 잇소」

리량이 뭇는말에 원계검은 고개를 가로흔들며

「아니요」

하고 대답하엿다

「그럼 웬일이시요」

「이러케 조용한대 좀 와서 보이려고 일직 왓소」

「내가 일직 퇴궐하기를 잘햇구먼」

「오늘 포장이 새로 낫나요」

「네 낫소」

「좌변이 누구요」

「김순고(金舜皐)요」

김순고는 원계검과 세혐(世嫌)이잇는 사람이다 원계검의 아버지가 무슨 별성(別星)으로 김순고의 조부 어듸 부사(府使)를 장파(狀罷)시킨일이 잇서서 서로 세혐을 보앗다 김순고의 좌포장은 원수를 외나무다리에서 만난셈이라 원계검이 속으로 원색기를 끄지 안흘수 업섯다 원계

검의 긔색이 조치못한것을 리량이보고

「대감 무슨근심이 생기섯소」

하고 물엇다

「내가 벼슬을 버리고 어느시골로든지 낙향하게될가보오」

「그게 웬말슴이요 급류용퇴(急流勇退)한 생각이 낫단말슴이요」

「아니요 그런생각이 난게아니라 그럴사정이 잇소」

「그럴사정이 무어요」

「집안사람들도 모르게 숨겨둔 문호의 수치되는일이 한가지잇는데 말슴하잔즉 나치 뜨뜻하오」

원계검이 이러케 말한끄테 출가전 자근딸이 하루밤새 업서저서 죽엇다고 헛장사를 지낸 일을 이야기한다음에 남치근의 말하든 사연을 옴기어 말하고나서

「이일을 아는사람이 집안에서 우리 내외뿐이고 외인으로는 지금 남포장이 기연가 미연가하게알뿐인데 새로난 좌포장은 내집과 세혐잇는 사람이니 알기만하면 온세상사람이 다 알도록 떠돌어 노치안켓소 그러면 내가 갓철대를 이마에 부치고 남의아패 나설수가잇소」

하고 눈물까지 먹음으며 말하엿다 리량이 원계검의 말을 들은뒤

「김순고가 손을 대지못하게하면 염려가 업겟구려 그만일이 무에 어렵겟소 내가 이를테니 념려마시오」

하고 말하야 원계점은 념려가 적이 노이엇다

재로 제수(除授)된 좌변포도대장 김순고가 처음시무(視務)하기시작하든날 꺽정이 기집마즐개놈의 구초(口招)바더 적은것을 뒤적뒤적보다가 종사관 한사람을불러서

「원가성가진 기집년은 서울여염사람의 딸이라구답햇지 그아비이름두업구 그본집동명(洞名)두업구 꺽정이의 기집된 경노두 분명치안흐니 문초를 어떠케 바든셈인가」

하고 나물하는 구긔로 말을 물으니 그종사관은 차긔가 잘못이나 한것가티 황송하야하며

「그기집이 하두 몹시 깐깐해서 그나마두 밧는데 힘이 여간키이기 안햇소이다」

하고 대답하엿다

「깐깐하다구 문초를 건정햇단말인가」

「그런건아닙지요만 그기집이 사람이 잔약해서 빰한번 맛구두 까물치니 어떠케 개질을 할수가잇서얍지요」

「그기집과 가치 잡혀온것들이잇는데 그것들이라두 조겨서 물어볼께지」

「재상가의 딸을 꺽정이가 업어내왓다구 꺽정이의 부하한놈이 말하옵는것을 전대장영감께서

미친놈 미친소리한다구 욕박질르시구 더 캐어뭇지안코섯소이다 이번 꺽정이의 기집들을 잡게된데는 그놈의 내통한힘이 만습지요만 그놈이 사람이 실성한놈갓구 말이 사구일쟁이와 다」

「원씨의 재상가라면 지금 원제검 원판사 박게 더잇나」

「그놈이 모교ㅅ다리 원판서라구까지 말하옵듸다」

「도두지 새판으루 내가 한번 문초를 바더봐야겟네」

「지금곳 거조를 차리라구하오리까」

「오늘은 내가 몃군데 인사다닐데가 잇서서 일직 나가야겟스니 내일하세」

「소인은 처소루 물러나가오리까」

「그러게」

김순고가 종사관을 내보낸뒤 얼마아니잇다가 집으로 나가려고 하는차에 패초령(牌招令)이 나려서 집으로 나가지 못하고 궐내로 들어왓다 우에서 김순고를 편전(便殿)으로 불러드려서 꺽정이의 기집들과 도당들을 곳 전옥으로 보내서 가두게하리고 분부를 나리엇다 김순고는 원계검의딸이란 기집이 아닌가 펀가 발켜볼마음이 골독하야

「초사의 불분명한점이 간혹 잇사오니 신이 일차 추문(推問)하온후 하옥하오면 어떠하올지」

하고 품하엿다

「꺽정이의 처와 도당인것은 분명하지」

「그는 분명한줄로 아뢰오」

「그러면 초사를 더 상세히 바들것이 업스니 그대로 즉시 전옥으로 보내라」

「지당합시외다」

김순고가 어명을 밧고 궐내에서 물러나오는길로 다시포청에 와서 꺽정이의 기집셋과 졸개셋을 다 전옥으로 압송(押送)시키엿다

로밤이가 치도곤을 마즐때 상목한동 어음쪽을 나중에 사령을 준다고 일시 발림수로 거짓말하고 이튿날 사령두엇이 간아패 와서 어음쪽을 내라고 말할때 옷고름을 뜻고너허둔것이 승교방을 갓다 오는동안에 길에빠젓는지 업서젓다고 거짓말 뒤갈망으로 또 거짓말하야 사령들이 더무니업는 거짓부리로 사람을 놀렷다고 로밤이를 곳 잡어먹을것가티 별럿섯다 집장사령이 어느때 간아플 지나가다가 도끼눈을 뜨고 드려다보며

「이놈아 요다음엔 대매에 심ㅅ줄이 끈어질테니 그려알어라」

하고 별르는데

「여보 한번 별로지말구 열번치라는데 사람을 공연이 왜 그러케 별르우 상목한동은 내가 나

가는날루 곳 여러분게 내줄테니 염녀마우」

하고 로밤이는 이죽이죽 말하엿다

「이눔아 나가건 어될나가 궁귀서따리루 나가」

「나를 상급은 안주드래두 백방(白放)이야 안할라구」

「백방 이눔아 쉬어라」

「두구보우」

「두구봐야 목아지 뎅정이다」

「내가 죽으면 시원할께 뭐요 상목몃필만 떠나가지」

「상목소린 다시 입박게 내지마라 듯기두 실타」

「지금은 저래두 상목줄때는 실탄말안쿠 여게 노첨지 고마워 하구 바들테지」

「뒤ㅅ덜미에 사자밥을 질머진눔이 잘두 너덜댄다」

「실업슨 말은 고만두구 내가 언제쯤이나 노여나가겟다구 말들합듸까」

「너이년눔을 허루이 다스린다구 간관들이 먹어대서 남대장께서 벼슬이 떨어지셧다 재 대장이 누가 오시든지 너이는 여기서 초축엄하구 궁귀서ㅅ다리나 당ㅅ고개에가서 영축엄한다 내말이 헛말인가 두구봐라」

사령이 삭의우슴을 우서가며 말하는것을 듯고 로밤이는 마음이 좀 떨떨음하야 젓섯다 강도의 초범(初犯)으로 죽일죄상이업는자는 이마에 강도라고 자자(刺字)하야 먼변지(邊地)로 귀양을 보내고 또 강도의 처자(妻子)는 소재관(所在官)에 관비관노(官婢官奴)를 박는것이 법전(法典)의 정한형벌이니 법전대로 시행하면 꺽정이의 졸개 두사람과 기집세사람도 다 죽지 안호며든 허물며 로밤이의 공로잇슴이랴 꺽정이의 잇는처소와 기집들과 와주를 고해바친공로가 아무리 졸잡더라도 전에 지은죄는 넉넉히 대속할만하므로 로밤이는 죽을리 만무할줄 밋고 잇섯다 남치근 대에 새로나는 포도대장이 남치근보다 더혹독한 사람이라도 억지로 죽을고에 몰아너흘리는 업겟지만 문초는 다시밧기가 첩경쉬운테 문초를 다시 밧는다면 망벼락가티 별르는 집장사령의손에 치도곤을 되게 마즐념려가 업지아니하야 반죽조흔 로밤이도 치도곤은 무서워서 손톱여물을 썰게 되엿섯다

새포도대장이 등청한뒤에 문초는 다시 밧지안코 불각시 전옥으로 넘기더니 전옥에서 스물닷근칼을 씨우고 착고까지 채우는것이 분명히 사죄수(死罪囚)로 다루는모양이라 로밤이는 어이가업서서 한동안 입에서 말이나오지아니하엿다 로밤이가 가처 안저서 곰곰 생각하야보니 상급은 주지안터라도 포청에서 백방해야 올흘것을 백방하지안코 넘기면 형조로나 넘겨야올흘것을 형조로도 넘기지안코 전옥에갓다 가두어도 류만부동(類萬不同)이지 머리에 스물닷근 칼이

당하며 다리에 착고가당한가 그러나 올치안흔것을 따질데도 업고 당치안흔것을 물을데도업스니 인제는 살지안흐면 죽을판인데 죽는것이 일뜨고 사는것이 징사다 하늘이 무너저도 소사날구멍이 잇지 설마 아주죽으랴 살아나갈꾀를 이것저것 생각하는중에 마침 쇄장(鎖匠)이 하나가 창ㅅ살아프로 지나갓다 쇄장이를 불러서 말을 좀 해볼생각으로 로밤이가 여보여보 소리치니 쇄장이는 한번 흘낏 엽눈질만하고 그대로 가버리엇다 로밤이가 흘쩨 엉엉 울기시작하엿다 울음소리가 야단스러울때 쇄장이가 창ㅅ살아페와서 드려다보며

「이놈아 시끄럽다」

하고 소리를 질럿다 쇄장이를 불르느라고 우는울음이라 로밤이는 울음을 뚝끄치고

「내가 원통해서 죽겟소」

하고 우는소리로 말하는데 쇄장이가 무엇이 바쁜지 대꾸도 안하고 또 그대로 가버리려고 하엿다

「여보시우 참봉나리를 좀뵙게해주서우」

「참봉나리는 왜」

「말슴 여쭐일이 잇소」

「말슴 여쭐일이 잇거든 뒷다가 지만(遲晩)올릴때 실컨 여쭤라」

「내가 역적고변을 할라구 그러우」

「역적고변을 할라면 진작 포청에서 할것이지 왜 여기와서 수선이냐」

「포청에선 고변안하구두 노여나갈줄만 알엇드니 인제 할쑤업서서 고변하구 목숨이나 살어 나갈생각이요」

「내가 말슴을 여쭤줄테니 시끄럽게 굴지말구 가만잇거라」

비록 죄수라도 고변한다는것은 막는법이업다 로밤이가 고변한다고 말한지 사흘만에 의금부(義禁府)에서 로밤이를 데려가게되엇다 여느사람이 고변을하여도 죄인가티 몽두(蒙頭)를 씨우거든 전옥에 가친 사죄수야 더말할것이 잇스랴 몽두만 씨울뿐아니라 항쇄족쇄(項鎖足鎖)까지 다하엿다 금부라졸들이 로밤이를 끌고와서 몽두를 벗기고 항쇄족쇄를 풀르고 상투잡아 끌어다가 당직청(當直廳)대ㅅ돌아래 꿀려노흔뒤 번(番)든 도사가 대청우에서 나려다보며

「내가 역적고변한다구 한놈이냐」

하고 호령으로 말을물으니 로밤이는 가장 황송한체하면서

「네 그럿소이다」

하고 대답하엿다

「역적모의(逆賊謀議)하는놈의 성명이 무엇이냐」

「임꺽정이올시다」
「임꺽정어? 임꺽정이란 도독눔이 아니냐」
「그눔이 여느도독눔이 아니구 역적질하려는 도독눔이올시다」
「역적질을 어떠케하려구 하느냐」
「그눔이 군사를 끌구 서울을 처들어올라구합니다」
「그 거일이 언제냐」
「거일이란 날ㅅ자만습입지요 날ㅅ자는 아적 작정이 업습니다」
「서울안에 내응(內應)이 만흐냐」
「네 만습니다 남소문안패가 모두 내응하기루 됏습니다」
「남소문안패란 무엇이냐」
「서울안 도독눔패의 엄지가락이올시다 그패의 괴수가 남소문안에서 사는까닭게 남소문안패라구 이릅니다」
「그 괴수가 누구냐」
「괴수한백량이가 얼마전에죽구 그아들 한온이가 괴수노릇을 합니다」
이때마침 파장이 하나가 도사에게와서

『지사(知事)대감께서 잠ㅅ간 들어 오시라구 여주십니다』

하고 말하야 도사가 로밤이에게 말뭇는것을 중단(中斷)하게 되엇다 판의금(判義禁)이 유고하야 들어오지 아니한까닭게 마을일을 지의금이 총찰하엿다 지의금이 당직청에서 들어온 도사를보고

『고변한다는놈이 성이 노가라지』

하고물은뒤

『포청에서 문초바든 문안(文案)이 통히 여기와잇스니 한번 나려보게』

하고 아페 노인 문안을 도사에게 내주엇다 도사가 여러초사중의 로밤이의것만 자세자세 나려보고 다시 당직청으로 물러나와서 마당 한구석에 쭉쳐안친 로밤이를 끌어내다가 아매꿀리게 하엿때

『꺽정이가 흉악한 대적인것은 다시 더 말할것 업고 한온이가 꺽정이의 와주인것도 포청에서바든 초사에 다 들어낫는데 새삼스럽게 무슨고변이냐 고변한다구 떠든 의사를 바루 아뢰어라』

『소인이 꺽정이하구 가까이 지나는동안에 그놈이 도둑질은 여차구 여적질하려구 골독한것을 알구서 그놈을 나라에 잡어바치구 소인의몸에 부튼 도적의때를 씨스려구 맘을 먹엇소이

다 그래서 일껀 꺽정이의 잇는처소를 포청에 고해바쳣드니 포도부장과 포교들이 변변치 안어서 독안에든 쥐를 노쳣소이다 꺽정이만 잡혓드면 소인이 상급을 타면타지 전옥에 가치게 되겟습니까 소인이변변치안흔 포도부장과 포교들의 엉결을 입은셈이올시다 소인이 어떠케든지 그에 꺽정이를 잡어서 나라에 바치구 그공로루 죄병두 벗구 도적떼두 씻구 태평성대의 양민으로 맘노쿠 살어보구시퍼서 새삼스러운줄까지 알면서 고변한다구 햇소이다」

「꺽정이를 네가 어떠케 잡어 바칠테냐 꺽정이가 어듸루 도망한것을 너는 아느냐」

「꺽정이 도망해간데는 청석골 아니면 광복산이겟지요만 청석골이든지 광복산이든지 쪼처가서 힘으로 잡자면 일이 너무 거창하니까 꾀루 잡어야합니다」

「꺽정이 잡을꾀가 잇거든 말해봐라」

「지금 소인의 생각에는 제일 조흔꾀가 꺽정이의 어미를 먼저 잡는것이올시다 그놈의 어미는 적굴이 실타구 혼자 따루 사는까닭에 잡기가 쉽습니다 그어미를 잡어다가 전옥가튼데 가두어두면 꺽정이가 천하무도한놈이지만 제어미에겐 효성이 무던하니까 파옥하러올것이구 파옥할힘이 업스면 자수라두 할것입니다」

「꺽정이의 어미는 어듸서 사느냐」

「역시 청석골 산속이지만 적굴에서 상거가 거의 오리가량이나 됩니다 소인이 포두군사 서넛만 데리구가면 동소문안 꺽정이의 기집을 잡어오듯 든손 잡어올수가 잇습니다」

도사가 로밤이의 말을 듯고 한참 생각하다가 라장이 하나를 불러서 로밤이를 아직 금부장방에 가두어두게하고 로밤이의 말한사연을 곳 지의금과 동의금(同義禁)에게 고하엿다 꺽정이를 잡으면 조정의 큰군심거리 하나를 덜게되므로 지의금과 동의금이 다 로밤이의 말을 기특하게 녀겨서 조금도 의심안코 그대로 준신하야 꺽정이의 어미부터 잡아올리도록 우에품하자고 장의를할때 도사 한사람이 아프로나와서

「꺽정이란놈의 어미아비가 잇단말을 들은일이 업습니다 그어미가 과연 살어잇나 그것부터 알어보시는것이 조흘듯합니다」

하고 말하야 지의금 한분과 동의금 두분이 다한께 고개를 크게 끄덕이엇다

「그걸 어떠케 알어볼까」

지의금 뭇는말에

「꺽정이 속내를 잘아는 사람이 라장이 라졸중에두 더러잇슬줄 압니다」

하고 그도사가 대답하엿다 꺽정이의 어미아비가 업는줄을 아는 라장이와 라졸이 대여섯이나 되는데 그중의 라장이 하나가 그아비는 죽은지 얼마안되고 그어미는 죽은지 오래된것까지 자세히 알엇섯다 로밤이의 말이 허무맹낭한 거짓말이라면 거짓말한 까닭기 무엇인가 일차 국문

하자고 지의금이 동의금부과 의론한뒤 곳 라졸들을 호령하야 형구를 벌리고 로밤이를 잡어드리게하엿다

라졸들이 로밤이를 호두각(虎頭閣)대청 섬ㅅ돌아래 잡아업치고

「죄인 잡어드렷소」

하고 소리친뒤에 지의금이 로밤이의 성명과 년령(年齡)과 꺽정이와 관계된것을 몃마듸 뭇고나서

「꺽정이의 어미가 어듸잇느냐」

하고 나려물으니

「청석골 근처에 잇소이다」

하고 로밤이는 대답을 올리엇다

「죽은년의 무덤이 청석골에 잇느냐」

「아니올시다 꺽정이의 죽은 어미의 무덤은 양주에 잇습구 청석골잇는것은 산어미올시다」

「꺽정이의 어미아비는 다 죽엇는데 웬 산어미가 또 잇단말이냐 이놈 네가 얼마나 죽구시퍼서 거짓말을하느냐」

「꺽정이의 어미가 잇거나업거나 소인에게 고물두 이해상관이 업습는데 공연이 업는걸 잇다

구 거짓말슴을 여쭐리가 잇소리까」

「꺽정이의 산어미가 정녕 잇느냐」

「네 잇소이다」

「그럼 산어미는 무슨어미구 죽은어미는 무슨어미냐」

「죽은어미는 나흔어미옵구 산어미는 양어미올시다」

「꺽정이가 양자간일이 업는데 웬 양어미가 잇단말이냐 그게 거짓말이아니구 무엇이냐」

「꺽정이의 가문래력을 소인이 아뢰리다 이 장짜 곤짜 이찬성대감 부인의 고모되는 꺽정이의할미가 자식형제를 두엇습는데 큰자식은 함흥서 대대루 해먹던 고리백정질을 해먹구 자근자식은 이찬성부인을 바라구 서울을 올라왓다가 양주 쇠백정의 데릴사위가 되어서 양주서 푸주를 햇소이다 쇠백정의 딸년이 꺽정이 삼남매를 나엇습는데 꺽정이의 손우누의는 이찬성부인의 사촌올케가 되엇다가 서방이 일즉 죽어서 청춘과부로 친정살이를 하게된것이 지우금 꺽정이와 가치지내옵구 꺽정이의 동생은 년전에 양주옥중에서 그아비와한께 죽엇소이다 꺽정이의 아비가 살엇슬때 그형이 딸자식하나두 두지못하구 죽어서 그 형수를 함흥서 대려오구 꺽정이를 형의목으루 형수에게 바치까닭게 꺽정이의 큰어미가 곳 양어미 올시다 꺽정이 나은어미는 벌서 죽은지가 오래지요만 양어미는 아직두 얼마를 더살른지 퍼둥퍼둥하외다」

「지금 네말에 일호거짓말이 업지 달리알어봐서 만일 거짓말이 석겻스면 장하에 물고를 내두원망을 못하렷다」

「원망을 못하다 뿐이겟습니까 다만 한가지 미리 아뢰올 말슴이 잇습는데 들어주실른지요」

「무슨말이니」

「소인의 말과 틀리는말을 하는사람이 잇습거든 그사람과 소인과 면질(面質)을 시켜주섯스면조켓소이다 그건 다름이 아니오라 이목널븐포청에두 꺽정이의 일을 잘아는사람이 업서서 꺽정이의 기집이 서울안에 셋씩이나 잇는것을 소인의 말을듯구 비로소 알구 웬기집이 그러케만흐냐구 모두 놀라옵되다 포청뿐아니올시다 당장 꺽정이 수하에잇는 도독놈들두 두령이나 꺽정이에게 신임밧는 두목들외에는 꺽정이의 일신상 일은 소인만큼 아는놈두 별루 업소이다 잘알지못하구 소인의말을 거짓말이라구 하오면 소인이 억울하온 까달게 미리 이런말슴을 아뢰옵는게올시다 제일 조키는 소인이 라졸이나 포교들과 가치가서 잡어오는 기집은 다달해봅서서 꺽정이의 어미가 아니옵거든 소인을 어떠케든지 치죄합시요」

로밤이의 대답이 처음부터 조금도 구김이 업서서 누가듯든지 거짓말갓지안코 참말가텃다 로밤이를 장방에 도루 갓다 가두어두라고 분부하야 라졸들이 박그로 끌고나간뒤에 지의금이 동

의금과 도사들을 돌라보며

「그눔의 말이 아주 허무맹낭한 거짓말갓진안치?」

하고 물으니

「그눔의 대답하는것이 별루 어색한데가 업서보입듸다」

「꺽정이의 아비가 이찬성 후취부인과 척의잇단말은 나두 전에 들은법합니다」

동의금들이 이러케 대답할뿐아니라 먼저 꺽정이의 어미잇단 말을 의심하던 도사까지

「그눔이 생김생김은 흉물스러우나 하는말은 바이 거짓말갓지 안습니다」

하고 의심이 적이풀린 모양으로 말하엿다

이튿날 판의금이 금부에 들어와서 로밤이의 일을 자세 다릇고 어떠케조처할가 지의금 동의금들과 상의들하엿다 로밤이가 꺽정이의 부하로 꺽정이를 배반하고 조정에 귀순하려고하는것은 포청에서 여러가지 밀고한것만 보더라도 알수잇는 일이고 로밤이가 꺽정이의 모를 잡아온다는것은 그다지 미덥지못하나 중로에서 도타할것외에 다른념려는 업는일이라 허허실실로 한번 보내보자고 의론이 일치하야 판의금이 이뜻으로 우에 품한뒤 라장이 눌과 라졸 다섯을 로밤이와 안동하야 꺽정이의 모를 잡으러 보내는데 로밤이는 몸에 오라를 지우고 그러고도 또 일동일정을 임의로하지못하게하야 도타를 방비하라고 라장이와 라졸들을 각별히 신칙하엿다 로

밤이가 전옥을 버서나고 금부를 버서나서 마음은 날을것가트나 두팔이 오라에 묵겨 팔짓을할 수업서서 거름은 잘걸리지 아니하엿다 잘 걸리지안는 거름을 짐짓 더 굼되게 떼어노하서 라졸들이 조급증이 나도록 거름이 느리엇다

「이놈아 거름좀 빨리 걸어라」

「네놈하구 가치가자면 여드래 팔십리 가기가 바쁘겟다」

「굼벙이 천장하느냐 이년석아」

라졸들의 입에서 이런말이 나올때 로밤이는 거름을 아주 멈추고 서서

「여보 거름을 빨리 것자면 활개짓을해야 하지안쏘 두활개를 잔뜩 묵거노코 어떠케 빨리 걸으란말이요 활개짓 좀하게 두팔을 내놔주시우」

하고 말하엿다 라졸들이 로밤이를 아페서 잡아끌고 뒤에서 떠다밀고 하다가 성이가시든지 나중에 라장이들에게 말하고 로밤이의 두팔을 놀리게 해주어서 그뒤부터는 로밤이가 팔짓을 하며 거름을 거뜬거뜬걸엇다 첫날은 서울서 늦게 떠나서 고양와서 숙소하는데 밤에 잘때 오라를 풀러주지안코 도리어 내노흔 팔까지 마저너허서 묵그려고 하야 로밤이가 라장이들을 보고 밤ㅅ잠이나 편히자게 해달라고 비두발괄하엿다 라장이들이 처음에는 떼떼하더니 나중에 어찌생각하고 큰혜택이나 베푸는것처럼 허락하야 로밤이는 오라를 벗고 라졸들틈에 끼어자게되

엇다 로밤이가 우스꽝할 계제만잇스면 어리광대짓도하고 시중들일만 잇스면 하인노릇도하야 라장이와 라졸들의 비위를 마추엇다 그다음날은 파주와서 중화하고 장단와서 숙소하는데 숙소에 들며 곳 로밤이의 오라를 벗겨 주엇스나 혼자 박게는 나가지 못하게하고 심지어 뒤ㅅ간에를 가는데도 라졸 한둘이 따라가서 지키엇다 굣날은 송도와서 중화 하고 청석골로 나오는데 골어구 동네아페 왓슬때 압서오든 라장이 하나가 뒤를 돌아보며 여기서 잠ㅅ간 쉬어가자고 말한뒤 길ㅅ가에 나섯는 동네늙근이를 보고 여러가지 말을 물어보앗다

「이 산속에 대적의 적굴이 잇다지요」

「네 잇지요」

「그런데 여기서들 어떠케 사시우」

「잇는사람이 도적이 겁이 나지 우리가튼 업는 사람이야 무슨상관잇소」

「도적의 괴수 이름이 꺽정이라지요」

「네 그럿탑듸다」

「꺽정이가 요새 적굴에 잇답듸까」

「그건 우리 몰라요」

「꺽정이의 어미는 어듸가지 안쿠 잇겟지요」

「꺽정이가 누님은 잇답듸다만 어머니잇단 말은 듯지못햇소」

로밤이가 쪼차와서

「꺽정이의 양어미가 따루 사는걸 모르우」

하고 곳 시비나 하려는것가티 덤비어서

「그런 자세한 속내야 우리가 알수잇소」

하고 놀근이가 긴말을 아니하니

「속내를 자세이 모르거든 구구루 가만이나 잇지안쿠」

하고 로밤이는 혀를 낄낄찻다

「네야말루 구구루 가만잇거라」

라장이 로밤이를 꾸지즌뒤 다시 놀근이더러 이말저말 더 물어보앗스나 놀근이는 모두 모르쇠로 방패막이하엿다

탑고개를 넘어온뒤 얼마아니오다가 산ㅅ길을 잡아들엇다 로밤이가 라졸 서넛과함께 압장을서서 길을 인도하는데 로밤이도 청석골 산속ㅅ길이 초행이나 산속에서 드나드는 길목에는 말뚝이 박혀잇단말을 졸개들에게 들어서 잘아는까달게 말뚝만 눈녀겨보며 익숙히 다녀본길가티 서슴지안코 들어왓다

이때 청석골서는 대장과 대장의 버금가는 유력한 두령들이 박게 나가고 업서서 소굴이 허소하므로 만일을 념려하야 사산 파수군외에 따로 순산군(巡山軍)사오십명을 뽑아두고 순산을 멀리 시키는중이라 서산박 셋재등강이우에 수상한 인물들이 올라서는것을 순산군이 멀리서 바라보고 쏜살가티 들어와서 두령들에게 보하엿다 도중일을 마터보는 배돌석이와 사산파수를 총찰하는 길막봉이가 급히 졸개 십여명에게 무긔를 논하주어서 데리고 서산으로 나가려고하는데 곽오주가 쇠도리깨를 끌고 쪼차와서 배돌석이를 보고

「내가 막봉이하구 가치나가리다 오래간만에 도리개질 좀해봅시다」

하고 말하야 배돌석이는 뒤로 물러섯다 서림이가 이것을 보고 배돌석이여페 가서

「죽이면 어듸써온 무엇인지를 알길이 업스니 죽이지 말구 사루잡어오라시우」

하고 소군거려서 배돌석이가 군령으로 죽이지말고 사로잡으라고 일르니 길막봉이는 네대답하고 곽오주는 입을 비쭉하엿다 곽오주와 길막봉이가 졸개들을 거느리고 서산을 넘을때 해는먼저 압서 넘어갓다 산ㅅ골이라 해가 넘어가며 바로 어둡기시작하야 마즌편 등강이에서 나려오는 사람이 수효는 칠팔명박게 더안되는줄 알엇스나 복색은 군복인지 평복인지 분별할수 업섯다 길막봉이가 곽오주더러 오는놈들이 바짝 가까이오도록 숨어잇다가 별안간 내닷자고 말하야 바위뒤와 덤불속에 은신들까지 하엿스나 포교복색가튼것이 눈에 보이게 되자마자 곽오

주가 쇠도리깨를 노피 치켜들고 뛰어나가며

「너눔들이 웬눔들이냐」

하고 소리를 변락가치 질럿다 더 가까이 오도록 기다려도 조흘것을 곽오주가 지레 뛰어나가니 길막봉이도 마저 큰소리를 질르며 쪼차나가고 졸개들도 아우성을 치며 쪼차나갓다 여러놈들은 다 도망가고 오라진놈하나가 남아잇다가 쇠도리깨들고 달려드는 곽오주를보고

「곽무령 아니시우」

하고 알은체하엿다

「네가 누구냐 나는 너를 모르겟다」

「내가 노밤이요」

「노밤이? 성명은 귀에 익다」

「서울잇는 노밤이를 모르시겟소」

「올치 네가 영평도덕여울 잇든 애꾸냐 어듸 눈좀 보자 참말보름보기구나 네가 노밤이면 서울잇지 여기를 왜 왓느냐 그러구 가치온눔들은 웬눔들인데 도망질을 치느냐」

길막봉이가 와서 곽오주여패 섯다가

「뉘게 잡혀왓느냐 엇재 묵겻느냐」

하고 덧부치엇다

「서울서 야단이 났소 대장께서 장통방 소홍이집에 가서 노시다가 포교들에게 하마트면 붓잡힐걸 요행으루 빠저 도망하섯소 서울오실때 데리구오신 졸개 두놈하구 나하구 셋이 먼저 잡히구 서울잇든 부인네 셋이 나종 잡혀서 다가치 전옥에 가서가치엇는데 내가 가만이 생각해보니 죽는것두 까닭기잇지 그러케 얼뜨게 죽을수가 업습되다 그래서 대장어머님이 청석골산속에서 혼자따루 사시니 잡어다 바치마구 멀쩡한 거짓말루 속이구 이꼴을하구 여기를 왓소 가치온놈들이 곱부 라장이 라졸들이요 자세한 이야기를 하자면 책한권두 만들만하니까 창졸간에 다 말할쑤업소」

곽오주가 여패와 둘러서서 로밤이의 이야기를듯는 졸개들더러

「빨리가서 홰둘을 가지구 오너라」

하고 호령하야 졸개들이 홰를가지고온뒤에 홰둘을 잡히고 도망한 라장이 라졸들을 두루차자보앗스나 원체 너무오래 지체되어서 하나도 잡지못하고 다노치엇다

장통방 사건에 안저 벼락마즌 사람이 박씨와 원씨와 김씨와 한온인데 한온이는 잡히지는 아니하엿스나 삼태 나려오는 지정이 하루ㅅ밤사이에 혼둘리엇다 포교들이 처음 한온이를 잡으러나가든날밤에 한온이가 자근첩의집에 가서 자는것은 큰집 건넌방 사랑에서 자다가 붓들려

나온서사가 농롱하게 주안상주는 구살하러 나갓다고 거짓말하고 포교들의 신바차를 후히주어 보내섯다 이튿날 저녁때 포교한패가 다시 나와서 한온이의 형과안해를 잡아가고 또 그뒤에 포교두엇이 따로 나와서 서사쓰는 사랑을 차지하고 들어안젓다 한온이가 아비궤연에도 오지 못하고 첩의집에도 잇지못하고 이리저리 숨어다니며 뒤로 포청일을 알어보니 로밤이와 박씨 원씨 김씨 세녀편네가 불지안허도 조혼말은 다 불어서 꺽정이의 와주로 몰리엇는데 이목이 우에까지 입문되어서 자하로 빼노치도 못하게되고 일이 인왕산만큼 벌어저서 포청에서 우물주물하지도 못하게 된것이엇다 한온이는 강도와주란 죄명을 버스려고 재물을 아끼지안코 뢰물을 쓰며 길닷는대로 여러군데 청질을 하엿스나 자긔의 죄명은 벗지못하고 겨우 형과안해만 포청에서 노혀나왓다 꺽정이의 와주는 비록 초범(初犯)이라도 다른강도와주의 삼범(三犯)과 가치 처교(處絞)되기가 쉬운데 유력한 사람들이 뒤에서 힘을써서 가장 경하게 처벌되면 강와(强窩)라고 자자를밧고 귀양가게 될것이 거의 의심이업섯다 서사가 한온이 숨어잇는 처소에 와서 여러가지 일을 상의하는중에

「전가사변(全家徙邊)이면 어렵지만 그런염녀가 업거든 귀양을 한번갓다 오실 작정하구 자현(自現)해 보시요」

하고 권하니 한온이는 꼴을 내며

「그래 날더러 이마에 자자를 밧구 귀양가란 말인가 나중에 귀양이 풀린다니 그이마를 가지구 어듸를 나스겟나 차라리 죽는신세가 낫저」

하고 푸푸하엿다

「그럼 어떠케 하실라우」

「아무리 생각해봐두 청석골루 가는게 제열 상책이야 온집안식구 다끌구 청석골루 갈라구 작정햇네 가벼운 세간이라든지 귀한 물건은 슬금 슬금 손모아서 먼저 실려보내구 그다음에 식구들을 죄다 쓸어보내구 그러구 내가 갈테니 자네는 뒤에 처저서 방매할것 방매하구 추심(推尋)할것 추심해가지구 나중오게 액내사람중의 따러오구 시퍼 하는사람은 다. 데리구와두 조켓지」

「선대ㅅ적부터 나려오는 지정을 일조에 내버리기 아깝지안쏘」

「아까운들 어떠커나」

「청석ㅅ골을 가실라면 혼자나 가보시우」

「나업스면 집안일이구 도중일이구 다 억망될것은 정한일인데」

「이번 바람이 얼마나 오래갈라구 바람 자거든 도루 오시지」

「도루와두 조커든. 그때와서 다시수습하면 고만아닌가」

「서울살림을 아주 파산하면 다시와서 차리기가 어듸 쉽소」

「이번일이 귀정날때 적몰(籍沒)은 안당하지 못할텐데 아까운 천량은 왜속공하게 둔단말인가」

「이사두 한일이지만 빈소를 어떠케 하실라우」

「포교들 몰래 관을 뫼서 별쑤업슬까」

「관은 빈소방뒤ㅅ문으로 가만이 뫼서 별쑤 잇겟지만 양례절차야 어떠케 몰래 차릴수잇소」

「이런때 절차가 웨 잇겟나 우리어머니 산소에 합폄(合窆)만해드려두 무던하지」

「그럼 곳 장택(葬擇)을 내서 양례를 잡숫두록합시다」

「장택을 내다가 만일 합당한날이 가까이 업다면 어떠케하나 불복일이 조켓네」

「더구나 그럴바엔 오늘밤에라두 관을 뫼서내다가 다른데 뫼서 노쿠 속히 양례잡술 준비를 차립시다」

「그러케하세」

한온이와 서사가 이런의론을하든 다음날 한첨지의 상행은 마주잡이로 수구문박글 나갓다 한온이가 초초하게나마 그아버지 장사를 지내고난뒤 큰집사랑 세간만 아직 가만두고 대소가 여러집 세간의 알짬을 뽑아내서 점돌을 만들때 논때 사랑에 와서잇는 포교들은 서사가 붓들고안저서 술로 골아떨어트리는 까달게 한온이가 마음노코 큰집안에까지 왓섯다 세간은 워낙 만코 집은 몰래싸자니 자연 날ㅅ자가 걸렷다 짐싸기시작한지 사흘되든날 한온이가 다 저녁때까지 짐싸는것을 보살피다가 자근첩의 집에서 저녁밥을 먹구 숨어잇는처소로 자러가려고 나오는데 문간을 나서자마자 어떤사람이 손목을 꽉붓들엇다

한온이는 붓드는사람의 복색이 포교아닌것을 번히 눈으로 보면서도 포교인줄만 녀겨 소스라처놀랏다가

「왜 에러케 놀라나」

웃는말소리를 듯고 다시 보니 황천왕동이엇다

「자넨가」

「어듸 가나」

「나하구 가치가세」

「어듸를」

「어듸든지」

한온이가 황천왕동이를 끌고 잘처소로 가치왓다

「자네 저녁을 어떠케햇나」

「안먹엇네」

「여기 나먹을 밥이 잇을테니 자네 먹게」

「자네는 어떠커구」

「나는 집에서 먹구왓네」

한온이가 방박게 와섯는 주인더러 저녁상을 내오라고 일럿다

「이집주인이 어떤사람인가」

「내집안사람이야」

「여기서 아무이야기나 다해두 괜찬켓나」

「내집사람이나 별루 다룸업스니 그러케알구 이야기하게」

저녁상이 나와서 황천왕동이가 밥을먹으며 정통방에서 도망하든날밤에 풍파격근것을 대강 이야기하고 끄트로 그뒤에 서울을 두번째 온다고 말하엿다

「먼저ㅅ번 와서는 엇째 나를안차저보구 갓나」

「요전 왓슬때 서사방에 잇는 절믄사람을 자네집골목박게서 만낫는데 그사람이 자네 소초당한것을 대강 이야기하구 자네는 어듸루 피신햇는지 집안사람두 모른다구하데 이야기나 더 좀 자세이 듯구가려구 서사를 만나볼라구햇드니 서사는 포교들 술대접하는중이라지 그래서

남성밋꼴 동소문안 빈집들만 한바퀴 돌아보구 그대루 나려갓네」

「저런놈 보게 나중에라두 내게 말을해야지 나는통히 몰랏네」

「정신업는중에 이진게지」

황천왕동이가 밥을 다먹고 상을 물런뒤에

「대체 이번일이 어듸서 꽤저낫는지 자네는 알엇나」

하고물엇다

「노밤이하구 졸개두놈하구 술집에가서 술들을 처먹구 술갑술 못내서 붓들렷는데 술집 녀편네의 친정조카가 좌포청포교드라네 그포교가 수상한 인물들루 간파하구 세놈을 모짝 포청으로 잡어가지구가서 나려조졋는가부데 김씨는 졸개한놈의입에서 튀어나오구 원씨는 김씨가 끌구 들어가구 박씨는 노밤이가 불어 너온모양인데 나는 노밤이놈이 와주라구 불뿐아니라 녀편네셋이 살림을 차려줫다 시량을 대어줫다 가전소리를 다불어서 입이 백이구 천이래두와주아니라구 발명할 도리가 업시됏네」

「우리가 소홍이집에 잇는건 노밤이놈이 불엇다든가」

「그건 알어보지못햇지만 노밤이나 졸개들 입에서 나왓겟지」

「포청일이 어떠케될 모양인가」

「포청일은 다 끗낫네」

「어떠케 끄터낫서」

「장통방에서 봉패한것이 포장들의 잘못이라구 사간원에서 들구 일어나서 좌우변이 다 갈렷네 좌변남치근은 책임을 지울만두하지만 우변이몽련은 공연이 칩쓸며 들어가서 늘근이가 가엽게됏지」

「포청에 가친사람들이 어떠케될모양이냐 말이야」

「김순고란사람이 새루 좌변대장으루 제수되어서 첫번 등청하든날 바루 사네 셋 녀편네 셋을 전옥으루 넘겨버렷네 여섯이 다 살어나올 가망은 업는모양이데 그중의 노밤이는 일전에 금부에서 넘겨갓단말을 들엇는데 그속은 알어보지안허서 모르겟네」

「자네 백씨허구 부인이 포청에 잡혀갓단말을 요전에 듯구갓는데 어떠케 되엇나」

「그동안에 노여나왓네」

「자네일은 무사타첩이 될 모양인가」

「무사타첩이 다 무언가 나는 포교손에 둘리는날이 신세를 조지는날일세」

「그럼 언제까지든지 이러케 서울안에서 피해다닐텐가」

「식구를 끌구 청석ㅅ골루 어더먹으로 갈텔세」

「오게 자네 도중사람을 다끌구라두 오게」
「짐을 오늘까지 사흘째 묵것는데 내연하두는 더걸릴 모양일세」
「실업슨 말이어니구 참말 청석ㅅ골루 올텐가」
「실엽슬말이 무언가 내가 지금 실업슨말을 할경황이잇는사람인가」
「큰나큰살림을 졸지에 어떠케 거둬치우나」
「되지못한 세간이 만허서 성가시어 못견듸겟네」
「포교들이 사랑을 지키구잇다니 짐두 들어내노쿠 묵지못하겟지」
「우리 서모집 한채를 통이치워노쿠 물건을 날러다가 짐을 묵기네」
「짐이 갈때 중노에서 혹시 작경하는 사람이 잇거든 청석ㅅ골루 가는짐이라구 말하구 군호
물 산(山)하거든 천(川)하구 초(草)하거든 목(木)하구 대답하라구 영거해가지구 가는사람
들에게 일르게 그러구 짐은 띄엄띄엄 보내는게 조흘껠세」

황천왕동이는 한온이와 이런이야기를하다가 그집에서 가치자고 이튿날 바로 광복산으로 회정하엿다

황천왕동이가 서울을 먼저ㅅ번갓다와서 두졸개와 세녀편네가 포청에 잡히고 한온이의 집이 난가되엿단 소식을 전하고 두번째갓다와서 두졸개와 세녀편네는 전옥에 가서가치고 로밤이는

전옥에서 금부로 넘어가고 한온이는 청석골로 철가도주(撤家逃走)하야 온다는 소식을 전하엿다 꺽정이는 세녀편네가 불상하야 뇌물을 써서 빼내올도리가 잇스면 재물은 아끼지안코 드리려고 마음을 먹고잇섯는데 법을 법대로 쓰면 관비나 박히게될것을 엄청가게 교(絞)에 처하게되리라고하니 더구나 모른체하고 가만둘수가 업섯다 뇌물과 청질로는 빼내올가망이 업슨즉전옥을깨치고 꺼내오는수박게 업는데 전옥은 시골옥과 달라서 깨칠엄두가 잘 나지아니하엿다 꺽정이가 황천왕동이의 전하는 소식을 들으며부터 입을 일짜 지도록 꽉 다물고 말을하지아니하야 그아페서 감히 먼저 말을 걸사람도업섯다 때마침 점심이 되어서 신불출이가 줌개기집의 말을 바더가지고

「안에서 진지 여쭈십니다」

하고 말하다가 대답이 업서서 두번말하지못하엿다 안에서는 점심ㅅ상을 벌려노코 기다리다 못하야 애기어머니가 백손이더러

「너 나가서 너의아버지 진지 좀 여쭤봐라」

하고 일르니

「난 실쏘」

백손이는 도리머리를 흔들엇다 애기어머니가 이날 아침밥을 설치어서 시장하다고 점심을 재

축까지한까달게 애기가 어머니의 시장한것을 생각하고 또 외삼촌의 귀염을 미더서

「내가 뒤ㅅ문박게 가서 여쭤보지요」

자청하고 나갓다 애기가 꺽정이잇는 박갓방 뒤ㅅ문께 와서 나직이 기침소리를 낸뒤에

「아저씨 점심진지 안잡수세요 어머니가 시장하시대요」

하고 말하며 속으로

「오냐 들어간다 저년 제가 배가고파서 어머니를 팔지」

외삼촌은 이런대답을 하려니 예긔하엿는데 의외에 대답이업서서

「네 아저씨」

하고 대답을 재촉하니

「웬 수선이냐」

하고 꺽정이가 소리를 꽥 질럿다 외삼촌이 저에게 소리질르는것은 거의 업다시피 드문일이라 애기가 처음에는 놀라고 나중에는 부끄러워서 고개를 폭 숙이고 풀ㅅ긔업시 걸어들어왓다 백손어머니가 이것을 보고 졸개기집들을 시키지도안코 자긔손으로 상을 들어다가 애기어머니아패노흐며

「형님 우리나 먼저 먹어치웁시다 살찐 놈 따러 부어죽겟소」

하고 말하엿다 백손어머니가 애기어머니와 시누이올케 겸상하야 밥을 먹는중에 밋도끗도업시 송악산대왕당 그네터이야기를 꺼내엇다 대왕당 그네를 뛴보람으로 서울 세기집이 떨어지게되거니 생각하는 백손어머니의 속을 애기어머니는 꽤어뚤코 드려다보듯 아는까닭그로

「그따위 이야기는 다시 입박게 내지말게」

하고 나물하엿다

꺽정이가 반나절ㅅ동안 혼자안젓다 누엇다하다가 송석때가 거의 다되엇슬때

「박게 아무두 업느냐」

하고 소리를 처서 신불출이가 녜하고 쪼차들어가니

「황두명 어듸 가섯느냐 빨리 오시라구해라」

하고 말을 일럿다 황천왕동이가 리봉학이와 가치 박게 나가서 거닐다가 신불출이에게 불려서 들어왓다

「너 지금 청석골좀 가거라 가서 한온이집식구가 나려오거든 치워노흔 초막들에 전접시키라구하구 배돌석이 길막봉이 서림이 세사람을 재달 초사흔날 장수원으루 오라구해라 너는곳되지퍼서 이리 오너라」

「오늘은 벌서 해가 다 저가니 내열 식전 일직 떠나가면 어떠까요」

「오늘 가라거든 두말 말구 곳 가거라」
황천왕동이가 할일업시 네 대답하고 나와서 불불이 행장을 차려가지고 청석골로 떠나갓다 꺽정이가 리봉학이 배돌석이 길막봉이 세사람을 데리고 밤에 오간수 구녕으로 성안에 들어가서 전옥을 깨치고 세녀편네와 두졸개를 꺼내오려고 결심하고 구월 초사흔날 장수원에 모여서 거사하려고 계획을 세웟다 모일처소를 장수원으로 정한것은 전번 도망하여 나온길을 뒤쪽 들어갈 생각이요 모일날ㅅ자를 구월초사흔날로 정한것은 황천왕동이 청석골 내왕에 사흘 너너 광복산서 장수원을 가는데 나흘 너넉 낭패업도록 너너히 잡은 셈이엇다 꺽정이가 황천왕동이를 떠나보낸뒤 리봉학이를 보고 전옥깨칠 계획을 말하니 리봉학이가 한참 생각하야 보다가
「어려운걸이요」
하고 고개를 가로흔들엇다
「다들 어렵다구 할줄아네 그러치만 일을 해보면 어렵지 안흘껠세 생각할때 아주못될것가튼 일두 하면 되거든 그러키에 무슨 일이든지 하는게 장사니」
「십만장안 한복판에 잇는 전옥을 단 넷이가서 어떠케 파옥합니까 아무래두 안될일 갓습니다」
「그럼 며치 가야 되겟나? 한 사십명 가면 될것 가튼가?」

「글세요 제생각에는 삼사십명사람 가지구두 안될것 가튼걸요」
「그러키에 숫제 우리 넷이만 가잔말이야 일이 여이하면 다시더말할것 업구 혹시 여의치못하드래두 피신할때 가루거치는것이 업서 조흘것일세」
「우리 넷만이라두 마치 잘 피신하게될른지 모르겟습니다」
「겁이나서 못가겟나」
「아닙니다 아무리사지(死地)라두 형님이가치가자시는데 실탄말을 하겟습니까 그러탄말슴이지」
「그럼 념려말구 나만 따러올작정하게」
「서종사는 엇재 오라섯습니까」
「과옥하는데 혹 조흔꾀가 잇나 물어보려구 오라구햇네」
「아무리 꾀가 만키로서니 워낙 되기어려운일은 되두룩 만들쑤야 잇겟습니까」
「우리가 미처 생각못한것을 뚱겨만주드래두 도옴이 될수잇지안혼가」
「그거야 그러치요」
리봉학이는 꺽정이의 계획을 섭지고 불로 기어드는것과가튼 무모한일로 알지마는 언제든지 한번당할일을 미리 당할뿐이거니 생각하야 마음이 태연하엿다 그러나 사랑하는 첩 계향이와

가치안저서 어린아들의 재롱을 볼때는 한숨이 부지중 절로 나왓다

황천왕동이가 떠나간지 사흘만에 되돌아와서 보고들은 청석골 대소사를 꺽정이에게 이야기하는데 가든전날 로밤이까닭그로 한바탕 난리꾸민 이야기를 들은대로 다 옴기고나서

「로밤이는 형님께서 오서서 조처하실때까지 함부루 나다니지 못하두룩 감검해두라구 일르구왓습니다」

하고 말하니

「잘 햇다」

하고 꺽정이는 고개를 끄덕끄덕하엿다

황천왕동이 돌아오든 이튿날 꺽정이가 리봉학이와가치 장수원ㅅ길을 떠나는데 황천왕동이는 안식구들을 보호하고 잇스라고 광복산에 머물러두고 신불출이와 곽능통이는 무긔와 길양식을 지워가지고 데리고 떠낫다 광복산서 장수원까지 삼백이십여리길에 첫날 백리 이틀에 이백리를 접어버리고 나머지 일백이십여리를 이틀에 별러온까닭게 광복산을 떠난지 나흘되든날 점심때 장수원 원집에와서 청석골서 오는일행을 반나절동안 기다리엇다 배돌석이 길막봉이 서림이 세사람이 다저녁때 겨우 대어와서 저녁전에는 이야기할 사이도 별로업섯고 저녁들을 먹은뒤에 꺽정이가 신불출이와 곽능통이더러 방문박게 나가서서 원주인도 가까이 오지못하도록

금하라하고 첫석골서온 세사람에게 계획을 이야기하야 들리니 걸막봉이는 당장 전옥문을 깨며 부실것가티 주먹을 부르쥐며 조타고 말하고 배돌석이는 풀매돌을 만히가지고나오지아니하야 내일준비해야 하겟다고 말하고 서림이는 아무말도 안하고 눈만 까막까막 하엿다

「서종사는 조흔꾀나 생각해서 말좀하우」

「글세올시다 조흔계책이 잇슬른지 생각해봐야겟습니다」

서림이가 한동안 천정도 치어다보고 자리도 나려다보고 하다가 헛기침을 한두번한후 격정이를 바라보고

「지금 제생각엔 상중하 세가지 계책이 잇습니다」

하고 말하야

「세가지가 뭐뭐요」

하고 꺽정이가 물엇다

「창졸간에 생각한 계책이라 세가지가 다 신통치 안습니다 맘에 드시지안트래두 꾸중은 마십시요」

서림이가 먼저 발빼임부터하고나서 비로소 계책을 말하기 시작하엿다

「전옥에 가친사람들이 불상하지안흔건 아니지만 대장께서 그사람들을 위해서 위험을무릅쓰

구 파옥하려구 하시는건 너무 과한일이 아닙니까 그러니 파옥할계획을 파의하시는것이 상책일것갓습니다」

리봉학이가 서림이의 상책을 듯고 년해 고개를 끄덕이니 꺽정이는 흰자만흔 눈으로 리봉학이를 흘겨본뒤 서림이더러

「내가 한번 맘에 작정한일이니까 그따위상책은 아무짝에 소용이업소」

하고 불쾌스럽게 말하엿다

「그러면 중책을 말슴하겟습니다」

「소위 상책이란게 소용이 업스니 중책 하책은 들을것두업소 고만두우」

「중책은 파옥할 준비를 말슴하려는것이올시다」

「무슨 준비요」

「전옥은 조그만골 로옥과 달러서 파옥하자면 큰일인데준비업시 되겟습니까」

「글세 무슨 준비란 말이요」

「가령 내일밤 오경에 파옥하려 가신다구 잡구 말슴하면 내일저녁 성문다치기전에 사람을 서너 너덧식 작패해서 뿔뿔이 문안에 드려보내서 빈집이나 으슥한곳에 은신들하구 잇다가 밤이사경쯤 되거든 전옥전후좌우 십여간 내외되는곳과 우아래 대궐 좌우엽과 종묘(宗廟)압

과육조(六曹)뒤와 좌우포청 한성부(漢城府)내수사(內需司)장흥고(長興庫)근처에잇는 조그만 초가집들을 골라들어가서 불씨를 빼서 가지구 그집과 그이웃집에 불들을 노케합니다 아닌밤중에 화재가 여러군데나서 서울안이 발끈 뒤집히거든 그틈을 타서 과옥하시는것이 중책은될줄루 생각합니다」

「그러자면 사람이 얼마나 들겟소」

「사람이 만흐면 말훌쑤룩 조치요만 적어두 사오십명은 잇서야지요」

「하책이란건 또 무어요 마저들어봅시다」

「하책은 사람한 십여명 데리구가서 과옥해보시는게 올시다 다른사람들 안데리구 단 네분이가서서는 일이 에초에 성사될가망이 업습니다」

「어째서」

「과옥하는데는 다른사람이 더간다구 별루 더 나올것이 업겟지요만 옥중에 가친 다섯사람이 다들 제발루 것지못하기가 쉬운데 네분이 어떠케 다섯사람을 주체하실랍니까 게다가 만일 군관과 군사들이 압뒤루 대어들게되면 네분은 아플 지치구 뒤를 막느라구 다섯사람을 돌보실새가 업슬테니 네분외에 열사람쯤이나 더가야 번갈러업구라두 오지안습니까」

「청석골서 한 오십명 불러올려다가 불놋는 계책을 써봐두 조켓지만 그러자면 날ㅅ자가 너무 느러저는걸」

꺽정이 말끄테 리봉학이가

「일만 여의하게된다면 날ㅅ자야 좀 느러전들 어떳숩어까」

하고 말하니

「저런사람 봐 청석골 내왕하는동안이 하루이틀인가 그동안 우리는 여저서 내처 묵잔말두 안되구 갓다가 다시 오잔말두 안되구 어떠케 하잔말이야」

꺽정이가 핀잔을 주엇다 서림이가 꺽정이를 보고

「가까운데사람을 불러써보지요」

「가까운데 어듸」

하고 꺽정이가 물엇다

「혜음녕 정상갑이 최판돌이게 긔별해보시면 어떠까요」

「혜음녕패가 사람이 며치나 되리라구」

「그래두 모두 주어모으면 오십명이야 되겟습지요」

「정가 최가가 저의일이 아닌데 그러게 알뜰이 다 모아가지구 올까」

「상갑이 판돌이하구 친한 걸두령이 가서 서울안에 불노쿠 전옥 파옥한단말은 말구 그저 시람이만히 뜨는 큰일이 잇스니 사람을 모을수잇는대루 만이 모아가지구 가자구하면 뒤에 논호목을 바라구 저이자식눔들까지라두 다 데리구 옵니다」

「논호목을 바라구왓다가 논호목이 업는줄 알면 낙망이되어서 일들을 잘할라구」

「일이 성사되면 상급을 후이주마구 낙망들 안되두룩 어루만지시지요」

「어듸 그러케 해봅시다」

꺽정이가 서림이의말을 조차서 길막봉이시켜 혜음령패를 불러오기로 작정하엿다 꺽정이는 길막봉이를 곳 밤ㅅ길로 떠나보내고 시펏스나 이날밤에 가을비가 제법 소리를치고 와서 떠나보내지 못하고 그대로 하루ㅅ밤을 가치들 지내엇다

이튼날식전 길막봉이를 떠나보낼때 꺽정이가 처음에 당일 도다녀오라고 일르다가 사람을모으는 동안이잇서서 당일오기 어려우리라는 서림이의말을 듯고 하루말미를 주어서 닷세날저녁전에는 틀림업시 대어오게하라고 고처일럿다

혜음령패가 오면오는날저녁과 가는날아침 두끼는 먹어야할터인데 장수원 온동네 여일곱집에 양식주고 밥을시킬수는 잇게지만 양식까지 대라기는 어려워서 양식변통할 공론이낫다 어듸가서 부자집 하나를 떨어다가 양식거리외외 다른부비까지 쓰자고 서림이가 발론하야 되봉학이와 배돌석이가 모두 조타고 찬동할때 꺽정이는 다른생각을 먹고

「우리 오늘 홍천사에나 가보까」

하고 말하엿다.

「절을 멀게요?」

서럼이 뭇는말에 꺽정이가 아니라는 대답으로 고개를 외첫다

「혹시 오늘들 올른지두 모르니 양식을 시급히 변통해 나야하지안습니까」

「그래서 홍천사에를 가볼생각이낫소」

「홍천사에 가서 양식을 꾸어 오설랍니까」

「글세 어듸 가봅시다」

꺽정이가 한첨지 일칠일재에 갓슬때 홍천사 주장중이 속이 택택하단말을 들은까달게 그 주장중을 가서보고 떼를쓰려고 생각한것이엇다

절에 놀러가는셈을 잡고 가자고 꺽정이가 세두령 무시위를 다 데리고 홍천사에 와서 주장중을 차저보앗다 주장중은 꺽정이와 리봉학이를 한첨지재에 보시 만히쓰든시주로 대접하야 성결한방을 치워서 들어들안께하고 특별한 찬을 작만해서 점심들을 먹게하엿다 점심이 끗난뒤에 꺽정이가 주장중을 보고

「내가 대자보구 할말이 잇네」

하고 말시초를 내엇다

「무슨 말슴입니까」

「내가 객중에 급히쓸일이 잇스니 상목 댓필만취해주게」

「잇스면 취해드리겟습니다만 업서서 못취해드립니다 미안합니다」

「댓필을 못취해주겟다 그러면 열필만 내게」

「다섯필두 업는데 열필이 어듸서 납니까 소승을 놀리시느라구 실업슨 말슴을 하십니다그려」

「네가 나를 누군지모르지 나는 청석ㅅ골 임꺽정이다 상목열필을 당장에 내노치 안흐면 네 목아지를 돌려안칠뿐아니라 네절 기둥뿌리를 빼 노흘테다」

주장중이 얼굴비치 노래저가지고 한동안아무소리못하고 안젓다가 다죽어가는 사람의목소리로

「나가서 주선해보겟습니다」

하고 말하며 바로 일어서려고하는것을 꺽정이가 눈을 부라리며

「내말두 안들어보구 어델 나가려구하느냐」

하고 꾸지저서 도루 주저안치엇다

「네가 박게 나가서 어듸루 도망할생각이냐 뒤루 포청에 밀고할생각이냐」

「아닙니다 아닙니다」

「그려면 여기안저서 상좌를 불러다가 말해라」

「상좌를 누가 불러옵니까」

「내사람을 시켜두 조타」

주장중이 신불출이에게 상좌의이름을 일러주어서 신불출이가 그 상좌를 불러온뒤에 주장중은 주머니끄테 찬 열쇠를 끌러서 상좌를 주며

「문안 시주가 불공드려달라구 맛긴 상목이 궤속에잇다 아마 네댓필될께니 다 꺼내오너라」

하고 일르는데 꺽정이가 신불출이에게

「너 상좌하구 가치 가서 상목을 들구 오너라 그러구 대사 말대루 궤속에잇는 상목은 잇는 대루 다 가저오너라」

하고 분부하엿다 신불출이를 보낼것이 업다고 주장중이 말막는것을 꺽정이는 들은척안하고

「어서가거라」

하고 재촉하야 상좌의 뒤를 딸려보냇다 주장중이 네댓필되겟다든 상목이 가저온뒤 보니 거의 삼곱절 열두필이나되엿다

「열필을 가저가기루 햇스니 두필은 내노쿠 열필은 다섯필씩 묵거서 너하구 능통이하구 둘

이 걸머지구가자」

하고 꺽정이가 신불출이에게 말을 일릿다 신불출이와 곽능통이가 상목을 걸머지기조로록 묵군뒤에 세두령더러 두시위를데리고 먼저가라고 하고 꺽정이는 뒤에 떠러저서 주장중을 붓들고안저잇다가 먼저간사람들이 멀리 갓슬만한때 비로소 주장중을보고 가노라고 인사하고 홍천사에서나와서 장수원으로 돌아왓다

홍천사 주장중은 탐심만코 인색하야 남이 주는건 밧지안는일이 업고 남이 달라는건 주어본적이 업는 사람인데 상목열필을 꺽정이에게 뺏기고 아까워서 자슴이 쓰리고 분해서 치가떨리엇다 꺽정이의 가는곳을 알아서 포청에 고발하려고 꺽정이가 절에서 나간뒤에 바로 명리한 불목한이 하나를 쫏차보내서 뒤를 밥게하엿다

홍천사 대중(大衆)이 몰려오든지 또는 좌우포청이 쏘다저 오든지 꺽정이는 조금도 겁날것이 업스나 소소한일로 아패 큰일에 방해를 끼치지 아니하려고 조심조심하야 장수원으로 가는뒤를 밥지못하도록 일행 여러사람을 먼저 보냇슬뿐아니라 자긔가 올때도 곳장 오지안코 동소문박 삼선평질로 멀리돌아왓섯다 주장중의보낸 불목한이 한동안 허더지며 꺽정이뒤를 발바오다가 중간에서 떨어저서 다리를 쉬어가지고 천천이 절로 돌아가서 그사람이 동소문안에 들어간뒤 어듸로 새엇는지 아무리 차저보아도 눈에 보이지안터라고 주장중에게 말하야 주장중은 즉

삭 상좌를 포청에 드려보내서 꺽정에가 도망을 만히거 느리고 절에나와서 상목십여필을 빼서 가지고 동소문안으로 들어왓다고 고발하게하엿다 좌포장김순고가 좌포청에서 홍천사중의 고발을밧고 포교들을 내노하서 꺽정이의 종적을 렴탐(廉探)시키엇다 우포청에서도 이것을 알고 역시 포교를 내노하서 좌우포청포교들이 성안 성밧그로 가을중 쏘대듯하엿다

길막봉이가 바눌리 정상갑이집에 와안저서 상갑이의 짝패 최관돌이까지 청해다노코 장수원에 대장과 두령몃사람이 모여서 무슨일을 경영하는데 의외로 사람이 만히 들게 되어서 가까운데로 청병하러왓스니 사람을 만히 모아가지고 장수원으로 가자고 말한즉 최관돌이는 그저 들을만하고엇고 정상갑이는 일을 알려고 여러가지로 캐어물엇다 구변업는 길막봉이가 한참공공거리다가 일은 가보면 알테니 미리 뭇지말라고 막짤러서 정상갑이가 더뭇지는 못하나 진긔가 나지안는 모양이엇다

「어떠케할텐가」

길막봉이 다두쳐 뭇는말에 정상갑이는

「글세요」

하고 대답한뒤

「자네 어떠커면 조켓다」

하고 최관돌이를 돌아보앗다

「우리만사람을 청석ㅅ골대장이 쓰실데잇다구 오라시는데 안갈쑤잇나」

「불르러오신 길두령 나츨 뵙드래두 안간달쑤는 업지만 변변치못한놈돌을 몰아가지구가서 일을잘못해서 낭패를 시켜드리면 우리가 되려 미안스럽지 안혼가」

「일은 잘못하드래두 목이나 만히 논하춥시사구 말슴하세그려」

「그런 뻔뻔스러운소리는 자네나 하게 좌우간 가긴 가야할테니 내일 아침 밥들 일직먹구 이리모이라구 밤에 돌아다니며일러두세」

정상갑이는 걸막봉이 대접한다고 가지안코 최관돌이만 혼자 돌아다니며 일러서 이튼날아침에바놀디로 모아드린 사람이 겨우 한 삼십명되엇다 사람수가 적어서 걸막봉이는 마음에 좀 시원치못하나 최관돌이 말이 올만한사람은 거의 다왓다고 하는것을 더 모아오라고 말할수업서서 그대로 데리고오는데 삼십여명이 성군작당(成群作黨)하야 한데 몰려오는것은 불긴하므로 셋씩넷씩 따로 떨어저 오게하엿다 걸막봉이가 정상갑이 최관돌이와가치 맨아페오는중 홍제원 조금못미처서 정상갑이와 최관돌이의 잘아는 절믄사람하나를맛낫다 정상갑이가 먼저

「자네 오래간만일세 인제 버리터에 나가나」

절믄사람이 미처 대답도하기전에 최관돌이가 연달어서

「요새 버리 조혼가」

하고 물엇다 이 절문사람의 버리터는 록번이고개요 버리는 단신행인의 보따리와 주머니를 밝흐는것이엇다

「그동안에 두분이 다 저승행차하신줄 알엇드니 사자가 아직두 뫼시러오지안헛구려」

절문사람 롱담인사에 정상갑이가 우스면서

「이놈아 악담 말아」

하고 꾸지젓다

「두분 다 년만하신터에 혜음녕가티 되구 가파른 고개를 하루 몃번씩 오르나리시자면 숨이 가뿌실테지요 내 버리ㅅ자리를 바꿔드리까요」

「오 네가 혜음녕이 욕심이나서 우리가 죽기를 바라는 모양이다만 틀렷다 너는 그저 녹번이 서산골이나 파먹어라」

「대체 어듸들 가시는길이요」

「서울 간다」

「궁기서ㅅ다리에서 망나니가 오시라구 불릅듸까」

「이놈아 그따위 주둥이 놀리면 입살에 주먹덩이가튼 정이 부릇는다」

절믄사람이 방수고려는 말하는것을 결막봉이는 불쾌하게 생각하야 정상갑이더러 실업슨소리 고만하고 어서 가자고 재촉하엿다 절믄사람이 정상갑이의 소매를 붓잡고

「참말루 서울 가시우」

하고 다진뒤에

「문안에 들어가기 어려운걸 고시하구 이아패 모래재두 넘어가기가 쉽지안쓰 실업슨만슴 아니요」

하고 말하야

「엇재서」

정상갑이가 까달글 물엇다

「오늘식전에 내가 볼일이잇서서 문안에를 들어가는데 서대문턱에서 포교들이 긔찰을 하두 어마어마하게 하기에 나는 문안에 무슨 큰일이 난줄 알엇드니 포청속내 잘아는 친구를 만나서 물어본즉 다른 별일은업구 청석골대장 임꺽정이가 서울안에와 과무처잇단 소문이잇다나 그래서 어제 저녁때부터 좌우포청 포교들이 임꺽정이 종적을 알려구 나와서 발동을 한답듸다 그러나 종적을 알면 무얼하겟소 임꺽정이가티 귀선 잼쩌먹을 친구가 그러캐 어리무던하게 포교손에 잡히겟소 요전자에 정릉방에 와잇는것을 철통가치 에워싸구두 잡지못하구

노친주제돌이 또 인제 잡으러가서 칼맛구 화살맛구 노치구와서 매맛구 곤장맛구 그러쿠 그더치 별수잇겟소 그런건 딴이야기구 포교들이 개싸대듯하는 판에 잘못걸리면 경이니까 맥업시 돌아다닐까닭잇습듸까 불이나케 볼일보구 바루 나오는데 나올때 괴찰은 늘어갈때버덤더 심합듸다 뭇는말을 꼬분꼬분 대답해두 으르딱딱거리구 쥐어박구 치구 차구 가진짓을 다합듸다 나올때는 모래재에두 포교들이 나와 안저서 쌀자루 걸머진 촌뜨기까지 열나절식 세워노쿠 기름을 나리구 보냅듸다 두분이 다 아시다시피 내가 못생긴 겁쟁이는 아니건만 오늘 문안에 한번 갓다오는데 십년살껀 감수햇소」

절문사람의 수다스러운 말을 정상갑이가 다듯고나서 길막봉이를 돌아보며

「우리가 모르구 모래재에까지 갓든들 봉변할번햇구먼이요」

하고 말한다음에

「어떠케하면 조흘까요」

하고 물엇다 정상갑이는 꺽정이 세력에 눌리고 또 길막봉이 안면에 끌려서 오기실흔것을 억지로 참고오는걸이라 핑게모가 조흔김에 중로에서 돌아갈생각이 업지아니하엿다 길막봉이가 정상갑이의 뭇는말은 대답안코 인사도 아니한 절문사람더러

「실업슨 거짓말아니요」

하고 뭇는데 말루 거센품이 얼러대는것과 가텃다 절문사람이 성상갑이게로 가까이가서 귀ㅅ
속말로 길막봉이를 누구나고 뭇는듯 정상갑이가
「참말 자네 인사여쭙게 청석ㅅ골 길두령이실세」
하고 길막봉이도 다 듯게 말하엿다 절문 사람이 길막봉이아페와서
「저는 여기자는 최가올시다」
하고 절을 너푼하는데 정상갑이가 여페서 우스면서
「녹번이 최까불이라면 요가근방에선 다들 알지요」
하고 말하니 최가는
「점잔흔사람더러 까불이가 무어요」
하고 정상갑이에게 말대꾸한뒤 비로소
「아까말은 실업슨말이 아닙니다 괴찰이 참말루 여간심하지안씁니다」
하고 길막봉이의 말을 대답하엿다 길막봉이가 어떠케하면 조흘까 생각하느라고 눈ㅅ살을 찌
프리고 잇는중에
「임대장께서 과연 서울 와 기십니까」
하고 최가가 뭇는것을 길막봉이는 그러니 아니니 긴말하기가 실혀서 고개를 한두번 고덕이엇

다
「문안에를 꼭 들어 가실라면 길올 돌아서 창의문으루 들어가보시지요 창의문에서두 긔찰은
할른지모르지만 서대문가티 심하진안홀듯하구 설혹 심하드래두 모태재 한번은 비키지안씁
니까」
「동행이 여럿이니까 서루 의논해서 작정하겟소」
그동안에 뒤에오든 서너패가 멀지기와서 길ㅅ가에서 쉬면서 아페 동행들을 바라보고잇섯더
「저기안저잇는 여러분두 가튼 동행이십니까」
「그럿소」
「아이구 한두분두아니구 십여분이 들어가시자면 무슨 특별한 방법이 잇서야겟습니다」
「그러키에 서루 의논해봐야겟소」
「그럼 저는 볼일보러 가겟습니다 이담에 또 뵙지요」
「그럽시다」
최가가 정상갑이와 최판돌이에게도 다시 만나자고 인사하고 록번이길로 활개치며 간뒤에 겁
막봉이가 정상갑이 최판돌이를 보고
「모태재를 넘지안쿠 돌아갈쑤 잇겟지」

하고 묻으니 정상갑이는 잠자코잇고 최관돌이는 선뜻

「잇다뿐이에요」

하고 대답한뒤

「여기서 연희궁(延禧宮)쪽으루 나려가다가 서강 삼개 가는길루 꺽거서 공덕니를 가서 고개 하나 넘으면 용산이구 용산서 강을 끼구돌면 서빙고서 왕시미루 가면 고만 정수원 가는길이 나서지안씁니까」

하고 서울길 잘아는것을 자랑하듯 이러케 이러케 간다고 지형을 공중에 그리기까지하엿다 길막봉이가 혜음령패를 데리고 바눌티서 떠날때 정수원 팔십리길을 해잇서 올요량 잡앗더니 서울을 페어돌코 지나오지못하고 멀리 안고돌아서 백리길이 넘어되는데다가 홍제원서 최가의 이야기듯고 노정을 고처정하고 또 일행이 모여서 인절미로 점심요기를 하느라고 지체를 조이한까닭게 해가저서 깜깜 어둔때겨우 장수원을 들어왓다 저녁전에 와야할것인데 밥이되고 사람을 오십명 가량 잡은것인데 삼십명이와서 꺽정이는 화가낫섯다 혜음령패의 문안은 바드며 잘들왓느냐 말한마듸를 안코 길막봉이의 발명을 듯기실타고 끗까지 들어주지아니하엿다 리봉학이가 신불출이와 곽능통이를 불러서 분부하야 온사람들에게 죽시 저녁밥을 공궤하는데 정상갑이 최관돌이 두사람은 길막봉이와가치 방에서 상바치고 먹게하고 기외의삼십명은 화토ㅅ

불노코 멍석깔온 마당에 둘러안저서 바가지로 각기 퍼먹게하엿다 오십명가량 먹도록 시켜노흔 밥이라 다들 허리띄를 느처가며 실컨 먹고도 함통이와 소라기에 밥이 만히 남아나갓다 방과 마당의 저녁밥들어 다 끗난뒤에 정상갑이가 꺽정이를 향하고 꿀어안저서

「저이가튼 변변치 못한것들을 무슨일을 시키실라구 불르셧습니까」

하고 뭇는데 꺽정이는 도무지 말이 하기실혀서 서림이를바라보고 턱을한번 추썩하야 대신 말하란뜻을 보이엇다

「오늘밤은 곤할테니 일직들자구 내일 이야기를 들으시우 일을 워낙은 오늘밤에 할 작정이엇는데 여러분이 늦두룩 아니오는까닭게 할수업시 내일밤으루 개일을물렷소」

서림이의 말끄테 정상갑이가 서림이를보고

「하루 접긔해서 말슴 하시기루 어떳습니까 저이가 다른데 누설할가봐 말슴안하십니까」

하고 물엇다

「그런건 아니요」

「그러면 지금 말슴 해주십시요」

「무슨일인지 몰라서 궁금하겟지만 궁금한것두 한재미루 알구 더좀 참엇다가 내일 대장께 말슴을 듯줍구려」

「대장아패서 말슴하시면 대장께서 말슴하시나 다름업지안습니까」

「정이 그러케 듯고자하면 내가 지금이야기하리다」

서림이가 신불출이를 불러서 방근처에 다른사람을 오지못하게하라고 일른뒤에 정상갑이와 최판돌이를 번갈러 보면서 서울안에 불질르고 그틈에 전옥깨치려는계획을 이야기하니 최판돌이는 눈이 휘둥그래지고 정상갑이는 머리를 절레절레 내흔들엇다

「왜 일이 잘 안될것갓소」

「안되구말구요 여느때두 잘안될일인데 지금포교놈 눈이 빨갓타는데 될뻔이나한 말입니까」

「일이 좀어렵긴 하지만」

하고 서림이가 정상갑이의말을 꺽그려고 다시 말을 낼즈음에

「되구안되구 내가 하기루 결심한일이야 딴소리는 소용업서」

호령ㅅ긔잇는 말이 꺽정이입에서 떨어저나왓다 정상갑이가 서울안에 불질르러 가는것보다 꺽정이의 비위를 거슬르는것이 당장 더 무서운일인줄은 생각못하고

「딴말슴 더할것업서 저이는 못하겟습니다」

하고 불쾌스럽게 말하엿다 꺽정이가 정상갑이 아프로 버쩍가까이 나와안젓다

「무어야 한번 다시말해봐」

「저이는 겁이만허서 그런 대담스러운일을 못하겟단말슴입니다」

성상갑이의 말이 듯기에 비꼬아 하는말가티 들리엇다 꺽정이의 손ㅅ결이 번개가치 아프로나가며 정상갑이 뺨에서 딱소리가나고 정상갑이 입에서 아이쿠 소리가 나왓다 꺽정이가 힘껏친것도 아니건만 정상갑이의 한쪽 우아래어금니가 다 빠졋다 정상갑이가 피무든 니를 배트면서

「사람을 일부러 오래서 이게 무슨 행악이람」

하고 우는소리로 중얼거렷다

「행악」

하고 뇌며 꺽정이가 벨떡 일어서니

「소인이 저놈대신 빌겟습니다 용서합시요」

하고 최판돌이가 한편 소매에 매어달리고

「형님 참으십시요」

하고 길막봉이가 한편 손목을 잡아 달렷다 꺽정이가 최판돌이와 길막봉이를 뿌리치며 발ㅅ길로 정상갑이를 거더찻다

「행악 오냐 행악한다」

하고 두서너번 연거퍼 발ㅅ길질하엿다 정상갑이는 첫번에 나가동그라진뒤 다시 일어나지못하

고 그대로 사지를 빼첫다

최판돌이가 정상갑이를 와서 붓들고

「여보게 이사람 웨 이러나 정신 차리게」

하고 자는사람 잠깨우듯 몸을 흔들어야 정상갑이는 코ㅅ구멍에서 꽁꽁소리가 나올뿐이고 그나마도 차차로 가늘어젓다 길막봉이는 와서 드려다보다가 고개를 푹 숙이고 리봉학이와 배돌석이는 바라보며 눈ㅅ살들을 찌프리는데 서림이가 신불출이를 불러서 찬물을 떠 오라고하고 또더운물을 어더오라고한뒤 약낭에서 청심원(淸心元)과 옥추단(玉樞丹)를 꺼내주어서 더운물운청심원을 개어 입에 흘려너코 찬물은 옥추단를 갈어 머리에 붙어붓게하엿다 그러나 명문백가 무서운 발ㅅ길에 거더채어서 안의 홍군(紅筋)이 이미끈허진것을 청심원이나 옥추단으로 다시 니울수가 잇스랴 정상갑이는 눈뜨고 입벌리고 마지막숨을 지웟다 꺽정이가 정상갑이를 거더 찰때 죽거나 말거나 불계하엿지만 급기 죽어잣빠진것을 보고는 어이가 어서서

「응」

하고 혀를 찻다 최판돌이가 총장을 끌어안고

「상갑이 상갑이」

불르다가별안간 벌떡 일어나 꺽정이계로 와락 달려들며

『날까지 마저죽여라 이놈아 네가 우리하구 무슨 원수냐 이놈아 이놈아』하고 부르지젓다 꺽정이가 처음에는 몸에 손만 못대도록 밀막다가 버럭버럭 달려드는것이 성가시어서 나종에 한번 왈칵며다밀엇다 최판돌이가 마즌편 벽미테가서 잣빠지는데 뒤ㅅ통수부닥드린곳에 벽의 맥질한흙기 떨어지고 외얼기가 들어낫다 잣빠진체 일어나지못하는 최판돌이를 길막봉이가 와서 일으켜 안쳐보니 눈은 감기고 고개는 가누는힘이 업서 건드렁건드렁 하엿다

『이사람마저 탈낫나보우 서종사 좀 와보시우』

서림이가 와서 최판돌이를 반드시 눕혀노코 길막봉이와 둘이서 허리띄 대님을 끌르고 버선을 벗기고 손바닥 발바닥을 부벼주는데 발바닥의 용천혈(湧泉穴)을 확근확근 달도록 억센손으로 부벼야 조타고 고린내나는 발은 길막봉이를 맛기엇다 한동안 지난뒤에 최판돌이가 눈을 번쩍 뜨고 사람을보다가 다시 슬며시 감으며 아이구 소리를 한숨석거 내엇다

꺽정이가 리봉학이더러 서림이와 의론하야 뒤ㅅ처리를하라고 맛기어 리봉학이가 서림이를불러가지고 둘이 서로 공론하엿다

『뒤ㅅ처리를 어떠케해야 조켓소』

『해온몇사람은 오늘밤에 다 도루 보냅시다』

「나두 그생각인데 죽은사람은 기적에 써서 지워보낼셈 잡구 저사람은 어떠케 보내야좃소」

「업혀보내지요」

「내일 하루쯤 조리를 시켜보내는게 조치안켓소」

「또 미친사람가티 날뛰면 피차간 조치못하니까 오늘밤에 보내는게 상책입니다」

「한번 나가잣빠진다구 고만 까물키니 그런 얼뜬사람이 어듸잇소」

「뇌후(腦後)가 깨젓습듸다」

「몹시 깨젓습듸까」

「자세이 보든아햇서두 몹시 깨진것 갓습듸다」

「목숨을 어더다가 지저나 주구려」

「보낼때 지저주어 보내지요」

「죽은사람 장비(葬費)는 주어 보내야치」

「상목 두 서너필 주어서 장비두 쓰구 의약비(醫藥費)두 쓰라면 되겟치요」

리봉학가 신불출이와 곽능통이더러 해음령사람을 불러 모으라고 일럿더니 삼십명중의 남아잇는 사람이 칠팔명박게 더되지아니하엿다 해음령패가 정상갑이 죽는것을 엿보고 엿들어서 알고 모두 도망질들을 치는데 그중에 정상갑이 최관돌이와 정의기론사람이 하회를 보려고 남아잇섯든것이다 리봉학이가 남아잇는사람들을 보고 정상갑이 최판돌이의 화를바든것이 자취(自取)요 반은수(數)라고 누구히말한뒤에 정상갑이의 장비와 최판돌이의 의약비로상목세필을 내주는데 꺽정이가 상목을잇는대로 다주라고하야 열필의 쌀바꾸고 남은 여덜필을 통들어내주엇다 길막봉이가 최판돌이를 업어다두고 오겟다고하는것을 꺽정이가 아무러나 하라고 시원치아케나마 허락하야 정상갑이의시체는 혜음령사람들이 돌여가며 지고가고 최판돌이는 길막봉이가 내처업고 가기로하고 밤ㅅ중에 길들을떠나갓다

방을 치우고 조용하게들 안젓슬때 서림이가 과옥은 과의하는 수박게 업겟다고 말을 꺼내다가 누가 과의한다더냐고 꺽정이에게 핀잔을밧고 다시말을 못하엿다 리봉학이와 배돌석이는 과옥할일이 근심되고 서림이는 초저녁광경이 눈에 발펴서 닥울녁까지 잠들을 이루지 못하고 꺽정이만은 자리에 누으며 바로 잠이들엇다

이튼날 재벽 다른사람들은 아직 곤이자고 꺽정이만 잠이깨엇슬때 방박게서 황천왕동이의 말소리가나서 꺽정이가 일어나 방문을 열치고 내다보며

「너 웬일이냐」

하고 물엇다

방안에 자든 사람이 다 일어낫다 황천왕동이가 방에 들어와서 절할데 절하고 입인사할데 입인

사한뒤 배돌석이가 비켜주는 자리에 와안젓다

「어듸서 지구 이러케 일직왓나 비선거리서 잣나」

배돌석이 뭇는말에

「안이요 어제석후에 이천읍내서 떠나서 배처 밤ㅅ길루 왓소」

대답하고

「무슨 급한일이 생겻나」

리봉학이 뭇는말울

「큰일어 하나 생겻세요」

대답하고

「큰일이 무슨큰일이냐」

꺽정이 뭇는말에

「어제 백손이가 이천읍에 잡혀가첫습니다」

황천왕동이는 비로소 밤ㅅ길로 급히온 연유를 말하엿다

「무어야 백손이가 잡혀가치다니 그게 무슨소리냐」

「어제가 이천 장날이지요」

「그래」

「애기어머니가 실인자 무엇을 사오라구 명녹이를 장에 보내는데 백손이가 장구경을 간다구 따러갓답니다 저는 가는줄두 몰랏지요 아침에 누님을 뵈러들어갓드니 누님이 말씀합듸다」

「그래 장에 가서 무슨짓을하구 잡혀갓단말이냐」

「말안쿠 간것이 괫심해서 곳 쪼처가서 붓잡어오구 시픈생각두 업지안핫스나 이왕간걸 그러케까지할것은 업기에 고만 내버려두엇더니 해가숭석때나 되여서 명녹이 혼자왓겟지요 도련님은 어듸가구 너혼자왓느냐 하구 물으니까 명녹이란놈이 울면서 이야기를하는데 들어보니 백손이는 별루 잘못한것두업습듸다」

「잘잘못간에 일이 무슨일이야」

「둘이 장에 가서 살것사구 구경할데 구경하구 떡으로 점심요긔들까지하구 돌아올참인데 백손이가 애기 준다구 엿을 좀사가지구가자구 하드랍니다 그래서 명녹이가 강엿하구 바풀엿하구 석거삿는데 강엿이 화등내가나서 엿장사를 보구 마저 바풀엿으루 바꿔달라구햇더니 그엿장사가 안바꿔주드랍니다 엿장사말은 이모저모 메어먹구 가지구와서 바꿔달란법이 잇느냐구 하구 명녹이말은 물려달라면 모르지만 바꿔달라는데 못바꿔줄것이 무어냐구해서 말다툼이 낫는데 맨망스러운 명녹이란놈이 성갈이나서 안바꿔줄라거든 네나처먹어라하구 강엿쪽을 엿장사얼굴에 내던저서 코피를 냇답니다 여러장ㅅ군들이와서 구경를하는데 백손이두 그틈애석겨서서 구경하구잇섯답니다 이때 사령한놈이 어듸서보구 구경군들을 잡어제치구 들어오드니 불문곡직하구 명녹이를 이빰치구 저빰치구하는데 명녹이가 항거두못하구 맛는것을 백손이가보구 구경군틈에서 쪼차나와 그사령을 보기조케 메어꼬젓답니다」

황천왕동이가 숨을 돌리느라고 이야기를 중간에 잠시 끈치니

「그래 어떠케 돼서 뒤쪽으루 잡혀갓단말이냐」

꺽정이가 이야기끄를 재촉하엿다

「백손이가 명녹이더러 고만가자구해서 둘이 바루 광복으로나오는데 옵에서 불과한 이마장쯤 난왓슬때 뒤에서 이놈들 게잇스라구 소리들을 질르며 사령여닐곱놈이 쪼차오드랍니다 명녹이가 빨리도망가자구 한즉 백손이 말이 이런때 서루 돌보다가는 낭패보기가 쉬우니 각각 도망하자구하드랍니다 명녹이가 그말을 고지듯구 저혼자 도망질을 치는중에 백손이 일이 종시궁금해서 차점차점 도루가면서 아플 바라본즉 먼저 도망하자구 말하든 그자리에서 백손이가 사령들에게 붓잡혀 묵기는중이드랍니다 명녹이가 제힘으루 빼서올쑤 는업구 가치잡혀가기나하려구 아프루 더나가다가 다시 생각해보니까 저마저 잡혀가면 소식을 통할쑤가 업서서 혼자 왓다구하구 제잘못으루 이런일이낫스니 치죄하야 달라구 대죄를합되다」

「그자식은 나잡어가거라하구 가만이 한자리에 서 잇섯단말이냐 그랫다면 그런 넉적은 자식이 어듸잇단말이냐」

하고 꺽정이가 쓴입맛을 다시엇다

꺽정이 말끄테 황천왕동이가 고개를 외치며

「백손이가 넉적은짓을 한게아니라 깜냥업는짓을 햇세요」

하고 말하엿다

「깜냥업는 짓이라니?」

「그깜냥업는 아이가 혼자서 맨주먹으루 사령 여닐곱눔과 마주 싸웟답니다 그래두 제법 이눔치구 저눔치구해서 사령들중의 몸에 상채기하나 안나구 성한눔이 두어눔뿐이엇다니 저따는 난생처음으루 큰쌈을 해본셈이겟지요 한참 치구달쿠하는중에 사령한눔이 살구머니 백손이 뒤에 가서 몽치루 골통을 나려패서 고끄라트려노쿠 여러눔이 대들어서 묵것답듸다」

「골통이 깨젓스면 죽기가 쉽겟구나」

「그러케 몹시 깨지지는 안흔모양입듸다」

「읍에 와서 김좌수를 차저봣느냐」

「지금 말슴한이야기두 김좌수에게 들엇습니다 명녹이의 말을 듯구 곳 읍으루 쪼차나려와서 김좌수를 차저보구 백손이를 빼주두룩 힘좀써달라구 청햇더니 김좌수가 자기힘으루 어떠케 할쑤업는 형편을 자세 이야기합듸다 백손이가 사령들에게 뭇매를 마질때 청석골 임대장의 아들이라구 말을햇다나요 이말을 사령들이 이방에게 고하구 이방이 원에게 고해서 원이 백손이를 잡어드려다가 문초를 밧는데 우리가 광복산에 와잇는것까지 다 바루댓답듸다 원이 큰공명할수나 생긴줄알구 백손이를 큰칼씨워서 옥에 가두게하구 옥쇄장이게만 맛겨두는것이 허소하다구 장교들을시켜 옥을 지키게 햇답듸다 그러구 서울포청과 강원감영에 보내는 보장문은 오늘쯤띄우게 되리라구합듸다」

황천왕동이는 이야기를 다하고 끄트로

「이런일이 생긴것은 구경 져의 불찰인죽 무슨죄책을 나리시든지 달게 밧겟습니다」

하고 식구보호할책임 다하지 못한것을 인책하야 말하니

「네게는 과실이 업는걸 무슨죄책이란 말이냐」

하고 꺽정이는 황천왕동이를 책망하지 아니하엿다 황천왕동이가 그제야 길막봉이 업는것을 괴이적게 생각하야 여패안즌 배돌석이더러

「막봉이는 엇재아니왓소」

하고 물엇다

「다몬데 갓네」

「어듸를갓소」

「바눌티」

「바눌티라니 정상갑이집말이요 거기는 엇재갓소」

「이야기 하자면 자네 이야기만 못지안케 길껄세」

배돌석이는 이야기가 길다고만 하고 고만더퍼두는것을 서림이가 간단하고도 조리잇게 혜음령패 불러왓다 도루보낸 사정을 이야기하야 황천왕동이에게 들려주엇다

「막봉이가 혜음령패에게 욕이나 보지안흘까요」

「혜음령패가 저이피수의 복수를 할른지 모른단 말슴이지요 그럴리는 만무하우 상갑이의 유족(遺族)들이라두 우리에게 복수할 생각은 먹지못할께요」

「판돌이가 대장형님께 욕설하며 대들지까지 햇다먼이요」

「일시 미처서 날뛰엇지 말근정신 가지구야 될말이요 설혹 우리에게 복수할맘을 가진자가잇드래두 저이들끼리 못하게말릴께요 웨 그런고하니 패중의 하나가 섯불른짓을 하는날이면 일불(一不)이 살륙통(殺六通)으루 전패가 망할껄 잘들 아니까」

서림이가 황천왕동이와 수작하는것을 끈친뒤에 꺽정이를 보고

「어떠케 하실랍니까 이천을 곳 가보서야지요」

하고 물으니 꺽정이는 혀를 한번 쩻 차고

「할수잇소 가봐야지」

대답하고나서 바로 황천왕동이를 돌아보며

「우리는 이천으루 갈테니 너는 문안에 들어가서 한온이를 차저보구 이사두 어떠케 하는지 물어보려니와 전옥옥사가 어느때쯤 결말이 날까 알어봐달라구해라 알어보는데 날ㅅ자가 걸린다거든 며칠을 묵든지 아주 똑똑이 알구 오너라 그러구 바눌티 가서 막봉이보구 이러다시오지말구 바루청석골루 가라구말해라」

하고 말을 일럿다

꺽정이가 외아들 백손이의 일이 급하야 전옥파옥은 중지하고 리봉학이 배돌석이 서림이 세두령과 신불출이 곽능통이 두시위를 데리고 총총이 이천으로 회정하엿다

꺽정이의 일행여섯사람이 첫날 백여리 련천(漣川)와서 자고 이튼날 백리 놋다리고개를 해동갑하야 넘어와서 촌가에서 저녁밥들을 시켜먹고 식후에 달비츨 띄고 다시 사십리길을 걸어서 이천읍내를 대어오니 밤이 벌서 삼경이엇다 사직단(社稷壇)우에 지는달이 걸리고 성산(城山)허리에 자는구름이 둘럿는데 어듸서 개짓는 소리가 나다가 그치고 인적은 괴괴하엿다

옴내몰 들어서기전에 일제히 준비를 차리는데 집에든 병자긔들은 끄내고 옷옷들은 버서 집에 너헛다 꺽정이는 검술선생에게서 바든 장광도(長光刀)를빼들고 리봉학이는 전주감영에서 작만한 일롱조혼 각궁을 내들엇다 이것은 다 서울가서 전옥을깨칠때 쓰려고 가지고 갓든것이다 배돌석이가 풀매ㅅ돌을 한줌가득 쥔것은 말할것도업고 서림이까지 환도하나를 손에 잡앗다 신불출이와 곽능통이는 가벼운 짐이나마 짐을진까닭게 접전할준비는 고만두고 그대신 한사람은화살을 만히가지고 또한사람은 풀매ㅅ돌을 보에 싸들고 리봉학이와 배돌석이의 뒤에 각각 부터다니기로 되엇다

옥쇄장이가 초저녁잠 한숨을 늘어지게 자고나서 옥을 한번 돌라보고 들어오려고 하든차에 개짓는소리에 의심이나서 초롱불도 안가지고 옥으로 나오다가 병장긔가진 사람들이 몰려오는것을 바라보고 꺽정이가 아들을 차즈려온줄 선뜻 짐작하고 뒤ㅅ길로 빠저서 장청으로 달려갓다

꺽정이가 옥아패 와서

「백손아」

하고 불러도 대답이업서서 또다시

「백손아」

하고 불럿다 두번째 목소리는 첫번보다 훨신컷다 백손이는 마침 잠어들엇다가 잠ㅅ결에 아버

의목소리를 듯고

「아버지」

하고 불러서 꺽정이가

「오냐」

하고 대답하엿다 반가운마음이 복바처서 아버지소리는 국고 급하엿고 자애가 흘러나와서 오냐소리는 부드럽고 길엇다

옥문은 튼튼한 자물쇠로 잠겻지만 꺽정이가 자물쇠를 쥐고 비트는데 배목이 부러저서 잠근보람이 조금도 업섯다 꺽정이가 옥문을 열어저치고 옥안에 들어가서 백손이의 칼을벗기고 끌고 나오며

「너 거름을 것겟느냐」

하고 물으니 백손이는

「그러먼이요」

대답하고 옥박게 나와서 정충정충 뛰어보이엇다

리봉학이와 배돌석이는 신불출이와 곽능통이를 데리고 압흘서고 서림이는 백손이와한께 중간에서고 꺽정이는 뒤에 서서 광복가는길로 나오는데 칼이며 창이며 활을가진 장교와 사령과

군노들이 한메는 앞길을 가로막고 또한메는 뒤에서 쪼차왓다 관속편에는 해ㅅ불이 잇서서 활로쏘고 돌로치는데 견양대기가 조핫다 리봉학이의 활과 배돌석이의 돌매로 아페서 쌈이 벌어젓다 화살은 빨래줄가티 건너가고 돌매ㅅ돌은 별똥가치 흘러갓다 관속대여섯이 삽시간에 고꾸라젓다 해ㅅ불잇는것이 불리한줄 깨닷고 꺼버리는듯 여러자루 해가 일시에 다 꺼젓다 저편에서 들어오든못하나 이편에서 나가서 이편저편의 동안이 가까워지며 옹굿중굿 섯는것이 별빗아래 보이엇다

『잘 바더라』

『돌바더라』

옹굿중굿이 하나 줄고 둘줄자 나머지는 이리저리 다 달아낫다 아페서 막는것을 물리치는동안에 뒤에서 쫏는것은 쫏는대로 내버려두엇건만 아페괴세가 꺽기는데 뒤의괴세도 따라줄어서 힘것 쪼차오지 안코 멀지기 따라오며 활들을 쏘앗다 아페서 막는데는 살수(殺手)가 만코 뒤에서 쫏는데는 사수(射手)가 만핫섯다 사수는 만흐나 활솜씨들이 오죽지아니하야 견양을 잘잡고 쏘더라도 열의한대 마칠똥말똥한데 더구나 견양도 잡지못하고 함부로쏘니 살이 바로나가서 넘고처지는것보다도 어림업시 빗나가는것이 더 만핫슬것이다 그러나 이런때 망녕살이 바로가 맞지말란법도 업다 꺽정이는 뒤에서 활쏘는것을 아지못하고 오는중에 오른쪽 견대팔이

홀제뜨끔하야 돌아보니 화살하나가 와서박혓다 왼손으로 박힌살을 뽑아버리고 마진자리를 썩썩부빈뒤에 칼을 검무추듯 휘둘르며 활쏘는 관속들에게로 쪼차갓다

「이눔들 목을 느리구 칼바더라」

꺽정이가 호통을 질르며 단려드는길로 관속서넛을 꺼꾸러트려서 오랫동안 괴맛은 보지못한 장팡도에 고사를 지냇다 이관속떼를 지휘하든 병방이 칼을 둘르며 꺽정이와 마주싸우러 내닷는데 칼파창은가진 장교와 사령들이 병방을 조력하려고 전후좌우로 꺽정이에게 대들엇다 칼잡이 칼로치고 창잡이 창으로질르려고 여럿이 일시에 악 소리를 칠때 꺽정이는 어느틈에 떼박게뛰어나가 껄껄웃고 잇섯다 검술 모르는 칼잡이와 창법 모르는 창잡이가 대적하러 대드는것이 꺽정이마음에 갓지안핫던것이다 병방이 꺽정이의 놀림을 밧고 분하야

「이 도독눔아 내빼지말구 내칼을 바더라」

하고 소리를질르며 쪼차왓다 병방은 꺽정이의 장팡도가 채가 짤른것을 넘보고 멀지기서 긴환도를 아프로 내들고 차점차점 나오며 얼르다가 별안간 정면으로 나려첫다 꺽정이가 정면으로 들어오는 환도날을 엽호로 흘리고 다시 끌어드려갈사이 업시 뛰어들어가서 병방의억개에 한칼을 먹엿다 병방이당징에 꼭 고끄라젓다 여러관속들은 모두 와하고 도망질을 첫다

꺽정이가 뒤쫏든 관속들을 물리처뒤 일행을 쪼차와서 거침업시 광복산으로 나오는데 길에서

날이 밝갓다 백손이가 꺽정이 옷소매에 피가 내 밴것을 보고

「아버지 팔에 피가 낫스니 웬일입니까」

하고 물어서 여러사람이 비로소 꺽정이의 화살마진것을 알엇다 꺽정이가 병방이하 관속들을 죽인것은 이야기하엿지만 화살마진것은 상처가 대단치 아니하야 이야기도 하지아니하엿섯다 광복산에를 오니 벌서 조반먹을때라 드리닥치며 곳 조반들을 먹고 조반먹은뒤에는 뿔뿔이 잠잘궁리들을하엿다 하루낫 하루밤에 이백리길을 오고 또 적은접전이나마 접전을하고 온까닭게 평생에 피로(疲勞)란것을 모르는 꺽정이까지 소홍이의 시중으로 옷을 가러닙은 뒤 누어서 다리를 치이다가 잠이들어서 한숨을 울케 잣다 꺽정이가 잠이깨어서 사람을 부를때 안에 들어가잇든 소홍이가 다시 쪼차나왓다

「냉수 좀 떠오라게」

「양추하실때요 잡수실래요」

「양추질할 냉수는 먹지못하나」

「잡수실라면 더운숭늉을 갓다들리라고 여쭤봣세요」

「냉수가 조흐니 냉수를 떠오라구 일르게」

소홍이가 친히 물그릇을 쟁반에 바처가지고 나와서 아패 놋는데 꺽정이가 먹여까지달라고 입

몰 아하고 벌리니 소홍이는 우스며 볼그릇을 입에대어주엇다 꺽정이가 뻘덕뻘덕 물을 드리키고 나서 소홍이의 손을 가르치며

「그 손에 무든것이 무엇인가」

하고 물으니

「가루에요」

하고 소홍이가 손에무든 가루를 부비엿다

「무슨가루야」

「국화전좀 집엇새요」

「국화전?」

「오늘이 구일이예요」

「그래 구일이라구 오늘은 국화전으루 짐심들을 어일텐가」

「우리는 벌서 점심들 먹엇는걸이요」

「그럼 저녁사이들루 먹을 작정인가」

「우리가 먹울라구 만든것아니예요 여러분들하구 가치잡수새요」

「국화전은 안에서 논하먹구 우리는 국화주나 해주게」

「국화주도 해놧세요」

「국화주두 해놧다 그럼 먹어야지」

꺽정이가 박글 내다보며

「개 아무두 업느냐」

하고 두서너번 소리를 첫다 평시에 가까이서 도는 신불출이와 곽능통이는 어듸가서 잠들을자고 아래ㅅ도리 일올하는 졸개두엇이 긴대답들하며 들어와서 대령하엿다

「이두령 배두령 서종사 세분 다 오시라구 그래라」

하고 졸개들더러 말을 일러내보낸뒤 한동안 지나서 세사람이 가치왓는데 서림이는 어떠케 몸이 고달프든지 눈까지 띄엇섯다

「서종사는 실컨자게 가만둘껄 공연이 불럿군」

「아까 주무실때 박게 한번왓다 갓는걸이요」

「왜 자지안쿠 돌아다녓소」

「현감이 뒤ㅅ일올 어떠케하나 웁네 사람올 보내보는게 조흘듯해서 여쭤보러 왓섯습니다」

「보내지」

「이두령게 말슴하구 보냇습니다」

「현감이 뭐ㅅ일을 어떠케 꾸미거나 우리는 청석ㅅ골루 단취하는게 조켓지」
「제생작에두 그렇습니다 그러나 어떠케들 하는것을 알구 안젓는것이 조치안습니까」
「옵네 사람 보낸건 잘햇소」
꺽정이가 심긔(心氣)가 조하서 자긔자는 틈에 사람보낸것을 미타하게 여기지안코 도리어 칭찬까지 하엿다
점심요긔들하란 입매상과 술먹으란 주안상이 안에서 나오는데 소홍이가 주장하야 차리어서 음식이 안목이잇섯다
입매상에는 온면 편육 실과 정과 수란 국화전이 노혓고 주안상에는 연계찜 도야지순대 마른안주가 노혓다 입매상의 노힌것은 여러상이 다 가트나 고인노피는 꺽정이의 상이 다른 상보다 더 노팟다 입매상들은 노하두고 주안상으로 국화주들을 먹는중에 배돌석이가 안주조흔데 술탐이 생겨서 여기잇는 술은 여기서 다업새고 갈것인족 오늘 구일날 나제서 밤까지 실컨 먹엇스면 조켓다고 말하니 느런이안즌 더봉학이가 돌아보면서
「이번 반이에는 내행배행이나 짐령거할사람이 자네하구 난떼 우리가 청석ㅅ골을 몃고팽이색할론지 아나 갈때두 먹구 갓다와서두 먹구 두구두구 먹어여할걸 오늘 한꺼번에 다 먹어서 쓰겟나」

말하고 우섯다 리봉학이의 말끄테 서림이가 꺽정이를 보고

「이번 반이하는데는 여러날두구 띄엄띄엄 떠날것업시 한날 한꺼번에 떠나두룩 하시지요」

하고 말하야 꺽정이가 그럴리유를 뭇는눈치로 물그럼이 바라보니 서림이가 다시

「요전 여기를 올때는 우리가 여기와 잇는것을 아무쪼록 남에게 알리지안호려구 띄엄띄엄 왓지만 이번에 가는때는 알려두 조쿠 안알려두 조쿠 아무래두 조훈데 지금 이두령말슴 마따나 가깝지두 안흔길에 여러차례 내왕들 하시게 할것잇습니까 한꺼번에 가면 번폐스럽지두안쿠 또 길에서 다른 념려두 되려 적울것 갓습니다」

하고 말하엿다

「반이할이야기는 나중하구 지금은 술이나 먹자구」

꺽정이가 술을 재촉하야 잔이 한동안 빨리 돌앗다 술이 밤까지 가지안헛스나 배돌석이도 마음이 느긋하도록 술을 만히 먹엇다 입매상 음식의 안주될만 한것외에는 거의 저들도 대지아니 하엿는데 그중의 국화전만은 꺽정이가 소홍이의 정성을 밧느라고 자긔도 먹고 다른사람도 권하엿다

이튼날 식전에 읍에보낸 졸개가 돌아와서 읍내소식을 들엇다 관속의 상한사람은 넷이요 죽은 사람은 그곱절 여덜이고 읍내장정은 반상을 물론하고 다 군총으로 뽑아서 순경을 돌린다 파

수를 보인다 큰 난리가 난것갓고 또 서울과 감영에서 포도군사들이 나려오리라고하엿다 읍내
소식을 들어보앗자 조금도 겁날것이 업스나 꺽정이는 빨리 반이를시겨노코 다시 전옥파옥을
경영하려고 마음을 먹고 광복산서 곳떠나기로 작정하엿다 개잡고 도야지 잡고 술은 잇는대로
걸러서 두목과 졸개들을 먹이게한뒤 바로짐을 묵기시작하야 이틀동안에 다 묵겨가지고 사흘되
는날 떠나는데 사람탄말 짐실은 소 짐생이 십여필이요 상하 남녀 사람이 오륙십명이엇다 안
식구 몃사람이 오가마누라 장사때 청석ㅅ골가서 눌러잇고 오지안코 광복산을 아직은 아주 비
이지안호려고 두목졸개 십여명을 뒤에 남겨두고 가는까닭게 올때보다 사람이만히 줄엇섯다
한온이의집 이사는 한머리가 이왕 벌서 왓고 내행이 광복산일행과 어금비금 가치 들어오고
그뒤에 한온이가 황천왕동이와 작반하야 나려왓다 황천왕동이는 광복산으로 갈작정인데 한
온이에게 끌려서 청석골로 온것이 도리어 헛거름을안하고 잘되엇섯다 전옥에가친 다섯사람중
의 원씨는포청에 잡힌뒤로 물한모금 아니먹는것을 전옥에서 억지로 한번 미음을 먹엿더니 미
음먹이든날 밤에 혀를 깨물어서 원해죽엇고 박씨와 김씨는 원씨 죽은뒤에 형조 장예사(掌隸
司)로 넘기라고 우에서 처분이 나려서 장차 관비들을 박히게되엇고 두졸개만은 처참을 당하
게되리라고 한온이가 소석을 알어 가지고 왓섯다 꺽정이가 전옥을 파옥하려고 결심한것은 주
장 새녀편네를 살릴마음이엇는데 하나는 이미 자결하야 죽고 둘은 장차 관비가되어 살게된

바엔 구태어 위험을 무릅쓰고 어려운일을 할까닭기 업서서 중지한 전옥파옥을 아주 파의하기로 하엿다 장통방사건이 생긴고동을 한번 로밤이에게 물어보꼬 로밤이를 죽이든지 살리든지하려고 꺽정이는 광복산에서 온뒤 알은체연코 내버려두엇든 로밤이를 도회청 조사고테 잡아드려다가 뜰아례 꿀려노코 전후전말을 일호 기이지말고 바로 아뢰라고 호령하엿다

「소인이 그날나제 대장께서 동소문안에 기신가하구 뵈이러 갓습드니 소인쓰던 행낭방에서 두놈이 쪼처나와서 서울구경을 서켜내라구 졸릅되다 졸리다못해서 두놈을 데리구 나와서 우아래ㅅ대궐을 구경서켜주구 북촌에서 남촌으로 건너와서 회동서 초전ㅅ골루 나려오는중에 그놈들이 술을 사먹으러가자구 끄을지에 소인은 그놈들이 술잡출것을 가젓나부다 태평밋구 술ㅅ집에를 자지안헛겟습니까 급기술을 몃잔씩 먹구나서 그놈들더러 술갑술 주라구 하온즉 그놈들은 소인을 멋구왓다구 소인더러 주랍니다 세놈이 다 빈손이니 어떠컵니까 할수업서 몰래 일어서 나오려다가 포교놈에게 봇들렷습니다 나중알구보니 그포교놈이 술ㅅ집주인마누라의 조카랍되다 창피한걸 무릅쓰구 가서 술갑치를걸 가지구오마구 빌다시피 사정하구 나오는데 소인이 혼자 빵손이칠까봐 한놈이 가치가자구 따러나서서 한놈만 볼모루술집에 남겨두구 두놈이 나왓습니다 대장께 황송한말슴을 여쭈려구 이리저리 차저다니옵다가 장차ㅅ골가서 뵈입긴 뵈엿지만 꾸중만들엇습지요 한서방께나 말슴해보려구 대소가 여

러댁을 쪼처다녓섯는데 따구 보시질 안씁지요 할쑤가 잇서얍지요 그대루 쫄레쫄레 가서 만날사람은 못만나서 변통을 못햇스니 우리를 밋구보내주면 술갑슬 내일 보내줄께구 못머더서 못보내주겟스면 욕을하든지 빰을치든지 맘대루하라구 배ㅅ장을 부렷습지요 그러다가 포청으루 들려갓소이다 술갑동틔루 뒤에 그런큰일이 벌어질줄은 꿈에두 생각못햇소이다 농구령이다뎐 포교놈들은 소인들을 수상하게보구 등을 치는데 줄곳 잡어떼면 별일업슬것을 그 못생긴놈들이 방망이찜질 한바탕에 혼신이 나갓든지 할소리 안할소리 다짓거린 모양입듸다 그놈들이 청석골서 대장을 뫼시구왓다 동소문안 대정부인댁에서 묵엇다 대장이 나제 장차ㅅ골다리 지생접에서 약주를 잡수섯다 이따위 소리 짓거린것을 딴방에잡혀 안젓든 소인이 알까닭기잇습니까 말마춰보느라구 묻는것을 소인이 아니라구 잡어떼다가학춤까지 추어봣습니다 학춤추이든 절믄포교 한놈이 소인더러 병신이 급살한다구까지 욕합듸다 어떤 포교놈이 밉살스럽지 안훈결아니지만 고놈은 참정말 밉살스럽기가 짝이 업습듸다 정차ㅅ골기생아가씨댁과 동소문안 김씨댁은 두놈중에 어떤놈 한놈이 대씁구 원씨와 박씨는 김씨가 물ㅅ귀신심사두 붙어너씁구 남소문안 한서방은 검씨 원씨 박씨 세분 초사에서 들처냇소이다 소인은 동소문안 김씨댁과 남성밋골 박씨댁을 가르처준것박게 잘못한것이 뾰물두업소이다 이건 소인이 말솜안여쭤두 뒤루 알여보셔셔 대개 알구깁쉽듯하외다」

로밤이가 걸게 짓거린 말이 열의여덜 아홉은 거짓말이건만 그거짓말을 분명히 발기잡을 사람이 업섯다 거짓말이 의례ㅅ건 만히 석겻스려니 꺽정이가 짐작하고

「우리가 장차ㅅ골가잇는것두 네가 대구 한서방과 우리의 사이두 네가 불엇다는데 이놈 누구를 속이려구 거짓말이냐」

하고 넘겨집고 구지즈니 로밤이는 긔가막히는 모양을하고 한참잇다가

「어떤놈의 입에서 그런말이 나왓는지 그야말로 거짓말이올시다 소인이 그런말을 불엇스면 다른데두 내뺄궁리를 하지 이리루 오겟습니까」

하고 발명하엿다

「전옥에 가친놈이 여기까지 오긴 어떠케 왓느냐」

「소인은 처음에 귀양이나 보낼줄루 짐작햇솝드니 전옥에 갓다가 스물닷근 칼을 씌워서 가두는품이 잘못하다간 얼뜨게 죽을것갓솝기에 역적 고변한다구 거짓말하구 금부루 넘어가구 대장대부인을 잡어바친다구 거짓말하구 금부라쟁이 라졸들을 끌구 여기까지 왓소이다 소인이 거짓말한것두 기이지안쿠 다 바루 아룁니다」

「백골이된지 오랜 우리어머니를 들처내서 빈말루라두 욕을보엿스니 그죄만하드래두 너는 당연이 죽일것이지만 간신이 살어온걸 죽이기 불상해서 특별 용서하니 그리알어라」

하고 꺽정이는 로밤이를 용서하야주엇다

꺽정이가 한온이 부자의 와주 노릇한 공로를 생각하야 한온이를 두령을 시키고 처음와서 전접하는데 모든편의를 보아주엇다 첫재 거처할 집만하더라도 오가더러 마누라의 제청을 끌고 박유복이집으로 가고 그집을 한온이에게 내주라고 하고 그집 한채만 가지고 한온이의 수다권솔이 지낼수가 업스므로 조금조금한 집을 서너채 새로 세우기로하고 새집들을 짓기전까지는 초막중의 가장 깨끗한것을 치워서 쓰게하엿다 한온이가 아비의 제청과 서모와 형의식구와 저의 본안해는 오가의집에 몰아잇게하고 두첩과 여러심부ㅅ름군은 초막들에 갈러들게하고 세간을 대강 정돈한뒤 가지고온 재산의 절반을 도중에 드려노코 또 자긔가 부비를내서 한번 호군(犒軍)을 하겟다고하는데 꺽정이가 호군은 아직 좀 기다리라고 중지시키엇다 기다리란것은 박유복이가 평안도에서 올라오고 길막봉이가 혜음령에서 돌아와서 원만히 모인 뒤에 하라는말이엇다 박유복이도 올라올 긔한이 지낫거니와 길막봉이가 너무 오래 도라오지 아니하야 혹시 무슨 변고가 생기지 안헛나 의심들까지 들게되엇다 황천왕동이가 가보고 온다고 꺽정이에게 말하고 내일식전쯤 떠날터인데 오늘 밤에 길막봉이가 혜음령패 한사람을 데리고 들어왓다 길막봉이는 정상갑이의 장사를 보고 곳 오려고 한것이 최관돌이가 뇌후(腦後)의 상처보다도 파상풍(破傷風)이란 병으로 금일금일하야 그대로 눌러잇다가 죽어서 장사지내는것을 마저 보고 혜음명패들을 모아노코 그중에서 나이 지긋한 사람을 하나 뽑아서 괴수로 정하야 주엇는데 데리고온 사람이 곳 혜음명패의 재피수이엇다 꺽정이는 그사람을 특별히 후대하고 갈때 상목 수십필을 짐ㅅ군에게 지어주며 가지고가서 정상갑이와 최판돌이의 유족(遺族)들을 구휼(救恤)하야 주라고 당부하엿다

길막봉이 돌아온지 불과 이삼일후에 박유복이가 평안도 역사를 끗마치고 올라왓다 역사는 팔월 그믐 전에 끗날줄 안것인데 성천에 늣장마가 저서 역사도 예료보다 느저젓거니와 양덕 맹산 성천 새군데 새집에 각각 두목과 졸개를 십여명씩 남겨두고 몃달동안 먹을 양식들을 변통하야주고 오느라고 더욱 느저젓다고 박유복이가 이야기하야 꺽정이가 듯고

「역사부비를 다 쓰구두 상목이 그러케 만이 남엇드냐」

하고 물으니

「여기 하괴를 타거왓스니까 보서면 아시겟지만 가저갈 상목은 역사부비루 다 들어가구 올려올 노비두 남지 안햇섯습니다」

하고 박유복이가 대답하엿다

「그럼 양식은 어떠케 변통해 주구 노비는 무얼루 썻느냐」

「성천 맹산 순천(順天)등지 밥술먹는놈의 집에서 울려냇습니다」

「옹」

하고 꺽정이는 고개를 끄덕이엇다

급한때 동에가 번쩍 서에가 번쩍 종적을 황홀하게 하려는 준비로 완전한 소굴을 여러군데 만들어 두자고 서림이가 계책을 낸뒤 사오삭만에 양덕 맹산 성천 세군데 소굴이 완성되엇다 소굴이 더생기고 두령이 더 늘어서 도중의경사라고 도중에서 큰잔치를 하고 그 뒤에 또 한온이가 도중 잔치만 못지안케 큰 잔치를 하야 며칠동안 청석골안에 헤진것이 술 고기 떡이엇다

두령들의 마튼 소임이 그동안 뒤죽박죽이 되어서 꺽정이가 서림이와 상의하야 새로 작정하는데 한온이는 도중 재산을 관리(管理)시키고 김산이는 미곡 포목(米穀布木)을 출납(出納)시키고 배돌석이는 사산총찰을 맛기고 황천왕동이는 각항 전령(各項傳令)을 맛기고 좌군(左軍)과 우군(右軍)을 새로 만들어서 리봉학이와 박유복이는 좌우군의 정두령(正頭領)을 시키고 길막봉이와 곽오주는 좌우군의 부두령(副頭領)을 시키엇다 서림이가 모사(謀士)로 주모설계做謀設計)한 직책을 마튼것은 다시 말할것도 업고 오가는 소임이 업서 사무한신(事無閑身)이로되 꺽정이가 출타할때 대장대리(代理)할 권한을 오가 홀로 가지게하엿다

林巨正

·火賊編 二

著者 洪命憙

發行所 乙酉文化社

臨時 定價 六五〇圓

一九四八年一〇月十五日 發行

서울市鍾路二街永保빌딩

振替 京城 三二五四三番

電話光化門 三四九二番 / 三九七〇番 / 〇一八七番

서울신문社 印刷局 印刷

(一九四六年九月三〇日 登錄 一五番)

(1947年 9月30日 登錄・第248番)

林巨正 全帙 目錄

임꺽정 화적편 2

펴 낸 날/ 초판1쇄 2020년 3월 27일
지 은 이/ 편집부 편

펴 낸 곳/ 온누리
펴 낸 이/ 김용항
출판등록/ 1982년 12월 6일(제아-20호)
주　 소/ 충북 청주시 상당구 수동 90-4
문　 의/ (대표전화)02-324-4790, (전송)0505-115-62879

정가 20,000원

ISBN 978-89-8367-316-9 03810

ISBN 978-89-8367-316-9
03810>
9 788983 673169